路过人间

黎采 著

北方文艺出版社

图书在版编目(CIP)数据

路过人间 / 黎采著. -- 哈尔滨：北方文艺出版社，2021.5
ISBN 978-7-5317-5092-5

Ⅰ.①路⋯ Ⅱ.①黎⋯ Ⅲ.①散文集-中国-当代 Ⅳ.①I267

中国版本图书馆 CIP 数据核字(2021)第 061931 号

路过人间
LUGUO RENJIAN

作 者 / 黎 采

责任编辑 / 李正刚　　　　　　　装帧设计 / 书香力扬

出版发行 / 北方文艺出版社　　　　网 址 / www.bfwy.com
邮 编 / 150008　　　　　　　　　经 销 / 新华书店
地 址 / 哈尔滨市南岗区宣庆小区 1 号楼
发行电话 / (0451) 86825533

印 刷 / 成都兴怡包装装潢有限公司　　开 本 / 880×1230　1/32
字 数 / 300 千　　　　　　　　　　印 张 / 12.25
版 次 / 2021 年 5 月第 1 版　　　　　印 次 / 2021 年 5 月第 1 次印刷

书 号 / ISBN 978-7-5317-5092-5　　定 价 / 68.00 元

诗境·乡情·人间

(代序)

周龙然

就从诗意说起吧。

第一次触及黎采的文字，就对她诗化的讲叙满怀赞许："说黎采的散文像诗，你信吗？"那是我以《风梳麦浪的盈盈诗意》为题，评介黎采散文《风吹麦浪》时写下的第一句话。甚至在评介她的散文许久以后，依然意犹未尽地随意拈取她散文诗般的《村语村色》，向读者热切推荐——《何止于诗》。

黎采的散文写得讲究，写得认真，写得仔细。我称赞她于散文的字里行间，屡屡蛰伏着别致诗思和诗的形式感。如她的起句成段，如她的"麦苗青青，接天连地，田野一下子被点亮了""在一重一重的麦浪里，时间慢下来，村庄意气风发，我的思绪纷飞""农人们相继种完自家的麦子以后，田野里就铺陈出一种不约而同的整齐，也铺陈出一种不动声色的安详"。我差不多是击节赞赏:"这比某些泛滥的分行排列的所谓诗句,有诗味多了。"

我赞赏她《村语村色》四个分题规整命名的认真讲究,诸如《喜鹊叫了一早上》《白雪白了青山头》《野花香了七里远》《春雨下了一整夜》这般"狂吟恨未工"的审美追求,更赞赏她并未止步于诗的灵动叙写。可以从一夜春雨里听到"谁谁谁的诉说",听见"播下的花种在泥土里窃窃私语",听见"庄稼交头接耳,比劲似的在夜雨中疯长"以及"泥土松动的微响";从朋友阅文点评的"香"字推及"花香七里";从雪片"分毫不差地落在注定要落的地方",完成一场"静静悄悄又光芒万丈的绽放",收于"一瞬间,全世界纯净"。于诗的赋格之外,寄寓了更多发现、体察、触动、感悟、哲思,以及乡村孩子对于土地山林与禾草花树的深刻热爱。

我甚至真个在键盘上三下五除二地把那篇《喜鹊叫了一早上》裁切为一首小诗:"阳光很好的早晨/我披一身光影/仿佛自己瞬间变新鲜了/又仿佛自己也是一道光/轻盈盈的,莫名地想把什么点亮//我的眼睛总是忍不住追随/两只喜鹊的身影。它们在空中/掠过一道道优美弧线/点燃我身体里潜藏的飞翔因子/我一动不动/我翱翔天际//此刻我看见两只喜鹊飞回家了/它们在原先那个窝上面的树杈上/搭建了一个新窝/知道两只喜鹊干吗/要在一棵树上做两个窝呢/鸟的世界,人不懂/毕竟鸟玩的是整个天空/人在地上仰望天空/不过是望望。"

我是那样地刻意而为，那样地希望作者、读者能够注意到这些。希望散文作者行文拣字时多一些锤炼的诗功，少一点散漫堆砌；也希望诗歌作者多一些笔耕的沉静，少一点光怪陆离。

而锤炼与沉静，无疑是黎采写作时一以贯之的坚持，她总是保有一种潜心而专注的写作状态。

黎采的文字，有太多篇幅关于故乡。

故乡的草色花枝，又或是刺藜藤蔓，太容易在离别故乡的游子心间绞结牵绊，一起笔就总会以田埂土坎、云痕烟迹一般的山村底纹，横斜交织、牵连缠绕，铺展、洇晕在字里行间。在她的文题里，常常闪现苞谷、麦浪、村居、菜园、小路、庄稼、云朵、蔓草，以及桐子花、向日葵、一棵树、老房子等等这些滴落乡情的词语。可以想见她的文思以及文字，太多时候就是在故乡的烟雨和泥土中浸润、孕育、发芽、长出的，一如饱壮的稻穗与麦粒，昭示着重量与力量。

她也似"村庄里的农人"一般，以笔为锄，"在故乡的绿浪里，迷迷糊糊，浮浮沉沉"，"把自己扔进村庄的这里那里，意气风发地干活，没日没夜地干活，精疲力竭地干活，不紧不慢地干活"，"有些活，是对在春天所干的一些活的递进；有些活，是给春天所干的活画上句号；有些活，是为秋天和冬天的一些活埋下伏笔；还有些活，与过去和未来无关，比如，去山上砍几捆柴，到河里摸几条鱼。"（《一夏倾村》）

她躺在自己构筑的文字空间里，看云。"没有比这更好的看云姿势了——地上的一切都齐刷刷地散开去，天上的云朵都悠悠然到我视野中来。而且只要一躺下来，我就会觉得整个大地拥抱着我，给我默默的安慰和无限的美妙：呼吸里充溢着青草的味道、野花的芬芳，丝丝缕缕，清清淡淡；耳朵里回荡着山谷的风声、小虫的低鸣，时急时缓，若有若无。"（《云在村庄上空飘》）

草生草长，麦黄麦青，风起风静，鸟唱鸟飞。这些随处可见的情形与场景，满布在黎采文字的田园里。那些乡思悠悠、乡情切切的篇目，无不是她关于故乡故土某些常见却动人的景象的诗性重温。

如果你也是一个从泥土深处长出来的孩子，如果你也曾在远乡的田埂上追赶童年，也曾在山雨初起的路头刻意呼啸着迎风跑去，如果你的肤色也曾经历过泥香草色的浸润，你才会真正读懂这些，如同读懂农人把饭碗都端去地头田间，对着麦浪稻香入神咀嚼时的那种满足，那种快意。

被故乡放逐已然太久。读黎采的乡情散文，是会时而惊喜又时而伤怀的。这些与我故乡具备同样质感的乡村纹理，每每会触发视觉、听觉、味觉或是痛觉。我在文字的隙缝间摩挲辨识这些山野田地、村庄房舍、烟云霞晖的细节，却仿佛会被某道篱笆上的某棵倒刺在指尖、心尖，划上一刀生疼的口子。

"每一个远离了故乡的人，走出故乡的第一步，也就被故乡远离了。故乡，是一个人离不起的地方。"（《在水一方》）

说回书题，路过人间。

乍看起来，这似乎是无意或刻意地潜藏着某种关于人生的参透。人生天地间，忽如远行客。念天地之悠悠，独怆然而涕下。一路上追寻有之奔忙有之，发现有之惊喜有之，捧获有之遗落有之，欣悦有之慨叹有之，真个是百味人生啊。

某个暗夜。"寻"在《寻》里寻找着一些什么。"寻顺着原路返回。同一条路，去和归，白天与黑夜。短若一瞬，恍若一梦。近黄昏，天边最后一丝微光被夜色吞噬，寻的目光也黯淡了下去。她沮丧地发现，心里空落落的，比从前任何一个时刻都要空。空空空！空就空吧。空又不是一条恶狗，谁还怕了它不成？况且，世间种种，最后都会成空。"

然而，"终有一天，人就不再那么执着地寻或不寻了，人学会了风轻云淡。"

终于，"寻感到她的心全亮了。因为总有一束光，穿透黑暗，让一个人重新获得勇气与力量，做回自己"，"带着一扇窗的光亮，继续前行，前行……"

黎采说"人活一世，终究是空，结局已注定"，然而"还得接着活"。这就是一种参破尘世却依然用力生活的明白与通透。忘记开始，忽略结局，专注当下热气腾腾的烟火日常，你发现那些细细碎碎的寻常日子，都是无法言喻的美好。偶然驻足回望，四野草树葳蕤、阳光落满，一些明丽的惊喜，正等待着你的奔临与抵达。

诚然，这一路上确乎会有风雨霜雪，会有山丘沟壑。然而你必须选择向前，或呼啸夺路，或隐忍以行。

路过人间，穿越红尘。

你在天地间彳亍，你心怀天地。

2020 年 11 月 10 日于恩施怡惠苑

目录

/

CONTENTS

第一辑 一个人的冬天

一个人的冬天 / 002

苞谷黄了 / 007

乡间小路 / 010

桐籽花开 / 014

风吹麦浪 / 017

萧瑟美 / 021

躲不过一棵树 / 024

乡村夏夜 / 030

云在村庄上空飘 / 034

起风了 / 039

月夜 / 044

回家 / 049

歌声 / 054

在尘世 / 058

我的父亲母亲 / 063

母亲的菜园 / 077

最后收割的向日葵 / 082

告别 / 085

寻找秀秀 / 089

每次离开，不敢回头 / 096

婆婆 / 100

逃离 / 104

尘埃弥漫 / 108

有竹 / 113

年，近了，远了 / 118

春天，请你慢慢地来 / 125

第二辑　路过人间

路过人间 / 130

建始之秋 / 136

水墨石门 / 140

石垭子老街 / 151

恋一只蝶 / 157

我在五阳书院 / 162

登朝阳观 / 166

石牌湖 / 170

风景 / 173

寂寂大沙河 / 181

老房子 / 185

白云深处有梨花 / 189

樱桃红了 / 193

云南行记 / 196

深秋的样子 / 206

一座城的倒影 / 210

村居日记 / 215

小城醒来 / 224

在水一方 / 230

村语村色 / 236

迟到 / 242

挖春天的人 / 246

一夏倾村 / 252

野有蔓草 / 259

采采蓼花 / 267

听听那虫鸣 / 272

村庄是一片庄稼 / 277

第三辑 我在月光下晒秘密

无 / 290

落叶缤纷 / 294

等一场雪 / 299

近黄昏 / 302

呼吸，不语 / 306

像早晨一样清白 / 311

漏掉的时光 / 316

归 / 319

虚度光阴 / 323

清欢 / 328

乞丐与春天 / 334

流浪 / 338

无以言表之时 / 342

天青色等烟雨 / 348

忽然，怕了秋 / 352

陌生时光 / 357

我在月光下晒秘密 / 362

寻 / 367

后　记 / 373

第一辑 一个人的冬天

人一生会路过许多地方,但绝不会对每一个地方都心生爱恋。

一个人的冬天

立冬那天的一场轻雪，令日渐愚钝的我猛地意识到：冬天，来了。

我甚至被吓了一跳。好像春天还没离开几天呢，咋就下雪了呢？日子真是过得贼快。

我在那些雪花里——朋友们在微信里晒的雪花图片或视频里，竟感到一种不可抑制的兴奋——好像那些雪花已然飘在我的头发上、睫毛上、衣襟上。我坐在斗室里，暗暗生出一种不算太小的冲动：我想到下雪的地方去，立刻去。但，我也就仅仅这么想想。说走就走，于我而言，早已是一件奢侈的事。不过，我对自己总算还有一点去看雪的冲动是很在乎的。这样的冲动常常走失。它们走失的后果是我加速衰老。所以，哪怕是一闪即逝的冲动，我也希望它在我身体里实实在在地闪一下。尽管一闪之后，我照样会一脸平静地待在无雪下的地方，任雪在别处恣意飘洒，任冬天如此有仪式感地降临，任自己假装无动于衷。

我忘了从何时起，我不再认真地等一场雪，不再期待邂逅傲雪的花朵，也不再惧怕呼啸的寒风，不再理会寒风究竟要把我吹向何方。

我不能把冬天怎么样。冬天也不能把我怎么样。我像个无赖一样，在许多个冬天里一晃而过，了无痕迹。

有时，我想，这些年，冬天经过整个天地间时，可能一不小心把我给遗忘了——你看吧，我这么不讲道理，被冬天遗忘，纯属活该。

也许，属于我的冬天，一直停留在记忆深处的蔡家湾吧。那些远去的冬天里，总有雪，落在蔡家湾，落在我最初的梦里。

在某个清晨、午后或是黄昏、深夜，蔡家湾里下雪了。你期不期待，喜不喜欢，雪不管。雪，想下就下了。而且，想怎么下就怎么下，忽大忽小，时急时缓。

我常常独自待在蔡家湾的某个角落，抬起头，仰望雪从高远苍茫的天空里飘下来。我伸出手，接住一片一片雪花。还没看清楚形状呢，雪花就融化了。融化成说不清的惋惜以及喜悦，在心底隐隐荡漾。

雪，下着，下着。蔡家湾这座小小的村庄在雪的到来之中，变得安安静静、超然物外又娇羞妩媚、楚楚动人。就像一个素朴的女子忽然披上了一袭洁白的轻纱，那气韵简直不可描述。

雪，下着，下着。以温柔又凌厉的攻势，让天地间充满神秘的秩序感，让人心被洁白与空灵深深涤荡。

那时蔡家湾大多数人家都住着土墙瓦房，雪落在瓦片上，轻轻盈盈，深深浅浅，疏疏密密。灰瓦白雪，是灵动的诗意、古意、禅意。有的屋旁，悠悠然伫立着落满雪花的一丛绿竹或是一树红柿，那是冬天勾勒出的写意画，每一笔都摄人心魄。有的屋旁，枯萎多时的臭菊、十样景、芍药等，顶着一团团雪花，仿佛获得了新的生命，开出了不可思议的新花。有的屋旁，一行行鲜嫩的蔬菜东倒西歪，从雪中露出来的少许叶子，倔强地昂着头，可爱又清纯。

　　雪，继续下。炊烟从这家那家的屋顶上丝丝缕缕地飘出来，鸟鸣从某片树林里清清脆脆地响起来，远方的游子匆匆忙忙地从某条路往落雪的村庄赶回来……

　　生活，在一场雪里，不慌不忙地继续着。

　　时光，在一场雪里，不紧不慢地流逝着。

　　很多时候，小伙伴们打雪仗、堆雪人，我通常都作为他们的观众，在一旁跟着乐。偶尔也会向谁谁谁扔几个雪球，惹几声尖叫和狠狠的还击。

　　我更喜欢雪落在大地万物上原本的样子。比如，那些乡间小路在雪中失去了清晰的走向，让人恍惚间不必理会从哪里来到哪里去——任自己迷惘一小会儿，莫名的轻松就会在不经意间弥漫心底。我总是希望那些落满雪花的乡间小路不被人啊、牛啊、羊啊、猫啊、狗啊的踩上去，因为那些"踩"会把我的思绪踩乱。

　　雪停了，雪不可避免地融化着。就像它的到来一样，不容拒绝。蔡家湾便慢慢悠悠地从似梦非梦中醒来。

　　有人提着竹筐拿着月亮形的弯刀下田砍菜去了，有人背着背篓提着打杵到山间打柴去了，有人赶着牛羊沿着小路放牧去了，有人两手空空两眼焦虑地到田间去查看刚长出不久的油菜、豌豆、小麦嫩苗儿冻坏了没，有人扛着锄头去给刚种下不久的洋芋盖土去了，有人打扮一新，不知要去哪儿溜达了……

　　屋檐下的冰凌子还没化完呢，阳光一照，滴出一串串、一排排晶莹透亮的冰水珠帘。院子里背阴处还有三两团积雪呢，不一会儿，就不见踪迹了。谁家孩子堆的雪人，口歪眼斜了，手掉脚断了，渐渐地，看不清模样儿了……

　　一场一场的雪，下了，化了。一冬又一冬。

后来，雪依然每年都下，蔡家湾的冬天，每年似乎变化不大。但还是在变化着。土墙瓦房越来越少了，老柿树也没几棵了，那些在雪中摇摇晃晃的老人们接连长眠于地下了，那些健步如飞的身影慢慢地也开始步履蹒跚了，小年轻们毫不留恋地迈开大步到山外去寻梦、寻诗，寻远方去了……

而我，也在别处了。没办法，在我心里，不叫"蔡家湾"的地方就是别处。别处的冬天也会下雪，却没有一片雪能落在我心上。只有我自己知道，在别处过冬天，我的怅惘是怎样的无处安放。

那些在蔡家湾里度过的冬天，是我生命中关于冬天的珍贵记忆。我无力阻止记忆里那些美好的片段离我越来越远，也无法说服自己用同样的心绪来度过我在别处的任何一个冬天。

我已没有足够的勇气头也不回地一直往前走。我更愿意用余生在某些事情上无怨无悔地往回走。

对我来说，这个往回走的过程充满温暖。异常温暖。永远温暖。

那些年的冬天里，爷爷带着我和小妹，到屋后的山林里去捡松果，提着满筐的松果回家，就可以燃起暖暖的大火了。爷爷将松果放在火塘里，麻利地划一根火柴，松果一个一个地燃起来了，红红的火苗照亮了一家人的脸庞。爷爷兴致好的话，就坐在火边绘声绘色地讲《三国演义》《水浒传》等书里的故事，我和小妹常常听得入了神。有时，爷爷还会哼上几句山歌。奶奶也坐在火边，不时向火里加松果，看着爷爷讲古、哼歌，奶奶不说话，只露出浅浅的笑。

母亲每年冬天都喜欢做豆腐。母亲挑选出她种的优质黄豆清洗干净，放入水中泡上几个小时，用小石磨磨出豆浆，架柴火支大锅煮沸，拿白布袋滤出豆渣，洒烧熟的石膏粉固化豆浆，把包好的豆腐放在专用的木制架子沥水。每一道工序，母亲都做得一丝不苟，像制作艺术品一般专注。母亲将豆腐与腊肉、白菜煮在一起，锅里冒着团团热气，满屋都是浓浓的香味。一家人边吃边聊天，满足而幸福。

……

点点滴滴，每每忆起，就会觉得，冬天，不冷。

这大概就是属于我一个人的冬天吧。曾经丰盈过，就不怕荒芜。

苞谷黄了

我在一个苞谷成熟的季节回到村里。

那些老得很积极的苞谷,已被主人弄回家中,撕下壳叶,躺在屋檐下或院子里晒太阳。黄灿灿的,看一眼,日子陡然就丰满了起来。

我家院子里也堆放着一小堆剥了叶的苞谷。母亲将它们摆得很整齐,尤其是那一个一个苞谷砌成的边沿,显出一种别样的秩序美。

母亲说,院子前面田里的苞谷还没老好,得等几天再掰。母亲是站在院子里看着那片苞谷说的。我也看着这一小片苞谷。

我想对母亲说:年纪大了,身体不好,种点蔬菜就行了,别再种苞谷了,好吗?但我没说——我知道,于母亲而言,每年种苞谷是一种习惯,一种早已与生活融合的习惯——更重要的是,母亲对她的田地、她的苞谷有感情。没有谁能轻易放下承载着自己感情的事物。

我再次把目光投向这片苞谷,是的,如母亲所说,这片苞谷还没老好,但已经老态尽显,稳重地静默着,一副任凭风吹雨打的样子。

一年一年，苞谷在母亲的汗水中与期待中欣然萌芽、茁壮生长、慢慢老去。母亲也一年一年地老了。

这片苞谷离我很近。但又似乎离我很远。

我有多久没有走进一片苞谷地里了？

一年？两年？十年？……

记不清了。

我走远了，越走越远。离苞谷地越来越远了。

可我曾经离它们那么近。非常近。

那时正年少，我跟随母亲在苞谷地里锄草、施肥。苞谷苗那么嫩那么绿，在我的脚边娇羞地点头。它们长得那么快，仿佛一眨眼的工夫，就又比我高出了许多。然后热烈地开始扬花，长出一个个苞谷坨。

多少次，我站在苞谷林中，呼吸着苞谷新鲜的淡淡的芬芳。世界那么简单，那么小，那么快乐。

母亲常常会掰几个鲜嫩的苞谷，烤着或煮着给一家人吃。丝丝缕缕的苞谷香从厨房里飘出来，飘在每个房间里，飘到院子里，飘到院子外……香味在空气里蔓延，诱惑在空气里飞扬。用现在流行的话说，那是一种小确幸。那种感觉，美妙得像一弯彩虹，真实又缥缈；恬淡得如一泓清泉，灵动而澄澈。

待苞谷全部成熟之后，一村的人就都开始忙活着掰苞谷了。

故乡的秋天似乎就是从掰苞谷开始的——你看，有人开始掰苞谷了——哦，秋天到了。

掰苞谷的人渐渐多起来了，秋意渐渐浓了起来。

大块小块的苞谷地里，独自掰苞谷的，三五人一起掰苞谷的，不紧不慢。苞谷被掰离苞谷秆瞬间那脆生生的声音像一首即兴创作的乐曲，时柔时刚，此起彼伏，在苞谷地里轻盈又深沉地奏响，在农人的心田若有若无地回响……

纵横交错的乡间小路上，用大竹筐背苞谷的，用大背篓背苞谷的，来来往往，或结伴而行，一路唠嗑，或不期而遇，相视一笑。你有你的苞谷，我有我的苞谷，各自背着自己的收获与喜悦，奋力前行——这是种田人平凡的姿态，也是虔诚的姿态，美丽的姿态。

月光很好的晚上，许多人家会在院子里撕苞谷。月光柔柔地照着，人的影子、苞谷堆的影子移动着、变换着；夜风轻轻地吹着，谈笑的声音、撕苞谷的声音在风里回荡着……月光照亮的，不仅是大地，还有大地上像撕苞谷这样简单又有意思的事；夜风吹走的，不仅是声音，还有声音之外游离着的或喜或悲或不喜也不悲的思绪。

我记得，奶奶教我们挑选出那些个大饱满的苞谷，撕掉其外层叶子，留下两三片叶子，再将五六个苞谷的叶子捏在一起，拉直，与另五六个苞谷的叶子拼接、扭紧，形成两边是苞谷中间是叶子的一"束"，然后将两个这样的"束"相互缠绕，便是一提苞谷。这就叫给苞谷打提。那时，每家每户都会给苞谷打提。

这是一种打理新鲜苞谷的形式，更像是一种仪式。

一提一提的苞谷挂在房梁上，挂在墙头，像一座座农房开出的花，不，是一个个农人心里开出的花。能让内心感到踏实的花。感到踏实，就是幸福的。

现在已经很少见到一提一提的苞谷了。偶尔在乡下遇见，总会下意识地停下脚步，静静张望，脑海里不知不觉地浮现当年的月光、当年的苞谷。月光依旧那么明亮。苞谷依旧那么漂亮。熟悉又陌生的幸福感在心底流淌。

也有一点惆怅。

乡间小路

1

这些天老觉得想写点什么——什么究竟是些什么——我一点思路也没有。

没有路，我是否在路上？我不知道。我只明显地感觉到想走。或者说在走着，像个孤独的流浪者在迷雾中走着。

我迫切希望眼前出现一条乡间小路。散发泥土芳香的乡间小路。

乡间小路是我记忆中最初的路。在我感到无路的时候，我总是忍不住想起这最初的路。

2

那个叫蔡家湾的湾湾里，跟高坪镇石门村其他地方一样，多的是乡间小路。山脚下，树丛里，田埂上，农舍旁，乡间小路纵横交错，或长或短，蜿蜒逶迤，粗犷而不失秀气，古朴而不失新鲜，寂寞而不失趣味。

我一直觉得，乡间小路是乡村里灵动飘逸的线条，是大地上朴素清丽的痕迹。若无乡间小路谈何乡间？

我喜欢乡间小路——喜欢在我生命里一出现就无法忘却的东西，没有理由，不需要理由。

我为我的人生从行走在乡间小路上开始而感到快活。

走在乡间小路上，邂逅无名的小花、触碰晶莹的露珠、遇见暮归的老牛、闻到清香的炊烟……多么轻松惬意，多么诗情画意。走在乡间小路上，可以遐思，可以憧憬，可以回忆，当然，也可以什么也不想。乡间小路，是生长宁静和快乐的地方。内心的宁静，简单的快乐。如同在茫茫尘世里终于找到你前世今生眷恋的人一样，看见或是想起，心中就会开出花朵，宁静又快乐的花朵。

每一条乡间小路都有故事。古老的，年轻的，介于古老和年轻之间的。美丽的，忧伤的，平淡的。长篇的，短篇的，中篇的。走在一条乡间小路上，实际上就是走在多多少少的故事之中，走在深深浅浅的时光之中。故事散落在裂缝、尘土、小草小花里，在四季里生长，在岁月中轮回。随心一碰，故事就会从裂缝里钻出来，从草尖上掉下来，从花朵间飞出来。你在乡间小路上猜测或者品味一个一个故事的同时，也在参与或者创造一个故事。你在乡间小路上试图解读小路的内心世界时，其实也是在试图解读自己的内心世界。你在乡间小路上零距离地触摸大地的时候，同时也被大地零距离触摸。

乡间小路很是有点意思。

3

小时候，我曾觉得乡间小路太狭小。它在我的母亲背负着庄稼蹒跚地经过时显得狭小。它在很多个母亲看似面无表情地经过时显得狭小。它在电视里闪现的那些宽阔无比的柏油路等相比之下显得狭小。

我曾无数次随母亲走在狭小的乡间小路上，清晨去摘新鲜的蔬菜，午后去掰成熟的玉米，黄昏去挖美味的花生……汗水滴落，笑声飘散。我记得，乡间小路记得。

渐渐地，我发现乡间小路其实是世界上最宽阔的路。它给予走过它的人来自大地的温度，尤其是与它相依相伴的农民。走在温软的乡间小路上，农民的心里一定会有温软产生——从他们不经意间露出的与世无争的微笑便知，尽管他们的内心也有着或多或少的茫然和苦涩。

去年过年，我回到老家，见到了许多从远方赶回来的走过这样或那样的非乡间小路的亲朋。我无法准确揣测他们走在久违的故乡的乡间小路上会是一些怎样的感受，但我愿意相信他们中的大多数行走在乡间小路上仍然是快乐的。异乡的路无论有多畅通、平整，脚也会累，也会疼，或者说会更累，更疼。只是，脚的疼痛感被城市的喧嚣淹没。

我想，不论异乡带给那些从乡间小路走出去的人是春暖花开还是冰天雪地，某一天，双脚重新踏上乡间小路，重新用舒缓的脚步寻找内心已失去或正在失去的安宁时，就会发现，喜与悲、成与败、得与失，乡间小路都容得下。

乡间小路的宽阔，是一种无言的宽阔。是一种能够让内心世界豁然宽阔的宽阔。

4

那个一去不回又恍如昨日的儿时的我在乡间小路上学走

路——跌倒——会走路。我怀念那样的走——为走而走。人生能有多少时间享受纯粹的走？通常当你发现这一点的时候，你早就失去了走的乐趣。

我在乡间小路上走着走着，不知不觉，就走出了它，渐行渐远……

当我终于很久不曾走在乡间小路上，我才发现我现在所走的路是如此的坚硬、冰冷，我感到一种莫名的慌张——我在喧闹的城市街道上抬起脚，却不知要走向何方。

我知道，我其实怎么也走不出记忆中的乡间小路——即使是在梦里，独自一人走在乡间小路上，我醒来也能找回曾经的自己，或者说找到另一个自己。

只要是回到我熟悉的乡村，或者靠近我不熟悉的乡村，我总会用眼睛搜寻我喜欢的乡间小路，迫不及待地走在上面，寻找那一份难得的珍贵的恬淡从容。

只可惜，乡间小路正在不断地减少，不必说通往各村的大道，就连一些田间地头也布满了与其貌合神离的水泥路。钢筋水泥正在以绝对庄严、强势的姿态逼视着乡间小路。

我不希望越来越多的乡间小路消失。也许，我的想法只有乡间小路上青青的小草赞同。钢筋水泥随时有可能潇洒地将她们覆盖，不容她们发出一丝声响，就没收了她们的蓝天，没收了她们的呼吸，没收了她们的梦想，将她们囚禁在黑暗之中。

我想着那些小草，忍不住叹那么一口气。

桐籽花开

一阵轻寒之后,桐籽花开了。

印象中,每年桐籽树花开之前或盛开之时,都能在暖意融融的春天里感受到几缕寒意。小时候听奶奶说,桐籽开花时要冷几天,也就是冻桐籽花。多特别的花。偏要冷冷地绽放。不过,我喜欢。比喜欢别的花更喜欢一点。

桐籽花没有桃花的艳丽,没有樱花的娇柔,没有梨花的轻盈,但一点也不影响它的美。它大气,端庄,清秀,优雅,宁静自在,风姿怡然。说到底,它独特。在我眼中,它有种独特的美——或者说,于千万花之中,唯有桐籽花会让我产生一种独特的喜欢——就像于千万人之中,总有一人让你产生独特的感觉。

后头坡曾经就有一坡桐籽树。后头坡是我老家所在的那片坡。我家以及周围一些人家都有几分农田在后头坡。

暮春时节,后头坡的桐籽树像约好了似的——忽如一夜白雪飘,白里透红的花朵不知不觉地就缀满枝头。桐籽花一朵朵、一簇簇、一树树,在嫩绿舒展的桐籽叶间跳跃,像清晨的露珠一般晶莹,像身着旗袍的女子一般婉约。每一朵桐籽花仿佛都写满了不可名状的生机,在和煦阳光下在柔柔春风中在绵绵春雨里随性又慎重地绽放。从远处看，一坡的桐籽花掩映着三两座民房，间或有农人穿行其中。这就是春光，天然去雕饰的春光。这就是春色，清水出芙蓉的春色。如诗如画，如云如梦。好美。美好。

桐籽花开的时候，是后头坡最美的时候。那时的我，总是恨不得一年有四个春天，那样我一年就可以看四次桐籽花开。回头想想，我也只对桐籽花产生过这种痴心妄想。

后头坡开满桐籽花时，我总喜欢在花间转悠。那是一件特别愉快的事。看看这树桐籽花，看看那树桐籽花，怎么也看不够，怎么也看不厌。有时也顺便在桐籽花树下扯一些不知名的形似三叶草的小草，做成毽子，回家跟小伙伴一起玩。有时也像个小兽似的三下两下爬上一棵桐籽树，只为更近地嗅嗅馥郁的花香，瞧瞧精致的花瓣。

我们小时候是从不摘桐籽花的，主要是因为不敢。大人的话哪敢不听：桐籽树开花是要结桐籽的。桐籽是要卖钱的。摘桐籽花相当于摘掉钱。你要是摘一枝桐籽花试试，你会发现，招顿责骂是易如反掌的事。

入秋后，桐籽成熟，乡亲们就带着竹筐筐、竹背篓、竹竿等收桐籽。地上掉落的，挨个捡起来；树上挂着的，用竹竿打落。生怕落下一个籽儿。将桐籽一筐筐地提回家，笑容便一丝丝地飞上脸颊。把桐籽弄回家后，接着就得给桐籽去壳，桐籽壳又厚又硬，没点技巧休想把一粒粒桐籽从壳里剥出来。碰到那种硬如铁的桐籽，脚踏手掰，都不一定能成功将壳与籽分离。剥好的桐籽还得晒干，然后背到街上的收购站卖掉。

只是，不知从何时起，桐籽不值钱了，各家各户的经济条件也慢慢地好了起来，桐籽树的噩运随之而来。后头坡上高大挺拔的、娇小婀娜的桐籽树都相继被砍掉。它们死得不明不白。砍它们的理由明明白白：又不卖桐籽了，留着有什么用？还遮田，影响苞谷洋芋生长。当然，如果生活中总是缺这缺那，谁有工夫赏花？不是农民不爱花，有时是爱不起。生活中，"有用"比"美"常常更受欢迎。尽管"美"也是一种"有用"。桐籽花美，农民不易，这是两件事。

现在，后头坡再也不会有一坡的桐籽花热热闹闹地绽放了。再也不会了。

前几年，母亲不知从哪里弄来一棵桐籽树苗，栽在老家屋旁的路边。这棵桐籽树已连续开了四年花了。这树桐籽花虽比不上当年后头坡上任何一树桐籽花那样别有风采，但那可爱的花朵仿佛有一种魔力，吸引你走近，像走近一个久别重逢的老朋友，像走近一个天真懵懂的小女孩。一时间，记忆里的桐籽花、眼前的桐籽花邂逅在心底，绽放在心底。很多思绪在出没，却又说不清。很多情感在飞扬，却又聚不拢。

每年春天回老家，若恰遇桐籽花开，那种久违的或者说失而复得的开心是无法用语言来表达的。我会不由自主地待在树下，用仰视的姿态静静地同她"叙旧"。我知道，"旧"其实是我单方面的旧，那些新鲜的花朵并不明白一个呆瓜的胡思乱想。但是，我还是很享受这样的交流——我愿意相信，万物有灵——风儿轻轻吹，桐籽花点点头，我微微笑，就很好。相看两不厌，自在又逍遥。相知不需言，且把尘俗抛。

今春，故乡的桐籽花开了吗？

风吹麦浪

风吹麦浪。

当我写下这四个字的时候,心底涌现的是别样的温暖、美好、感动,以及怅惘。

那些年,春夏时节,麦子曾遍布故乡的田野。

头年秋末或初冬,农人们挑选肥沃向阳的田地,翻松土壤,播下麦种,盖上厚厚的细土。农人们相继种完自家麦子后,田野里就铺陈出一种不约而同的整齐,也铺陈出一种不动声色的安详。农人们扛上农具又去干别的活了,他们总有干不完的活,他们没有时间倾听所有的麦种在地下交头接耳,汲取养分。他们不用倾听也知道,一场盛大的"萌芽"正在徐徐拉开帷幕。

来年春天,麦苗破土而出,一行行,一列列,一块块,一片片,在晨曦里舒展嫩叶,在和风里轻轻摇曳。麦苗青青,接天连地,田野一下子被点亮了。农人们欣欣然忙碌起来,各自奔向自家麦田,锄草、施肥、垄行,唯恐在哪一个环节没抓住时令致使麦苗长得不够好。他们对自己所侍弄的每一株麦苗的喜爱与期待,在目光里,在汗水里,一场一场经过麦子的风知道,一年一年生长麦子的土地知道。

麦苗大约不记得它曾是一粒麦种时的事了——瞧着麦苗那个天真烂漫的样子，一个人的前尘往事仿佛都不知所踪了。麦苗齐刷刷地忘乎所以地生长着，你追我赶，各不相让。农人们抬起头，望一眼绿波荡漾的麦田，望一眼高高在上的老天，祈愿风调雨顺，麦子有个好收成。

麦子扬花了。田野里的麦子陆续扬花了。麦子的花太小，小到像一个不可捉摸的谜。麦子的花太素，素到如一缕超然飘逸的烟。但就是如此并不千娇百媚的花，却有着一种巨大的力量。来自大地的力量。浸入人心的力量。立于麦花盛放的田间，清醒着也好，沉醉着也罢，总能感受到这力量，并被这力量包围。深吸一口气，呼吸里全都是麦花的芬芳。这个时候，麦田里的人也宛如一株风华正茂的麦子。多好，整个村庄弥漫在淡淡的馨香之中，处处洋溢着新鲜又古老的乡村气息。多妙，一个甘愿迷失在麦田之中的人。

于我而言，扬花的麦田是一个亲切又神秘的诱惑。我总是喜欢独自待在某片麦田边，看麦花的淡雅至极，看麦芒的潇洒奔放，看风拂过时麦浪起伏……边看边想着些虚无缥缈的事情。在一重一重的麦浪里，时间慢下来，村庄意气风发，我的思绪纷飞……我曾拥有如此曼妙的时光。奢侈的曼妙时光。

时间也没有慢下来，不经意间，麦子就黄了。风起，依旧麦浪起伏。金色的麦浪起伏。如果说绿色的麦浪叫人心旷神怡，那么金色的麦浪则令人心醉神迷，更具无法抵挡的魅力。村庄在蓝天下闪着动人心魄的金光。这光照进农人们的心底，他们得令似的，磨亮弯弯的镰刀，背上大大的竹筐，向农田进发。他们一步一步地走向收获，这是一件平凡的事。这是一件庄严的事。他们的脚步声在田野里悠悠回荡，麦子静默。静默着等待农人的到来。作为麦子，被收割，是其宿命。在宿命面前，静默也算是个睿智的选择。

嚓、嚓、嚓，农人们挥舞镰刀，<u>丛丛</u>麦穗应声而落；吱、吱、吱，竹筐里装不下了，再用力压一压；哒、哒、哒，打杵在乡间小路上碰个不停，背一大筐麦子也得费点劲儿呢。遇见同在收割麦子的人，属于各自的喜悦相互心领神会，都付相视一笑中。

当村庄里最后一株麦穗被农人割下，一次关于麦子的种植就接近尾声。那些留在田间的麦秆和麦兜，提示着一种坦然的分别，显出一种莫可名状的安定美。农人暂时顾不得理会它们，农人要先忙着将堆在院子里的麦子晒干，然后打麦子。

打麦子的场景，格外叫人怀念。家家户户陆续挑个阳光灿烂的日子，将干透的麦子均匀地铺在院子里，用自制的连枷打麦子。乡亲们使用的连枷由一个竹长柄和一组平排的木条构成。打麦子、打黄豆、打豌豆等都离不开连枷。使用连枷可是一个技术活，两腿需一前一后站着，一只手握住竹长柄的末端，另一只手握在离末端约一尺远的地方，身子略微向前倾，然后双手将连枷高高地扬起，重重地落下。连枷在空中划过一道道流畅潇洒的弧线，一粒粒醇香的麦子破壳而出。有时一个人打，那就得围着麦子转圈打；有时两个人相向打，你一下，我一下，你起我落，你落我起。啪——啪啪——啪啪啪，连枷落在麦子上的声音像一首铿锵豪迈的进行曲，生活的热情，劳动的苦乐，也跟着连枷起起落落。曾经啊，打麦子的声音此起彼伏，在村庄里久久回荡……

刚打出的新鲜麦子，还得经过木风车扇一扇，以去除枯叶及碎屑等。待彻底晒干后，就可背去附近的面坊换面条或是磨面粉了。农人们会挑出上等的麦子作为麦种。留好麦种，才能放心大胆地吃换来的面条和面粉。农人的远见，总是那么的不声不响。

后来，面条、面粉在商店里随处可见，大家都很容易就能买到，故乡的面坊就逐渐关门了，故乡的麦田也就越来越少见了。更准确地说，不是麦田不见了。慢慢消失的，是麦子，不是田。麦子，只是田的过客。任何一块田，都无法选择自己是做麦田、稻田或是油菜田。

如果我没有记错的话，近二十年来，我已经没能在故乡看见哪块田种有麦子了。

置身故乡的田野，我脑海里总会浮现麦浪起伏的样子。这样的错觉一次一次撞击我身体里某个柔软的地方，让我意识到一种失去。我无力改变的失去。我只能从记忆里努力挽留的失去。

那些关于麦子的画面，估计很难再在故乡的土地上重现了。但我一直觉得，那些画面依旧存在于故乡，在故乡的深处。在许多像我这样的人的心灵深处。

这就够了。

萧瑟美

小路边，一个看起来在散步实则不知在散什么的我邂逅了一丛枯萎的绣球花。

我的脚步毫无悬念地停下了，我的眼睛毫无防备地被俘虏了——我感到我的眼睛里闪出了一些光，这些光的意思明摆着：想要把这枯萎的花朵看一眼，再看一眼，直到看进荒芜的心底。

那就看吧。

不得不承认，这丛绣球花所呈现的色与形极度迷人。

深深浅浅的褐色，晕染出丑美丑美的花朵、叶子、茎，简约至极，却也丰富至极，那是一种不可比拟的奇怪又和谐的色泽。这样的一团色泽，在晨雾里静默，如一个迟暮的妇人的表情，不可捉摸的表情。

茎是干瘪瘪的，叶子是卷曲的，花朵是皱巴巴的，大多数茎的顶端都有一朵花，叶子没几片。要说美，还真没有通常意义上的美。这就是这丛绣球花的形，也可以说是其身姿。这身姿，是穿越过风霜雨雪后的身姿，芳华不再，灿烂不再，但依旧挺立着，沧桑而倔强，从容又傲然。

我的视线终究还是不由自主地集中在花朵上。花朵凋零了，正在凋零，还要继续凋零，直到化为尘土，了无痕迹。花瓣早已失去往日的鲜嫩、芬芳，变得薄如蝉翼、轻如空气，通透出有质感的空灵。我甚至不敢伸手去碰这一份空灵——它是脆弱的，它是安静的，它是珍贵的，它不需要赞美，也不需要呵护，更不需要注解。那些花朵曾经多么努力地生长，就将多么坦然地终结生长。

每一朵枯萎的花啊，都曾无限风华。在一个一个风和日丽或风也不和日也不丽的日子里，在田边、在山间、在溪畔、在小院或是在某个阳台上，它们欣欣然长出花蕾，初绽，盛放，一丝不苟，坦坦荡荡，以千百种姿态千万种色彩千万种芬芳书写活力与美丽——这世间不会行走但也在行走的生命所展现的活力与美丽——它们在空间里打坐，在时间里行走。它们是空间里淡定的智者。它们是时间里可爱的精灵。没有哪一分一秒的时间里没有花朵，绚烂的、清丽的、妖娆的、素雅的、华贵的、朴素的……每一分一秒都有花开花谢，每一分一秒都有新生与衰亡。

每一个人，就是这世间的某一朵花，或某一棵草、一根树。或在肆意生长，或在走向衰亡。你不会比一朵花一棵草一根树活得更潇洒，也不会比一朵花一棵草一根树活得更无奈。

这一丛枯萎的绣球花，又是谁呢？

似乎是一个她，又似乎是很多个她，朦胧，抽象，我无法确定。这种不确定性像缕缕清风，在我心里弥漫，弥漫成一种古老又新鲜的诗意。我抓不住那些若隐若现的诗句，我只知道，在一瞬间，我脸上一定有一抹浅浅的笑——也许，我有时候就是这丛绣球花之中某一朵的样子吧，看起来毫无生气，衰败不堪。不过我并不抗拒这个样子的自己。允许有人一直年轻，也得允许有人加速老去，或者说间歇性老去。花朵老去了，死去了，明年还会再开，再年轻。人，老去了也有可能再年轻，怕什么?!至于死去了，那就更不用操心了，或许来世能做一朵花，在这世间无欲无求地活着，多简单自在。

我把目光从绣球花上移开，映入眼帘的是它后面几块长着蓑草的田地、几垛玉米梗子、几棵光秃秃的树，以及村头静悄悄的大山和雾蒙蒙的天空，这是这丛绣球花的背景。花、玉米梗子、树、田地，以及所有我目之所及的事物，在寒风里相互依偎，又各自孤独。枯萎的绣球花，只是这个冬天里一个普通的不起眼的存在。当我再一次将目光投向"有背景"的绣球花时，我发现，有一个词像潜伏在我心里的间谍，带着我心里的真切感受，忽地跳了出来，它就是：萧瑟。冬日的茫茫大地上，何处不萧瑟？世间种种，难免走向萧瑟。萧瑟终结了生机，萧瑟也在孕育生机——我看见，春天就在不远处，这丛绣球花抽出恍若隔世般的新芽……

萧瑟，美。

躲不过一棵树

很多东西，躲不过。

怎么都躲不过。

一件事，一个人，一朵花，一株草，一阵风，一场雪，如果注定要遇见，就躲不过。属于一个人生命中的很多东西，都在时间的长河里或清晰或模糊地等着你，你走走停停也好，勇往直前也罢，它们都在某个角落，不声不响地等着你，等你经过，温情又无情地扑面而来，给你一个惊喜，或惊吓。

去年我就知道，我躲不过一棵树了。

我分明一次一次感受到一棵树对我的召唤。强烈的召唤。

我试图不去想它，不理会它，甚至忘了它。但是，没用，一点用都没有。试图的另一个名字叫徒劳。徒劳费神之后，只会感到更加不可抗拒的吸引。

树，就在那里，不远不近，在我心里，在我眼前。在一个宁静的小村里。

是一棵上了年纪的柏树。

有多大年纪？

九百岁左右——据大舅说。

这棵柏树就长在大舅屋旁。

是我童年记忆中印象最深的树。是我认识的第一棵称得上"古树"的树。更是外婆家最美的风景。

记得那些年，一到逢年过节，外婆家总是会热闹非凡。外婆有三个儿子五个女儿，八个小家相聚在外婆家，嗨，那个氛围，有种无法形容的温馨，也分外有趣。外婆拿出她平时舍不得吃的好肉好菜，让舅妈以及我母亲、姨妈一起做饭，饭菜香飘得满屋满院子都是。外公拿出他心爱的苞谷酒，跟他的儿子、女婿小酌或畅饮，谈天说地，不亦乐乎。

我们小孩子呢，一见面，自然是一起玩。常常就在大柏树下玩。

我们手拉手把柏树围起来，要五六个孩子才能将柏树围抱起来。我们笑着跳着，柏树在我们的怀抱里了——那些年，快乐就是这么简单。我们咯咯地笑着，好像抱住的是一个树神——我们抱一下，自己也变得神气十足。柏树一动不动，并不打算传我们什么神秘的力量或其他。这大柏树与生俱来的深沉到神秘的气质，对所有靠近它的人都不动声色地产生不可抗拒的巨大吸引。柏树皮的纹理比外公外婆的皱纹还要密集，也苍老得多，柏树又仿佛只是一位慈祥的老人，任我们在他身边撒娇、撒野。

我们在树下跳皮筋、跳房子、踢毽子、打纸板儿、抓石子儿、捉蜻蜓、追蝴蝶……

阳光洒下来了，从枝叶之间洒下来了，星星点点，瞬息万变，我们脸上、手上、衣服上缀满了阳光漏过柏树枝叶形成的各种形状的图案，心里若有若无的梦便飞扬起来……

风吹过来了，柏树的枝叶优雅地摇曳，姐妹们的长发柔柔地舞动，调皮的哥哥弟弟迎着风唱着不知从哪里学来的歌儿。每一次呼吸里，都有植物与泥土的芬芳……

雨下起来了，柏树即是一把巨伞，没有威力的雨是无法穿透它的，我们自然也乐得有这么一块天然避雨地。足够美丽又分外独特的避雨地。悠闲地待在树下，看着树外的地面慢慢被淋湿，而树下却依旧是干的，就会莫名感到一种确切的小幸福——是柏树，挡着雨，给人一种安全的幸福感。当然，只是在下着绵绵小雨的时候，我们才在树下流连。雷暴天，我们会被大人呵斥，乖乖回到屋里。

柏树下的世界，从来都很小很简单，也很大很丰盈。

听外公外婆说，这柏树是康家的先祖栽下的。外公外婆是听他们的长辈说的。而长辈又是听长辈的长辈说的。可惜无任何文字记载。从情感上讲，我倒是希望这柏树的确是康家的先祖栽下的。每次看这柏树的时候，我总是仿佛看见一个家族近千年的繁衍生息。在这个小地名为"康家包"的地方，某个康姓人栽下这棵柏树，它生长着，从柔弱小苗到茂盛大树。康姓人一茬一茬地出生，又一茬一茬地没了，又一茬一茬地出生……柏树看着，无可奈何，无能为力，它不能阻挡任何一个人消失于他们曾忙碌的田间地头，也不能跟任何一个新生的人打个招呼。它见惯了生离死别，它参透了生死疲劳，它就那么无惧无畏地活着，一天一天，一年一年，活成一个智者的模样。

不知从哪天开始，柏树忘了老去。它已经够老了，它还是常常一副年轻的样子。每年春天，它简约又慎重地年轻起来。那满溢的新绿，是一袭极其华贵的时光之衣，是一缕无比质朴的生命光辉。大柏树，挺立在大地上，认真地绿了近千年，竟没有半点疲倦的样子。这样的绿，是有分量的。当我在树下仰望这遮天蔽日的绿时，心里会不由自主地感到无边无际的宁静。丰富的宁静。跳动的宁静。珍贵的宁静。

在这样的宁静里,语言是多余的。在无声里,方能看见来自时光深处的曼妙风景,同时看见最干净的自己。

从外婆家到我老家,三里远。站在老家旁边的山坡上,一眼便可望见外婆家,当然,其中最醒目的就是大柏树。它的高大,令周围的一切景物模糊不清。我喜欢一个人躲在那条山间小路上,静静地遥望外婆家——柏树的丰姿在晨雾里若隐若现,在晚霞里别样妩媚,在细雨里沉默娇羞;而柏树掩映之中的几间小屋,则显得陌生又熟悉,那里住着谁?住着我的亲人。又仿佛不是,只是住着一些离土地最近的农人,过着平凡的日子,苦与乐,飘散在冷风中,遗落在泥土里……但又是那样诗意,他们拥有寂寂青山、茫茫田野、潺潺清溪、幽幽花香、啾啾鸟语,还有大柏树,这就够了。生命需要的东西,其实并不多。多了,是负累。

就在去年的某一天,我忽然发现,我有很久没有走近大柏树了。这让我有点慌。这慌,令我皱眉——我一天究竟在忙些什么?

我出走半生,到头来,也走不出自己。这算是好,还是不好?

今天,就在今天,我要去看大柏树。我不要再等待。

通往大柏树的路不再是当年的崎岖小路,而是一条宽阔平坦的崭新的水泥路。唯一不变的是路边的庄稼和树林,依旧郁郁葱葱。我多想再回到小时候,跟随父亲母亲走在长满野花野草的乡间小路上。最美的是那段林间小路,一年四季,路上都落满了形态各异五彩缤纷的树叶,穿着母亲做的布鞋,每一脚踩上去都软绵绵的。而今,双脚触碰到的,只有坚硬。小路消失了,消失在远去的时光里。小路没消失,它在我记忆深处,蜿蜒迷离,通往过去……

一路胡思乱想着,很快就走到大柏树附近了。我加快了脚步。至于我从前特别害怕的几户人家养的狗,此时好像也对我不能构成任何威胁或阻碍。我望着大柏树——嘿,我来了。我来了!

还真是幸运,无狗拦路,我如孩子般欢欣地来到大柏树下。大柏树还是那么威风凛凛,不可冒犯。我就喜欢它这个范儿。

我看着大柏树。定定地看着。我是要看它长高长粗了多少吗?我不知道。我也看不出来它又长高长粗了多少,好像一直就是这个样子。我是要看它哪部分好呢?我不知道。哪部分都看不够。我站在哪里看好呢?我不知道。站在哪里都好像有点恍惚。

我拿起手机,连连拍照。大柏树的大,手机屏幕差点"容不下"。不过,好在我的眼睛和心都装得下。

眼前的大柏树正在跟我记忆里的大柏树重合。这是一个美妙的时刻。大柏树终于如此真实如此完整如此亲切地在我眼前心底傲然挺立。这就是我期待已久的"看见",令我虔诚而幸福的"看见"。

大柏树旁,大舅的小院宁静而安详,鲜花一朵朵、一丛丛、一簇簇,灿然绽放,花香四溢。这个小院啊,从来都是这么美。大柏树的伟岸,花朵的娇柔,农房的简朴,组成一幅绝佳的乡村风情画。

二舅的老家就在大舅家旁,二舅全家已搬离此地。一面满是裂纹的土墙上,爬满了野生苦瓜藤,美得天真无邪又冷艳苍凉,这是沧桑岁月在墙上的诗意书写……

幺舅的家挨着二舅的家,幺舅已将老房子拆掉,原地修建了一幢两层小楼。我在头脑中固执地搜索老房子的模样，我感到"失去"。失去的，不仅仅是老房子，更多的是关于老房子里的故事——外婆曾在老房子的屋檐下晒太阳；冬天，外公在火炕屋里烧一堆大火，大家围坐在火炕边，看火上水壶里的水烧开后冒出丝丝白气……

我徘徊着，没有遇见一个亲人，或许他们正在田间忙碌，或许他们外出走人家去了……有些许惆怅在空气里蔓延……

六月的天，说变就变，眼看着乌云密布，就要下雨，我恋恋不舍地往回走。

回望，一再回望大柏树以及大柏树周围的一切。

我笑了。我终于肯定——我躲不过的，不是那些终将消逝的东西，而是大柏树带给我的宁静。

乡村夏夜

那是夏夜。

二十多年前的夏夜。停电了的乡村夏夜。

这样的夜晚，村里人只得翻出各自家中备用的照明物件，弄出一点光亮来对付黑暗：或是点亮煤油灯，或是燃起油亮子（把结痂的松树疙瘩破开而成的小木片，油脂多，耐燃烧，以前村里人常用来照明），或是点燃蜡烛。当然，也有人什么灯都不点——劳累了一个白天，晚上停电了也好，去他的这活那活，索性早点上床睡觉。睡觉又不需要光。夜越黑，睡得越心安理得。

要承认，村里人弄出的各种光，对于无边无际的夜色来说，只能算是微乎其微的光。但这微光，也算是夜色里那一抹充满人间烟火的色。

不论是月华融融的夜色，还是星光渺渺的夜色，又或是薄雾袅袅的夜色，融着乡村人家的点点微光，都是一个村庄披上的极其简约又无比神秘的外衣。在这样的外衣之下，藏着一个村庄穿越漫漫时光不断沉淀的声色与动静。村庄在夜色里仿佛闭上眼睛进入梦乡一般安详，却又像睁开无数双眼睛，凝望茫茫苍穹，思考着某个亘古不变的问题。

这样的时候，一个人只要愿意静下来，待在村庄的任何一个角落，就可以安享风儿轻拂，群山肃立，虫儿低鸣，草木吐香……偶尔一两声狗叫，像是村庄的梦呓。静，村庄沉入一片纯粹而空灵的静。净，村庄弥散一种古老又庄严的净。村庄里的各个人隐在静与净里，与白天的那个自己已然不认识了。谁知道白天里那个自己干了些什么，谁知道夜里这个自己想着些什么。人，其实常常都不认识自己，所以，人才会执着又迷茫地干一件也许需要一生来完成的事：寻找自己。在寻找的间隙，忽然发现寻找自己并不容易。于是，在这样的静与净里，一个人停下来。如梦初醒般地停下来。停下来了，一个人内心的光将如云开雾散后的星星，毫无矫饰地闪现；停下来了，一个人内心深处被喧嚣掩埋的光才有可能得以重新焕发神采。停一停，过往或成向往。停一停，远方不会走远。停，是个不错的状态。若不知停，又怎知进退？

这样的时候，若是无雨，我们一家人喜欢坐在院子里那棵高大葳蕤的泡桐树下，说着断断续续的话，想着深深浅浅的心思，做着缥缥缈缈的梦。母亲在堂屋里点一盏带有罩子的煤油灯，我一直觉得那灯的外形像个身材袅娜的女子。灯光明明灭灭，闪着妖娆的火焰，生出暗红的灯花，像夜的浅笑，如梦的轻舞。

这样的时候，有束亮亮的光照进村庄，会是什么样子呢？

那是一种无法言说的样子。没有哪两次的样子是相同的。没有哪一次的样子不叫人心醉神迷。

什么样的光有如此神奇的本领呢？其实也没什么，不过是路过村里的那些车的灯光。这灯光有时来自大卡车，有时来自大客车，有时来自吉普车，也有时来自手扶拖拉机。没办法，这个人间，每时每刻，总有人在路上，总有人在奔忙。那些驾车或乘车在黑夜里经过村庄的人,是否会在不经意间羡慕待在村庄里一动不动的人?我不知道答案。我看不见他们的表情,看不明他们的去向,只能看见载他们的车发出的光。似乎他们也是光的一部分。

就是一辆一辆车的灯光,不定时地、没商量地照进夜色掩映之中的村庄,让一个村庄变得分外美妙!强烈的光,温柔的光。急速的光,缓慢的光。在黑夜,每一辆车的经过,几乎只是一道光的经过——车身隐没了,只有车的灯光告诉一个人的眼睛:车来了,车走了。每一种车的灯光照进村庄,都似乎把村庄划开一道白亮亮的口子。村庄静默,任车子沿着划开的口子,悠悠然穿行而去。光渐渐暗了下来,村庄毫发无损,车子不知所踪。

一辆车经过村庄,一道光经过村庄,一些故事经过村庄,一些思绪经过村庄。

一个村庄默视一辆车经过,一个村庄迎来一道光,一个村庄送走一道光。车来车往,一个村庄在黑夜里变得光影迷离,也扑朔迷离。

就是这样的光,让童年的我感到,停电了的乡村之夜别有趣味!车灯的光从村头那条弯弯的公路上闪现,透过远远近近高高低低疏疏密密的树,在我家房屋墙上投下斑斑驳驳的影。车行,光移,影换。瞬息万变,似真似幻。

车子离我家近了,光更亮了,院子里那棵泡桐树的枝叶之影齐刷刷地投射到墙上了。啊,你说,白天看起来深沉得像个土家汉子的泡桐树,在车灯的照射之中,竟幻化出如此神秘莫测的影。那简直就是另一棵泡桐树,是白天那棵泡桐树隐藏起来的千种风情万般浪漫。有光,多好,一束穿透黑暗的光,璀璨了一棵树,璀璨了一个村庄,也璀璨了一个人的心。

每每有车经过，我的兴奋总是无处安放，我的双眼急切又喜悦地追逐每一瞬光与影的奇与妙。可是呀，怎么也追不上。追不上，更想追。恍惚之间，心就醉了。醉了的心，就只有一片飘忽不定的光影弥漫其间了……

我记不清自己多少次在停电之后的乡村夏夜里一再沉沦，一言不发，不识悲喜。我沉沦着，成长着。直到有一天，我发现，我曾度过那么多美好的乡村夏夜。只是，再也回不去了。如果可以，我宁愿自己没有发现这一点——很多东西，通常是一个人在失去之后，才会发现曾经拥有时格外美好。

但，如此乡村夏夜，是我记忆深处的一道光。当我陷入黑暗与迷惘之中时，这道光足以穿透黑暗、击碎迷惘，让我看见生命中至简的快乐以及最初的梦想……

云在村庄上空飘

云在飘。云总是在飘。云停不下来。

我在看云飘。我总是喜欢看云飘。我也停不下来。

此刻，我在村子里那片空旷的草地上看云飘。

是躺着看的。没有比这更好的看云姿势了——地上的一切都齐刷刷地散开去，天上的云朵都悠悠然到我视野中来。而且，只要一躺下来，我就会觉得整个大地拥抱着我，给我默默的安慰和无限的美妙：呼吸里充溢着青草的味道、野花的芬芳，丝丝缕缕，清清淡淡；耳朵里回荡着山谷的风声、小虫的低鸣，时急时缓，若有若无。我就是一株草或一只虫，生长在大地之上，蓬勃在小村之中，一天一天，一年一年，云朵在我头顶的天空中来回飘荡，我千万次地仰望，我千万次地沉醉……在这样的时候，我方能真切地感到，我心里有爱，不悲不喜的爱，不慌不忙的爱。我爱这个村庄简陋素朴甚至有点丑的模样，我爱我在这个村庄里历经的所有过往……这样的时候，我才不是个虚空的存在。云，真是个奇妙的东西，什么也没做，就把一个人隐隐洗礼。看云吧，看着看着，一身的疲惫与蒙尘，不知不觉地被云带走，心灵深处的某些东西就会被重新唤醒……

我躺着。我也没躺着——我知道,有一个我在飞翔。

飞向那些云朵。

今天,天很蓝。蓝天,白云,是一首清新又深邃、古老且永恒的诗,我从来不敢奢求读懂,我始终虔诚地让它经过我就好。经过一次,我就丰盈一次。我一动不动,我不愿意任何一朵云嫌弃我的浮躁。

村东头天空中飘过来一朵云。雪白雪白的。轻轻盈盈的。温温柔柔的。像个羞羞答答的小姑娘,好奇又茫然地跑到整个天空里来玩了。你看她,好像不知道往哪儿"走",她向四周望了望,然后慢悠悠地继续往前"走"了。其实,也没有所谓前后,朝哪个方向都是前,也是后。她还边"走"边变换姿势和造型呢,才"走"了两三丈远,先前的"小姑娘"不见了,慢慢变成了个"小妖精",那"身段"妖娆得赛过杨贵妃。看你还能变出什么花样,我的眼睛跟定你了。呵,果然又变了,这下变成了一匹俊逸的白马,以奔跑的姿势在蓝天上演绎最潇洒的自由自在。只是,一眨眼的工夫,白马四分五裂了,又过一会儿,便无影无踪了……

一朵云,就像一个孤独的旅人,在属于自己的旅程里寂然漂泊,飘着飘着就飘到了旅程的尽头。有时连一声叹息都没来得及发出,就了无踪迹。但在消失之前,还是要飘,专注地飘,随性地飘,飘出仪式感,飘出万种风情。飘然地活过,岂不快哉?又何惧消失。

总有云朵消失,也总有云朵出现。天空中从来都不缺云朵,云朵总是会有的。

村庄北边的天空中就飘来了一簇云。大的,小的,厚的,薄的,胖的,瘦的,挨挨挤挤,重重叠叠,虚虚幻幻,宛如一群翩翩起舞的白衣仙子,不断变幻出匪夷所思的造型,在天空这个偌大的舞台上,纵情妩媚,放肆妖娆。有几个"仙子"低头看了一下大地上的人间,心生好奇或向往,以至于忘了舞动,乱了心神,愣是露出一副失魂落魄的怪模样。我目不转睛地看着,仿佛在看一场白日梦。多看几眼,已然分不清自己是梦着还是醒着。"仙子"们许是舞得乏了,都停下来了。刹那间,时空似乎凝滞了。安静,从天而降的安静,浸入我的每一寸肌肤。

一簇云,就像村庄里的一群人,聚在一个彼此熟悉的世界里,看似一起热热闹闹地干着某种事,享受着某种乐趣,却又各自怀揣着大大小小的梦想,隐藏着深深浅浅的心思。云在村庄上空飘来飘去,把一个村庄的人的脾性、思绪都吸收了去。一簇云的气势,就是一村庄人的气势。一簇云的声色,就是一村庄人的声色。

环顾村庄上空,今天,天空里的所有云朵几乎都呈现一种散漫的气质,这让那个死赖在草地上看云的我真是如痴如醉。不过,话说回来,我如痴如醉也不全赖今天这散漫气质的云。我看云,只因为云是云,它的任何姿态我都喜欢看。

在这片草地上,在村庄的其他地方,我一次次像个傻子一样地看云。

我看风雨欲来时的云。整个天空就是一个战场,万云翻卷,四处奔腾,乌漆麻黑,面目狰狞。如果说晴天时的云是天使,那么风雨欲来时的云就是魔鬼,尤其是夏天下暴雨前的云。"魔鬼"们性情暴戾,只差把个天空撕成碎片。可天空到底是天空,一个"空",就让"魔鬼"们无可奈何。地上的村庄无处躲藏,无法逃离,只能以一副听之任之的模样等待乌云带来一切肆虐。村庄也没啥怕的,该降临的总会降临,抵挡无用,接受就是了。村庄历经了无数风云变幻，村庄已学会默不作声，乌云再怎么凶神恶煞，也不能直接砸下来吧。这一点乌云也知道，乌云通常就弄出哗哗大雨恶狠狠地冲击村庄……终于，乌云们折腾累了，渐渐地平静下来。雨小了，一部分乌云不知去哪儿了，一部分乌云仿佛想家了，流露出些许柔情，各自缓缓踏上回家的路……

我看清晨的云。清晨的云总是带点腼腆。天气晴好的日子里，云朵们趁村庄还没完全醒来时，就不紧不慢地来到天空里了，有时这边三五朵，那边七八朵，勾勒出至简又灵动的画面；有时像一支训练有素的部队，一行行，一列列，铺陈出恢宏又庄严的诗意。朝阳升起来了，云朵们一点一点被照亮了，不约而同地露出灿若桃花的笑容。村庄在如此梦幻的云的萦绕之中醒来，似乎忘记了昨日以及昨日以前的烦恼与叹息，欣欣然开始一个村庄新一天的原地行走。我从未见过村庄年轻时的样子，我不知道我生活的这个村庄出现在大地上最初的模样。但在云朵飘飘的清晨，我在村庄里时常能触碰到村庄的脉搏，它是那般强有力地跳动——我相信，那就是一个村庄年轻着的一种样子。有时候，年轻与年龄没多大关系。对村庄如此，对人也是如此。村庄里的人有意或无意抬头望一眼天空里的云朵，似乎获得了某种力量或启示，抖擞抖擞精神，开始一天的忙碌。

我看傍晚的云。傍晚的云，还有一个好听的名字——晚霞。在天空里徘徊了一天的云，浏览了村庄一天的动静的云，在傍晚变得格外淡定从容。她们喜欢聚在西边的天空，以欢歌劲舞的方式送别夕阳落下山峦。她们被夕阳的余晖染得金黄或是绯红，又像在进行一场轰轰烈烈的恋爱。不恋到神魂颠倒不停歇。不爱到惊天动地不罢休。晚霞，是云最浪漫最动情的样子。村庄披着一身晚霞，沉迷得忘了行走。好吧，那就停下。停在晚霞之下的村庄，像一个仙气与烟火气交融的童话。

春云，夏云，秋云，冬云。白云，黑云，乌云，红云。孤云，群云，飞云，静云。在时间的长河里，村庄淡看云舒云卷、云来云去，演绎无尽的飘逸与神秘。

有时候，我感觉挺不好意思的——一个村庄的云朵被我一个人看了又看，好奢侈。我又不知道究竟对谁不好意思，于是，走到村庄的任何角落抬头看到云朵，心里都充满莫名的感谢。

是云把我变傻了吗？也许是。

刚刚，我朝云看了一眼，用眼睛对她们说：你们真坏。

云笑了，我听见她们对我说：你真傻。

我也笑了，继续傻傻地看云。

起风了

1

深秋。一片树林。起风了。

我在。

我在深秋。我在林中。我在风中。

这像一种恩赐。

是的,就是恩赐。虽然我不清楚究竟是谁给的如此浩大的恩赐。

此刻,我是个傻瓜。很多话在我心里若隐若现,我说不清,我也不必说清。不是所有的话都需要说清。而且,我感到,我身体里某个地方刹那间被打开了,盛满了全新的感动。

此刻,我,是那个我喜欢的我。全因了这深秋的风。

深秋的风,有些许轻柔,有几分凌厉。深情,也无情。

深秋的风,略带沉郁,更显豪迈。冷峻,也温暖。

风,漫过深秋的树林。一阵,一阵。树林不迎不拒,任风来,任风去。风又似乎无来无去,一直都在树林里。

起风了,树叶儿放肆妖娆的时刻到了。绿的,黄的,红的,紫的……有的在枝头轻舞，闪着夺目的光亮；有的摇摇欲落，演绎无尽的忧伤；有的正在飘落，书写生命的坦然。随风飘落，是一片树叶扑向大地怀抱的美丽姿态，也是一片树叶告别从前的最终宿命。从离开树枝的那一刻起，一片树叶就有了一个新的名字——落叶。落了，依旧是叶；落，也要落得漂亮。幸好有风，在落到地面之前，在化为尘土之前，忘我地跳一段与从前在枝头上完全不一样的舞，随意又从容，短暂又永恒。落叶，飞舞着，飞舞成一个一个缤纷的梦，飞舞成一首一首随性的诗。落叶纷飞，更像是无数的意念在纷飞，在交织，在席卷。或疾或徐，或绚烂或黯淡，或清新或凝重。

　　一片树叶的飘落也好，飞舞也罢，其实也可以说是行走，是一片树叶一生之中唯一的一次空间意义上的行走。这一次行走，将终结它之前所有的行走——每一片长在树上的叶子，其实也没有长在树上，它们去过哪里，是它们心里的故事，人看不见。但，也许风是知道的。是风，吹开一片片生机盎然的嫩叶儿；是风，带着一片片风华正茂的叶儿的心去往远方；也是风，吹落一片片沉静悠然的老叶儿。一片树叶的生死轮回，在风里，美得匪夷所思，美得惊心动魄。

　　起风了，所有的树都似乎充满笑意。就像一个人，有时候自然而然地露出微笑。每一棵树都曾年少，在风中无数次孱弱无力地摇动。但树就是树，再小的树也会拼尽全力站立在风中，站成一种顽强不屈的生命的力量。风越吹，树越意气风发，直到站成一棵巍然挺拔的大树。微笑以待风，是树的智慧。风，每天都带着无数秘密的话语，穿过一片树林，说与林中的每一棵树听。树听着，点点头，微微笑，弯弯腰，若有所思地向着天空做着无边无际的梦。

风又仿佛是树林的情人。如果没有风，树林将会怎样的寂寞呢？风和树林，说了亿万年的情话。人在其间，倾听，或是不倾听，都是别样丰盈的遇见。风可以把一片树林撩得如痴如醉，也可能把一片树林弄得伤痕累累。风是个捉摸不透的魔鬼般的天使。一旦翻脸，就是个天使般的魔鬼。

一片树林的动静，在一场一场风的来去里，变得无限缥缈，无比写意。

一场风的经过，在一片树林的摇动里，变得不可名状，不可思议。

风，停了。树林，若动若静，像娇羞无力的轻颤，如欲语还休的依恋。

风，又起了。我的发丝也在风中飞舞。载着我心里若有若无的思绪，轻轻飞舞。我是我。我不是我。我是一缕秋风，我在飘，飘过这片树林，飘向我从未去过的神秘地方。我是一棵树，我在风中忘了过去与未来，我且与风缠绵，享受当下的欢喜。

多好，时空就是我的家。

是深秋的风，带我回家。

2

是夜。

星空，璀璨着。

微凉的风，从村庄的四面八方袭来。

我坐在老家的小院里，只为赴一场星夜里的风声之约。

听风。在繁星闪烁之下的寂寂村庄里听风。这在从不听风的人眼中，是一件可有可无的闲事；而在对风着迷的人心里，则是一件充满诱惑的妙事。

闲或妙，都是存在。闲或妙，一念之间。

我来人间一趟，转眼间已是三十多年，很多事，我已经再也不想去做了。我很确定，在星空下的乡村里听风，是我越来越喜欢的事，却也是越来越难得的事。

久居城市，耳边充斥着太多的喧嚣声，它们气势汹汹，横冲直撞，无休无止。想要听风，实在是一件尴尬的事。你就是长一百只耳朵，在城市里，你也没法听见纯纯的风声了。

偶尔回到乡间，且碰上个星夜，心里的喜悦自不待言。那就且听风吟，别的事都去他的。听着听着，便会想起年少时许多个这样的夜晚，和家人坐在院子里，风拂过，一家人不说话，就十分美好。那时的风啊，似乎和现在的风也没有什么区别。只是现在的我啊，再也做不回从前那个我。无论我怎样努力，无论风是怎样地吹。

我把自己丢在风里，不过是在寻找一个久违的自己。我享受这个寻找的过程。

听，风掠过山峦，掠过田野，掠过一片片庄稼，掠过一座座农房，掠过一丛丛野花，掠过一棵棵青草……风过之处，一种近乎战栗般的声音，于月光皎皎的夜色里，带着说不清的仪式感，庄严又羞涩地流淌开来，很快倾覆了整个村庄。今夜，风是个神出鬼没的乐队指挥，领着草木、庄稼、花朵、流水、农房、农具等，在月光下尽情地演奏乡村小夜曲……

深呼吸，淡淡的芬芳浸入心脾。乡村里各种植物以及泥土等等散发的芬芳被风弹奏后，恍若一串串清脆婉约的天外之音，在我身体的每一个细胞里一再回响……

风把月光也弹奏了。不错的，夜风轻弹月光，月光穿透夜风。这是一个圣洁的美丽相遇。月光也是有声音的,那是至纯的梵音,随风潜入我的心底……

听,这夜曲里还夹着鸟儿的清唱、草虫的低鸣、尖厉的犬吠、吱吱的关门声,以及谁轻哼的歌声、谁飞扬的笑声、谁低沉的叹息声……这些声音在风中跳跃、碰撞、交融,像一面平静的湖泛起的丝丝涟漪,像一个故事里若明若晦的片段,像一个村庄断断续续的呓语。

风把各种声音吹高又吹低,吹远又吹近,吹拢又吹散,吹浓又吹淡。怎么听,都是那么古老又新鲜,澄澈又空灵,温柔又深情,缥缈又神秘。多好,听一听,心就安静了,也沉醉了。

风。夜。无风不夜。无夜不风。风在夜里驰骋。夜在风里沉浮。人在夜风里,时而清醒,时而迷惘,说不定在某个瞬间,就遇见那个卸下一切伪装后最真实的自己。

风,你经过我时,有没有听见我心里的一句话:你不要停,我想一直听你奏响的乡村小夜曲。当然,我这是在夜里做白日梦。风哪能不停一下下呢?也许,风自个儿也得打个盹做个梦吧!

啊,万物掩在夜色里,就算是没做梦,也是个如同在做梦的样子。不做梦又能干点啥呢?况且等到天明了,只怕是想做梦都将被满世界白亮亮的光拉回现实了。是风,把大地上万物的梦或者说做梦的样子,猛烈或轻柔地摇了又摇,很多的梦都被摇模糊了,摇散乱了,摇破碎了……于是,风里全是梦,梦里总有风。风摇了太多的梦,风自己就成了一个无所不在的梦,透出一种比梦还要迷离的样子。

听风,听梦,好像也没什么区别。

继续听就好了。

月　夜

没有谁可以拒绝月夜。

月夜，俘获一个人的心，极致温柔，又无比霸气。不动声色的霸气。

夜，无月，依然是夜。不过是个夜。

夜，有月，依然是夜。不仅是个夜。

月夜的魔力，太巨大。那就任月夜摆布，不要妄想挣扎。

此刻，我正在我生命中最新的一个月夜里沉醉。我希望月夜不要过去，明天不要到来——这个希望，于从前的许多个月夜里，在我心里闪现过无数次；我很确定，在将来的某些个月夜，它还会闪现。这个希望闪现时，我就像被什么猛地袭击了一下，冷不丁一个趔趄，不由自主地游离在月光里，恍恍惚惚，把每一瞬的妙，都当作美酒来饮，不醉也醉，似醉非醉。

有醉意，多舒坦。如一粒尘埃，不必理会什么，轻飘飘地在人间摇晃，在月光里无形无色、无思无想、无牵无挂……

仰望夜空，夜空很空。也不空。这一轮皓月，是今夜夜空的主角。这分明只是一轮皓月，却又像一千个澄澈的湖，流淌在天地之间。这样的美，太浩瀚。邂逅这样的美，太欢喜。寂静欢喜。

月光,照亮了蓝天白云。这跟阳光下的蓝天白云有着不一样的味道。月光照耀着的蓝天白云,没有明丽的色彩,但却显出一种深邃的空灵来。

月光,照亮了苍茫大地。大地从来就不喜欢黑暗,亿万年来,夜晚的大地,缓缓变亮,从火到灯,从星星点点到万般璀璨。但只有月光,才能如此神速如此盛大地将大地"点亮"。

月光,也照亮了人心,澄澈了人心。人心,需要月光的洗礼。

就是因为这样的月光,我一点也不留恋白天的太阳,更不关心明天是否有太阳。

阳光太强势,没有哪一天的太阳容你放肆地瞪大眼睛去看它,一不小心,它就会刺你个头昏眼花。

而月光,绸缎一般的月光,流水一般的月光,诗一样的月光,梦一样的月光,无法形容的月光,无可比拟的月光,像抚摸,如低语,似轻吻。天地之间,一切都在月光里透出一种类似"友善"的安全感。月光,用无边无际的柔,没收了大地的躁。

沐浴月光的人,慌了,乱了,傻了,静了,笑了。能怎么办呢?只能看月亮。就算是手中有活儿要干,也要忍不住看看月亮。看月亮又不费吹灰之力,就没听说有哪个不会看月亮的。最理想的莫过于啥也不管,一门心思地看月亮。月亮,不会凶狠地刺你的眼,一下都不会,永远都不会。啊,月亮,真像个乖巧的小情人。她趁你不注意,就躲到云层里去了。你在心里说:出来吧,月儿。她果然羞答答地又出来了。

当然,也有人一辈子没看过月亮,原因有二:一是不能看,也就是看不见,但这并不代表这些人眼里心里没有月光;二是不想看，也就是视而不见，因为眼睛里装了太多东西，实在装不下月光了。

月亮挂在两棵相向而立的檀香树上了。月亮，离我好近。我甚至从心里伸出了手，想抓住月亮。当然，我也只是想想。月亮，离我很远，远到遥不可及。

夏风拂过，空气里弥漫着片片苞谷林绽放的天花的清香，还有丝丝缕缕野百合的芬芳。深呼吸，仿佛自己也是一株苞谷或是一枝野百合，在月光下轻舞、低语，闲适安详，自由自在……

偶尔有一两声犬吠，夹杂着忽近忽远的蛙声和高高低低的虫鸣，像村庄的梦呓。劳累了一天的人们，在月光里喝茶、谈天、发呆、酣睡、做梦或者叹息、沉默、啜泣、低吼、幽怨，一切悲欢，所有荣辱，在月光里交织，无声无息……村庄，以一种天真无邪的姿态，在一个一个的月夜里满腹心事，慢慢衰老……

我环顾这个我无比熟悉的小村，感到一种陌生的丰富。月光隐去了村庄的喧嚣、浮躁、伤痛、茫然。月光模糊了村庄的年龄，月光下的村庄，年轻又古老。月光勾勒出村庄最写意最飘逸最大气最销魂的轮廓。月光让村庄没了脾气，静默成一个寓言，浪漫成一个童话。

村庄安睡在月光里。睡吧，村庄，你就好好睡吧，睡得美美的，才能更精神地在天明时醒来。

我知道，在安睡的村庄里、村庄外，以及更远的地方，总有一些人，在月夜里赶路。他们，是月夜里一道最独特的风景。是月夜里最闪亮的光点。

月光之下，静夜之中，赶路人行走着，在乡间小路上，在宽敞公路上，在大街小巷里，在涓涓小溪畔，在遍野庄稼间，在无垠草原上，在茫茫高原上……赶路，赶路，赶路，生命似乎就是为了赶路。在这个世间有某个角落，是赶路人坚持赶路的动力。这个角落可能是一个平凡的家，可能有一个放不下的人，也可能只是一个朦胧但充满诱惑的远方。也许很快就能到达，也许永远无法到达。但在路上，就有希望。尤其是走在洒满月光的路上，希望这个不可捉摸的东西，可以焕发神采，可以愈加坚定；死去的希望，可以借着月光复活。

总有人在月夜里赶路。披着一身月光赶路。或是出发，或是归来；或匆匆忙忙，或不紧不慢；或意气风发，或颓废消沉……

还有一些在月夜赶路的人，他们不用脚，而用心。让月光载着心去到任何想去的地方。行走的心，隐藏在一张张沉静的面容里。月夜，因行走的心而深沉。

月夜里的赶路人，将月夜变得格外扑朔迷离。

月夜，我在——于我而言，是一种越来越难得的安宁与幸福。在夜如白昼的城市，即使明月高挂，也找不到"我在"的感觉。偶尔从高楼的缝隙间窥见月亮的身影，刹那间，心毫不纠结地就被月亮带走了，带到了乡村——我总是希望，在被月光浸透的小村一隅，我在。身心都在。我在发呆，我在沉思，我在微笑，我在皱眉……我什么都可以干，我什么都不干，傻子一般快活，多好。我曾那么奢侈地在乡村度过了数不清的月夜，只是，当时年少，以为远方的月夜会更美好，脑子里装着五彩缤纷的（也可以说是乱七八糟的）梦想。如今，一年在乡村待不了几夜，遇上月夜就难了。月夜，更像是一种召唤，召唤我——归来，仍是少年。

写下上面的文字，我是忐忑的。我只是一个在月夜里控制不住强烈的冲动却又语无伦次的表达者。是月光给了我表达的勇气。跟月夜本身相比，我的只言片语实在太苍白太浅薄。

我一直觉得,"春江花月夜"这五个字,是关于月夜的最美表达。不论是张若虚的诗《春江花月夜》,还是民乐千古绝唱《春江花月夜》,都是一种最幽美邈远最高雅脱俗最奇特寥廓的意境。《春江花月夜》的存在,足以让一切浓脂腻粉黯然失色。《春江花月夜》的高度,只能仰望。

我终将在月夜里遁入无声。月光,将把我收留,或放逐。而夜,将掩护我停停走走,走走停停……

回　家

　　雨后初晴。车子在乡村公路上行驶。

　　车窗外，那些山，那些田野，那些房子……变换着，越来越熟悉——是的，眼前的这一片片玉米才是我念念不忘的那些玉米，它们挺拔苍翠的样子真好看；眼前的山林才是与我有关的山林，它们在轻柔的薄雾里静默，神秘，更亲切；眼前的炊烟才是飘逸又灵性的炊烟，它们慢慢悠悠地从瓦片中冒出来，跟风儿撒个娇，跟天空捉个迷藏，忽直忽弯，忽浓忽淡，极度安详，别样自在。

　　我似醉似醒地看着，看着那些景物一点一点把自己迎回老家，看着自己一点一点把那些景物带到心底某个安静的地方。

　　那些离家越来越近的景物看着我出走了多少回？又看着我归来了多少次？我的那些若有若无的思绪，那些时隐时现的悲喜，它们都替我保管好了，我只需给它们一个眼神，它们就会把那些东西完完全全地在我心中打开……

　　前面就是蔡家湾了。

　　养了一辈子牛羊的狗娃子哥在路边放着一群好似很年轻或者

说好似从未老去的牛羊。老去了的,是狗娃子哥。牛,仍只有一头;羊,多了好几只。狗娃子哥跟在牛羊后面,手里扬一根细细的竹枝,口里断断续续发出他的牛羊明白的"指令"。

牛羊走走停停。狗娃子哥走走停停。时间走走停停。

那棵槐花树下是谁?

其实不用仔细看,就知道是那个有点痴呆的盈秀姐(村里人不说她痴呆,只说她有点"邪",这个邪是脑筋有问题或精神不正常之意)。

她的眼神一如从前的空洞。她曾经乌黑的长发变成了一团枯黄的乱发被绾成一团顶在后脑上,乍一看,就是顶着一团秋天的衰草。她在树下干什么?她也许心里是明白的,但她不会告诉我,不会告诉任何人。我看着她时,我也是痴呆的,只是,我的痴呆只有我自己看得见。

盈秀姐年轻时曾因发"邪"失踪过好几回,隔段时间又回来了,她去过哪里,经历过什么,无人得知。每失踪后回来一次,盈秀姐就变得沉默一点。近几年,盈秀姐哪也没跑出去了,她更沉默了。

人啊,活着活着,就喜欢上沉默了,或是被沉默找上了。不管是"邪"也好,"不邪"也好,都逃不掉。不管走得多远,不管折腾得多么起劲,在某个时候,都有一个无形的沉默陷阱在等你报到。

不知从哪里吹来的风,吹过盈秀姐,吹过我,我忽然有点羡慕盈秀姐,风已不能从她的内心吹走任何东西。我呢,我感到风吹过心上的时候,有隐隐的痛。感觉,是珍贵的东西,也是麻烦的东西。

就到老家门前了。

右转弯,进入最后一段回家之路。

这条路很短,整个路呈一个"C"形。路边,花开一大片,蝴蝶七八只。有大家闺秀般的,也有小家碧玉型的,有黄色的、白色的,也有五彩斑斓的。花儿在蓝天下绽放,蝶儿在花丛中飞舞。对我来说,这是一条格外美丽格外温暖的路,每一株花都是母亲种的,穿行花中,心里是满满的确切的归属感,家的归属感。

这条短路是父亲找人修建的。十年前,从老家院子到乡村公路是一段田间小路。路边也有花,但没有现在这么多。接近院子的路边,有一片葡萄。夏天,葡萄架上挂满了一串串晶莹剔透的绿葡萄。我常常一个人躲在葡萄架下,看阳光漏过葡萄藤葡萄叶洒在手上,看花纹古怪的甲壳虫在葡萄叶上散步,看一串串葡萄在风中摇曳……世界那么小,那么简单,那么快乐。

新路修好之后,旧路的痕迹就荡然无存——也不是荡然无存,眼睛里是再也寻不见旧路的影子了,但那条小路一直都在,在我记忆深处——哪个地方曾经长年长着哪几棵草,哪个地方有几块小石头,哪个地方春天有蒲公英开放……点点滴滴,都历历在目。年少的我,曾多少次没心没肺地走在这条田间小路上啊;现在的我,只能一次次在记忆里静静地走了……

到院子里了。

院子还是老样子。仿佛不多一些尘土,也不少一些尘土。飘落的桂花树叶被风这个艺术家弄出无比写意的分布,倒也是一副无比安然的样子。

桂花树叶是院子外侧两棵桂花树落下的。这两棵树又长高了不少。不仅长高，两棵树年初就长成"牵手"的架势了，你挨着我，我挨着你。两棵桂花树上都有小鸟窝，不时有不知名的小鸟飞进飞出，发出一两声清脆的鸣叫。

我记不清这两棵桂花树是哪年栽下的，只记得是母亲栽下的。母亲每年都从这两棵桂花树上培育新的桂花树苗。母亲用一些离地近的树枝，将其中一截埋进土里，过几个月埋在土里的部分就会长出细细密密的根须。老家的旁边的菜园里的那些小桂花树就是母亲成功培育多株桂花树苗的见证。

每年秋天，门前的两棵桂花树都会开满金黄金黄的桂花。当然，其他的桂花树也开满了花，但远不及这两棵桂花树开得热烈。桂花盛开，院子里，屋子里，房前屋后，馥郁的桂花香弥漫着，在风中飘浮着，像一个虚幻又真实的梦境。漫步桂花树下，眼里全是黄灿灿密匝匝的小巧玲珑的花朵，呼吸里满是醉人的放肆的香味。

记得有一年，有人找上门来，问母亲是否可以卖那两棵桂花树。母亲想都没想就拒绝了。在母亲眼里心里，那两棵桂花树是她对这个家的美丽营造，从栽下那一刻起，就承载了母亲无可比拟的喜爱。桂花树一天一天长大，喜爱一天一天长大。几十年的喜爱啊，那是多大？那早已不是一件可以买卖的东西了，而是这个家理所当然的存在物。卖掉，怎么能卖掉？

一个人的内心深处要真正感受到家的味道，可能需要的只是两棵桂花树，也可能只是一小块菜地、一幢其貌不扬的房子。

在一个地方要生活多久才有家的感觉或者味道呢？不知道。或许一年，或许两年，或许很多年。你曾经在一个地方漫不经心虚度的每一个日子，你曾经在一个地方对一根草一棵树一株花无关喜欢的凝望,你曾经在一个地方做过的事与梦,过去了。也没过去,时间会告诉你,没过去,它们相互交织,成为你生命的一部分,早已入驻你的心底。一碰,那种久违的家的味道,就溢满心底。

尽管我早已有了自己的小家,但常常会有说不清的陌生感,尽管房子是自己装修的,每一样家用品也是自己置办的。

只有回到乡下老家,心底那种踏实、安定才会慢慢地苏醒过来。

想想从前,我是那么迫不及待头也不回地离开这个仿佛厌倦了的毫无生气的老家。当真正远离了老家,老家却像个不紧不慢的召唤似的,时不时在心底浮现。尤其是当我感到茫然的时候,总是想起老家,想起老家的一切。

当初有多想离开,现在的许多个恍惚的瞬间,就有多想回去。

这,像个讽刺。可笑。

我轻轻一笑。

歌　声

　　一个人在生活得最艰难的时候，会怎样呢？放声大哭？暗暗啜泣？不声不响？……似乎存在许多种可能，无法一一列举。

　　我见过一种方式，而且一见难忘，那就是唱歌。

　　算是个独特的方式吧。

　　只是，当年我并不认为这个方式独特。很多东西，轮到一个人懂的时间没有到来，除了不懂，还是不懂。而一旦懂了，也不会有懂了的释然感与轻松感，甚至会怀念曾经的不懂。

　　唱歌的人是蔡家湾人，他跟我父亲同辈，我叫他寿二叔。他的名字里有一个"寿"字。

　　那些年，二叔的歌声在蔡家湾里四处飘荡。

　　天没亮或是刚刚亮时，他那粗犷又缥缈的歌声忽地就在村子的某处响起。二叔唱歌之前从来没有任何征兆，总是给人一种突如其来的无法言说的"游离"感觉。湾里那些早醒的、半梦半醒的人，被二叔的歌声或猛或轻地一击，也就抖擞抖擞精神或是迷迷糊糊地爬起来，在家里忙活起来，或是带上农具去干各自地里的活儿。庄稼人嘛，如何能逃过被农活召唤的命运，二叔的歌声算是一种具体而直接的召唤：别家的人已下地了，自个儿也得去了。一个庄稼人在哪个时节落后于其他庄稼人的行动，庄稼是会毫不留情地长出个落后的样子作为证据的。庄稼，是庄稼人的脸面，也是实实在在的希望。这一点，庄稼人心里跟明镜似的。一地庄稼的生长，也是一个庄稼人所有努力与期待的生长。

一个一个平淡的日子里，伴随着二叔的歌声，一湾人清醒又迷惘地忙碌着。据我观察，湾里没有哪个人对二叔的歌声表示赞许，也没有哪个人对二叔的歌声提出抗议。久而久之，二叔的歌声似乎是蔡家湾里理所当然的存在。二叔率性而唱，其他人听不听，随意。这个随意大致分两种状况：一是想听就听，寂静的乡村里，时不时地有点歌声点缀一下，倒也平添几分乐趣；二是听而不闻，就像听见村里的鸟鸣牛哞一样，不受丝毫影响，该干吗干吗。

二叔的歌声甚至带点戏剧性。初次听到的人，难免会觉得自己的耳朵受到了一种新鲜的刺激。因为二叔的嗓子似乎根本不受控制，他的歌声像千万个孤独的兽，带着毫不掩饰的野性，从他身体里冲将出来，奔泻在青青田野，回荡在悠悠山谷。听的人往往措手不及，抵挡不了。二叔快一句，慢一句，快快慢慢，几乎没有一句是不跑调的，有时歌词也是他即兴"创作"的。只有一点，从来不变，就是二叔唱歌始终很大声，大声得接近豪迈。但凡二叔张口唱歌，在蔡家湾的任何一个角落都能听见。当然，二叔不是唱给湾里任何一个人听，他只是唱给他自己听。不过也不一定，或许二叔自己都没听自己的歌声。二叔大声唱歌的时候，"一部分二叔"常常去向不明。

二叔唱歌还有一大特色：没有唱过一首完整的歌。"我家住在黄土高坡，大风从坡上刮过……妹妹你坐船头，哥哥在岸上走，恩恩爱爱纤绳荡悠悠……村里有个姑娘叫小芳……大河向东流啊，天上的星星参北斗啊……"二叔唱得那么无厘头，却又那么有趣味。他总是在多首歌曲之间胡乱切换，听的人永远都不知道他下一句会唱什么。二叔的歌声可能一点也说不上好听，但足够有意思，听到的人常常会忍不住发笑。这一笑，好像一些烦忧也随之不见了。

二叔就这样唱着歌，或是背着背篓提着打杵，或是扛着锄头握着镰刀，大步流星地奔向属于他的田地，耕种，收获，再耕种，再收获。从春到冬，又从春到冬。

二叔的歌声里，往往和着风声、雨声、虫鸣声、鸟叫声等，各种声音在天地间碰撞、交织，构成一首首随性而芬芳的乡村风情曲，把个村庄萦绕得清新淳朴又古灵精怪。

二叔的歌声里，有时也和着一些吼声，以及骂声。那是二婶在吼或骂二叔。二婶吵架的功夫堪称一流，方圆几里无人能匹敌。二叔的歌声在二婶的吼骂声里狼狈不堪。但二叔就是二叔，老婆吼，随她吼；老婆骂，由她骂。二叔只当自己是聋子，照旧高歌一曲接一曲，一刻也不停歇地干活。

记得有一次，二婶在家里又发出很愤怒的吼声，紧接着，二叔的歌声就响起来了。二叔的歌声显然要比二婶的吼声响亮多了，这还了得？二婶肯定更生气了，吼声的音量再升一个八度。二叔眼见情况不妙，立马不唱了，背上背篓就火速逃往他家最远的一块田。二婶无可奈何地望着二叔的背影，吼声也就渐渐弱了下来。懂得适时闭嘴，二叔精着呢！

二婶是个病人。因做结扎手术出现意外，再也不能下地干活了。那几年，二叔和二婶所生的一个女儿两个儿子也都还小。二婶模样生得好看，是个要强的人，也是个能干的人，就是脾气不太好。自从二婶病了以后，二叔不得不一个人干着家里的所有活。二叔的家境本就不好，自二婶病后，日子过得有多艰难，可想而知。

二叔知道二婶是个刀子嘴豆腐心的女人，也心疼二婶身体落下疾病。他只有拼命干活，才能让一家人过得好一点。沉重的生活压力没有给二叔喘息的机会，但也没能击垮二叔。唱歌，可能就是二叔化解一切烦忧的方式，也可能是二叔获取一点力量的办法。

二叔干着活唱着歌，一日一日，一年一年，孩子们大了，生活日益富足了，二婶也不再吼二叔了。可二叔的背也驼了，头发也白了，走路也不带风了。还有，二叔的歌声越来越少了。

终于，二叔的歌声从蔡家湾消失了。已消失十年左右了吧。

不再唱歌的二叔，正在加速衰老，尽管二叔看起来是那样安详。

好几次，我回老家看见二叔，他带着那些跟随他许多年的、像他一样苍老的农具，慢悠悠地走向田地。我看着二叔，就像被一种神秘又巨大的力量钳住了，我仿佛听见，那个年轻的二叔在村庄的某个角落里，悠然唱着谁也听不懂的歌……

二叔的歌声，是一种存在，是一种生活，是一个人努力活过留下的痕迹。我把它写下来，表示我的敬意，以及思索。

愿每一个遭遇困苦的人，试着给自己一点歌声。

在尘世

1

那是今年三月的一天。

细雨,下着。薄雾,飘着。

一座城在烟雨中似乎失了锐气,恍若一个空蒙缥缈的陌生世界。

我穿行在一条街中,像一片不知来去的叶子,恍惚又迷惘。

冷。春寒料峭,是真的。春暖花开,离我远着呢。

脚步加快了些,向着家的方向。嗯,回家了就好,就不冷了。

走到一个拐角处,我看见,前方有个老婆婆。卖菜的老婆婆。

老婆婆约莫七十岁。中等身材,微胖,头发花白了。她站在路边,面前放着两个小竹筐,一根扁担。竹筐里,放着几捆青青嫩嫩的白菜。

她可能在街上徘徊了很久了吧。她挑着满满的两竹筐白菜来到街上,她需要卖菜换点钱,把日子过下去。生活并没有因为她上了年纪而对她网开一面。

白菜一捆一捆地被买走,竹筐一点一点地变轻,她心里有淡淡的喜悦吗?我不知道。我唯一能看见的,是她在等待,等待路人买下这剩下的几捆白菜,她就可以回家了。但她看起来一点也不着急,她的表情是那样的平静。平静里藏着执着。她要把最后几捆白菜卖出去,不管天冷不冷,雨大不大。

她站在雨里,站在我眼里,站进我心里。直到今天,这个老婆婆的身影还不时浮现在我眼前。

"我买点菜。"我在老婆婆的竹筐前停了下来。

"嗯,你自己选嘛。"老婆婆递给一个新的方便袋。

"您称一下,多少钱?"我拿起三捆白菜装进方便袋里。

"3块钱一斤,有3斤2两,9块6,算作9块5吧。"老婆婆一边说,一边把杆秤上的刻度指给我看。

"好的。"我接过白菜,递给老婆婆一张10元的人民币。

老婆婆拿出一个布制的旧钱袋,在里面翻了又翻,没有5角的,也没有1角的。

"算了,您莫找钱了。我拿着几角钱,常常都是弄丢了的。"我笑着对老婆婆说完,提起菜就走了。

老婆婆一直在低头翻找零钱,一时之间没发现我已经走了。

"那个买菜的姑娘,你等哈!"忽然,我听见老婆婆的声音。回头一看,只见她把伞往地上一扔,从竹筐里抓起一把菜向我追来。

"哪能多收你的钱呢?没钱找,我就给你菜。"

她生怕我一下子走远了,她追不上了。她在尽力用她最快的速度向我走来。

老婆婆的脚步有些踉跄。那般踉跄的脚步踩在雨水里,溅起点点水花;也踩在我的心上,泛起丝丝涟漪。

那一刻,我感到,漫天的雨都化作温暖的包围。我连忙往回走。我不是想要那几根菜,我是怕老婆婆着急,更怕她摔倒。

老婆婆不由分说，把手里的菜塞进我的袋子里，满是皱纹的脸上露出有些不好意思的笑容。

美好。这就是这个尘世里的小美好。它如此平凡，又如此高贵。它由淳朴、善良、诚信等交织而成。它没有高调华丽的形式，只有朴拙真挚的表达。

尘世里，从来都布满各种"尘"。所幸，茫茫尘海之中，总有一些小美好，如同一束束澄明的光亮，照进世人蒙尘的心底。让人获得恍如隔世般的觉醒，然后莞尔一笑，抖落一身尘土，继续勇敢而真诚地活在尘世。

2

黄昏。晚霞已快散尽了。

我在村口那条小路上徘徊。反正也没有谁需要我，且容我一个人多逍遥一会儿。走到哪里黑，就在哪里停下，然后转身回家。

天色渐暗。远处，连绵起伏的群山静默成一缕缕朦胧飘逸的轮廓线。我一笑，远山看我怎如是？也许是一个小小的黑影，也许小到不存在——我融在暮色里，失去形状，不想思考。

不远处的公路上，走来一个人。他背着满满的一背篓从田间掰的新鲜苞谷往家走。他低着头，不紧不慢地走着。他的脸色比天色还暗，但他根本就不理会天色暗这件事。天色也拿他无可奈何。

他是胜娃子。胜是他的名。他已不做娃子很多年。他四十多岁了。"娃子"一词，与年龄无关，村里每个人都是被唤作"娃子"长大的，长大了依然是"娃子"。狗娃子，俊娃子，权娃子，华娃子，翠娃子，红娃子……村里村外，遍布着各个年龄段的"娃子"。这是一种亲昵的带着浓浓乡土色彩的叫法。你老到八十岁,你也是"娃子",仿佛你是假装老一老的,又仿佛你是假装不会老的。

我知道,胜娃子看不见我。不是因为天色暗。就算是正午时分,阳光普照,大地明亮,他也看不见我。这个世界上的一切,他好些年都没真正地看过了。他孤独而倔强地活在他自己的世界里,日复一日,年复一年。他自己心甘情愿在坐一种牢,他没有要出来的意思。哀莫大于心死,大致就是这样吧。

我每次看见胜娃子,都不由得想起他的从前。

胜娃子也曾相貌堂堂,开朗大方,是村人眼里勤勉热心的帅小伙。谁能想到,这样一个小伙子会在突然之间迅速变成一个沉默的小老头子。

时间退回到二十多年前。胜娃子刚二十出头,经人介绍,他认识了一个女子,恋爱了。

胜娃子简直幸福得一塌糊涂。走路随时都哼着小曲儿。见谁都笑得无比灿烂。只差飞到天上去跟云朵干一杯美酒了。

婚期定下来了。胜娃子喜滋滋兴冲冲地提着面条白酒鸡蛋去请村里一位最有名望的老先生挑选好了良辰吉日。他就要迎娶他心心念念的那个人了。估计他做梦都在笑。

布置新房,四处接客,找人帮忙。一切似乎都朝着胜娃子满心期待无限憧憬的方向发展。然而,打击来得太突然。

胜娃子婚变的消息,不知是从哪里传出来的,很快就在村里传开了。传言有很多个版本,但主要内容几乎都是一致的,就是那个女子不愿和胜娃子结婚了,彩礼什么的都退了。胜娃子死活不依,但人家去意已决,无动于衷。结果只有一个,那就是胜娃子确实跟那个女子结不了婚了。

对于旁观者来说,这只是一件发生了变故的事而已,何况又不是什么稀奇事，没什么大不了的。可对于当事人来说，可能这就是一道突如其来的坎，哪怕用一生的时间，也许都迈不过去了。

胜娃子变了。开始谁也没在意。后来谁也不能假装没发现了——胜娃子几乎不说话了。走到任何地方，他总是低着头，面色如灰，胡子拉碴，目光呆滞。很多村里人（包括我在内）都以为，过些时候，胜娃子就想开了，会重新去寻找属于他的幸福。

但这个"以为"，胜娃子没让我们看见。

此后的二十多年来，胜娃子就像失了魂魄一样，每天无声无息地干活或者发呆。他老了。他是在一瞬间老去的。只有他自己知道。也许，除了沉默，他还能用什么来忍受这一种老呢？这种老太痛，痛到叫喊不出声。

说实在的，我真说不清情为何物。再给我一万年时间，我也说不清。但看到这个为情困了半生的胜娃子，我只能说，我相信爱情是存在的，它可能是无与伦比的甜蜜，也可能是无药可解的毒药。有的人一生都不会对谁如此动情，但总有人一生都无法摆脱一个"情"字。

望着胜娃子渐渐走远的背影在暮色里越来越模糊，我还是忍不住叹那么一口气。

在尘世，人来人往，深情的，薄情的，多情的，无情的，纯情的，滥情的……你会遇见什么样的情，你无法预见，也无法逃避，该来的总会来，该去的终要去。是福分，还是劫数，天知道。

或许，每一个人心里，都藏着不为人知的无法言说的幸福或者忧伤。谁也不能把谁永远陪伴，谁也拯救不了谁，谁都只能踽踽独行，慢慢老去……

你在尘世，不过是来历经一切悲欢。时间会告诉你，看淡，是个不错的选择。不然呢？

我的父亲母亲

父亲

1

枪林弹雨。血肉横飞。敌我不分胜负……

电视里，一场战争正在进行。

谁在看呢？

我父亲。尽管他此时是睡着的——真的，我认为睡着的父亲若在做梦，也会梦到他自己在参加战斗——如果你看到过父亲睡着前看战争片的状态，说不定也会和我一样，脑子里不由自主地涌现出这种猜测。

时而眉头紧锁，时而喜形于色；时而身子笔挺，时而两手紧握；时而呼吸急促，时而气定神闲——这就是父亲看战争片的状态——投入。专注。忘我。这种时候，谁要是找他讲话，只有两种结果：要么不理你，因为没听见；要么答非所问，因为没听清楚。

那么，问题来了：看战争片入了迷的父亲又怎么会看着看着就突然睡着了呢？

想一想。再想一想。也想不出十分合适的答案。我只能打个比方，战士累了，也会突然间就睡着吧。

我想说的是，父亲其实就像一个战士。不仅是在看战争片时。

父亲似乎总是处于一种"作战"的状态。

2

父亲出生在一个地主家庭。

曾祖父是一个严厉的私塾先生，也是一个善良的乡间医生。听祖父说，他小时候最怕的人就是曾祖父了，《论语》《百家姓》《三字经》等，说什么时候背就得什么时候背，背不出来是要挨打的，用戒尺打，狠狠地打。曾祖父行医有一个习惯：从不收钱。遇到家里条件好点的，给他一点大米、黄豆什么的，他也会收下；遇到家里条件不好的，他有时还倒给点钱物。曾祖父在世时，家道较为兴旺。祖父有三个哥哥。大祖父和二祖父都曾做过乡里的保长，后被枪毙。三祖父参军去了，几经周折，后来做了一名教师。我的祖父忠厚勤劳，当时在家种地。但这样的家庭背景令祖父在土改时期毫无悬念地被定为地主。父亲，自然就是地主的子女。

父亲当上地主的子女时，只有一岁多。当时，曾祖父已去世，祖父的几个哥哥也死的死，走的走。祖母的娘家人眼见祖父成了地主，闹着让祖母跟祖父离了婚。祖父便带着曾祖母和我父亲住在一间烂茅草棚里——曾祖父留给祖父的房子归了集体所有。

父亲跟着祖父住在茅草棚里的日子有多苦涩，父亲从来都没讲过——或许，一段灰色的记忆或者说一段色彩黯淡的记忆，可以让一个人闭口不谈——但还是会有一些痕迹无法避免地从一个人的习惯或者个性上流露出来——每个人心底都有一些隐痛,只能用"无言"来表达——父亲这么表达着,自己浑然不觉。

我总觉得,父亲身上有一种说不清的狠劲,仿佛随时都能进入一种"战斗"的状态——虽然他并不知道"敌人"是谁,虽然他自己并不认为他自带一种"威风"——也许,只是因为始终缺乏安定感。

父亲很少笑。他的笑似乎常常走失,偶尔回到他的脸上,总显得那么意外,让人感觉如昙花一现,稍纵即逝。我也是近几年才渐渐理解父亲为什么不爱笑。很多人,越长大,越不会笑,装都装不出来。父亲的笑,在生活的缝隙里一点一点凋谢了、枯萎了。

父亲不爱说话,有时半天不说一句话,谁也不知道他在想什么。有时则有讲不完的话,比如,跟他的好兄弟曾法令老师在一起时。他俩可以喝一点小酒,天南海北地聊个没完没了。曾老师每次从我家离开时,父亲就说:"我去送送他!"这个"送"少则需要半小时左右,多则两小时以上也是存在的:他俩边走边聊,或是干脆站在路边聊。总算"送"结束后,父亲回到家,必定也是欢欢喜喜的。人生难得一知己,大概就是这样子吧。

3

父亲做过石匠,曾参与修建擦耳河电站、红珠河水库。在修红珠河水库时,一次突发的垮塌事故中,父亲受了重伤。父亲说,当时有一个跟他一起修水库的工友被石头砸死了,就压在他的身上。父亲讲这件事的时候,看起来一点害怕的意思都没有。也许是害怕没有用吧。也许是害怕惯了,就不害怕了。

劫后余生对父亲来说，似乎是战胜了一次灾难，重点是"战胜"，不是"灾难"。

为了生活，父亲还做过木匠。他最拿手的木工是做椅子。二十世纪八十年代初，他和大舅一起，走乡串村，一出门就是十天半月，挣得几个可以周转的小钱。父亲从民办教师转正为公办教师后，就很少出门做木活了。他的墨斗、刨子、凿子、扯钻、曲尺等工具渐渐地就蒙了尘，生了锈，失去了光泽，没有了生机，静静地待在一间闲置的房子的角落里。跟它们一起静默的，是父亲青年时代生活的剪影，有期待，有失落，有从容，有无奈，有欢笑，有叹息……

偶尔在乡下看见一些刨叶，我立即会想起父亲弓着腰双手紧握刨子刨木板的情景——他是那样的快，那样的狠，仿佛要把生活里一切的不如意都削掉。

父亲还会一点竹篾编织。以前，家里的竹背篓、竹筐、竹筛子等大多是父亲编织的。我家有一片竹林，父亲时不时会从竹林里选几根长得又直又粗的竹子，扛回家来，在院子里破竹划篾。父亲左手拿竹，右手握一把锋利的篾刀，快速将竹破开。篾刀前后挥动，竹屑飞溅，一片片或粗或细、或厚或薄的竹篾便落在地下。父亲将划好的竹篾或束成一束，或卷成一卷。父亲有时会用竹篾编织新的家用竹器，有时会用竹篾修补损坏的背篓、筐筐等。我特别喜欢父亲用新鲜的竹篾编织的竹器，造型大气，纹路明朗，颜色淡青，透着淡淡的竹的清香，显出无可比拟的朴素之美。

但父亲似乎并不喜欢自己的作品，他总是将编织好的竹器往墙角随便一扔，看都不会多看一眼。

一生辛劳的父亲。一身疲惫的父亲。勇往直前又彷徨孤独的父亲。

4

父亲心里有他自己向往的生活。

我不知道父亲曾经的理想是不是当教师,但可以看出,当上老师的父亲工作是格外用心的。他在初中教语文时,曾用自己独创的教法让他的学生们考出了让人惊讶的好成绩。

父亲是喜爱文字的。在文字的世界里,他就像换了个人似的,能够真正地安静下来,能够真正地激动起来。

他读诗词,读小说,也读《周易》等,一书在手万事足。

他写小小说,写散文,写古体诗、词,写对联,意气风发忘烦忧。

也不知他何时还练会了反手写字。反手即左手,大多数人用右手写字,我们老家那个地方习惯把右手叫作正手。村里哪家办喜事请他写对联,他正手写两副,反手写两副,围观的人往往会称赞道:蔡老师几个反手字才写得好啦!这时父亲脸上准会露出孩子般的笑容。

退休后,父亲自己做了两个木书架,分门别类地把他的书摆放在上面,有事没事就去书架边翻翻、看看。谁要是送他一本书,他立刻就精神焕发,把老花镜一戴,分分钟就把与书无关的世界屏蔽了。

也许,和文字打交道时,父亲才是他自己喜欢的那个样子吧。在文字面前,他身上的"战斗气息"会暂时性消失。对父亲来说,文字可能是一粒去痛片,也可能是一滴镇静剂,总之,文字可以让父亲变得安详。

而安详,是多么珍贵。

5

我是忽然间感觉到父亲老了的。

那天,医生对他说:你这个病因为拖得太久,现在一时半会儿是治不好的,至少需要一年左右的时间。

父亲先是愣了一下,接着整个人就显出了前所未有的颓废和茫然。

那一瞬间,我的心被刺痛了——父亲老了,他那看似坚强的表象之下,掩藏着他脆弱的内心和状况很差的身体。

一直以来,他都不把自己的身体当回事。除非难受得实在受不了,否则他是不会去医院的。

一直以来,我们兄妹几人也拿他没辙。

父亲在医院治疗半月后,带着一大包药回老家了。

上个周末,我回老家,父亲坐在院子里的一把藤椅上,看见了我,慢慢地站起来,微笑着,努力显出很精神的样子。我心里难过。特别难过。

父亲得的是肺结核,已连续吃药四个多月,但由于年纪较大,又加上病发初期没有全面检查,错过了最佳的治疗时机,所以疗效有些缓慢。

"您负责编写的那部分镇志弄完了没?"我问。他的病情一目了然,我不想和他讲这件令他没精打采的事。

"前几天已经交给镇里负责这件事的同志了。唉,现在也没力气到处搜集资料,就把之前写的修改了几遍。有些地方不尽人意啊。"父亲的语气里,透着完成重任后的些许轻松,也透着许多无可奈何的遗憾。

去年,父亲刚开始着手编写镇志时,那就是一个人要干一番事业的架势。他查阅不同版本的《建始县志》关于高坪镇的相关记载，仔细比对，同时四处奔走，实地察看，如实记载。那段日子对他来说，只有乐趣，没有辛苦。那段日子，他就是一个斗志满满的老战士。

父亲和我聊着，温和得不像他，不像曾经的他。

从前，父亲总是那么凶巴巴的，指不定什么时候就会吼我一顿。现在想想，反倒觉得从前有种充满希望感的美好——父亲这六十多年来，尝尽了人间的酸甜苦辣，他对这个世界有着自己的思索，他坚持活在自己的天地里，他有时脾气很差，但那才是真实的他，活得有生气的他。

期待父亲早日康复。

期待父亲在院子里放一盆清水，拿一支大毛笔，潇洒地在地上练字，字刚劲有力，像一条倔强的小溪……

母亲

1

清晨。睁开眼睛。习惯性地拿起手机，点开微信。

"妈妈，母亲节快乐！我爱您！"女儿的舞蹈老师从千里之外发来一段视频——女儿随老师去参加拉丁舞比赛了。

老实说，我对所谓的这节那节并没有什么特别的感觉——不过是一个人一生之中的一个日子而已，是"节"的日子跟不是"节"的日子有什么区别呢？不多一分钟也不少一分钟。

但是——

我必须要承认，当我听到女儿稚嫩的声音的那一瞬间，我还是被震了一下。很显然，我被一种清晰的有点疼痛的幸福袭击了，一时间甚至有些不知所措。

是的，我是一个母亲。一个八岁孩子的母亲。

我反复播放着这段意料之外的视频。女儿是第一次这么跟我说，她的表情里有着藏不住的害羞。

许多无法言说的情感在心底冲撞。

我是女儿的母亲。同时我也是我母亲的女儿。

我躺在床上接受女儿的祝福和爱时，我的母亲正在厨房做早饭。

顿生一种强烈的愧疚之感。

赶紧起床。

下楼来到厨房。母亲却说："你好不容易有时间睡个早床。起来干什么？"

"我睡不着了。"我说。

母亲笑笑，接着切菜去了。

我笑不出来。

母亲啊，您总是把我当个小孩子一样疼爱。

母亲，原谅我，我无法像个孩子一样对您说出"我爱您"！

我打开液化气灶开关，开始炒菜。

多好。和母亲在一起多好。卸下负累。忘记不快。轻松自在。宁静安然。

我心里有句话是这样的：待在母亲身边，我从未羡慕过任何人。

2

母亲是石门村康家包人。

母亲的童年生活很清苦。

那时过大集体的日子，外公和外婆每天都要出工挣工分，挣一家人的口粮。更确切地说，是要挣一大家人的口粮——母亲有一个哥哥一个姐姐，还有两个弟弟四个妹妹。

这么一大家子人，在那个缺吃少穿的年代，能填满肚子都是一件非常奢侈的事。至于穿什么，那还真顾不上来。冬天，母亲和她的兄弟姐妹们就用从棕树上割下的棕皮包裹着脚取暖。衣服呢，大的穿了小的穿，穿破了打补丁穿，再破了再打补丁继续穿。

外公外婆每天没命地干活，但饥饿还是如影随形地纠缠着家里的每一个人。

我小时候要母亲给我讲她小时候的事，母亲所讲的事里面很多都与饥饿有关。比如：每次吃饭差不多会把碗里的食物吃得一点都不剩，吃得慢的，等再去盛时，锅里常常就没有了。外婆曾带着母亲在收割后的田里去寻找集体可能漏挖的洋芋或红薯，然后煮了一家人一起吃。母亲说，这种时候就特别满足，吃起来特别香。

于是，我得出一个结论：对母亲来说，她的童年有一个很难忘的感觉，就是饿。总是饿。

有一次，母亲过生日，外婆煮了个鸡蛋悄悄给母亲。母亲自己却没有吃，把鸡蛋给了我四姨吃。这件事是四姨告诉我的。

四姨还说，她小时候喜欢哭，我母亲就哄着她。哄着她吃饭。哄着她睡觉。

母亲很少讲她童年时代的苦与累。偶尔有人和母亲讲起他们童年时代的事，母亲也是轻描淡写。当然，母亲不是忘记了，也不是逃避。只是因为母亲在乎的，不是童年生活的清苦。母亲从来都不是个怕吃苦怕受累的人。

母亲上完小学后，外公就不让她继续上学了。原因很简单，因为家里穷，家里需要懂事的孩子做农活。个个孩子都去读书，无能为力。如果说母亲心中有或多或少的遗憾，这件事可能是其中之一吧。

尽管母亲上学时间不长，也认不到很多的字，她还是喜欢看书的。画册、杂志、书、报纸，她都看。

母亲可以看书的时间少之又少。通常都只能在睡前看一会儿。在她枕边翻到书，是再正常不过的事了。

母亲是一个农民。但她的世界里，不只是几块苞谷洋芋。

3

我记得，大约是我读小学的那几年吧，一到夜晚，母亲常常会端出一个竹筛子，里面装着款式不一的布鞋半成品以及一些单色的或是碎花的布料、粗细不一颜色各异的线和剪刀、大小针、顶针等工具。

母亲把竹筛放在一张木桌上，一丝不苟地剪鞋样（用硬纸剪出鞋底或鞋帮的形状），或是扎鞋底，或是做鞋帮，或是绱鞋。

母亲剪鞋样的那个专注，叫人不得不服。一个鞋样，她会反复修剪，哪个地方宽一毫米都不行，哪里线条不流畅绝对不行，直到左看右看上看下看都满意了为止。

母亲扎鞋底不仅很快，而且扎得漂亮。母亲用一根大针，穿上自己搓的细麻绳，飞针走线，有时一个夜工就能扎一只鞋底。母亲总会别出心裁地在鞋底中央扎出各种图案，有花朵形状的，也有几何形状的。每次穿着母亲做的新布鞋，总是舍不得往地上踩，原因之一就是觉得一踩下去会弄脏鞋底的图案。

母亲做鞋帮是很有创新意识的。不管是棉鞋还是单鞋，她在外形的选择上，以及布料颜色的搭配上，都是很考究的。我至今还记得，母亲在我的单鞋的鞋帮上绣的小巧精致的花朵以及栩栩如生的蝴蝶，一看就叫人喜欢得不得了。

母亲做的布鞋好，可是村里的人公认的。谁家的女儿结婚要给公婆做鞋，或是谁家要给新女婿做双鞋，都喜欢找母亲剪个鞋样，或是找母亲帮忙绱鞋。每次遇到这种事，母亲总是尽心尽力地给别人帮忙，就算再忙也会笑脸相迎。

后来，街上卖的鞋越来越多，母亲的年纪越来越大，母亲就很少做鞋了。

再后来，母亲就不做鞋了——用母亲自己的话说：现在眼睛也不行了，穿个针线都要半天，做不好了。

去年，母亲在整理房间时，翻出一本夹着鞋样的书，母亲一张一张地看，像在跟一个一个的老朋友叙旧。看过之后，母亲又轻轻地将鞋样放回书中。

我看着母亲，脑海里瞬间涌现出无数个母亲做鞋的画面。曾经的慢时光啊，像一幅淡淡的素描，光影里全是愈久弥新的笔调。

勤劳善良的母亲。心灵手巧的母亲。我静静回忆里的母亲。我深深敬佩的母亲。

4

母亲是个爱花的人。

很爱。

母亲在房前屋后都种满了花。一年四季，花开不断。

我给母亲所种的那一片花起了个名字：玉花园——母亲的名字叫康光玉。

尤其是夏天和秋天，玉花园里的花不知吸引了多少路人的目光。一串红、十样景、太阳花、蜀葵、百合、天竺葵、喇叭花等竞相绽放,五彩斑斓,生机盎然。

伫立于花丛中,任风儿轻轻吹,蝶儿翩翩飞,花儿慢慢开。可以消愁。可以静心。可以清魂。

清晨或是傍晚,母亲常常端着一杯茶,慢慢悠悠地在玉花园里走走看看。朝晖或是夕阳温柔而清澈的光线,一丝一缕,洒在一朵一朵花上,洒在母亲的发丝上、衣襟上。这就是一个美好的世界。属于母亲的美好世界。简单朴素。与世无争。淡然安详。

村里的人常找她要花苗或是花种,也有路人找她要,她都会选出长势好的花苗或饱满的花种送给别人。有一回,一个路人拿了一大把花苗后,要给母亲钱,母亲顿时就急了:"我种花又不是为了卖钱。你回去把花养好了我就欢喜了。"

每一种花在母亲的栽培下,仿佛都格外愿意茁壮生长。

也难怪,母亲就是偶尔出个门待几天,也会打电话吩咐父亲给花浇水或者施肥。生怕她的花有个什么闪失。

母亲年轻的时候,在山间田头遇见花,常常会采一些带回家,泡在她物色的各种"花瓶"里:空酒瓶、大玻璃杯、搪瓷杯等。一束野花,满屋清香。仿佛全世界都美丽了几分。

我家有一块田在离家三里外的一座大山上,每年春天,那座山上都开满了红色的和白色的映山红。母亲在那块田干完活后,就会采许多的映山红放在背篓里背回家。如果母亲和别人同行,半里路之外,我就可以通过看背篓里所背东西的不同判断哪个是我的母亲。母亲将采回的映山红插在一只大木水桶里。花,生机蓬勃。人,精神焕发。

我小时候也跟着母亲采过映山红、野菊花、彼岸花以及一些不知名的花。母亲看到一朵或一簇或一树花开的那个眼神,儿时的我似懂非懂。现在回忆起来，仿佛那些花儿仍然静静地绽放着……我知道，不管再过多久，那些花儿也依然会绽放着，新鲜，芬芳，安静。

那些花里，有母亲的味道。

5

母亲当年嫁给父亲，母亲的娘家人是极力反对的。因为父亲是个离婚的男人，还有两个孩子。

但母亲还是坚持跟父亲结了婚。

据说，我大舅因为不满我母亲的婚事，连给我母亲打嫁妆都不情不愿的。大舅是个出色的木匠。不过后来他并没有因为自己没能"出色"地阻止母亲和父亲结婚而后悔——母亲和父亲多年来相处得很好。

父亲是个教师。每次从学校回来，若是母亲在田间劳作，他水都不会喝一口，立马就会去田间和母亲一起劳作。

父亲是个从不给自己买东西的人。有一年初冬，他去县城办事，给母亲买回一件呢子衣，花去了半月的工资。为这事，母亲埋怨父亲乱花钱。但母亲走亲访友时，穿上那件衣服，总是格外有精神。

如今，我们几兄妹所住的地方离老家都有点远。母亲有时到我家或是我妹家待几天，总会提前给父亲准备一些切好的肉片等，她怕父亲一个人在家光煮面条吃。为了确保父亲按她的意思吃得丰富点，她还威胁父亲：你不吃，我回来就倒掉了，反正到时候也坏了——母亲深知父亲是个极反对浪费的人。

今年三月，父亲来县城检查身体，被医生留在了医院——肺出了问题。我打电话告诉母亲，让她不用担心，爸在医院有我呢。可是第二天，母亲就把家里的事托付给了大伯母，急匆匆地赶到了医院。母亲是不放心，她担心固执的父亲不配合医生好好治疗，她要来监督父亲。像监督一个不太听话的孩子一样监督父亲。半月后，父亲的病情得到控制，逐渐好转，母亲才和父亲一起回家。

　　生病的父亲近段时间一直在吃药。我每晚打电话给母亲，母亲都说她和父亲很好，让我不必担心。但我知道，母亲自己身体也不好，多年以来就有胃病，能好到哪里去呢？母亲一辈子都很坚强。很坚强。坚强得叫人心疼。

　　母亲老了。父亲也老了。

　　当我意识到母亲和父亲已经老了，我想多拥有一些时间陪在母亲和父亲身边的时候，才发现陪伴不是件很容易的事。

　　多想回到小时候，母亲去种菜，我跟着；母亲去挑水，我跟着；母亲去砍柴，我跟着……好像永远也不会分开似的……

母亲的菜园

午后，刚刚下过一场秋雨，母亲就提上那把跟随她多年的锄头走向她的菜园了。

母亲的步子有些蹒跚。蹒跚而急切。她是忍着坐骨神经痛去种菜的。晴了好些日子，田里干得到处都是裂缝了，总算盼来一场酣畅淋漓的雨。她要抢在雨后泥土变得湿润松软的时候，再种下几行白菜。农人嘛，靠天靠地吃饭，天也下雨了，地也不干了，此时不种，更待何时？至于身体的病痛，母亲哪顾得上考虑。母亲当了一辈子的农人，她早已习惯了忍受一切艰难困苦去尽一个农人的本分。没办法，一桩一桩农活都在时间里默不作声地排列着，等着农人去干，干完一桩又一桩。永远也干不完。人干着干着，就干不动了，农活还是一桩都没少。农人的一生啊，总在干农活或去干农活的路上。这条路可能没有豪言壮语，有的多是不声不响地咬牙坚持。

我跟在母亲身后，又伤怀，又无奈。

菜园就在屋旁。那些长得青翠可人的白菜，是母亲前些日子种下的。母亲走到落满秋雨的白菜中间，菜叶上的雨滴抖落在她的裤角上，她几乎没有察觉。她的眼睛里闪过一丝不易觉察的淡淡的笑意——我看见了，菜叶上那些摇摇晃晃的雨珠也映照见了。那是一个诗意的瞬间，真实，也缥缈。啊，母亲，在似水流年里，在苍茫大地上，书写了多少无字的诗行啊！她不经意间流露出来的对田地以及庄稼的虔诚之爱，让一切浮华都黯淡下去。

就是那个瞬间，那丝笑意，让站在菜园里的我，终于懂得了菜园对于母亲的意义：菜园是母亲生命中很重要的一部分。一片菜园里各种蔬菜的生长，就是母亲各种希望以及一部分安定感的生长。母亲不能没有菜园。母亲在菜园里劳作时，她是她自己，她是充实而幸福的。

母亲走到那些白菜旁的空地上，慎重地停下脚步，慢慢地弯下腰，双手用力地举起锄头，重重地挖开泥土，一下，一下，又一下，锄头划过一道道跳跃而优美的弧线，划破笼罩整个乡村的潮润空气，划出一个农人娴熟而质朴的劳动节奏。很快，母亲挖好了几行深浅适中的窝子，她把锄头放一旁，然后从衣服口袋里摸出一包菜种，挨个儿往窝子里撒种。母亲撒得那么专注，几乎没有一粒种子撒到窝子外面。看着母亲来来回回地撒种，我甚至感到，有一种说不清的仪式感弥漫在田间，也弥漫在我心间。我知道，这种仪式感将渐渐变成深切绵长的感动，流淌在我的血液里，出没在我的呼吸里……

撒好种后，母亲再次拿起锄头，把木制锄把的一端朝着田间一块凸起的石头上撞了几下，咚——咚——咚，伴随着锄把撞击石头发出的浑厚声响和四周飞扬的尘土，松动的锄头重新变得紧牢了。岁月把锄头镌刻得通体滑润又满身伤痕，它跟母亲一样，也上了年纪，常常力不从心了。但是，母亲舍不得丢弃它，就像舍不得放开一个相识多年的老朋友。母亲又弯下腰，慢慢地弯下腰，举起锄头，她得给每窝白菜种子盖上一层厚薄均匀的细土。

我说:"让我来吧,您休息一会儿。"母亲说:"我不累,种菜是个轻省活。你莫管,免得给鞋子上粘些泥巴。"我知道,多说也没用,就放弃了劝说。母亲就是这样,多少年了,依然把我当个小孩子护着,她总能找到"充分"的理由拒绝我"插手"。

母亲给几行白菜掩好土后,走到菜地一角,慢慢地直起腰。弯下腰,直起腰,母亲都只能慢慢的,身体的疼痛不曾停止一分一秒。我低下头,不想让母亲发现我的眼眶早已湿润了。我不用抬头看也知道,此时的母亲,正在细细打量她的最新作品:一共五行,排列整齐,菜种深埋,泥土泛香。她的目光充满柔柔的爱意,好像那些躺在泥土里的菜种能领会她的心思,正跟她说悄悄话呢!是的,从这一刻起,母亲心里就多了一份等待,等待过几天后,一粒粒白菜种子变成一棵棵青青嫩嫩的白菜小苗,破土而出,向她招手,对她微笑……

母亲提起锄头,仿佛终于干完一件盛大无比的事,如释重负般地往家走。她的步子依旧有些蹒跚,但不再急切。她已经按计划抢天时,一丝不苟地种下了一片新的白菜,这下可以舒心了。

母亲跟她的几块大大小小的田地打了几十年交道,春去秋来,又春去秋来,一茬茬庄稼在她的奔忙之中蓬勃萌芽,茁壮生长,次第成熟。母亲挖田啊,播种啊,施肥啊,收割啊,风里雨里。母亲苦着,累着,笑着,梦着,日复一日。只是,田地似乎一直都是亘古不变的年轻样子,母亲却一年一年地老了。日渐苍老。母亲不想放手,但身体逼迫她一点一点在放手,比如,离家三里远的那块田,五年前已转给我大伯家种了。村头那块最为平整的田,去年也让村里的一个亲戚种上了。对那两块田,母亲是不舍的。非常不舍。她曾经翻松每一粒土壤的田地里,长出的庄稼再也与她没多大关系了,她有些无所适从。她的叹息,飘散在风里……

母亲心里其实跟明镜似的，稍远一点的田地，她都将不得不陆续放手。她能种得长久一些的田，只有屋旁的菜园。种菜是母亲最拿手的农活之一。也是她最舍不得放手的农活。不管怎样，只要身体还能撑得住，母亲是不会停止种菜的。

这些年来，屋旁的菜园，总是被母亲打理得绿意盎然，生机勃勃。

白菜、香菜、菠菜、包包菜、苋菜、卷心菜、莜麦菜、生菜、芹菜、西红柿、茄子、辣椒、大葱、小葱、洋葱、雪里蕻、红菜薹、紫甘蓝、胡萝卜、大蒜、莴笋、生姜、芋头、黄瓜、南瓜、冬瓜、丝瓜、四季豆、豇豆、豌豆、秋葵……我记不清母亲究竟种过多少种菜，只记得母亲每年都会依着时令，种出五花八门的蔬菜。种菜，种菜，种菜，母亲总是在种菜，种出千变万化的美味，种出素简又绚丽的风景，种出平淡又丰满的日子。

多好，一片蔬菜热热烈烈地生长在屋旁，宛如一抹农家的微笑，鲜活了寂寂乡村，明媚了浅浅时光。

母亲有一种偏爱，那就是在菜园的好几个角落都种了野韭菜。那么多野韭菜，齐刷刷地疯长起来，一家人是吃不完的。当然，母亲种野韭菜也不是为了吃。野韭菜本就姓野，田间地头，坡上坎下，哪里都有它们的身影，随手一掐，都有得吃。母亲在菜园里种野韭菜主要是为了好看。没错，就是为了好看。母亲说，菜园里长着野韭菜，看着舒服。的确，一丛丛野韭菜点缀其间，甚是清雅。每逢初秋时节，一朵朵娇羞又精致的野韭菜花灿然绽放，亭亭玉立，引来彩蝶纷飞。看一眼，似乎心底那些愁情烦绪都不知不觉地消失了。

每次回到老家，我都会到母亲的菜园里去走一走。有时跟母亲一起，说说笑笑，提个竹筐，摘点茄子，割点小葱什么的；有时独自一人，漫步菜园中，瞥一朵黄瓜花在微风中轻轻摇曳，观一株青菜在飞雪里无限沉思，看一片红辣椒在阳光下放肆妖娆……我还看见，母亲的身影在菜园的各个角落里若隐若现：她披着晨曦在菜园里播种，她顶着烈日在菜园里薅草，她迎着暮色在菜园里追肥……菜园里，母亲的气息无处不在。我在菜园里，也就是在母亲的怀抱里。我感到安心以及温暖。

只是，有时候，我忍不住会想到，总有那么一天，母亲再也种不动菜了，菜园里将是怎样的荒芜。这个念头一冒出来，我心里就闪过一阵尖锐的疼痛。我无法阻止这一天的到来，我只乞求时光慢一点，再慢一点，让母亲的菜园存在得久一些，更久一些……

或许，从乡村出发的每一个人，不管去到哪里，不管走得多远，心里都深藏着一片无可比拟无法忘却的菜园吧。那就是母亲的菜园。你出走得越远越久，就越牵挂，你心里梦里那片母亲的菜园就越美丽越珍贵。为此，你笑，你哭。你很有可能在某个时刻，丢开一切，直奔那个乡村里的老家，远远地，一眼望见母亲大人的菜园，你就舒坦了，你甚至是重新活过来了……

如果那个生你养你的乡村里，还有一片属于你的"母亲的菜园"，请记住，那是你拥有的珍贵之物，你要多回去看看，吃吃母亲种的菜。不要等到失去了再回去，那将只剩满目荒凉。

最后收割的向日葵

一株向日葵，开花了。

在一个夏日的清晨，迎着缕缕阳光，盛开了。

一圈金黄的花瓣缓缓撑开花朵四周的空气——花开的声音，就这样在风里飘荡。带着淡淡的芬芳在风里飘荡。

这是我记忆中最大最美的一株向日葵。高近一丈，茎粗如树干，叶大如盖，亭亭傲立。当然，最光彩夺目的就是那大得超乎寻常的花朵。谁知道这株向日葵吸了什么灵气，自破土以来，疯狂生长。那气势，简直恨不得长到半空中去。要是村里的其他向日葵见了它，一定会被它的英姿和光芒所折服，羞愧得逃之夭夭。

种下这株向日葵的，是我奶奶。更准确地说，是我爷爷陪她种下的。

那一年，奶奶在屋旁的菜园子里撒下好几窝向日葵种子。奶奶撒种子的时候，爷爷就在一旁给种子掩土。

可不知何故，后来竟只长出了一株幼苗。虽只一株，但它又嫩又壮，格外精神。

"怎么就只生出了一株呢？唉，老了，种不出庄稼了。"奶奶在田里叹了口气,然后蹲下身子,拔掉了这株向日葵周围的杂草。

"一株也好。一株省事,不用太忙活。"爷爷笑笑。

"胡说。"奶奶不满地瞥了爷爷一眼。

爷爷不再说话,只笑。

向日葵渐渐长高了,比奶奶高出许多了。向日葵长出花蕾了,每天开始认认真真地追逐太阳了。奶奶有事没事就去看这株向日葵。奶奶的眼神里始终有着一个庄稼人特有的自豪感,以及我无法解读的若隐若现的光。奶奶种了一辈子庄稼,第一次种出如此出色的一株向日葵。奶奶并不是为了吃葵花子才种了向日葵,她牙齿不好,早就吃不动葵花子了。她种向日葵,是因为她一生都喜欢向日葵的花朵。

在夏末的一个清晨,奶奶没有任何征兆地突发疾病,离开了人世。头一天,奶奶还在这株向日葵附近转悠呢。奶奶还说,要留这株向日葵的籽作种子呢,来年定能长出一片上好的向日葵来。

奶奶走时,向日葵正结满密密麻麻的葵花子。它低着头,已然显出一种无比丰满的老态。作为一株向日葵,它的生命在短短几个月的时光里那么努力地盛放过,它的内心也是喜悦而安详的吧。它的花瓣一天天失去光泽,枯萎,掉落。叶子也慢慢变黄了,变成褐色了,有气无力地垂了下来。

只是,奶奶再也看不见它了——或许,奶奶在另一个世界依然看着它呢。望着这株向日葵,我微笑,微笑着,眼泪就掉了下来。恍惚间,似乎觉得奶奶从未离开,她会在某个晚霞满天的傍晚,慢悠悠地去收割这株向日葵的果实,然后用一根小木棒,有节奏地把新鲜饱满的葵花子打落下来……

村里的向日葵陆续成熟了，一家人忙着收割了其他田里的向日葵，没有割下这株。当然，不是忘了它的存在。

这株向日葵日渐萧瑟，但它一直挺立着。好几次大风，都没能将它刮倒。它是否天生就拥有某种神秘而坚强的力量？它是否依然在等待一个人的到来？

直到秋风已有很深的凉意了，爷爷才提了一把镰刀，颤颤巍巍地走向这株向日葵。

爷爷日渐消瘦的身子似乎不比这株向日葵有生气。爷爷的双手似乎没有力气握住镰刀。爷爷似乎只是假装来割这株向日葵。怎么看，爷爷都没有半点收割庄稼的样子。

爷爷在这株向日葵下待了很久，一言不发。

终于，爷爷伸出左手，将这株向日葵的茎慢慢拉弯，像他的身子一样弯，用右手中的镰刀割下了这株向日葵的果实。沉甸甸的果实。尽管由于迟到的收割，鸟儿们已经啄去了许多葵花子，所剩无几的葵花子零乱地分布在圆盘上，像一张破碎的脸，但依旧沉甸甸的。非常沉。

爷爷迈着蹒跚的步伐，把这个果实提回小院子，放在屋檐下奶奶生前常用的那个大竹筐里，就扔掉镰刀，默默回屋去了。

田间，只剩一截枯茎的向日葵，就像一种巨大的失去。又像一种倔强的坚持。

奶奶走后，爷爷偶尔也去田间劳作，但之后的十多年间，他从未独自种过向日葵。

现在，爷爷也不在了。也许，爷爷和奶奶早已在另一个世界重逢，种出了一大片美丽的向日葵呢。

告　别

清晨。

街上人来人往。她混在人流中，步履匆匆。

雨，应该是雨吧，落在她撑起的小伞上，一朵一朵雨花在伞面绽开，短暂绽开，而后顺着伞的边沿流下——这些她看不到不是因为她的眼睛不能转弯，而是因为她的视线此时是向内的，她看见自己情愿又不情愿地在一条熟悉又陌生的路上走着，跟跟跄跄……

曾经那么坚定地为了自己所谓的追求，不遗余力，风雨兼程，只是渐渐地感到茫然。特别茫然。现在并没有比以前快乐——以前以为或许有的快乐只是或许。这个"或许"，就是几乎没有的意思。

一些颓废的情绪压得她透不过气来。似乎连头发丝都累，都在无声地叹息。又似乎整个身心都没有任何感觉。想要的，不想要了。不想要的，不请自来。得到了什么？说不上来。失去了什么？也说不上来。

没意思。

她知道，她遇见了一个垂头丧气的自己，很没意思。

雨还在下。

她收起伞,机械地继续走。

雨不客气地落在她头发上,脸上,手上……冷。这冷,不是雨淋在身上所致。这冷,来自内心。

她其实不怕冷。冷死最好。但问题是不会冷死。

再冷,生活也要继续。

一滴出色的雨落在她的睫毛上,以一滴眼泪的形状流进她的眼睛。

不必拭去,她需要在这一滴雨水或是泪水中,告别很多的从前……

人生,总是在告别中。习惯了,就好。她就习惯了。

告别每一个昨天。告别每一个上一分钟。

告别留不住的大美好。告别抓不住的小幸福。

告别难言的痛楚。告别无边的伤感。

告别仿佛用不完的激情。告别似乎停不了的冲动。

告别强烈的执着。告别脆弱的坚持。

告别一些渐行渐远的理想。告别一些愈来愈小的希望。

……

在告别中迷茫。在告别中清醒。

在告别中沉沦。在告别中觉悟。

在告别中退缩。在告别中前进。

在告别中跌倒。在告别中站立。

在告别中衰落。在告别中成长。

在告别中死去。在告别中复活。

……

很多的告别在时间里慢慢褪色。

很多的告别在记忆中渐渐远去。

有些告别,则像一些印记,一不小心就会让你与从前的自己撞个满怀……

比如,每次她在老家屋后菜园里徘徊时,总会想起最后一次告别爷爷的情景。爷爷的坟就在菜园旁边。

爷爷是去年正月走的。那天,她在单位开会,手机响了,是父亲。"你爷爷刚才过世了。"父亲的声音有些颤抖。

她的心一下子沉了下来。夹杂着无数的痛,沉了下来。尽管之前她早就明白,爷爷时日无多了,甚至希望被病魔折磨得痛苦不堪生不如死的爷爷早点得到解脱。但是,真正得知爷爷已停止呼吸的那一刻,她的所有感官都是拒绝接受那个总是要来的消息的。

两个小时后,她赶回老家。

棺材。爷爷。

棺材摆放在堂屋中央。爷爷躺在棺材盖上。

爷爷瘦削的脸,苍白如纸。

爷爷干瘦的手,失去温度。

爷爷单薄的身子,一动不动。

她拉着爷爷的手。以后再也拉不着了。

她呆呆地看着爷爷。以后再也看不见了。

爷爷是那么安详。这仿佛算一种安慰。

大伯父说,她站在棺材旁看爷爷时,爷爷的眼里似乎有泪。她想,这或许是爷爷在向她做最后的告别吧。啊,爷爷,爷爷……

她也是在向爷爷告别啊。只是,这一别,是永别。谁都没法轻松地面对。谁都无法不面对。

告别是一种仪式。是一种以愁为主的情绪蔓延的过程。在这个过程中，一个人，迷或悟，没有定数。

在爷爷下葬之后，她忽然觉得，死，其实并不可怕，可怕的是人们对死的看法。每个人都不可避免地死去。对死者来说，死终结的不完全是活着的美好，也包括活着的痛苦。对活着的人来说，死终结了亲人的呼吸，但死终结不了离去的亲人在心中的记忆。静静地回忆，点点滴滴，会有泪，也会有微笑。坦然面对，就好。

她站在菜园里，不止一次地想过，将来的某一天，她也会告别这个世界，告别她爱的人和爱她的人。

在此之前，她希望自己活得从容一点，"自己"一点。这有点倔强。倔强着，也妥协着。凡人的烦恼，就是这么产生的吧。

她知道，也许，她一直都无法彻底从容，无法潇洒地告别一些牵绊，但她还是希望在她彻底告别这个世界之前，离尘世远一点，离自己近一点。

如此而已。

寻找秀秀

1

秀秀又跑了。

这是秀秀第几次跑了？估计村里谁也记不清了。

秀秀跑了，或者说离家出走了，早就不是什么稀奇事了。

一直以来，秀秀断断续续待在村里的时候，是那么不声不响。但就是这样一个不声不响得如同隐形人的人，却叫人隔段时间为之一惊——秀秀跑了。秀秀又跑了。秀秀又又跑了……

2

二十多年前，秀秀从数十里外的外村嫁过来。

秀秀做"新姑娘"那天，可美了！（鄂西山区的许多地方，以前很长一段时间都称新娘子为"新姑娘"。）那是我第一次觉得，"新姑娘"是美的代名词。

那些年，村里人举行婚礼，少不了"接新姑娘"这一重要环节。结婚当天，"新姑娘"梳上精巧的发型，穿上红红的嫁衣，描出弯弯的眉毛，在娘家等待命定的那个人带着迎亲队伍，热热闹闹地来接。"新姑娘"娇羞、憧憬、慌乱、喜悦。"新姑娘"散发的美简直不可捉摸、不可思议。

我记住秀秀做"新姑娘"的样子，也许只用了一眼、一秒。一眼难忘，一秒定格。每每回忆，宛在昨日。

那天午后，阳光很好，秀秀在一片好奇夹杂着兴奋的目光中，走进她的丈夫所在的村庄。这些目光来自村里的乡亲们。大家都在看"新姑娘"。这仿佛是一件天经地义的事。又似乎是一件乐此不疲的事。但凡村里哪家娶媳妇，大家通常都会去看"新姑娘"。平日里为了几块田忙得晕晕乎乎，别家有喜，去送个人情，看看"新姑娘"，沾沾喜气，乐和乐和，总归是件轻松又美好的事。

"新姑娘"秀秀来了！她袅袅婷婷地走在蜿蜒曲折的乡间小路上，众人的目光找寻着她，追随着她，她不能拒绝也无法躲避，她低着头，迈着几乎有些踉跄的步伐，如同梦中人一般，款款走来。

近了近了！我挤在人群中，踮起脚尖看清了秀秀的模样。她一如她的名字，清秀盈盈。她微微泛红的脸颊，她乌黑柔亮的长发，她澄澈又迷离的眼神，她娇小又袅娜的身姿。她又似乎不太清楚自己正作为一个"新姑娘"被众人注视，她更像是沉浸在某种别人看不见的事物上，她就那样谨慎又恍惚地走着。这竟让她从"新姑娘"这一"角色"中脱离出来，显出一种非凡的美来。

秀秀就这样走进了她的婆家。

3

秀秀嫁过来第三天就跑了。

这着实让村里人大惑不解。这不应该是新婚幸福时光吗？咋就跑了呢？秀秀这一跑，就给村里很多人的脑子带来了巨大的想象空间。有人说，她挨了打；有人说，她脑子不正常；有人说，她不过是去了一趟亲戚家……每一种说法都像是真的。每一种说法都像是假的。全都是猜测。想不猜都不行。秀秀婆家人对此一字不提。

很快，秀秀的丈夫不知从哪儿将她找了回来。日子继续过。

秀秀回来后，也从未对自己的谜一般的消失说过只言片语。秀秀跟没事人一样，做家务、下地干活。只是她几乎从不主动跟村里人说话，但遇见谁都会莞尔一笑。是那种腼腆又略带尴尬的笑。

几个月过去了，秀秀的肚子大了起来，下地干活的次数就少了些。她常常坐在她家的院子里，安安静静地绣鞋垫。我见过她绣的鞋垫，图案精美，针脚细密，色彩斑斓。心若不灵，如何能手巧呢？秀秀的聪慧，只有瞎子才看不见。

秀秀是半夜生的孩子。在家生的。接生的是她的婆婆。秀秀头胎生了个女儿。

秀秀生下孩子的第二天，秀秀的婆婆便在村里绘声绘色地讲述秀秀生孩子的过程。听的人无不感到害怕，因为谁都能听出来两点：一是秀秀生孩子的过程绝对算是难产，差点没命；二是秀秀的婆婆没流露出半点心疼的意思，这个一向霸道的婆婆根本就像是在讲一场生孩子的戏。

秀秀生了孩子后，话就更少了。笑容也变得越来越少。

她的哭声，凄厉得叫人头皮发麻心头发紧的哭声，某天夜里就从她家传出来了。伴随她的哭声的，是凶狠的打骂声。有时白天也传出这样的声音。

村里有不少人前前后后去阻止过打骂。但毕竟只能阻止一时。

这个人间，从来都不缺少这样的事情。

村里人听多了秀秀的哭声，也就只能习惯了。当然，也有不少人，时不时地听到秀秀的哭声，还是免不了叹上一口气，默默地希望哭声的制造者早点结束暴行。

终于有一天，"秀秀有精神病"这一传言在村里流传开来。

我简直不敢相信这一说法——秀秀是那么美好的一个人，她的"精神"怎么会有"病"呢？说这种话的人有病吧！当时的我没敢把这一点大声说出来。说出来也没什么用。

4

秀秀在被人说成"精神病"后不久，干了作为一个精神病人来说，再正常不过的事：她又跑了。

秀秀婆家的人在村里村外找了几次，没找到也就放弃了——"那个背万年时的，晓得跑到哪里去了？只当她死了的。"

可秀秀没死，两年后，她竟然回来了。不过是回她的妈屋里去了。她妈屋里只剩几间破屋，她的父母早已去世，她唯一的弟弟也到外省做了上门女婿。

秀秀回来的消息迅速传到秀秀婆家人耳中。秀秀的丈夫又去把秀秀带回家了。

至于秀秀那两年去了哪里，怎样活着，没人知道。秀秀看起来好像已经没有"精神病"了。她还偶尔与人打招呼。但声音很小，就像生怕把谁惹生气了。

夫妻两人过了段难得的风平浪静的日子。

秀秀怀上了她的第二个孩子。

都以为这小两口从此会好好过下去了。然而，以为只是以为。

就在秀秀生下儿子后没几天，她那更加凄厉的哭叫声穿透了村庄，穿透了村里一个个听者的心灵。那样的声音，连空气都在打战。有一个年轻小伙子实在听不下去，勇敢地去解救，结果差点也被打。

村干部也上门调解过几回，但秀秀的哭声并没有减少。

我有时真的担心秀秀会活不下去。我内心里甚至暗暗希望秀秀在某个月黑风高之夜悄悄地逃出去。永远离开。或许，村里的任何一条狗也没感受到过秀秀心中那种无边无际的黑暗与恐惧吧。

秀秀衰老了。迅速衰老了。她才三十出头。她白里透红的脸颊变得黯淡无光。她乌黑柔亮的头发变得枯黄杂乱。她澄澈迷离的眼神变得浑浊呆滞。她娇小玲珑的身材变得干瘦佝偻。从前那个光彩照人的秀秀，永远地不见了。

秀秀的精神在她满是伤痕的躯体里的确待不下去了，于是丢下她的躯体，流浪去了。

失了精神的秀秀常常一个人在村里的某个角落站着，面无表情地看着天空或者地面。她的婆家人可能是觉得秀秀"精神病"太重，打骂也不能"治"好她的病，总算不那么频繁地打骂她了。

秀秀的女儿和儿子上小学了。两个孩子都长得像她，清秀可人。有时候，秀秀会在村口那棵大槐树下等两个放学归来的孩子。只有在这种时候，秀秀才仿佛生出那么一点点隐隐的活力。孩子来了，她傻傻地露出近乎讨好的笑迎上去，可孩子看到她，却一溜烟跑开了，秀秀就像是做错了什么事，手足无措地跟在孩子身后跌跌撞撞地走。

5

之后十余年间，秀秀又跑了几次。消失的时间为一年多或几个月不等。这似乎能进一步证实她是"精神病"人。不然，她怎么跑了又回来呢？回来了又跑呢？正常人能这么干吗？

是的，秀秀是个"精神病"人，她的精神流离失所了太久，伤痛错乱了太久，她要怎么自愈？或许，她一次次地跑出去，只不过是不由自主地寻找她的精神去了。

秀秀的头发已经花白了，她的后人成家立业了。她不会再跑了吧——村里人大概都是这样认为的。

可秀秀偏偏不按常理出牌，就在三个月前，秀秀再一次跑了。至今杳无音信。

跟以往不同的是，这次秀秀的丈夫四处打听她的下落，逢人就说：秀秀不是跑了，她肯定是迷路了。你们看见过她没？我老了不能没个伴儿啊。这个凶了秀秀几十年的男人，流露出一种前所未有的慌乱和颓丧。

秀秀还会回来吗？天知道。

当我徘徊在村里的小路上时，我再次感到心底泛起的罪孽感。对，是罪孽感。如果秀秀及时得到保护和帮助，她会越来越

"失常"吗？她会一次次地跑出村子吗？我想不会。可世间没有如果，面对很多事情，像我这样的凡人总是无能的。可恨的无能！

　　我充满愧疚地写下上面的文字，只是想为一个柔弱的女人在这个人间的苦苦挣扎作点粗浅的记录。为一个飘零许久的生命发出一声深深的叹息。

　　我愿意记着她。虽然这既不能带给她一星半点的温暖，也不能除去我心底里丝丝缕缕的罪孽感。

　　我无法不记着她。她是那样美丽又无助。此刻，她可能正在这个世界的某个角落里静静地发呆，也可能正在某条路上迷惘地徘徊，她不记得自己从哪里来，也不知道自己要往哪里去……

　　你在哪里，秀秀？

　　在哪里呢？

每次离开，不敢回头

是的，每次离开，我都不敢回头。

我不敢看身后那个拄着拐杖、偷偷抹泪的老人的身影。

这个老人是我的三爷爷。

但我现在以及以后都不用"不敢"了。我再怎么回头，也看不见那个身影了。就在上周，三爷爷走了。永远地走了。

三爷爷是在医院走的，终年九十岁。

当我知道三爷爷走了的那一刻，心底涌现无数个过往的瞬间，每一个瞬间都是一种尖锐的痛。

尤其是近几年，我和父亲母亲或与兄妹一起去看望三爷爷，他都格外开心，忙不迭地为我们泡上热茶，找出家里的各种小吃，劝我们吃一点再吃一点；询问我们工作和生活中的大小事，嘱咐我们要上进、谦和；跟我们讲他年轻时参军和后来教书的故事，有时还不忘"秀"一下他的拿手好技——拆解九连环。别看三爷爷上了年纪，玩起九连环可真是叫人叹服：只见他双手上下翻飞，只需三两分钟，环环相扣的九个环就被三爷爷从一根铁丝围成的椭圆形架子上拆解下来。谈笑间，三爷爷活力满满，好像永远都会与我们在一起似的。

每次看望三爷爷的时光，总是充满浓郁的温情和平和的快乐。这样的时光短暂而珍贵。有好几次，看着三爷爷完全沉浸在亲人相聚的喜悦里，到嘴边的告别话又咽了下去。

但终要离开。离开时，三爷爷总要送我们走一段路。那段路虽不是很远，但对三爷爷来说，却不近，走个来回并不容易。三爷爷患有严重的关节炎，几十年来，走路一直需要拄着拐杖。三爷爷走得慢，甚至有一点摇摇晃晃，瘦削的身子似乎随时都会摔倒。说心里话，我们更希望三爷爷待在家门口看着我们走就好，但是，我们也知道，这个希望很难实现——尊重三爷爷的意愿，对他来说，或许是一种幸福吧——没有谁能安心接受一个腿脚不便的老人步行送别；但也没有谁会忍心拒绝一个慈祥温和的老人的不舍。

但凡三爷爷送别，我们后辈都走得很慢，很慢很慢。走几步停一停。我们唯一能做的，就是让三爷爷走得轻松一点。让三爷爷的离愁别绪得到一种不声不响的舒缓。

一次一次，走在那段从三爷爷家到县城主街道的路上，三爷爷微笑，我们也微笑。

"您就送到这儿吧。走远了腿会疼。"

"不要紧，腿子不疼。我喜欢走路。"

"您别再送了啊，您就在这儿看着我们走，好不好？"

"也好，我就在这儿站着，看着你们走。"

三爷爷停下脚步，依然微笑，慢慢地抬起右手，向我们挥了又挥。

我们往前走，一步一步，渐行渐远。

三爷爷站在那里，静静目送。我不用回头也知道，三爷爷的目光里闪烁着泪花。他偷偷拭泪的样子，早就刻在了我的心里：

有一次，我走到一个拐角处，估计三爷爷在往回走了，就转回头看了看，可是，我的估计错了——只见三爷爷依旧站在路口，一动不动，怅然得像个不知该往哪方走的孩子。他的活力消散得无影无踪。他脸上的微笑也不知去哪儿了。而且，他正在用衣角拭泪。那一刻，我感到，天地之间，所有东西都模糊了，只剩下三爷爷孤单的身影……

之后很多次离开，我都不敢回头。我一回头，我的眼泪就会不争气地掉下来。我如何能让三爷爷发现我也在掉眼泪，那只会让他更加不舍。我甚至宁愿三爷爷认为我是一个没心没肺的家伙，我不情愿他立在风中、雨中，目送我们离开。那是一段怎样的路啊，我们走着，走着，走在三爷爷久久凝望的目光里，走得心生疼。

三爷爷是我爷爷的三哥。爷爷的大哥二哥很早就去世了，我没见过两位大爷爷的面，只听说过他们的故事。爷爷在 2016 年春天先于三爷爷离开了我们。从那时起，我就觉得，三爷爷仿佛就是爷爷的影子。也是从那时起，三爷爷显得愈发苍老憔悴了，他唯一的弟弟长眠于地下了，他心里的一部分也跟着爷爷长眠于地下了。

可是，我还没有一点心理准备呢，如今三爷爷也走了。在这个世界上，我已不能再叫谁"爷爷"了。我没有爷爷了。没有了啊。

我跟父亲母亲一起来到三爷爷的灵堂。

一眼望见灵堂里三爷爷的照片。照片中的三爷爷，六十多岁的样子，精神矍铄，英气不减。对，这就是三爷爷活着时最真实的样子。可现在，只是一个那么真切又那么不真切的影像了。照片后面棺材里的三爷爷，正在一分一秒地从我们身边彻底走远。

我甚至没有勇气走近棺材去看三爷爷。我在脑子里想象着那个躺在里面的没了呼吸的三爷爷的样子,可我脑子里一片空白,我想不出来。我在一个无人的角落站了好一会儿,还是朝着棺材走了过去。我怎能不走过去?

　　我看见了。透过透明的棺材盖,我看见了三爷爷啊,这真的是他吗?饱受病痛折磨之后,三爷爷曾经高大挺拔的身材变得那样瘦小,曾经微笑或掉泪的眼睛紧紧地闭上了,曾经缓缓挥动的手无比端正地放下了……有那么几秒,还是有一种错觉在我头脑中闪现——三爷爷只是睡着了。三爷爷只是睡着了吗?……

　　痛。巨大的痛再次袭来,我再也忍不住汹涌的泪水……

　　泪眼蒙眬中,再一次离开。我依然不敢回头。我恍然觉得,我不是在灵堂,三爷爷也没有去世,三爷爷还颤巍巍地站在那个路口,静静地目送我走远……

婆　婆

前几天，无意中读到一篇题为《古老的石门河"神兵"，一支神秘的鄂西武装力量!》的文章，文中的内容一下子就把我给吸引住了。真没想到，我那雄奇又秀丽的家乡石门确曾经历过那么传奇得近乎神秘的血雨腥风。更重要的是，"神兵"二字唤醒了我沉睡的记忆，将我一瞬间带回那熟悉却也陌生的童年时光里——

小时候，婆婆（老家那地方，之前都把奶奶叫"婆婆"）就曾给我讲过"神兵"的故事。

那是一个闪烁着刀光剑影、令当时很是懵懂的我半信半疑的故事。

回想起来，清晰，仿佛又很模糊。

婆婆讲"神兵"的故事总是那么乐此不疲。或是坐在太阳底下串着一串串红辣椒时，或是在秋风里不紧不慢地剥着一颗颗四季豆种子时，或是在白雪纷飞的寒夜端坐在忽明忽暗的柴火边时……没个准地，故事就从她口中滑出来——

"采采、爱平（我妹），我给你们说啊，我小时候，是见过神兵的……"

"神兵们头上裹着红布,手里拿着梭镖、大刀……

"神兵可神呢,喝了神水之后,力气大得不得了,红着眼睛杀人,就跟杀个鸡一样容易……

"青里坝、石门河、望坪这些地方都有神兵。各派神兵你杀我,我杀你。我在妈屋里侯家湾,就见过好几回神兵……

"你们的老婆婆(我祖父的母亲)的兄弟郭心田、郭书田有名望,为神兵讲过和呢。"

……

婆婆讲故事时,脸上总是带着微微的笑。我和妹总是喜欢围在她身边听故事打发仿佛走不动的时间,听着听着,偶尔也小打小闹,婆婆也从不发脾气,总是想方设法把我们两个小屁孩哄得开开心心、和和气气的。

婆婆是二十世纪二十年代生人,石门河岸边侯家湾是她的妈屋。她只读过大约一年私塾,认得的字不多,但这并不妨碍她讲故事。她的讲述总是那么断断续续,似真似假。宛若一条平平静静的小溪,自在散漫地讲述着属于自己的故事。你听或不听,故事都在流淌。

婆婆讲的"神兵"故事相对于年少的我在有限的小学课本上所能见识的世界,相对于平淡如水的乡村日常生活,自然是显得特别有趣的。是那种简单又丰富的有趣。甚至有趣到虚幻,给我的心灵一种独特的新鲜的冲击。聆听婆婆讲"神兵"故事的过程是一个好奇、不解、想象、恐惧以及说不清的情愫交织的过程。

也是在婆婆所讲的"神兵"故事里,我朦胧地对我所生活的那个看起来普普通通的小地方有了一些不一样的认识——原来我身边曾有这么生猛的故事发生,原来每一片看起来平平淡淡的土地上都尘封着那么多远去的恩怨情仇。说直白点,简直就是吓一跳,尤其是初次听婆婆讲"神兵"故事时。

说来真是惭愧,当年没能从婆婆碎片化的讲述中弄清"神兵"故事的来龙去脉,如今我无论怎么努力回忆,依然无法完整拼凑出婆婆讲述的"神兵"故事全貌,只剩下零星的片段。只是婆婆讲故事的情景与那一去不复返的时光格外清楚地在我眼前心间闪现。温暖,像秋日黄昏慵懒的阳光;美好,像春天清晨草尖的露珠。

婆婆是个特别爱整洁的人。她那几个宽大结实的陪嫁木箱里,所有衣服随时都是分类叠放得整整齐齐的。在那个穷苦的年代,哪怕是穿着补丁连着补丁的衣服,她也能拾掇出一种清爽气。我们家附近的那些小路,她都一一打扫得干干净净的,好像随时准备着迎接贵宾的到来。在她的视线范围内,是容不下杂乱的,就算是三五个葵花壳壳,她看见了也会立马捡起来。

婆婆也心善。我记得那些年常有乞丐出现在村里,很多人唯恐避之不及。这也无可厚非。那些年,大多数农户日子也过得很难,粮食等都不是很宽裕。婆婆可不管那么多,只要是到我们家门口来了的,她都会拿出饭菜给乞丐吃。她常说,讨米的都是些可怜的人,到我门上来了哪能不惹(管的意思)呢?一碗饭也不会把家吃穷。

婆婆还绣得一手好花。她告诉我们,她十五岁就嫁到蔡家湾了。是坐着花轿嫁到蔡家湾的。出嫁之前,婆婆自己绣了嫁衣、枕套、床单和荷包等。婆婆绣的枕套我印象深刻,至今还记得上面的图案,那些花鸟,色彩鲜艳,布局精巧,针脚细密,栩栩如生。那是我见过的最精致的手工刺绣作品。

"可惜了我那些床单,有一床我整整绣了一个月,那些牡丹呀、鸳鸯呀可难绣呢……没想到给一场大火全烧没了,我就抢出来一对枕头套子。唉……"婆婆说这些的时候,眼睛里闪烁着奇异的幸福之光,也流露出无限的惋惜之情。

我听着婆婆的话,不由自主地想象婆婆当年绣嫁衣等的情景。多好!多美!一针一线间融进了一个女子多少的柔情与憧憬?一花一叶间弥漫着一个女子多少的聪慧和芬芳?

当年仅十五岁的婆婆披着红盖头、身着红嫁衣,从花轿里将一双小小的裹脚慢慢地伸出并踏进对她来说全新而陌生的夫家时,应当是婆婆一生最美丽的时刻吧……

我始终对中国传统的红嫁衣红盖头有着超乎寻常的喜欢甚至迷恋,与婆婆当年的讲述有着莫大的关系。那一抹中国红始终要比雪白的婚纱更能打动我的内心。那一袭婉转是无可替代的静美。那一缕含蓄是无可比拟的灵动。

婆婆已经离开我们十多年了,有时在梦里梦见她,一如生前一样慈祥,仿佛仍安详地坐在院子里,在暖暖的阳光里串着红辣椒……

逃 离

三伏天的太阳像一个冷酷无情的暴君，恶狠狠地炙烤着大地，仿佛要把一切都烤得体无完肤。村庄无精打采的，昏昏欲睡。几个农妇汗流浃背，在一行一行苞谷的掩映下挖洋芋。狗趴在树荫下，吐出长长的舌头，一本正经地哈着气。偶尔几声蝉鸣，来自某一棵树的枝叶之间，或是某一间房的屋檐之下。

没有风。一丝风也没有。

她站在熟悉的田埂上，毫无必要地望望天空，毫无悬念地被太阳刺得眯起了眼。她本来就不美的脸就显得有点滑稽。

她没带镜子，脸上的滑稽自己就看不到。但她心里那种怪怪的明显到她不得不看见的滑稽感正在她身体里漫延。身体里装不下，漫到田埂上，漫到田埂边的辣椒丛中，漫到天边那朵忽然飘来的白云里……

她懊恼地摇摇头，似乎在努力把一些不请自来、叫人头脑发胀的东西甩出去。当然她也知道这是徒劳的。

是的，是徒劳的——发现这一点，她甚至笑了一下。

田埂不远处，有一座坟墓。墓碑很新。坟墓上已长出了不少青草。里面躺着的,是她的爷爷。半年前去世的爷爷。

她没有走近。仿佛一走近又会看见爷爷死之前的痛苦模样。

爷爷是患食道癌死去的。她目睹了食道癌是一个多可怕的病。爷爷在最后的日子,连水都喝不下。除了"皮包骨",她找不到更贴切的词来描述爷爷的身体。

爷爷曾经是一个多么乐观的人。病魔一点一点地侵蚀他的身体,当所有的药物对爷爷的身体都无济于事时,当她和其他的亲人的安慰显得那么苍白无力时,爷爷用言语和行动表示他是那么渴望尽快死去。

爷爷死去的前一天晚上,爸爸仍旧找了一个医生来给爷爷打针,希望减轻爷爷一点痛苦。当医生走进爷爷的房间坐在爷爷床前时,早已骨瘦如柴、躺在床上一动不动、两天没发出一点声音的爷爷拼尽全力说了一个字:不。当时在场的人都哭了。爷爷对亲人有多不舍啊,可这个恶魔般的病折磨得他只有求死这么一个简单而无奈的愿望了。他想逃离这种折磨。他能想到的,只有死。他只是想得到解脱。在此之前,爷爷还偷藏了一把剪刀,还好家人及时发现了。这是一件残忍的事。很残忍。

爷爷现在躺在这无言的泥土之中,他终于逃离了一切疼痛。逃离了他对这个世界绝望的眷恋。想到此,她如释重负般地叹了一口气。

她记得,爸爸一年前将那个恶咒般的病名告知她时,她根本就不愿相信。有谁愿意相信自己的亲人得了绝症即将死去?

她也不愿或者说不敢去想爷爷剩下的日子。但日子照样一天一天过去,想要逃离,终究还是要面对。

此刻,她站在田埂上,爷爷患病前爱说爱笑爱唱歌的点点滴滴和爷爷患癌晚期时不说不笑不吃不喝的日日夜夜在她心间清晰地交织呈现。在爷爷临死之前，她看见了什么叫生不如死。她第一次感到死并不可怕，等死才可怕。有那么一刻，她是希望爷爷早点死去的。真的。她第一次觉得"安乐死"是充满了爱意的。如果没有锥心的痛，当然也不会突然冒出这种把自己都吓一跳的想法。

爷爷一生忠厚老实，最终没能逃离病魔的纠缠，无比痛苦地死去。没有谁可以逃离死亡。但如果可以选择，她觉得爷爷肯定宁愿自己死得相对轻松一些。但是，人生没有如果。有时，逃离其实只是一种奢望。

每个活着的人都要经历生离死别。每个活着的人终将死去。无处逃离。

阳光依旧那么猛烈，她又叹了一口气。

她很清楚，这一次她像被一种说不清的力量牵引着来到这烈日炎炎的田埂上，是因为她对现在的她感到陌生和失望。

她不想说话时总是喜欢去到无人的地方。比如这田埂上。有时，她也会去屋后的森林，或者屋旁的小路，或者其他的地方。只要具备一个条件：无人。碰到人，她会重新找一个无人的地方。

也许，在别人看来，她在看风景，或是在回忆什么，或是在憧憬什么。只有她自己知道，不是。她想一个人待的时候，只是在逃离现实中一些纷纷扰扰。

她觉得吧，可能自己在逃离方面很有天赋。五六岁的她就有这种本领。那时她想逃离的是争吵的声音。家人争吵的声音。她不明白，他们为什么要争吵。但那种争吵的声音实在叫人难受，她唯一能做的就是跑到一个听不到争吵声的地方，寻得片刻的宁静。

现在，她悲哀地发现，她越来越不认识自己了。她所坚持的，她以为她能一直坚持，她没能。她感到累，感到无能为力，感到无比虚无。很多事，看清了，也就看轻了。只是在看轻的一瞬间，还是会难过。不以己悲，的确不是那么容易做到的。

无论怎样逃离，始终无法逃离自己。

身处闹市，身心俱疲，以为回到久违的乡村就能让浮躁的心回归宁静。难。不是乡村失去了安抚的力量，只是自己的心在尘世已渐渐变得麻木、破碎。这样的心看着自己不断向现实妥协着、放弃着。真实。又仿佛不真实。

那些情绪，比如困顿，比如迷惘，比如伤感……它们在你心里生了根，即使你做出了非凡的努力，也无法将其彻底抹去。有时，逃离只是一种自欺欺人的伎俩。

这个世界有多美丽，就有多丑陋。

有时候，她觉得自己只剩下一个空空的躯壳，找不到前行的方向，找不到后退的道路。

她在挣扎。

无处逃离。

尘埃弥漫

我其实早就死了。

像一粒尘埃一样，飘荡在空气里，无所归依。

所有眼睛里看见的那个我，我自己都不认识。

我死了。我在别处。

我可能是两个我。

一个我，继续在我一生之中陆续到来的一堆事情里忙碌。尽量干吧，一件一件的事情在我手里干完了，又来了，干完了，又来了。事情是永远都干不完的。完了的只是被事情消磨得无精打采的人。不管干得多起劲，总有一天，一个人再也干不动任何事情，连呼吸这件事都干不了了。这个时候，一帮人就来办一个人的后事。

另一个我，最擅长干的事情就是着了魔似的指不定在某个刹那，就离开那个干着看得见的事情的我。很多时候，另一个我并不知道自己究竟要去哪里，要了解什么，要寻找什么。我只是心不由己，跟身不由己是一个道理。另一个我行走或者流浪，只是为了给埋头干事的我一点安慰和希望。

今天，另一个我随着一阵风，轻飘飘地潜回了我的故乡——蔡家湾。

没有一个人知道另一个我在哪里。那些看着我照旧在做事的人不知道。那些常年在蔡家湾过日子的人也不知道。这也不用谁知道，这仅仅是属于另一个我的带点秘密色彩的事情。与任何人没有关系，与一切喧嚣无关。我一次次隐隐地随风而行，有一点可以肯定，另一个我做这件事时，心里有一种暗暗的幸福在流动，还有说不清的忧伤。

我跟着风回来，我比风还轻。或者，我也是风。

蔡家湾睡着了，露出孩子般甜美的笑容。

我再一次迷失，在这样的笑容里。

蔡家湾曾经给过我怎样温暖的怀抱，我现在就想给它一个同样温暖的怀抱。

那一片麦田现在是哪几户人家侍弄，那一块荒草丛生的地是谁忘了打理，那一排桂花树是谁栽下的，那一丛桃林是谁砍光了，那一栋栋新房子里都住着谁，那一座座旧房子里没有了谁，那一条林间小路尘封了谁的往事，那一条水泥大路延伸了谁的理想，那一声虫鸣颤动了谁的愁绪，那一声犬吠惊扰了谁的梦境，那一抹灯光明亮了谁的心房，那一缕花香温柔了谁的憧憬……

我不需要答案。答案从来都是个没意思的东西。

我只需要无声无息地看着这片土地独自想一想就好。这大概就是陷入恍惚的样子。恍惚之间，一切虚幻又美丽。恍惚之间，一切真实又荒凉。

我活了三十几年才发现自己越来越离不开蔡家湾。这个小得有些可怜的"湾"，对我的吸引力却是大到无边无际——这不，我不又"死"回来，赖在蔡家湾里不想走了。

多年前,我头也不回地、没心没肺地走出了蔡家湾,不过也是白费功夫——无论走多远,无论过多久,我都不可能真正走出蔡家湾——这可能是我在恍惚间隙获得的唯一清醒。

蔡家湾,众"湾"之中一个普通的小湾。

在鄂西山区的崇山峻岭之中,掩映着数不清的"湾":蔡家湾、郭家湾、谈家湾、侯家湾、李家湾、代家湾、康家湾……不知从何时起,以姓氏开头的许多小地名就这样叫起来了。每个"湾"都有属于自己的独特历史。每个"湾"都是一本情节扑朔迷离的书。除了"湾",还有"包""坡""坎""墒""梁""沟""坪""槽"等等。"湾"挨着"坡","坎"连着"墒","梁"对着"包","槽"靠着"沟"……千百年来,它们通常不爱发出什么声响,但却庄严慎重地构成鄂西山区一带朴素清丽的人间烟火。

蔡家湾,一抹令我深深眷恋的人间烟火。

这里印下了我来到人世最初的足迹,记录了我太多的微笑与叹息。这里的一草一木在悠悠岁月里一再枯荣。在它们的枯荣里,一个人的生死黯淡下去。这里的一墙一瓦在漫漫尘世里渐次斑驳。在这样的斑驳里,一个人的鲜亮隐没下去。

很久以前那些散漫的日子里,我常常坐在蔡家湾的某个角落里,没完没了地想自己,把自己想出了蔡家湾——另一个我,最初就是从蔡家湾出发的。现在,我常常在离蔡家湾很远的地方想蔡家湾,把自己想回了蔡家湾——另一个我,终究回到了蔡家湾。或许,我生来彷徨。彷徨一生,是我的宿命。

环顾四野,狮子山、尖山、阴坡、大横坡都在呢,农田、农房、乡间小路,静静地铺展在四座山下。炊烟若有若无地升起,庄稼不紧不慢地生长,牛羊半梦半醒地吃草……不错,这就是蔡家湾可爱至极的模样。

多年来，变化不大的，似乎没什么变化的，就是这四座山了。狮子山，外形就像一个狂野的狮子头，山腰有一个大山洞，洞内有清冽山泉，终年不断涌出。尖山，尖尖的山顶仿佛随时要把天空戳个洞。阴山，被尖山遮挡，阳光照耀时间较短，所以叫阴山。大横坡，巨大的一条山坡横卧在蔡家湾西北部。四座山，是蔡家湾最古老的存在，也是一直年轻的存在。春来秋来，四座山从容不迫地做着身为一座山的本分事：泛出新绿，绽开野桃花、野樱桃花、各种不知名的花，葱茏热烈，绿波荡漾；落叶缤纷，五彩斑斓……

我家就在大横坡山脚下。我家有一片山林在大横坡上。在那片茂密的山林里，我砍过柴，捡过松果，采过野花——这是我能清晰记起的。还有多少事，我在山林里干过，我干的时候跟砍柴、捡松果、采野花一样认真，可是现在，我一时之间竟想不起来了——当年的我无法预测，一生之中会有这样一个突然的"后来"时刻——此刻我是那么急切地想忆起那些小小的事，那是我曾经简单又认真地活过的痕迹。可我却毫无办法，记忆像被什么蒙住了，变得模糊不清。这多少还是让我有点难过的。

有些事情，经历后，我希望它是了无痕迹的，但这种希望有时等于奢望，越不想记起，却记得越清晰；但也有一些事情，不管发生了多久，我希望它在我心里一直有痕迹，哪怕只有一点模糊的痕迹也好。另一个我徘徊在蔡家湾，跟属于我的那些渐远的人生痕迹缠绵不休。蔡家湾随便给我一点痕迹的提示，我就沉沦了。比如，一天，我用过的那个竹背篓出现在我眼前——它被挂在我家朝西的那面墙上，有好几处破洞，落满了厚厚的尘土。我就呆了，呆立在竹背篓前——我用这个织有精美花纹的竹背篓背过柴，背过苞谷，背过拜年的礼物，背过野生的映山红……我瘦瘦的身体，背起来一点都觉得累，我快步行走在乡间小路上，完全是一副奔向未来的姿态。我的影子，映在大地上，并不孤单……我用手指轻轻地碰了碰竹背篓的破损处，竟把我与竹背篓的无数片段弄乱了，顿时，我的四周，尘埃弥漫……

　　寻找痕迹，是我愿意花时间去做的小事。我的心灵早已失去追求更大事物的能力。也许我再活十年、二十年、三十年，我将继续寻找那些丝丝缕缕的小痕迹，给生活一点空白，给生命一点色彩。

　　如果我一直生活在蔡家湾，又会是怎样一番情景呢？我会在晨曦里背上一个竹背篓，或是扛上一把锄头，或是握上一把镰刀，匆匆赶往田间地头或山上；傍晚，我披着晚霞，或冒着大雨，或顶着风雪，晃晃悠悠地回家。我顾不上对一朵花微笑，向一株草问好；我会担心一场雪冻死我的庄稼，我不会傻傻地等一场雪飘落下来；我来不及听一条小溪、一只鸟儿的歌唱，我总是在追赶粮食的路上……我老去，我的田、我的山没有跟着我一起老去，于是我就不理它们了，我索性整天整天待在墙根下晒太阳，等待某一天，到蔡家湾的某块田里或某座山上去睡个永远不醒的觉。我跟田、山那般亲近，我甚至有些激动，但我看起来无比平静，我只是一个在墙根晒太阳的老婆婆。我满脸皱纹，眼神空洞，我的身边，尘埃弥漫……

　　我忍不住笑了。

　　人生存在无数种可能。生活在这种可能里，免不了眺望那种可能，所谓远方，就是这么来的。

　　我在这里。我在远方。

有　竹

　　这个世间，有什么是我每次遇见都不由自主地多看几眼的？有竹。

　　竹，就是竹。一生一世，着青衣，修清心，不染尘埃。幸有竹，入眼来。

　　记得那些年，在家乡高坪镇的任何一个村庄里，邂逅竹，是一件再平常不过的事。坡上坎下，分布着一片片野生的竹。农房周围，点缀着一丛丛农人栽植的竹。竹，竹，竹，竹竹竹——闭上眼睛，竹就出现在我心里了。从此，一直在我心里了。

　　那时的农房，多是土墙屋、石墙屋或板壁（木板）屋。墙是泥土、石头或木头的颜色，那是有呼吸的颜色，似一种婉约的依恋。门窗多为木制的，配以古朴的门锁、门环，像一种真挚的守卫。屋顶做有飞檐翘角，盖着整齐的灰瓦，如一种沉默的等候。这样的房子，有竹相衬，自然是极好的。不管是金竹水竹，还是冬竹南竹，或是三两根挺立在屋前，或是一小丛摇曳在屋侧，或是一大片葱郁在屋后，一座农房便仿佛拥有了一种自在而超然的气韵，显出一种简单又丰富的美来。让人看一眼，就觉得安然。

　　而安然，其实是个奢侈品——多年后，我住进了城市，离那些有竹农家越来越远，我才发现这一点。这不是个可喜的发现。但悲哀也无从悲哀。

要知道，大多数农家栽植竹，不是为了"美"，而是为了"用"。尽管美也是一种用，而且农家也用了。只是农家不知不觉地用了。

乡村生活，或许看起来总有恬淡闲适的美好，但只有长年累月生活在乡村的农人才能深刻地体会到：有时候，美，在贫苦的生活面前，是个缥缈的概念。饿着肚子，吃"美"还是不顶用。

可也奇怪了，偏偏就是那些个把竹子当作有用的东西而进行"各种用"的农人，不经意间在村庄的某片竹林边慢慢走过或者静静停驻，方能瞬间生出打动人心的美来。我想，是否一个农人也如一根竹子，在天地间站立，在光阴里成长，在风雨中坚强，无问苦乐，本色不改。所以，当农人与竹相遇，才那般和谐，才有无边的美蔓延开来。那是生命的淳朴之美，散发缕缕芬芳。那是生命的磅礴之美，充满巨大力量。

我是农人，我需要竹，我栽些竹，我有竹可用——这就是真实，充满人间烟火气的真实。

需要用竹了，农人握一把磨得锋利发亮的镰刀，走进属于他的竹园里，犀利的目光扫过整片竹林，竹林轻轻一颤，继而一笑。竹的智慧，人也许一生都学不来。很快，农人锁定目标，蹲下身子，手起刀落，竹屑纷飞，一根根竹子倒下，缓缓倒下。沙沙的声响是一根竹子倒地之前最后一次在竹林里的歌唱，也是告别。农人似乎没有听见什么声音，再次挥刀，剔去枝叶，一脸平静地把青青竹竿扛回自家小院子里。

接下来的事情就得由篾匠来做了。一户农家里，若有个会编织竹器的，自然就不用外人动手了，不然就要请篾匠来家里做了。篾匠一般会用专用的篾刀把挑选好的每根竹子的各个竹节处削光滑，再破开竹子，削去竹肉，一根根竹子就变成一匹匹宽窄不一、厚薄各异的竹篾了。

用新鲜的竹篾，可以织筐筐、织背篓、织簸箕、织筛子等。手艺高超的篾匠，常常会别出心裁地织出各种精美的几何图案。可以说，一个背篓、一把筛子，既是农家用具，也是艺术品。砍回家的竹子，农人不会将其全都划成篾，而会用一部分竹子做竹椅、做晾衣竿、做栅栏、做连枷等。呵，竹之用途，还真是难以尽述呀！哪个农家不需要用竹呢？有竹，一个农家才能更容易地拥有生活中所需的各种竹器；日子，才能平平淡淡或者有滋有味地过下去。带着竹香过下去。

我家也有一片竹林。现在依然青翠如故。竹林旁的石墙老瓦屋，早已被拆除，只剩几截布满岁月划痕爬满点点青苔的断墙，以及飞扬不止的竹叶和尘土……

每次回到这片竹林边，我总是感到那么熟悉，又那么陌生。我说不出一句话。我不必说一句话，我就在跟这片陪伴我童年时光的竹林在叙旧。我微笑，竹点头。

春天里，我和邻居家的几个孩子常常在竹林玩呀耍呀。谁先发现新冒出泥土的竹笋，就像发现新大陆似的，一声惊呼后，我们就围在竹笋边乐开了。竹笋是竹的孩子，孩子看见孩子，快乐是真快乐。瞧着竹笋那个朝气蓬勃的劲儿，好像要把空气也顶破似的。母亲到竹林里来，一边叮嘱我们不要弄坏竹笋，一边又顺手掰几根洒满阳光或露珠的嫩竹笋，放进竹筐里提回家，洗净，切成丝或片，和腊肉炒着吃，香气缕缕飘散……

冬天里，下雪了，绿竹，白雪，那是一场惊艳的相遇，造就一种极致的清新。绿白相间，绿白相依，让绿更绿，让白更白。

一些竹被雪压弯了，格外有韵味。平日里直挺挺的竹，也只有雪，才能让它弯弯腰。而且弯得那么心甘情愿，弯得那么千娇百媚。雪化了，竹又慢悠悠地挺直身子，好像不记得雪曾经来过……

从春到冬，这片竹林好像天天都是一副漫不经心又精神抖擞的样子。所有竹笋忽地一下子就长成风华正茂的竹子了，所有新生的竹根向土地更深处扎进了。一些风华正茂的竹子被砍走了，一些竹叶把竹桩以及竹桩上的刀痕掩盖了。风摇翠竹，竹影婆娑，若有思，若有诉，似无伤，似无愁。

冬去春来，这片竹林好像也没有长得更茂盛一点。你说吧，竹子还真是有意思，每一根竹子在做竹笋的时候，都是拼了命地向着天空疯长，等到长成一根高大挺拔的竹子了，那疯长的劲儿倒消失得无影无踪了，甚至像是忘记了继续长这件事。这样也好，多年以后的我再看见这片竹林，感觉和年少时看见的这片竹林是一样的——这是错觉。错不在我，更不在竹。错一会儿又何妨？

我没有产生错觉的，是这片竹林的确还在，在村庄一角以"活着"的姿态存在着。不少人家的竹，早已荒芜，消失，成为一种远去的记忆。

如今，农人已经不再像过去那样迫切地需要用竹了。

习惯用竹器的农人已慢慢老去，他们中的一部分人已经没有力气也没有心思再为自己添置一件新竹器了。人活到一定的岁数，跟"旧"就难舍难分了，只有尽量留存那些"旧"，才能恍然留住自己的许多过去——只是，终究什么也留不住，也许，那些褪了色变了形的竹器还能用呢，人已经入了土。

而那些在竹林里玩耍过的孩子也已长大了，陆续奔向山外了。他们的生活里，竹器，只是个可有可无的东西，甚至是被遗忘的东西。老家的竹林，在他们身后，渐渐远去……后来，一个一个村庄里，一些竹子，说没就没了。一些情趣，说变就变了。

话说回来，那些毫不犹豫奔向山外的年轻人（包括我）到底寻些什么去了呢？这没有唯一答案。我只能说，也许有的人是去寻另一些"竹"去了。比如，去寻"咬定青山不放松，立根原在破岩中"的竹，或"竹影和诗瘦"的竹，或"此君志欲擎天碧，耸出云头高百尺"的竹，或"凛凛冰霜节，修修玉雪身"的竹，或"宁可食无肉，不可居无竹"的竹，或"露涤铅粉节，风摇青玉枝"的竹……

一个人，长大后，一些想法有时就飘浮在空中了，人也跟着飘了，浮了。飘浮着，会让人隐约觉得：竹在诗里，竹在远方。诗和远方，从来都是诱惑。于是，一个人，开始寻找。执着地寻找。或许，每个人心里，都有一片无限向往的竹，这是激发一个人寻找的动力。这让一个人意气风发，脚步铿锵，目光炯炯。这甚至散发生命的无限光辉。

可是，一个人心中向往的竹究竟在哪里呢？这可能一生都找不到。也可能终于在某一天，一个人忽然发现，干吗要赶那么远的路呢？自己向往的竹不就在故乡的老屋旁边吗？那一刻，一个人的脚步就停住了，一个人的眼神就温和了。那一刻，一些竹就复活了。在一个人的心里复活了。

你，有竹吗？

年，近了，远了

冬月的最后一天。

雨，夹着雪，飘洒着。天空阴沉着一张脸，雪花是它撕碎的天书，雨滴是它纷飞的眼泪。

我在路上。从建始县城去往乡下老家的路上。湿滑的路面上，印着一道道新旧交错的凌乱车辙。我所乘的中巴车慢慢悠悠地行进着，像一个迷失了方向的醉汉。

远处，群山在雨雪里静默成一个古老的寓言。我的目光触不到寓言的内核。还是看近处吧，近处的事物，没有那么费解。

年，近了——车窗外，一闪而过的杀年猪场景，好像是专门等我经过，给麻木的我来个委婉又直接的提醒。我不能拒绝，但也无法进入"年近了"的氛围之中。

我知道，阻隔我进入这氛围的，不是眼前这扇车窗。落在车窗上的雨雪，宛若一种无声的叹息。

车子继续前行。路边，又有几个杀年猪的场景接连闪现。我恍然觉得，每一个下一家的杀年猪场景都是从上一家复制粘贴出来的。连猪的嚎叫都一模一样，粗犷，急促，绝望，惊慌了漫天的雨雪。来不及改变路线的雨雪，落在疯狂挣扎的猪身上，落在寒光闪闪的杀猪刀上，落在杀猪的男人们身上，落在大腰盆里滚烫的热气直冒的水上……

有那么一瞬间，我觉得自己就是某头正待宰杀的猪，愣是瞧着杀猪刀向自己移来，却被几只下了狠劲的手死死按住不能动弹，躲无可躲。我的恐惧（或者是疑似恐惧），只有我能看见。一头猪的恐惧就是一个人的恐惧。猪恐惧一次，就完了。随着最后那声含混不清的低嚎越来越微弱就完了。人恐惧一次又一次，终将在某一天，再没有一丝半毫的恐惧了。也没有一声痛要喊，没有一颗泪要流，没有一滴血要淌。只有满身没有痕迹的伤。

岁月之刀，曾饶过谁？

年，我们小时候总是盼呀盼的那个年，在我们长大以后，就越来越不盼了，但它却来得越来越快。一眨眼，一个年过去了，一个年又到来了。来去之间，人就掉到年外去了。怎么爬都爬不上来。每个人一生中都有属于自己所过的年的数量，过完了，就没有了。不管年再来多少次，那都是别人的年，与自己没有关系。自己只有在内心里把记忆中的年默默地过一遍。过很多遍。

那时，在鄂西的大山深处，谁家还不喂几头猪呢。一年到头，这是一户农家挖泥拌土种庄稼收粮食之外，格外重要的一件事了。不然，年近了，没有年猪杀，年怎么过，下一年的生活怎么继续。男人们在外面挣钱，女人们在家里坐镇，年年有年猪杀，女人们的腰杆才挺得直直的。正月初一，女人叫男人背上猪蹄子，然后一起回娘家拜年，心里那份温暖与幸福是分外真切的。

过了大雪节气，村里就陆续开始杀年猪了。

不是说杀就杀。大多数农家会挑选一个日子，恭敬地请上一位刀法娴熟的杀猪佬，慎重地杀自家喂了一年的猪。就是如此微

119

小又真诚的慎重,多年以后,我一次次地回想,终于懂得,那就是农人认真生活的仪式感,也是乡居生活的独特味道。

清扫院子,支起大腰盆、案板和木梯子,用柴火灶烧起大锅开水,准备好大小不一的各种盆以及竹筛子等,扭好铆子(把砍回家的棕树叶用小火苗燎一下,两三片叶放一起扭紧,打结,用来挂肉)。待一切准备工作就绪,帮忙杀猪的男人就去猪圈里提"死囚"了。这一趟,杀猪佬是不去的,他在院子里踱几步,或是抽根烟,或是挑选刀具,等待猪被捉拿归案,俨然是个威严的审判长。

猪被几个男人手忙脚乱地拖出猪圈,拖上案板了。猪前几分钟还在迷迷糊糊地打瞌睡呢,寻思着女主人今天咋就不来给点吃的呢,怎么就等来几个凶神恶煞的男人,不由分说就上手了。猪不知道自己究竟做错了什么了,得罪了谁,除了死命地叫,还是死命地叫。男人们累得气喘吁吁,时不时地吼一声:哈格哦,看你还动!杀猪佬走上前来,眼睛瞄一下,找准方位,嚯——一刀毙命。接猪血,拔猪毛,切下猪头,把剩余部分挂在梯子上,划开,取出内脏,再放到案板上,切成块,每一块都用之前准备好的铆子挂起。

一顿鲜美的杀猪饭(也叫刨汤宴)后,杀猪佬拿着工钱奔向下一家,帮忙的男人也各自回家去了。杀年猪的人家,眼看着块块新鲜的猪肉,心里的踏实感就涌出来了。那么就来腌肉,用盐腌个四五天,再挂到火塘屋里慢慢熏,熏成腊肉。有的人家还会用一些新鲜肉做香肠,挂在屋檐下风干。

各家的腊肉都熏得黄黑黄黑了,年就越来越近了。过年光吃肉还是不行,家家户户不约而同地打豆腐、炸果子、熬糖、打糍粑、炒葵花籽、炒花生,原材料都是自家种植的,想怎么做就怎么做。这还不够,再上街去买点糖果、饼子什么的。总之,过年得吃好。民以食为天嘛。若是吃都没吃好,整个来年都没滋没味了。

腊月二十四,过小年。俗话说,长工短工,二十四的满工。管它当季的农活干没干完,管它一年来挣没挣到钱,管它外面的世界精彩不精彩,且先过年。小年也是年。过了小年才有大年。

打扬尘,擦门窗,清灶灰,扫院子,不把家里收拾干净整洁,哪来的新年新气象呢。

还有一件事,大门上得贴上红红的春联,不然就像画龙忘了点睛。一副春联,系着一个农家淳朴的过年情结与无限的美好希望。很多农人,可能认不得很多字,但这并不影响他们对中华民族传统文化的虔诚信仰。他们会备好红纸、墨汁,请村里会写毛笔字的人到家里来,庄重地写一副属于自家的春联。年前几天,会一手漂亮毛笔字的人是倍受欢迎的人,提着一支笔,走到哪家都获笑脸相迎,热茶以候,这家龙飞凤舞一副,那家挥毫泼墨又一副。写写写,贴贴贴,副副春联,红动村庄,红动人间。

有的人家,还剪出精美的窗花贴在窗上,挂两个大红灯笼于屋檐下。它们衬着红红的春联,把村庄装点得千娇百媚。

好像什么都准备好了,又好像准备得不够完备,大年三十(或二十九)就来了。年,从来不等人。年,从来都不是因为人而存在的。是人非要过年。人过着过着年,人就老了,人就不在了。年看着一茬一茬的人路过自己,年一言不发,年也无能为力。

如果说过年前的日子是一串叮叮当当的带有舒缓气质的音符,那么过年这一天则是一段激越昂扬的满溢烟火气息的旋律。

这旋律是由清晨时村庄某个角落里的鞭炮声起了个头。这串鞭炮不管是谁放的，谁放的都像是自己放的。那清脆的响声，撞开了一村人心里或深或浅或浓或淡的喜悦之情，也如同打开了一道无形的口子，那些十面埋伏的年味倾泻而出。

接着，此起彼伏的鞭炮声夹着时远时近的谈笑声掀起一波又一波喜庆的音浪。一村人的年之思绪，在音浪里飞扬，碰撞，交融，穿透弥漫着烟火味的空气，在天地间恣意流淌……

时间在这一天，也似乎变成一个善解人意的小姑娘。你想快，她就快起来；你想慢，她就慢下来。

傍晚时分，旋律的高潮部分来了！家家户户陆续开始团年了，吃团年饭之前，得放一大串鞭炮，有的还放烟花。村庄淹没在这燃烧的音浪里，村庄又老了一岁，村庄每年就这么无限沉醉一次。村庄不记得自己有了多少岁，村庄也没去想自己还要活多少岁。村庄在岁月里失去年龄。岁月在村庄里忘了行走。村庄的迷惘，让村庄甚至生出一种不可捉摸的神秘感。村庄里的人也迷惘着，清醒地迷惘着，幸福地迷惘着。什么苦痛挣扎，什么爱恨情仇，什么得失成败，通通都随着鞭炮声炸飞，炸成粉末。且好好过年。年过了，就让有些事也跟着过去吧。

吃团年饭吧！堂屋里，各种美味摆上桌，一家人围坐在一起吃着，品着。那些年里，团年饭是一个农家一年里最奢侈的一顿饭了。平日里，说不定三两个红薯就是一顿，七八个洋芋也是一顿。遇上农忙时节，更没规律，早上吃碗面条就上坡，忙到天黑才吃饭也是常有的事。农人忙活一年，也许就是为了把一顿团年饭做好。农人啊，常常把酸涩苦痛吞进肚里，也要给生活交上一份活色生香的答卷。团年饭，团的是一家人的团圆与温馨，团的是一个农家的收获与希望，团的是一个农家短暂的休憩与闲适。团年饭，吃在嘴里，万般滋味在心里。

除夕夜，是旋律的结尾部分。依旧温情四溢，还多了几分妩媚。夜色漫过所有村庄，漫过茫茫大地。在这个一年一度的夜里，村庄里家家户户的灯火格外明亮格外绚烂，仿佛是夜脉脉含情的眼波。那时村里没几台电视机，好几家会一起看央视春晚，欢声笑语，四处回荡。各家的火塘屋里，火都烧得旺旺的。农人会将最好的木柴留在除夕夜烧。红红的火苗映红一屋人的脸庞和心房，也映红这一年的结束与新一年的开始。

除夕夜，最寂寞的是床。大家都要守岁，也就是不睡，至少是不早睡。守岁，就是与这一年最后的分分秒秒相守相伴。守岁，怎么着也得守到这一年与新一年交替的时刻。虽然这个岁终究是守不住的，但还是要守着，尽管也不知道为什么要守着，可一村一村的人就这么不慌不忙地守着，守着，守着，守出过大年的庄重与神圣。

深夜十二点了。礼花竞相绽放，爆竹划破黑暗。这是大家在争先恐后地"出天星"。这也是过大年这一首旋律最后几个明亮也响亮的音符。是个奔放的结尾。这一年彻底走远了，新一年正式到来了。农人们心里是否画上了一个句号，然后另起一行了呢？只有渐渐沉寂下来的夜知道。

正月里来是新年啦，拜年，拜年，拜年，你我他，不是在去哪家拜年的路上，就是正在哪家拜年。日子，就这么轻飘飘地溜走。当然，也有勤快得控制不住自己双手的农人，正月初五或初六就开始下田干活，人家拜年，他看都懒得看一眼，他跟土地才是最亲密的亲戚。

一晃就到正月十五了。元宵节之夜，烧毛狗棚，吃元宵，看看央视元宵晚会，将年的余味彻底释放出来。过了这一天，再这么逍遥就是奢侈了，都得从年的醉意里醒过来。假装不醒是没有用的，生活老人时刻都潜伏在农人身边，严峻地提醒农人要不停地劳动，要努力挣钱，不然下一次过年哪来的肉吃，哪来的酒喝，哪来的新衣裳穿……

我笑了一下。笑自己又在回忆里过了个年。

抬头看车窗外，映入眼帘的已是越来越熟悉的山川田野，家乡的一草一木，怎么看都觉得亲切，这仿佛算一种安慰。这趟车，我马上就要下了。人，总是在上车，下车。只是，下车的那个人已经不是上车的那个人了。上上下下，人就渐渐不知道自己究竟是从哪里出发的，是到哪里结束的。或许，人自始至终都只坐了一趟车，它的名字叫时光之车。这趟车，没有起点，也没有终点，更没有回返。人，除了接受，还能咋的。

车停了，我走下车，看见不远处一户农家大门上去年贴的春联，依旧红得耀眼。遒劲潇洒的字体，辅以精巧雅致的图案，倒也好看。只是，它是机器印刷出来的，再好看也没有温度，没有情感。我收回目光，一千个村庄各家各户贴的手写春联在我眼前梦一般地晃动起来……

雨雪继续飘着，村庄已然是一幅缥缈的水墨画。我顶着一身雨雪，行走在这个我过了三十多个年的村庄里，成为画中一个移动的点。

雨雪更大了，整个世界似乎只剩下雨雪。我加快脚步，我得赶紧走回老家，躲在屋里，从村庄的画意里消失。就像从前的年味一样，从画意里消失。

年，终是远了——连我的叹息，都消失在雨雪里……

春天，请你慢慢地来

清晨，我穿过一条熟悉的街道去上班。

沸腾的喧嚣，刺骨的寒意，淹没了整个城市。我加快脚步，但我也走不出某种无形的包围。

忽然，一树白点让我眼前一亮。是街边一棵高大的玉兰树，只见丛丛舒展的枝条上，缀满了一朵一朵小小的白色玉兰花苞，清新又明媚。那是一种不动声色的清新明媚。从一片萧瑟的背景中跳跃出来的清新明媚。瞬间击退一大片沉郁的清新明媚。

我甚至有点不敢相信自己的眼睛。小寒刚过，这玉兰花苞咋就冒出来了？不，看那花苞的大小，分明是在小寒前几天就冒出来了。是她们太性急了，迫不及待地在寒冬就开始向春天奔跑吗？还是我太迟钝了，竟然不知一个新的春天早已潜伏在身边？

那一刻，空气似乎不再寒冷了，周围的喧嚣也仿佛消失了。一丝宁静的暖意在我心底蔓延开来。满树盛开的玉兰花在我眼前摇曳起来。

那一刻，我甚至感到一种带点慌张的幸福。我很久没有如此像个活人了。尽管下一刻我又会跟个活死人差不多，一声不响地继续往前走，但我还是很喜欢自己作为一个活人的样子——为一树含苞待放的花苞微笑。是自然而然的发自内心的微笑。是没有掺杂一丝半毫虚假或扮演成分的微笑。

那一刻，很短，短到我来不及抓住，再也不放开。那一刻，很长，长到我没办法走完，再也不彷徨。

只有一点，我能确定，玉兰花苞以及春天在我心里一闪而过，接着，一个念头在我心里立即浮现：希望明年的春天不要来得太快。

我记不清是在哪一个冬天里，这个念头就没商量地从我心里萌生了，然后一步一步从若隐若现的状态，变得越来越清晰，越来越沉重，毫不客气地没收了我的一部分从容与欢愉，毫不留情地赐给我无尽的寂寥与荒凉。我知道，这是我正在一点一点老去直至死去的象征。我无力抵挡。我索性眼睁睁地看着一切发生。

是的，春天，请你慢慢地来。请你原谅一个可怜又可笑的我最后的挣扎。

在这样的挣扎当中，我逐渐看清了自己的害怕。不是别的，就是害怕。无声无息的害怕。无边无际的害怕。

一棵开花的树，就足以叫我害怕。比如这棵玉兰树，在冬天绽出的点点花苞冷不丁就把我袭击了——有一个我，在花影间摇摇晃晃，然后有气无力地匆匆逃离——其实根本无法逃离——待到明年春天，如果没什么意外，我还会经过这里，我将看到满树玉兰花灿然盛开，她们开得越热烈越绚烂越芬芳，就越让我害怕。没有谁能阻止一场春暖花开。也没有谁能躲避一场春暖花开。

花开花落，花荣花枯，从来都是花自己的事。人不懂花的悲喜。花是否懂得人的悲喜呢？谁也不知道。但花可以让一个人的喜更喜，也可以令一个人的悲更悲，最后使一个人不悲不喜。

啊，花真伟大。尤其是春天的花。

只是，我越来越分不清什么是悲，什么是喜。然而也没能不悲不喜。我总是在一些闲下来的时候，想起那个曾经的我，在春天里的任何一棵花树下，我是怎样的欢欣而沉醉。那些个花朵呀，在我眼里心里，是怎样的可爱又美好。那时，每一朵花的盛开，都是我的盛开；每一朵花的芳香，都浸入我的呼吸。

我竟然没想到，在后来，我再也无法对任何一棵开花的树生出那般动情的感觉。无论是长在哪个地方的花树，无论是哪一种花树，我看见的，我想起的，总是枯萎与凋零。真的，我为自己有这种颓丧的感觉而深感羞愧——我对不起那些天真烂漫、纵情绽放的花朵。我的目光是否伤害了她们？因此，我试着选择无视地走过一棵开花的树。试着试着，就习惯了。于是，很多时候，我的身影在花前像一阵轻飘飘的风，飘过时几乎没有留下痕迹；只有我凋零的心，飘散在纷飞的花瓣间，出没在花下的尘土里……

我害怕的，又岂止是一棵开花的树。任何一点春的讯息，都可能让我无所适从。更不要说春的盛放了，那是一场我再也走不进去的梦。充满诗意的梦。

一抹暖暖的春阳，一帘斜斜的春雨，一湾浅浅的春水，一缕柔柔的春风，一丛新萌的小草，一树新发的嫩芽，一块绿绿的油菜，一地青青的麦苗，一坡初绽的桃花，一片怒放的樱花，一对翩飞的燕子，一双轻舞的蝴蝶，一声悠扬的布谷，一串清越的虫鸣……春天的诗行，一再写满大地，诗意了人间，梦幻了凡心。

我曾以为我永远都爱不够如诗如梦的春天呢。那个满面春风的年少的我呀，看见村子里那些老人在春天里总是面无表情，常常安静地坐在墙根下晒太阳，我竟一点也没在意呢——很久以前，我就已经看见了自己的未来，只是多年后才发现。

好些年了，春天来或不来，我一点都不关心。我反正也没有一片叶子要发，没有一朵花要开。那些随处可见的春草春花，像无数面镜子，照出我衰老的躯壳、荒芜的内心，我不能假装没看见。

这样的我，实在是与春天不配。但春天依旧包容我，一次又一次。春风十里依旧吹过千万人也吹过我，一遍又一遍。而我，除了在春风里凌乱，也不知道还能干点啥。

我怀疑我早已把在春天想干的事干完了。比如，我翻山又越岭，只为寻找几株娇艳欲滴的映山红；我哼着不着调的小曲，只因邂逅几丛洁白素雅的刺花；我在某条乡间小路上停驻，是在触摸田野里起伏的麦浪；我在某座农房前静默，是在倾听屋檐下燕子的呢喃；我把一根柳枝插在老家的院子旁，是想拥有万条丝绦状的碧玉；我把目光投向村子东边披着新绿的群山，是想亲吻远方的希望……回忆那么美，那么真。也那么残忍，那么虚无。

或许，有些事情，一个人用不了几年时间，就干完了。一个人总会走进一些事情里，也终会从一些事情里走出来。出来了，事情毫发无损，人貌似毫发无损。从某件事情里出来了的人，若是再硬着头皮走进去，也只有虚空的形式，难有丰盈的本质。在回不去与走不进之间，只剩茫茫荒原横亘在一个人的心上。

我在想，某一天，荒原是否会开出花朵？

春天，请你慢慢地来。给我一点时间，我期待，在你到来之际，向你奉上一枚从荒原上开出的花朵。

第二辑

路过人间

人一生会路过许多地方,但绝不会对每一个地方都心生爱恋。

路过人间

1

街边，一个老人，坐在一把简易的椅子上，怀里抱着一个褪了色的布包，低着头，睡着了。他沉沉地睡着了，一个匆忙赶路的小男孩不小心碰到他，他一动不动。不远处的商场正在做宣传活动，一波一波刺耳的音浪在空气里放肆飘荡，他一动不动。

在他脚边，放着一篮鸡蛋。篮子是较为精致的一个竹篮。鸡蛋掩埋在干枯碎裂的稻谷壳之中。

鸡蛋很饱满。老人很清瘦。

他是一个卖鸡蛋的老人。睡着了的卖鸡蛋的老人。

他好像睡在某张舒服无比的床上。或是睡在某个美妙的梦中。整个秋天，则是他的被子。

第一眼看见这个老人，我就不由得停下了脚步。

不要以为我是因为同情、怜悯而停下脚步。我并不认为，这个在街边睡着的老人需要谁的同情、怜悯。

我只是静静地立在离老人约一丈远的地方，将这个画面完完整整地刻在心里。打动我的，是些什么呢？到底是些什么呢？一时之间，我有些恍惚。

生而为人，谁不是在自己的生活里奔波。太累的时候，难免睡着——如这个老人一样，在用一篮鸡蛋换几个小钱的路上，就那样当街睡着了。在旁人的注视或者无视中睡着了。

当他醒来，属于他的生活之路将继续，他的卖蛋生意将继续。在这一天，也许他还要等很久才能卖掉所有鸡蛋，也许等很久也卖不掉一个鸡蛋。天黑之前，他是提着一个只剩稻谷壳的篮子回家，还是提着仍有鸡蛋的篮子回家，这还真是说不定的事。他是急需用一点钱才来卖鸡蛋，还是长年累月通过卖鸡蛋来增加收入，这也是说不定的事。

但有一点可以肯定，老人卖鸡蛋并不容易。他的生活并不容易。谁生活得富足无忧还出来卖几个鸡蛋呢？这能换多少钱呢？又有几个人会停下脚步来买他的鸡蛋呢？

很奇怪，我从老人身上读到一种荒芜和幸福交织的况味。他的荒芜太巨大，就算是某个路人叫醒他，买下他所有的鸡蛋，也终究在那巨大的荒芜面前显得极其微弱。他的幸福太脆弱，他睡着了，他暂时忘记了卖鸡蛋这件事，以及卖鸡蛋之外的其他事，他在一片喧嚣之中享受着短暂而珍贵的轻松时光。

老人，睡着了。也没有睡着，他仍旧走在属于他的漫长的人生之路之中的一段路上。迷茫又匆忙。孤独而坚强。

我既没有能力帮助他消除巨大的荒芜，也不忍心打扰他须臾的安宁。

顿感羞愧，转身离开。

秋风乍起，吹落一地枫叶，丝丝凉意浸入身体。

忍不住回头看老人，他依旧低着头，一动不动。

睡吧，老人。愿您醒来时，笑一笑，站起来，继续坦然地在人间赶路。

2

去年冬天,也是在这条街上,我也曾遇见过一个让我停下脚步的老人。

那是一个卖竹器的老人。

他坐在县城一家商场大门口,目光呆滞,无声无息。他身边摆着好几个簸箕、背篓和一根磨得光滑的扁担。

快过年了,到处是一派喜庆的景象。这个老人,一瞬间令我从喜庆的氛围中跳将出来。

冷。漫天卷地的冷,袭向这个老人。又似乎有无穷无尽的冷,从老人的眼神里散发出来。

老人的冷,抑或只是在抵御严冬的寒冷?

这是否是一场与命运周旋的冷战?而老人唯一的武器就是比冷更冷。

老人的双手布满老茧,这些竹器多半是他编织出来的吧。他可能就是已越来越少的篾匠之一。可以想象,多年前,他所在的村庄几乎每家每户都离不开竹簸箕、竹背篓、竹筐等的时候,他也曾因自己有这样一门手艺而过得充实而充满希望。他编好这家的,又到那家编。他刚刚编好的作品散发着新鲜竹篾的清香,散落在村里村外。那些粮食、木柴、草儿等以各种形态盛在他的作品里,那些阳光、月光、星光照在他的作品上,那些雪花、雨花、野花落在他的作品上,勾勒出几多恬淡与安宁。他也许没有认真地看一看。他顾不上认真地看一看。看一看他曾编织的岁月痕迹。那些绚烂过但终究要走向黯淡并逐渐消失的痕迹。

从何时起,再没有人请他编织竹器了呢?他的作品一件一件褪色、破损，被丢弃在屋角，被随意挂在墙头，被遗忘在田间。实在破烂得不成样子的，被丢入火中，化为灰烬。跟着这些竹器一起消沉的，是他的手艺，以及他对生活的一部分热情。

而他，依然是个篾匠——他没有忘记他是一个篾匠——这些几乎无人问津的竹器则是他继续做着一个篾匠的见证。在晨曦里，在夕阳下，在春花前，在秋风中，他满怀希望地编。他无限惆怅地编。他不知疲倦地编。他无怨无悔地编。编。编。编。他是篾匠，他要编。他怎能不编？这是习惯。融入他生命的习惯。当然，也许并非如此。他可能只是希望用这些竹器换取一点微薄的收入。他并不真正喜欢继续做竹篾编织。又或者，他从来都没有喜欢过竹篾编织。这谁又能说得清呢？恐怕老人自己也无法给出一个明确清晰的答案。

这个老人，就像一个谜，像一个隐喻。看着老人，其实也就是看着某个时段里的自己吧。

他编好了一件一件竹器，他被某种来自内心深处或者不知从何而来的类似使命般的意识指引着，一步一步地走出家门。显然，这清晰又模糊的意识给了他力量。重新年轻的力量。不畏苍老的力量。他担着它们，像担着自己唯一的宝物，颤颤巍巍地来到喧闹的大街，寻着一角，庄严又慎重地摆放好它们。他没有叫卖。他从来就不会叫卖。那种语言，他不会。他带着竹器坐在那里，本身就是一种语言。他默默地等待这些竹器命定的新主人到来。这些新主人究竟有几个？来或不来？都没有定数。他需要勇气——他在街头茫然又凄惶地支起这个至简至陋的摊点——他有足够的勇气。路人买不买，是路人的事。他有竹器卖，这是他的事。

老人和他的竹器像个意外似的，定格在寒风呼啸的街角。老人在做着一桩生意，但更像是在做着一场赌博。从某处角度来看，他始终没输。岁月能够摧毁很多东西，但却不能把一个勇敢而倔强的人轻易打倒。老人坐在这里。不，老人其实是继续行走在人间。

我望着老人，他周围的一切景物在我眼里迅疾退去，老人的形象，雕塑般地，刻在我的脑海里……

3

在建始这个小城里，还有一个老人，我想写一写。

一开始，他并没有引起我的注意。他只是常常提着两个竹筐，漫不经心地穿行在这个小城的大街小巷。

他眼里没有那种无边无际的愁苦，也没有多少显而易见的期待。他看上去是那样平静。看见他的次数多了，总觉得他是个有故事的人。

针、针线盒、橡皮筋、剪刀、胶刷子、老皇历、五颜六色的线——大致就是这些，这就是他所卖的商品。每一样都不超过5元。竹筐里的东西始终摆放得整整齐齐，好像从来都没有少过，让人怀疑他究竟卖出去一点东西没有，怀疑他是不是真的在卖这些东西。他眉宇之间，甚至带点神秘的气质。他只是在细细打量这个喧嚣的人间吗？而他的手里提的东西，只是他掩护自己内心真正意图的道具？

怎么看，他都是一个不太像生意人的生意人。他更像一个在人间随意走走的悠闲人。

他有时蹲在街边的大树下，陷入沉思般地看着大街上的车流；有时坐在广场的台阶上，似乎饶有兴趣地看着热热闹闹跳着广场舞的人群；有时靠在某座大楼的墙角，喝着他自备的茶水，他的神态，根本就像是在喝酒。

偶尔有人光顾他的生意，他慢悠悠地报价钱，递上卖出的东西，脸上挂着若有若无的微笑。

我曾在他手上买过一卷白色细线。

"大爷，这些细线怎么卖？"

"一块钱一卷。"

"哦。那我买一卷白线。"

老人没有再说话，递给我一卷白线。

我也不知道再说什么，递给老人一块钱。

不是我差那一卷线。我只是试着走近一种人生状态。

但结果证明，我失败了。整个买卖过程，老人看都没看我一眼。这个卖东西时的老人，老人自己都不熟悉。老人似乎将那个真正的自己隐藏在层层无形的包裹之中，小心翼翼又坚定决绝。我甚至觉得，他的微笑或许不是对身边世界的融入，而是温和的拒绝。他活在自己的世界里，简单自在。他穿行在繁华的城市里，一切繁华与他无关。做着这门生意，不过做着一种妥协。每个人，不论看起来多么光鲜，总在某些时候，不由自主地做着这种妥协。这个老人做得如此自然真诚，他是在不知不觉地做，于是生出不可捉摸无法描述的艺术感来。老人，就是一个艺术家。真正的艺术家，从来不会宣称自己是艺术家。他只做艺术的事。他就是艺术本身。

就在前几天，我又看见了这个老人。他坐在一棵桂花树下，不知道坐了多久，他头发上、衣服上落了一些枯萎的桂花，两个竹筐上也落了不少桂花。

风轻扬，桂花继续飘落。老人和他的竹筐，在花雨里静默如诗。

那一刻，我竟有种想哭的冲动。

建始之秋

我都不知道我干吗要写建始之秋。

可能是眼看着秋天就要完了，我想抓住些什么，却怎么也抓不住，只能用慌乱的文字留存一些秋的片段；也许是这个秋天，我几乎就没离开过建始，别处的秋天，我也没看见，更无话可说；大概是我中了建始之秋的毒，无可救药，唯以胡言乱语作快意的挣扎。

我实在找不到一个确切的词来形容建始之秋。或许，这就是建始之秋的神奇魅力所在。

建始之秋，似乎是从某一片飘落的叶儿开始的。

立秋后，行走在建始县城的大街小巷，或是漫步于建始任何一个小村一角，总能邂逅随风飘落的秋叶。一两片，三四片，七八片，不经意间扑入眼帘；黄色的，红色的，褐色的，各色落叶争奇斗艳……建始2600余平方公里的土地上，遍布着种类繁多的树木，在秋天，可谓是处处落叶缤纷，处处诗情画意。

飘飞的落叶，是秋的情书，调皮地落在你的头发上、素手上、衣襟上。更落在你的微笑里，落在你的静默里，落在你的沉思里。一叶知秋,秋到建始;万叶炫秋,秋染建始。

最迷人的秋叶,是不能不提到银杏叶的。我甚至觉得,银杏叶就是秋天最独特的绽放。那样的绝美,跟凋零根本扯不上边嘛。不,也可以说,那是一种绝美的凋零。不论是在建始县城中,还是在建始的乡间,一树黄灿灿的银杏叶或是一地黄灿灿的银杏叶忽地闪现在眼前,总是叫人不由得怦然心动,无限沉迷。

当然,落叶落得最壮观的,还是要数莽莽山林。比如,龙坪乡的长岭岗林场,数万亩日本落叶松纷纷落叶,落得遍地金黄,落得遍地松软。尤其迷人的是,这片松林的叶子在将落未落之时,齐刷刷地在枝头玩着从黄到红的魔法。你看着看着,就着了它们的魔,只剩下两件事会做:发呆,傻笑。

建始之秋,似乎是在一重一重金黄的稻浪里渐渐变得浓烈的。

那些随风起伏、接天连地的稻浪,在建始三里、长梁、高坪、红岩等乡镇的田野里,热热闹闹地铺展开来,铺成一幅幅朴素又华贵的秋之田园画,在蓝天之下熠熠生辉;也谱成一曲曲空灵又激昂的秋之交响乐,在大地之上悠悠回响。

我总是无法对一片稻浪视而不见。我一次次在稻浪前停下脚步,任翻卷的金色稻浪经过整个自己,把一身的疲惫与孤独交给稻浪去抚慰。也把心底最虔诚的敬意投向那些在稻浪里出没的农人。是他们,生动了整个秋天。是他们,丰盈了整个大地。

在秋天,农人是辛苦而幸福的。丰收也好,没能丰收也罢,都是收获。从春到秋,每一块田里都洒满了农人的汗水与希望。当一个农人迈着矫健或蹒跚的步伐,于秋天的某个清晨、午后或黄昏,背上农具去田里收割的时候,便有一种说不清的仪式感顿时升腾起来——农人不必说半个字,他所侍弄的庄稼就懂了农人的意思，于是，一块块稻穗都肃穆地低下了头，一丛丛高粱都谦卑地弯下了腰，一片片苞谷都庄重地停止了窃窃私语……

建始之秋，似乎是从漫山遍野的成熟瓜果间愈发神采飞扬的。

秋，渐深了。你瞧，建始的大地上，红了柿子、苹果，黄了橙子、橘子；石榴、板栗咧开嘴笑了，核桃、柚子摇摇头乐了；一串串关口葡萄在秋阳里闪烁着夺目的光亮，一个个猕猴桃在秋雨里蕴积绵长的香甜；坡上坎下，南瓜书写稳重，辣椒演绎热烈……

疯长了一个夏季的瓜果，在秋的怀抱里，在建始的村村寨寨里，拼尽全力长成各自最成熟的样子。就这样，所有瓜果达成共识，结成联盟，轰轰烈烈地绘就一种决然的五彩斑斓。那是阅尽繁华之后的凝练与旷达，是穿越冷暖之后的平静与慈悲，在一个人的心底写意成一种简单的幸福，以及一种丰富的安定。它们中的一部分，被主人或是非主人采下，装进小竹筐或是大背篓，带着乡野的万千风情，来到建始县城及各乡镇的街头，把一条条街装点得格外有色彩，格外有味道。

建始之秋，似乎是在一丛一丛盛放的花朵上走向绚烂的。

山间田野里，雪白的、浅黄的野菊花开了，别样清新，别样娇羞；农家小院里，高的、矮的、大朵的、小朵的菊花开了，如此可爱，如此俊俏；长梁镇瓦子院村、茅田乡梦花岭村、业州镇罗家坝村的百余亩皇菊开了，那般壮观，那般闪耀。不错的，菊花，从来都是秋天群花中的主角。菊花，在建始的各个角落竞相绽放，纵情绽放，绽放成一个盛开的秋天。人在其中，人淡如菊。

除了菊花，街边巷尾，村头路旁，一树树桂花也争先恐后地开了。香，馥郁的桂花香，在空气里弥漫，弥漫成一种诱惑——有很多脚步，是被桂花香引向桂花树的——走近一棵开花的桂花树，真好，闻缕缕馨香扑面而来，看簇簇桂花娇俏轻柔，享浅浅时光里的恬淡安静。脚边，飘落的桂花像一种无言的温柔，让人不忍离开。

建始之秋，似乎是在一条条奔流不息的江河里变得格外梦幻的。

石门河、野三河、广润河、清江景阳段……建始境内的各条河流，不约而同在秋天里沉静下来，像极了一个人褪去浮躁后的内心。

澄澈的静流是秋水的眸子，荡漾的波纹是江河的思绪。秋天的河流，是哲学家，是思想者。也是诗人，是画家。

一河秋水，流经峡谷旷野，就是在沉吟一首首深邃无边的诗。没有哪一个诗人能够捕捉到一河秋水所用的神秘词汇，倾吐出漫漫时空的寂然，流淌着气象万千的意念。不要企图装作很懂一河秋水的样子，你一时兴起抓住的只言片语，在一河秋水的诗语面前，终究只是苍白无力的蹩脚表演。

一河秋水，倒映一方秋色，就是在作一幅幅变幻莫测的画。没有任何一位画家能像一河秋水那样，勾勒出那般飘逸神秘的线条，调配出那般匪夷所思的色泽，渲染出那般如梦如幻的意境。不要指望自己在一河秋水之畔无动于衷，你有意或是无意望一眼秋水里、天空里，望一眼云朵啊、山林啊、房屋啊，以及那个影影绰绰的自己，你就忘掉自己了，你就不在此时了，你也不在此地了。你是谁？你去了哪里？你回答不上来，你却又那么欢喜。静倚秋水，遇见新的自己，岂不妙哉？

建始之秋，读你千遍也不厌倦。

水墨石门

　　石门，是我的家乡。是嵌在我生命里的一抹无与伦比的奇绝水墨。

　　石门，是你的远方。是丹青武陵之中一个古老而神秘的存在。

1

　　施南第一佳要，即石门，位于湖北省建始县高坪镇石门村之石门河山腰。

　　乾隆四十年（1775）的一天，四川铜梁举人贾思谟出任宣恩县知县，途经石门，于石门稍下右侧崖壁上题刻"施南第一佳要"。斑驳而遒劲的字迹穿越悠悠时空，勾勒出一个男子挥凿刻字的激情与豪迈。石屑纷飞，峡谷回响，笔笔凌厉，字字蕴情。他一见倾心，他神魂颠倒，他驻足留痕，他快意万分。于石门，他只是匆匆过客。他走后，石门一如既往地沉默。然，沉默是一种无边的力量，当它经过一个人的时候，那甚至像一种慈悲。而慈悲，是多么珍贵。

追溯石门的过往，掀开石门的面纱，还得从更多相关文字记载中去一一探寻。

清嘉庆、道光版《建始县志》均对石门进行了记载。嘉庆志记载说："石门，在县治东一百二十里。巨若硵硐，下临绝涧，人穿石中。右壁若，左柱若，上楣若，俨然圆扉焉。出门，右石壁穹隆上覆，如屋垂溜。乾隆三十九年，抚宪陈公因石壁作寺，塑佛像，前装棂槅，庄严幽奥，疑自灵鹫飞来。立寺外，望隔岸白石如虎伏，谚谓'石门对石虎'也。两岸侧耸若相趁，可超可越。由西百折千回而下，逾涧复百折千回而上，约七八里而遥。涧底有石桥，桥上有亭，旁有石栏。憩坐其中，望两岸悬崖万仞，烟雾迷漫，林木阴翳，仰视天光。一缕泉虢虢乱石间，令人骨悚魂惊，殆'别有天地非人间'矣。东岸上有庙，名'对佛寺'，四十三年，王制台创修供佛观。制宏广，与西岸寺俱称胜境云。"

明代御史黄襄曾到石门，其《过石门》有云："磴道崎岖涧水分，动行俯仰悸如焚。崖悬走马春愁雨，谷邃飞花日看云。古洞藤萝皆鸟迹，新碑墨刻半龟文。狰狞石虎山头见，更有猿啼两崖闻。"从此诗来看，石门在清代以前就是江汉到施南及蜀地的必经之地。石门，曾是楚蜀咽喉，清乾隆元年改土归流，建始县由四川夔州府改隶湖北施南府，石门为省、府出入要冲，故号称"石门关"，并设有铺司、塘汛、接官亭。

清雍正末乾隆初，浙江嘉善进士、宜都县知县柯煜受朝廷委派到恩施散毛土司勘田，路过石门，在其《施州石门》中写道："石门连石屋，结构自天成。岂独堪招隐，端宜习养生。凉逾松作荫，光似月添明。鳞次余岩洞，谁同枕漱情。"

乾隆三十九年（1774），抚宪陈辉祖于石门之右建佛寺一座，

141

琢如来佛与伽蓝尊者两尊神像于寺内,其《新建石门佛寺记》有道:"佛在人心亦在明,光明在眼却在树。石门石虎相对出,涧水中流无休息。"这佛寺,也就是嘉庆志中提到的"抚宪陈公因石壁作寺,塑佛像"。

上海南汇进士、乾隆年间左都御史吴省钦,其《石门》诗云:"前过石门滩,昨饭石门洞。千峰接万峰,骨立寒天空。"

约乾隆五十年(1785)前后,建始举人、江夏县(今湖北武昌)训导范述之,作诗《石门感旧》有道:"石门千仞郁崔嵬,五色霓旌映上台。太守自行督属吏,中丞亲说见如来。因知虚妄无常理,转盼繁华已劫灰。剩得匡庐真面目,依然山秀水潆洄。"陈辉祖修建的石门佛寺,短短十多年已被毁坏。繁华转眼成空,只有山水依旧如故。石门山水,是大自然挥毫泼墨绘就的画卷,那磅礴的气势,恢宏的意境,灵韵的线条,空蒙的色调,无时无刻不散发着一种神性。而一切世俗的虚妄,在这里都将分崩离析。

清嘉庆七年(1802)至十三年(1808)之间,安徽进士、工部右侍郎、湖北督学使鲍桂星路过石门,作《石门歌》一诗。其序与诗,极其生动地描述了石门之美:"万峰盘回,峭壁巉绝。""人马过者,皆穿洞出入,望若飞仙。四面峭壁危岫,紫斑翠驳,飘缈天际。""丹岩黛壑相回抱,奇奥无如三洞好。盘云倒衮石发卷,腻乳杂结寒蛟涎。""回顾两崖中断处,碧霭青林悬瀑注。五千磴道绕旋螺,中有飞梁架烟雾。"

约清道光二年(1822),湖北沔阳人、黄梅县教谕史铭桂途经石门,作诗三首。其《将近石门》写道:"将进石门道,数峰高插云。卓立猿猱穷,孤峙青若分。"另在《游石门》中有云:"徘徊日向西,好景看不足。痴心订归路,三日石门宿。"还于

《石门叹》诗云:"我行半天下,石门景独妍。"

清道光三年(1823),江苏长洲县监生顾燮梅任建始县大岩岭县丞署县丞,作《道经石门用香山游石门涧韵》诗,他如此绘景:"路绝通石门,幽深骇仙迹。""藤萝蔓垂垂,松杉树历历。"

清道光二十一年(1841)左右,河南光山县举人、建始县知县袁景晖,作《石门怀古》一诗,"夹岸瑶峰晕新绿,石门小立证前因。儒家自喜开汤网,佛老曾闻驻法轮。邃洞苔纹封古隶,曼桥流水送余春。便从此结烟霞凭,未了苍生系望生。"

多少个春去秋来,石门就这样惊艳着时光。石门,惹了又一位又一位过客的心。刻字,赋诗,不尽情怀在其中。不刻字,亦不赋诗,无限思绪空萦绕。多少个路过石门的人,心门与石门相遇,一刹那就燃起火花,不由得驻足、徘徊、流连,万语千言,奔涌在心,写出来也好,没写出来也罢,都留在了石门之中。石门,从不孤独。

石门,这个名字,在深深浅浅的岁月里一再回响,在来来往往的过客心中反复闪亮,在远远近近的乡民口中代代传扬。石门,既指山腰那独一无二的巨大石门,也是石门山水以及整个石门村的别称。

石门,还是巴盐古道的一段。石门河两岸的巴盐古道由一座古桥相连。此桥为单孔石拱桥,桥长24米,宽4.9米,高16.3米,始建于明朝天启五年(1625),原称通济桥。

传说此桥为"八大王"(明末大西将领张献忠)屠川时所建。为摆脱追兵,其令将士各带石头一块,一夜工夫将桥修起,还将身佩宝剑悬于桥下。今人只见桥,不见剑。剑何去何从,或者说,是否曾有剑悬于桥下,都是无解之谜。但行至此桥,眼前还是不免闪过一群将士修桥的身影,他们过惯了刀光剑影的生活,

143

修桥简直不算什么事，他们的动作干净利落，他们的眼神里藏不住阴冷的杀气、不灭的欲望以及丝丝的迷惘、缕缕的落寞。他们没有退路，哪怕前面没有路，也得修出路来。桥是路的延伸。也有传说石曼桥为仙人所造。仙人不都腾云驾雾吗？或许是仙人为了石门河两岸的凡人所造吧。凡人，总是把许多美好的事物与仙人扯上关系，好像看见过仙人似的。清乾隆三十六年（1771），建始县典史亢嗣基督工重建后，更名为石曼桥，又称石睘桥，是建始县内现存桥梁中修建最年久的石拱桥。

　　桥东，一棵近千年的川黔紫薇挺立于悬崖之上。在河畔乡民心中，这是一棵"神树"。关于这树，当地也有许多传说。其中，有一个传得最广的，就说曾经有一个农夫想砍倒紫薇树，刚举起雪亮的斧头，岂料天空就乌云翻卷、电闪雷鸣，农夫吓得魂不附体，赶紧逃窜回家。从此，再也没有哪个人敢动这棵仿佛从天上落入凡间的受神灵护佑的树。说不清的敬畏，隐隐地印在了乡民们的心里。

　　巴盐古道，是盐道，也是官道、商道、兵道。巴盐古道石门段，千回百转自肃然。石门石桥石阶，商人官人兵人。古道忽陡忽缓，脚步或快或慢。数百年来，古道之上，人来人往，时而喧嚣，时而寂寞。古道漫漫，人间沧桑，一茬一茬的人走过它，最后都消失在无尽的时空之中。而古道上从未消失的，是所有过客活着时的某个剪影，是某种人生的片段，是关于生存或者使命、生活或者远方、无奈迷惘或者意气风发、马蹄声声或者山歌串串，刀光剑影或者谈笑风生、尘土飞扬或者白雪纷飞、血雨腥风或太平安宁等各种色彩的生命历程之痕迹。古道空空，古道盈盈。空则是盈。盈亦是空。你随便伫立于古道的任何一处，一块长满青苔的石头，一粒飘浮不定的尘土，就在跟你讲述一些久远的故事，传递某种厚重的情怀。你忽然发现自己仿佛顿悟了很多东西，却又仿佛什么也没弄懂。你在古道上邂逅了一个全新自己，从此，你也是古道上的过客，你的身影你的心跳你的幻思都一一镌刻于古道之上。这就是你与古道的缘。一邂逅，就深陷。一铭记，就永恒。

石门，铺展着无尽的悬念与诱惑。哪怕我出生在石门河畔，我很清楚，就算我穷其一生，也无法将其完全读懂。在我眼里，在我心里，在我梦里，石门始终透着宗教般神秘的圣洁与光辉。我一次次徜徉在石门的古风里，奇迹般地忘了繁华与喧嚣。慢慢地，石门的山水在我心里凝成一幅诗意盎然的水墨画，石门，则是画中最为凝重最具神采的部分。是点睛之笔。

石门古风，水墨荡漾。

2

石门，没有显赫的声名，但不失优雅的仪态；不擅长姹紫嫣红，但拒绝平铺直叙。石门，以其与生俱来的奇秀、险峻、逼仄、深幽，不动声色地在漫长的时光里把自己打磨成一块隐逸的美玉。

石门，也许打算就那样静悄悄地再过个亿万年。

石门终究还是以景区的身份失去了亿万年来的宁静。

栈道修起来，玻璃桥架起来，空中魔毯建起来，观光电梯立起来……现代文明，让乘兴而来的游客轻而易举就把足迹延伸到曾经人迹罕至的悬崖绝壁之上、幽峡深谷之中、潺潺清涧之边。尽管如此，走进石门，仍然像一场起伏跌宕的历练，不付出一点决心、果敢和毅力是无法完成的。石门，是雍容华贵的反义词，是庸脂俗粉的对立面,是莺歌燕舞的死对头。石门,就在那里,天然去雕饰,安然写平淡,超然释禅意。你若来,她必定不慌不忙地迎接你、陪伴你、惊艳你。

那凌空的玻璃桥,谁踏上去,谁就被接天连地的壮阔包围。透明,让天地失去界线;眼睛,被一种凌厉的冲击唤醒;心门,被一种莫名的欢喜撞开;壮阔,瞬间经过整个的你。你毫无反抗之力,你竟然感到一种说不出的舒服与自在。远古的风自峡谷里吹呀吹,头顶的云在天空中飘呀飘,脚下的水于谷底流呀流,连绵的山向天际叠呀叠。你踩着自己的心跳,仿佛猛然间变得轻若翩羽,你哪里是在走,你根本就是在飞。飞翔在天地之间,沉醉在山水之中。

石门,一见面就卸掉你的怯懦,毫不客气地激起你身体里潜藏的野性。你踏上玻璃桥的第一步,一部分你就复活了。你在桥上,连心都仿佛变得透明了。透明的心需要一些什么来填满。那么,就继续向前吧。前面就是长长的栈道。

从玻璃桥到栈道,从梦幻般的清透到寓言般的深邃,就在一秒之间。前一秒,你恍若漫步云端,这一秒,你重新回到地面。这时,可见对面悬崖上一座座玻璃客栈掩映在绿树丛中,精巧玲珑,错落有致。啊,身未动,心已飞,飞到那间间小屋里。每一间小屋都盛满了一种魔力,让人为之向往。想象一下,在静谧的夜里,一个人隐在小屋里,清醒地沉沦,沉沦,无限沉沦,美妙,一点一点地盛开,盛开在远离尘嚣回归淳朴的生命里。全世界睡了,你可能还醒着,这样的小屋,叫人如何舍得睡去!星空似乎触手可及,月光宛若轻纱披身,你的目光里满是璀璨;河水和着夜风,弹一曲梵乐,你感到自己灵魂里有些声音也被弹响了,你多想就这么一直弹下去。就算是星星躲起来了,月亮也要性子不露面，但有漫天洁白的雪花洒下来，或是淅淅沥沥的雨丝飘下来，飘洒在你的眼眸里，飘洒成一首首无字的诗，白天那个你消失了，夜晚这个你只有满满的诗意……

把纷纷的思绪从对面的悬崖客栈收回来，继续前行。栈道时而平缓，时而陡峭，时而高悬于绝壁，时而低掩于谷底。棵棵奇树、条条藤蔓、丛丛幽草、帘帘飞瀑，如泼墨劲笔，从容不迫地绘着可触可碰的雄浑奇特或清新舒展。鸟跃过山峦的清鸣、风拂过林木的低吟、水流过峡谷的欢唱，若淡墨干皴，点缀在画卷之中。这巨幅的水墨画，每一笔都带着远古的风情，透着无边的空灵，每一笔都无声地讲述着某种久远的神话或者秘密。人行画中，画在人心。

石门也是有心的。无形的心，有缘的人一定能感受到。有形的心，来到石门的人都能用眼睛看到。它就在石门峡谷的最深幽处。奔流不息的河水经年累月在谷底的岩石上冲刷出一颗心的形状。"心"里，是盈盈流动的河水。

那是一条河的心，神秘莫测。那是一道谷的心，不可捉摸。那是男人的心，激越深沉。那是女人的心，柔曼细腻。这世间，最难得的，莫过有心——驻足凝望——但凡有心的人，都无法无视地经过。莫非，这就是神的旨意？是大自然的隐语？上游的水，一路左突右冲，义无反顾，只为奔向这心，但不会停留于心，而是匆匆地，又奔向远方，永不回头。河水本无心，奈何遇见心。河水本有心，心心终相印。心，是每秒都崭新的心。心，是亘古未变的心。让一切到来，让一切离去。迷或惑，悟或醒，碰撞、交融，终归于平静、释然。你在这里，把自己的心泊在山水的心里，你是水，你是山，你笑了。你微微的笑，映在石门的"心"里，那么纯粹，那么神圣。

你也像那河水一样，洗了心，问了心，重新获得来自大地深处的隐秘力量，不再执迷过往，迈开双脚，走向前方。

你和着河水的节奏，迎着峡谷的清风，闻着草木的芬芳。你离那棵紫薇树和那座古石桥越来越近了。你止不住某种若隐若现的遐思，你加快脚步，仿佛在听从神一般的召唤。

你一眼望见石门桥，桥那么真实地横跨在山水之间，桥那么缥缈地飞架在时光之中。恍惚间，你在此时，你不在此时；你在桥上，你不在桥上。不错，石门桥是一座通往过去与未知的桥，那些陈旧的石头拥有摄人心魂的魔力，它们抱成一座桥的形式，任日升日落，任斗转星移，任风雨侵蚀，任霜雪凌厉，任马踏人行，任尘落草长，自岿然不动，静穆不言。石门桥，一座素朴古旧到仙气飘飘的桥，不声不响地撞击着你身体里某些稍纵即逝的感觉，你无处逃离，你无限沉迷。你见了石门桥，你从未见石门桥。这不奇怪，石门桥，瞬间化为一座水墨勾勒的似真似幻的人间仙桥，住进了你的心里。落墨处，雄浑又精巧；留白处，素雅又绚烂。

紫薇，就依偎在桥的旁边。冥冥之中，桥树相逢，似是天意，像是注定。时光流转，桥成古桥，树成古树。桥接住树一年一年飘零的紫薇花瓣，桥仿佛不曾历经沧桑。树低头瞥一瞥日复一日布满青苔与脚印的桥，树仿佛忘了天空高远。桥的各个缝隙里落满了树的心思。树的每簇枝叶间摇曳着桥的旧梦。漫步古桥之上，徘徊古树之下，你止不住狂乱的心绪，你却又说不出只言片语。你不忍离去。你失去思考的能力。你是你。你不再是你。

桥与树，与想象中的，或与回忆里的，好像也没什么不同，它们以一种不远不近的距离，相依相伴，相知相守。它们，不来不去。它们不需要所谓的来去，就完成了一个人无法完成的几生几世的来去。它们一动不动，就走老了时光，走高了天空，走远了尘世。最后，走成了自己。它们一言不发，淡淡地传递出醒世箴言。它们活在当下，静静地演绎着出尘不羁。它们不能拒绝任何一种脚步的到来，不能躲开任何一双眼睛的探寻，也不能阻挡任何一种虚妄的寄托。好在，它们早已无我无求，没有任何外在的东西能影响它们。

你忍不住摸摸树的主干，树扔给你一两片叶子，像扔给你一卷失传的经书。你颤颤地在桥上徘徊，桥浮起粒粒尘土，像赠给你一个沧桑的拥抱。你不清楚自己究竟读到了什么，也不明白自己为何如同找到了命定的归宿一样，竟然想停在这里，终老余生。

当然，你终究还是要走。这一生，你无法做树，也无法做桥。连做树下或桥上的一株草都不能。生而为人，笑得再大声，也掩饰不了或多或少的泪。人越活越无奈的事，就是连泪都不敢流出来。最后都流在心里，心就慢慢地不动了。这个时候，离来世做树、做桥、做草的愿望就又近了一步。有点荒凉。荒凉本就是人生的底色。敢在荒凉之上弄出一抹色彩或一点声响的，都是狠角色。

桥的两端，都是巴盐古道。往南，沿着层层石阶，可通往山腰的石门；向东，同样沿着层层石阶，可到达石虎所在那面山上，遥望石门。也可向南走一段古道，再沿着栈道，来到景区打造的"空中魔毯"，凌空飘着过河，尽享刺激与畅快，然后接着走栈道，赏接连不断的壁画，最后乘观光电梯，离开石门。但这么走的话，就错过了那个真正的石门，也不能亲眼看见摩崖石刻"施南第一佳要"。所以，走哪条路，取决于你内心的期许。当然，你也可以把这些路都走一遍，只要你舍得用时间。时间会告诉你，真的值得。

石门作为景区之始,被称为石门河景区,后被改为地心谷景区。但在像我这样的石门人心里,它永远都叫石门或石门河。那里是我出生的地方,是我成长的家园,是我永远的故乡。石门,是融进我骨血里的名字。我甚至觉得,如果有人大声叫出地心谷景区,石门也会感到陌生,更不会答应。我想得有点多了。但我无法阻止自己这么想,因为我对石门爱得深沉而炽烈。

或许,石门只有在静夜里,想起从前无数个静得像要永远静下去的日子,默默地拂去白天里所有的喧嚣,掩埋所有的惆怅,回归自己。仿佛是了无痕迹般回归了自己。每一个新的清晨到来,石门仿佛刚刚结束一次禅修,散发出无比清宁的气息。这样的石门,一见就沦陷,一读就痴迷,一离开就想念,一回顾就深爱。

石门这方胜景,到底在这世上存在了多少年,没有人知道。唯一知晓答案的,可能只有石门上空千载万载空悠悠的白云。石门,仿佛跟时间一样老,又仿佛跟少年一样年轻。石门,没有等谁,也没有留谁。石门,是天生的石门,也是天生的哲学家,看尽了红尘更迭、兴衰荣辱,始终巍巍屹立,风采翩然。

水墨石门,神画山水。

石垭子老街

当我写下这个标题时,我尴尬地发现,那些我期待出现的词汇一瞬间全都消失了。我该用怎样的文字来表达我对这条老街无法逃避的喜欢和敬畏呢?

我可能语无伦次。就像面对自己深爱的人一样,语无伦次。

1

十年前,我认识了石垭子老街。

那是一个飘着雪花的冬日,我独自一人走进了石垭子老街。从此,石垭子老街走进了我的心里。

洁白的雪花,一朵一朵,无声地飘着,在雪中漫步的我并无目的地,更没有专门去看石垭子老街的打算。

当我行至老街面前时,只一眼,我就被老街给迷住了。我愣在街口,不知道自己是要继续愣着还是要走进去。

当然,我走进去了——不由自主地走进去了。

我脚步缓慢——尽管我感到身体里有一些东西在奔跑。

扑面而来的,是一幅天然的画。两排土家特色的老木房子悠然排开。青石巷，江南风韵的青石巷，在"画"的中央延伸成一个梦境。整个"画面"用笔粗犷又细腻，"画风"奔放又内敛。任何一笔，都流淌着岁月绘出的独特色彩与纹理——主色调是或深或浅的褐色，配以或清晰或模糊的印痕，闲置的石磨、石缸、风车、斗笠、蓑衣等点缀其间。可以是一幅简约飘逸的水墨画。可以是一幅深沉厚重的油画。可以是一幅清透明丽的水彩画。

置身这有声有色无界无限的画中，我恍若穿越了时空。

这幅立体的画卷美了几百年。明末清初，在鄂西苍茫的大地上，在蜿蜒起伏的群山之中，是谁、谁、谁，用勤劳和智慧绘出了这画卷最初的轮廓和色彩呢？画卷当年的模样，一定无比清秀吧。像当年在这画卷里徘徊的某个女子一般清秀。画卷慢慢变大，满溢人间烟火的气息，带几分丰腴。像穿行在这画卷之中的某个女子一般丰腴。时光荏苒，画卷渐渐不再光彩夺目，有一些黯淡。像枯坐在小巷里的某个老妇的眼神一样黯淡。其实，也不黯淡，曾经的风光，尽收眼底，更丰盈，更有味道。

如今，这画卷长200余米、宽50余米。在每个人心中，画卷也有着不同的长度和宽度吧。

雪花慢慢悠悠地飘着。我的思绪随着雪花一起飘向石垭子老街的深处……

石垭子老街，曾经是施宜古道、巴盐古道交汇点上一条繁华的街道。石垭子又是川盐入楚古道上的驿站。资料显示，在清咸丰年间第一次川盐济楚时，有祖籍浙江的谈佐庭和祖籍福建的姚姓人结伴来此经商落户，大量收购山货（药材和生漆），远销宜昌、汉口等地，又从山外运回布匹、绸缎和杂货贩卖。尤其是生漆生意的兴隆，带来了石垭子的繁荣。其中姚棣之办起了西药铺和手工作坊（包括棉织厂、织袜厂、肥皂厂）等，谈全林的绸缎、布匹店及谈子翼的谈家客栈等,使石垭子成为施宜古道上最繁华的街道之一。

石垭子老街曾有多繁华?乌光锃亮的青石板知道,陈旧开裂的木板知道,精巧别致的木窗知道,锈迹斑斑的铜锁知道,亦动亦静的尘土知道,若有若无的风声知道……有多少骡铃声曾在这里飘荡?有多少马蹄声曾在这里踏响?有多少豪情曾在这里飞扬?有多少壮志曾在这里激昂?有多少柔情曾在这里流淌?有多少微笑曾在这里安放?……

那些远去的岁月里,老街上,商铺、客栈、茶馆,鳞次栉比,风生水起;街道居民、邻近村民,商人政客,来来往往,熙熙攘攘;窗棂上的雕花,窗户前的鲜花,石板间的苔藓,墙角里的小草,娇媚而热烈。千般诱惑在这里出没,万种风情在这里滋生。

行至街心,一株怒放的蜡梅忽地跃入眼帘,黄色的小巧的花儿开了满树,清新雅致,芳香扑鼻。蜡梅枝头落了一些雪花,有的雪花落在花蕊上,怎一个美字了得!整株蜡梅宛如一个娇羞的小女孩,立在一栋保存完好的老屋前。老去的木屋,新开的花朵,别有韵味,无比写意。

蜡梅是栽在一个大花钵里的。应该是这老屋的主人栽的吧。许是因为冷,又许是主人出门了,老屋的大门紧闭。我无法知道主人住在这老街上拥有怎样的生活和情怀。我只知道,那一刻,我是安静又不安静的。我想象着主人在老屋前栽蜡梅赏蜡梅花的情景,我心底是那般安静。我想象着许多年前,老街上是否也有一株或多株蜡梅迎雪怒放,然后又了无痕迹,我心底便失去安静。我想象着再过些年后,整条老街或许不会有一人居住,不再有一株蜡梅花开,我的心底更无法安静。

直到现在，每每想起那一年那一天那一刻那条老街那株蜡梅，我都会不禁微微一笑。

走到老街的另一端，几幢新起的小洋楼像一个突然袭击，将我从似梦非梦的心境中惊醒。一时之间，我竟有些怅然。

转身，我迈开脚步，再一次穿行于这画卷之中——我要再一次将她细细打量……

2

石垭子老街在成为老街之前，不过是当年千万条街中的一条街。

石垭子老街在成为老街之后，也不过是现在许多条老街中的一条街。

石垭子老街，从来没有显赫的声名。石垭子老街，石垭子这块土地上的一条街而已。它年轻过，它曾风华无限；它已经老去，它仍在继续老去，它沉默地老去，它优雅地老去。它越老越有味道，它的魅力，历久弥新，醇厚芬芳；它的魅力，凝练成诗，静默成谜。

石垭子老街，一个朴素的存在，也是一个深邃的存在。

这些年来，我记不清在石垭子老街徘徊了多少次，只记得每一次漫步街中，都仿佛被一些说不清的强烈的吸引所俘虏。老街似乎藏着无数个无形的问号、惊叹号，让我一次次迫切地靠近。我的身体和内心以一种找寻的姿态在老街的角角落落端详。只是，我端详得再久，那些问号、惊叹号最后都变成一串省略号。我看见一个在老街发呆的我——我喜欢这个"呆我"——这样的呆，是一个沉醉又清醒的过程，不求答案，不问悲喜，很自在，很舒服。我走走停停,看炊烟从老屋的瓦缝里轻飘出来,看苔藓在青石板间的空隙里铺展开来,看阳光从破损的屋顶漏下来,看清风拂过小巷时灯笼摇摆起来,看燕子从某个屋檐下飞出来,看涟漪在街心小水坑里荡漾开来……老街,那般安详。我,脚步很轻,我倾听着老街深沉的呼吸……

石垭子老街上现存的住户很少,大多数原先住在老街的居民都在附近另起了新居或远走高飞。悠长的小巷里,间或有几间老屋的大门边贴着红红的对联,给人一种恍惚感——大门内,是一个怎样的世界呢?我总有一种想进去看看的冲动,但我一直没有进去——我没有足够的勇气去打扰主人,更没有充分的智慧去解读屋里那沧桑、静谧、与世无争相互交织的气息。

对我来说,虔诚地静静地享受漫步老街的愉悦,就很好。

一个晴朗的午后,我碰到一位在老屋门前晒太阳的老婆婆,她坐在一把旧木椅上,阳光洒在她脸上、衣服上。青石板上,她的投影像一个谜语。她一动不动,她脸上满布的皱纹,她眼里弥漫的淡然,让我驻足,让我注目。老街的老人。老人的老街。老人的皱纹,沉淀在老街的皱纹里。

去年春节的一个清晨,我在老街遇见一个骑自行车的小女孩,就在那座写有标语"敬爱的伟大领袖毛主席万岁"的老屋前。小女孩五六岁,短发,穿着红棉袄。她一出现,我眼前一亮。但我的出现,或许让她感到不自在,她望着我,羞涩地笑了笑。那个笑容多美啊,尤其是那双眼睛,那就是两泓清泉。我还没回过神来,红衣小女孩把车推进屋里去了。老街的孩子。孩子的老街。孩子的笑容,融化在老街的笑容里。

在石垭子老街漫步的次数越多,我心中的敬畏感愈发强烈。石垭子老街原汁原味的老,让人不得不心生敬畏。我曾经去过另一条号称"千年老街"的街，就在离石垭子百里左右的巴东县野三关。这"千年老街"装修一新，花枝招展，没有丝毫"老"的痕迹，看起来倒也蛮有气势，但就是感觉怪怪的，很多的味道都被崭新的木板所覆盖，很多的气息都被崭新的石板所掩埋。"新"包装着的"旧"，叫人憋闷。我无意冒犯这条令我乘兴而来的"千年老街"。我也无法强迫自己像喜欢石垭子老街一样喜欢"千年老街"。如果说"千年老街"如今这容颜足以打动一双双眼睛的话，那么石垭子老街打动的，是一颗颗心。不费吹灰之力就能打动一个人的心。

数百年来，石垭子老街历经了几多风雨。去年夏天，一场特大暴雨致石垭子多地被淹，老街也未能幸免。积水退去后，附近百姓纷纷跑去清理老街上的泥沙等。老街在石垭人心中，是很有分量的。眼睁睁地看着老街遭此一劫，心痛在所难免。尤其是那些曾在老街生活过的人，我相信，他们有许多思绪与情感，依然安放在老街。他们守护着老街，守护着一方风景，更是守护着一段历史与文化。一代又一代的石垭人，成就了石垭子老街。向他们致敬！

石垭子老街，承载着许多的爱与呵护，显得格外有温度。

石垭子老街，在深深浅浅的岁月中挺立着，风采翩然。

今年很久都没去石垭子老街了，又到飘雪的季节了，老街是否还是我初见的模样呢？

恋一只蝶

我很确定，我被一只蝴蝶勾了魂。

自从见到她的第一眼开始，我就知道，这只蝴蝶将从此飞舞在我的心里梦里。

三年前，盛夏的一天。

雨后，初晴。

我乘坐一艘游船漂荡在清江之上。我正在向一只蝴蝶靠近。说不清为什么，我总觉得这只蝴蝶在召唤我，召唤我走近她。尽管这只蝴蝶一动不动，不来不去。她就在那里，在建始县景阳镇。对于这个召唤，我想置之不理实在有点困难，因为它时常在我心底闪现，而且一次比一次强烈。那就索性听从来自内心的召唤，赴一次恋蝶之旅。

船上人声鼎沸，我听不见。我的整个身心都系在这一程山水之间。蓝天旷远，江水浩荡，峭壁耸立，草木滴翠，薄雾缭绕，飞鸟翱翔……壮美的清江画卷在我眼前徐徐铺展，清冽的江风拂过峡谷在我耳边悠悠回响，船尾卷起的丛丛浪花在我心头轻轻荡漾。穿行在清江峡谷之中，我是那样的激动又幸福。

一路上，我没有说一句话。也不是，我有很多很多的话流淌在澄碧江水里，飞扬在氤氲空气中，散落在险峻绝壁上……我想，无声无息的语言，才是我对这一路风景最真挚的赞美和最深切的依恋吧。

船愈行愈远，我甚至有些慌乱——我离那只令我魂牵梦萦的蝴蝶愈来愈近了。可是我好像依然没有做好准备。就像一个人兴冲冲地去见心上那个日思夜念的人，总觉得手也没地儿放，笑容也很僵。越接近见面，越不知所措。

为一只蝴蝶，我动了心又犯了傻。不过我乐意，那是一只古老又年轻的蝴蝶，也是一只伟岸又翩跹的蝴蝶。她的身子，是由两面色彩斑斓的绝壁组成。她的名字，叫"蝴蝶崖"。

蝴蝶崖，八百里清江画卷之中一个无可比拟的美丽存在。

有时候，上天是会眷顾那些痴心的人的。比如，当我抵达蝴蝶崖时，我就觉得上天待我真不错——那一刻，映入我眼帘的蝴蝶崖是那般惊艳绝伦。

只见一只振翅欲飞的巨蝶赫然挺立于江边，一条飞瀑从巨蝶双翅正中的上部倾泻而下。

霎时，我分明感到，我这个凡人在巨蝶飞瀑面前是那么的渺小。或者说，我彻底被巨蝶飞瀑的非凡神采震呆了，几乎忘了自己的存在。

先声夺人的是瀑布。如果说水是一支自然之笔，那么这瀑布简直就是水被一只无形的手握着，在天地之间恣意狂草。张旭怀素若是看见了，也不得不服。

那还是水吗？如果还是水，那这些水一定是疯了。它们集结成一支水的队伍，浩浩荡荡，勇猛无畏，刚毅决绝，从数丈高的绝壁上喷射而出，直冲下来，在江面上激起无数漩涡和水花，发出震耳欲聋的回响。那是一万匹来自天际的战马在奔腾在冲撞在嘶吼，仿佛要把这个世界冲得面目全非才罢休。那是一曲浑然天成的山水交响乐，铿锵激昂，奔放豪迈。

那真是水吗？那的确是水。是作为一条瀑布之水的千娇百媚的模样。谁说水无形？那就是水的瞬息万变之形，极尽魔幻之形。飞瀑之水，在其磅礴的气势之下，更是演绎着水的无尽空灵。那是一亿颗宝石在跳跃在眨眼在璀璨。没有哪一双眼睛能够拒绝这般美妙。正午的阳光洒在飞瀑上，缥缈的水雾幻化出七彩迷离的光，又像是一千个仙子在回眸在浅笑在闪躲。些许水雾飘落在我的面颊上，手臂上，丝丝凉意沁人心脾，缕缕惬意飞出心底。

看着看着，又觉得这瀑布如云，如烟，如絮，似锦，似绸，似绢……真个是变幻莫测。又或者，什么都不是，只是一种我无法抗拒却也无法抓住的诱惑。

瀑布如此雄奇恢宏，又如此澄澈灵秀。

我是那么震撼惊叹，又那么静默欢喜。

就让这飞瀑在我身体里奔流吧，同我的血液一起奔流。就让这飞瀑在我灵魂里歌唱吧，和我的信仰一起歌唱。一个人，活在世上，还是需要给自己一些力量——我相信，这瀑布，一定充满隐秘而干净的力量。瀑布在这里，我在这里，这个"在"，便能于不知不觉中拂去很多于生命而言本就无用的东西，只留下重生般的觉醒。

这瀑布并非一年四季都有，据建始县志记载，此瀑是景阳镇粟谷坝河水流至龙湾峭壁裂口跌落而成，称龙湾瀑布。春夏之季雨水充沛时尤为壮观。我正好遇见这一景象，这甚至像一种恩赐。我充满感恩地伫立于游船一角，一再把瀑布深深凝望。有那么一瞬间，我恨不得让时光停住——我多想一直停在这了无凡尘的瀑布之前，无过去无将来，无悲无喜，无生无死，无我无累……

什么也不会停留。奔泻的瀑布霸道又温柔地撞开了我的恍惚。我微笑，把目光投向与这瀑布相依相偎的绝壁。两面绝壁并肩而立，左边为大寨绝壁，右边为大井坡绝壁。那是一幅奇绝的水墨画：雄浑大气的构图，简约流畅的线条，粗犷精巧的皴染，壮阔灵秀的气韵。蝶岿然不动。蝶翩然欲飞。蝶在沉思。蝶在撒娇。

神奇——这个词，像一个被我追寻已久的猎物，它潜藏着，若隐若现，当我亲眼看见蝴蝶崖时，终于被我这个笨拙也执着的猎人逮到了。置身这蝴蝶崖下，我无法不感叹大自然的神奇。神奇得叫人敬畏。这是否就是大自然的神性？

我不由得想象，当瀑布消退后，这蝴蝶崖肃然静立，该是多么端庄威严；当袅袅云雾升起时，这蝴蝶崖隐于其间，该是多么娇羞妩媚；当漫天雪花纷纷飘洒时，这蝴蝶崖身披白纱，该是多么高洁清雅……她有无数种样子，每一种样子都让人迷恋。

关于蝴蝶崖，在当地还流传着一个凄美的传说。蝴蝶崖的"双翅"是土家族先祖容美女王和瀑布下龙潭中的小龙王化成的：在龙潭上方的巨大绝壁前，小龙王和容美女王被雷劈开，即将跌落龙潭之际，双双化为了蝴蝶，永远定格在了绝壁之上。而这雷，是二郎神引来的。他引来的雷还把粟谷坝湖盆撕裂开一条裂隙，湖水喷涌而出，从绝壁上倾泻直下，形成瀑布。

而这一切，缘于一个"情"字：容美女王本是玉皇大帝的小女儿，二郎神看上了小仙女，可二郎神是玉皇大帝的外甥，为了阻止二郎神与小仙女的爱情，玉帝把小女儿贬到人间，做了容美部族的首领。小仙女带领着还处于母系氏族公社时期的容美部落在清江峡谷两岸采集渔猎、繁衍生息。商朝末年，武王起兵伐纣，小仙女奉命带领部族相助，浴血奋战之后，武王平定天下，大周朝建立，小仙女被武王封为容美王。带着部族归来的小仙女，来到龙湾潭边，准备沐浴。此时，对小仙女思念不已的二郎神也来到这里，他想把小仙女带回天庭，再续前缘。龙湾潭中的小龙王一直暗恋小仙女，眼见小仙女将被抢走，再也抑制不住心中汹涌的爱，挺身阻拦。二郎神怒了，引来炸雷快意了爱恨情仇，却也毁灭了一切过往。

这个传说给蝴蝶崖蒙上了一层极其神秘的色彩。苍茫大地之上，千山万水之间，何时何地无传说？蝴蝶崖的传说，有些悲凉，仙也好，人也罢，都难免为情所困。情为何物？蝴蝶崖穿越漫漫时空，始终缄默无言。对蝴蝶崖来说，这个传说没有所谓的真假，但它寄托了当地的土家族人对这一独特风景的浪漫情怀。

这个传说，难免让人联想到关于清江的另一个传说：巴人廪君与盐水女神的爱恨纠葛。同样充满悲情色彩。同样弥漫旷世遗憾。一水清江，悠悠流淌，万千风情，自在其中。

我闭上眼睛，蝴蝶崖似乎变成一只真正的蝴蝶，映着奔流不息的清江水，梦幻般地翩翩起舞。生活在清江两岸的土家族人，在一只蝶的舞动里，生生不息，他们心中，都住着一只蝴蝶吧……

我在蝴蝶崖徘徊了多久呢？我记不清了，似乎只有一瞬间，又似乎有一万年。嗯，是一万年。一眼万年……

我在五阳书院

我在五阳书院——对五阳书院暗恋许久的我,在一个春日的午后,终于置身于书院之中。这个"我在",是一种真实到虚幻的幸福感。

五阳书院,因建始县有建阳、朝阳、当阳、景阳、巫阳等地名,故名"五阳书院"。这座石木结构的书院,坐北朝南,始建于清乾隆十八年(1753年),最初选址在县城北松树坪(今仅存遗址)。是湖北省目前现存规模最大的保存较为完整的清代书院。

我始终觉得,一个人跟一个地方,其实有既定的缘分,缘深缘浅,自有定数。有的地方,见无数次都不会心动。而有的地方,则会一见倾心,比如,我对五阳书院。

倾了心,迟早都要去书院里面看看。可不知道为什么,去五阳书院,我没有说走就走的底气。我总觉得自己没有准备好。准备什么呢?我隐约觉得,至少需要准备一点书生的气质吧。不然,谁知道书院会不会感到些许的难过呢?

我也没怎么准备,我只是选择了顺从自己的感觉,到了我不去五阳书院就浑身不自在的时候,便不再犹豫,直奔而去。

我撑着伞,穿过雨雾蒙蒙的街道。我的忐忑在雨雾里纷飞成迷离的惑。我是个没用的家伙,越是自己心仪的东西,越靠近越忐忑。我就像一个偷偷干着某种秘密事情的人,忐忑里还带点窃喜。

拐过一条小巷,"五阳书院"四个雅致而飘逸的大字赫然映入眼帘。我曾多次路过书院,我总是怀着虔诚的喜欢和敬仰,把这四个字细细打量。

现在,我又来到五阳书院前了。我慎重而温柔地停下,再一次将"五阳书院"四个字深深凝望,我听见我心里的声音:这一次,我不是路过,我专门来看你了!字一动不动,但我并不认为字没有理我。我傻傻地对字笑了一下,然后缓缓地将目光移到石砌外墙与青灰布瓦上——我生怕错过一丝一毫的美——忽然发现自己是个如此贪心的人。有所贪,有所不贪,倒也像个"我"的样子。

跨过宽阔的大门,也就跨过一道看不见的时光之门,跨进一个渐渐远去的世界。

五阳书院,我在。我在你的怀抱里。我的脑海里,翻卷着你的风云变幻——

清乾隆二十年(1755),五阳书院迁址。县志记载:"时任建始知县邱岱将书院迁移到县城北门文昌祠处……"

清道光二十一年(1841),时任知县袁景晖又将书院迁至县城奎星楼路(也就是现在五阳书院的地址)。

清代末期,清政府废除科举制度,全国书院一度衰落,建始五阳书院受到影响,不久即停办。

1928年,贺龙率红军队伍在鄂西创建湘鄂边革命根据地之时,巧袭建始城,将县衙烧毁,处决了伪县长陆祖赀。随后,国民党政府将县衙迁至五阳书院。

1949年建始解放后，县人民政府将五阳书院作为政府机关，至八十年代末陆续迁出。

2012年11月，五阳书院被核定公布为湖北省重点文物保护单位。

2014年至2015年间，五阳书院得以全面维修，按照整旧如旧的原则，较完整地呈现了清末的建筑风貌。

五阳书院，走过漫漫岁月，历经起伏跌宕。

五阳书院，书写过纯粹的"净"与"静"，也承受过尘世风烟的"困"与"扰"。但五阳书院依旧是五阳书院，是许多建始人心中的一方圣地。

我静默于书院一角，看精巧木窗演绎的玲珑雅致，看斑驳石块记录的悠远沧桑，看墙角小草弥漫的空寂飘逸，看雨滴落在天井里溅起朵朵水花，看尘埃飘在潮润的空气中勾出缕缕迷蒙，看裂缝长在木墙壁里诉说幽幽记忆……

我穿行在书院之中，我的脚步，很轻很轻。我惊扰到书院了吗？但愿没有。这座占地2530平方米的书院，分布着讲堂、书房、亭阁、天井等，错落有致，典雅古朴。每一处都是古色古香的生动写照，每一处都是匠心独具的诗意表达，每一处都是摄人心魂的巨大诱惑，每一处都是不动声色的深切震撼。

我一次次地停下脚步，我似乎听见，清朗的读书声依旧在书院里悠悠回响……我似乎看见，手执戒尺的老先生正在摇头晃脑地传道授业解惑，一双双清澈的眼睛追随着老先生的身影，满溢渴求与希望……他们在书院里留下的所有痕迹，都在岁月里静静沉淀，沉淀成书院无比丰盈的文化底蕴，沉淀成一种直抵人心的力量。

伫立良久，我想起五阳书院原有的一副对联："慎五典亲九族溯虞夏商周迄于盛世心法治法道会源流此处别无学问,敦三行正六仪由党痒术序达于泽宫德成艺成功归笃实其间自有均衡"。五阳书院,以其高远、博大的气魄与胸怀培养了一代又一代的建始人。从五阳书院走出去的,有朱和中、吕大森等为代表的一大批贤人达士,也有许多不被后人知道的读书人。每一个曾在五阳书院用心求学的人,都是书院中一道足以穿越时空的光,把像我这样时而混沌时而清醒的人的内心照亮。

在历史长河中,不论是在建始,还是在祖国的其他地方,我们都失去了太多珍贵的文物。五阳书院的存在,是建始之幸,更是建始之傲。五阳书院,就在那里,你恋或不恋,它自风采翩然;你来或不来,它自庄严神秘。

雨,继续下。雨中的五阳书院似乎更叫人着迷。五阳书院历经了无数的风雨,似乎已习惯不慌不忙,安详如世外高人。五阳书院历经了太多的风雨,仿佛又没有经历过风雨的样子,不狂不乱,娉婷如江南女子。

雨小了些,我也该离开了。再喜欢,我也不能死赖着不走。

我期待,在某个阳光透亮的清晨或白雪纷飞的下午,我再来五阳书院,用一个新我将五阳书院深深拜读……

登朝阳观

　　一个人对一个地方凝望久了，就会生出一种渴望：走近去看看。或者说，一个人久久地凝望一个地方的时候，也会被一个地方凝望。而这种凝望终将变成一个人无法抵挡的诱惑。一个人的心去了一个地方，脚步迟早得跟上去。

　　我站在我家阳台，第 N 次凝望朝阳观。我再不去朝阳观，我都不是我了。

　　我笑了一下我自己，然后下楼，走向朝阳观。

　　很好，虽是寒意仍浓的冬日，却有蓝天白云暖阳相伴。

　　很惭愧，我在朝阳观下这个名为"建始"的小城里生活了几千个日日夜夜，直到今日才走近它。走近身边这方熟悉又陌生的风景。这个"走近"着实有点迟到的感觉。

　　我赴约似的，揣着无法平静的心，穿过熙熙攘攘的街道。我感到久违的愉悦——因为清楚自己"到哪里去"而心生愉悦——很多时候，我并不清楚自己要"到哪里去"。

　　到朝阳观山脚下了。

　　朝阳观是国家 AAA 级景区，在入口处，我竟完全没想起买门票一事，径直往里走，门口售票的小妹妹说："你要登朝阳观吗？

得购票，30元一张。""对头。我要上去。"我迅速购了票——不然，小妹妹只怕会以为我要来个霸王游，这就有点煞风景了，嘿嘿。

踏上步步石阶，心生淡淡欢喜。石阶陡峭曲折，脚步或快或慢。

块块青石历经岁月的洗礼，呈现出别样的厚重沧桑。点点青苔生长于青石之间，片片落叶铺陈于青石之上。每一步，都宛若走入画卷之中。每一步，都仿佛踩在红尘之外。

一路上，很静，偶尔碰到三两个游人；越往上走，越静，小城的喧嚣一点一点在我身后远去，山林的清幽一丝一丝沁入我的心脾。山风轻拂，鸟鸣林间，不问前路有多远，且与青山两相顾。隐入山中，实乃一件无比惬意的事！

这条寂静的石阶路上，隐没了多少行者的足迹？或许只有飞扬的尘土知道。

这条蜿蜒的石阶路，更像是一种说不清的叩问，叩问一个人内心深处某种朦胧的追寻。追寻什么呢？不一定需要答案。追寻着，就是一个人的生命散发芬芳的样子。

登至山腰，我已是气喘吁吁，于一个转角处驻足，只见城郊有农田纵横交错，农人耕种其间。农人看起来是那么小，小得像农田上的一个个移动的点。但农人又是那么大。他们，是大地最虔诚的守卫者，他们的大，像大地本身一样，不动声色，却无边无际。

登上山顶，再走过一段较为平缓的石板路，我终于看见前方绿树丛中，一堵红墙倏然闪现，苍劲雄浑的"朝阳观"三字赫然映入眼帘。疲惫的我瞬间觉得浑身又充满了力量，迫不及待地拾级而上，进入观中。

这就是我曾经无数次遥望的朝阳观——烟雨蒙蒙之中的朝阳观，晚霞融融之中的朝阳观，白雪飘飘之中的朝阳观……我从前遥望的目光，是否依旧在朝阳观的某处安放？我此时急切又慌乱的目光，是否一再被风吹散？

这座位于县城南面凤冠山顶的观，因山形似一只向阳欲飞的彩凤，寓丹凤朝阳之意，故名"朝阳观"。

尽管我多次想象过登上朝阳观后可能遇见的美，但眼前的景象还是把我美得有点不知所措。目之所及，但见红墙青瓦，飞檐翘角，方格木窗，长长走廊，苍翠古柏，滴翠绿竹，妖娆藤蔓，素雅幽兰……朝阳观，淋漓尽致地演绎着古朴、神秘、悠远、静谧。我傻子般地走走停停，摄人心魂的韵味包围着我，感动着我，雕琢着我。

格外赏心悦目的，是院中的几树梅花。一树红梅含苞欲放，另两树红梅迎风怒放。还有两树蜡梅，也正盛开。这儿一簇红，那儿一簇黄，红的如霞似锦，黄的清新脱俗，渲染出梦幻般的缤纷。香，馥郁的梅花香，萦绕，飘荡。风华无限的梅花树衬着寂寥苍老的古建筑，是空灵雅致的中国画，是悠悠流动的禅意。

这里有一天然水池曰"天池"，故朝阳观又名"天池寺"。史载天池寺始建于明代中叶。数百年来，它历经战乱、波折、被毁坏、被修复。曾经梵音袅袅，香火旺盛；曾经血雨腥风，满目疮痍。朝阳观再也回不到过去的兴盛。朝阳观的安宁算是一种珍贵。我静默，我沉思。如今，这里很空，四处空空荡荡。如今，这里也很满，各种类似意念的光辉十面埋伏，若隐若现，引人入胜。

正恍惚间，钟声响起。循声抬头，看见更高处的钟楼。

我纷乱的思绪，在钟声里化为缥缈。我分不清自己是清醒着还是迷惘着。

钟声引我走上钟楼。

钟悬于楼顶，但不见敲钟人。无人时，钟，只是钟。当一个人敲响钟，钟其实就不是自己了，钟声只是一个人不可说的心绪的表达。钟承载了太多的表达，在时光里变得天空一样辽阔，大海一般深沉。钟声的余音依然在空气中轻轻回荡。钟声，给整个朝阳观披上了一层看不见的袈裟……我没有伸手敲钟。我更想借着朝阳观上吹拂千百年的风，倾听来自时光深处的钟声……

站在钟楼，举目远眺，广润河似玉带穿城而过，河两岸高楼林立，好一个繁华人间。而这朝阳观，则像一个不露声色的隐士，隐于凤冠山之巅。任山下的世界日新月异，千变万化，他自神态自若，不慌不忙。

离开钟楼，我来到朝阳观山腰的石通洞。清道光二十一年（1841）《建始县志》载："石通洞在朝阳观山下，大山中空，门当山麓，穹隆如屋。入门左旋而上，逶迤曲折，可容数百人。洞顶豁开，仰见天日。它洞沮洳此独燥，它洞幽暗此独明。"故此洞又被称为"石洞通天"，是建始著名的古八景之一。

"古木萧萧洞口风，昔人曾此出樊笼。崖前况有涓涓水，好涤尘襟去效翁。"站在洞口，我脑海里闪过黄庭坚的诗句。洞之风，洞之水，在诗意里穿越时空，澎湃了几多来到此洞的人之心怀……

徘徊洞中，我不禁想到，据说抗战时，叶挺将军被押解重庆，道经建始，曾在这儿短暂羁押过。石通洞，吞吐过历史的漫漫风烟，沉郁了这一方山水的色彩。

傍晚，我循着山路回到城中。回望，夕阳正把朝阳观点亮。
再见，朝阳观。我来过。
不必说再见，朝阳观。我不曾来过，也不曾离开。

石牌湖

一阵风吹过，一湖的水笑了。

风是三月的风。湖是石牌湖。

我在湖边漫步，一低头，我看见我的笑容在湖水里轻轻荡漾。我一时分不清到底是湖水先笑了，还是我先笑了。或者，是我们同时笑了？

好一个叫人忘忧的湖。

石牌湖，建始县三里与红岩交界处的一个小湖。

我曾无数次路过石牌湖，却总是来去匆匆，没在这里停留过一时半会儿。但几乎每一次在行进着的车里，我总会不由自主地将石牌湖细细打量，说不清为什么——或许，正因为说不清为什么，才会觉得那是一个别样美丽的所在；也说得清为什么——我喜欢石牌湖。喜欢，是个不好不坏的理由。喜欢，其实也不必问为什么。

这些年，石牌湖住在我心里，静好无恙。这也是一种美丽。若即若离的美丽。真实又虚幻的美丽。我甚至舍不得破坏这美丽——我一直觉得，有些美丽，用心体会就好，走得太近反而会失去美感，因此，我从没有打算在某一日走近石牌湖。

没打算并不代表不会发生。

今天，我来看石牌湖了。如果说这算是一个决定的话，做出这个决定，我只用了一秒的时间——远远地，当我一眼看见小湖一角时，我发现，我再一次被石牌湖吸引了，深深地吸引了。这就是我眼里心里梦里都恋了许久的湖啊。那一刻，有如初见的心动，也有久别重逢般的默契——走近她吧，或许，她也在等我。人一生会路过许多地方，但绝不会对每一个地方都心生爱恋。对某一个地方产生特别的好感，也算是一种缘分。而且，是比人与人之间更妙不可言的缘分。所以，走近她吧，不管她是否在等我。

天那么蓝，风那么柔，我急切得近乎笨拙的脚步，似乎踩在一弯彩虹之上，又似乎踏进一片梦境之中。

环湖的柳树披着崭新的浅绿纱衣，如千娇百媚的新娘，含情脉脉地在湖边站成一个纯洁的诱惑。一枝，一树，勾勒出一幅幅浑然天成的画。画意在春风里飘动，在湖水里流淌……这古老又新鲜的画意，这静静舒展的画意，这变幻莫测的画意，愉悦了我的呼吸……

湖边有凉亭。凉亭里空无一人，像一个饱满的等待。等待一个一个"我"置身其中，凭栏远眺或是倚栏发呆。"我"在凉亭看风景，看风景的人在远处看"我"。我隐约看见，那些"我"来到石牌湖，徘徊在凉亭里，把一些情愫遗落在凉亭的角角落落，把一种情调挥洒在凉亭的里里外外……

很多个"我"中的一个——本人我，坐在了凉亭的长椅上，举目四顾，可见错落有致的农田里，油菜花开得金灿灿，丛丛茶树长得绿莹莹，树树桃花、梨花争妍斗艳。农房七八幢，掩映于绿树红花间；农人五六个，悠悠然在田间劳作；孩童三两个，时而奔跑，时而说笑……多么幽雅，如世外桃源般幽雅；多么绚烂，充满人间烟火的绚烂。

最让我沉醉的，还是那一湖碧水。正午的阳光洒在湖面上，光亮在波澜里跳跃，波澜在光亮里起伏，整个湖面宛如一匹流光溢彩的丝绸。只是，没有任何一双巧手能织出那般动人的色泽和纹理。蓝天、白云、垂柳、农房、桃花、菜花……天上的、岸边的一切都轻轻柔柔地融进这丝绸里了，它们相互交织，忽隐忽现，在波光里梦一般地徜徉。

这湖面，则是现实与梦境的交界线，或者说，是现实与梦境的连接线——一眼现实，一眼梦境，现实即梦境，梦境即现实，似梦非梦，非梦似梦，一念之间。所谓清醒，在这里并没有什么用处，索性老老实实地沉沦在这亦真亦幻之中，你会发现，离自己很近，离远方不远……

偶尔有迅捷的鸟儿掠过湖面，泛起圈圈涟漪，一时间，这水里的天破了、云碎了、树歪了、屋垮了、花散了……很快，它们似乎又变回了原来的模样，又似乎不再是原来的模样……

石牌湖太过普通，她没有盛世的容颜，也没有神秘的传说，更没有显赫的声名。世间千万湖，各湖竞风流。湖与湖之间，无须比较——你喜欢或是不喜欢，一个湖自有她的风韵与气度。没有哪一个湖是为了取悦人而存在，只有世人因某一个湖而生出千姿百态的情怀。

石牌湖，苍茫大地上一个朴素的美好存在。她可能不会惊艳到谁，但谁也不能无视她不动声色的美。

春去秋来，又春去秋来，石牌湖静默于群山之中，看云舒云卷、花开花落、人来人往……每一滴湖水里都有风景，每一丝波光里都有故事，每一抹涟漪里都有禅意……

恍惚间，我觉得我变成了一滴湖水，在这石牌湖里自在荡漾，没有烦忧，没有疼痛，没有过往，没有将来，没有生，没有死……

风　景

1

说到风景，我首先想到的总是乡村。

也许是因为我在乡村出生，在乡村长大。乡村风景在我生命中有着无法取代的吸引力。

田野、清风、小溪、牛羊、鸡鸭、飞鸟、绿树、红花、黄土、阡陌、炊烟、麦浪、野果、落叶、农房……它们都是乡村风景里生动的笔触，绚丽的色彩，朴素的主题。它们在天地间随性组合，构成一幅幅变化多端的画卷，时而清新雅致，时而五彩斑斓，时而小巧玲珑，时而大气舒展，时而低调凝重，时而活泼开朗。

乡村风景的美是一种看似平淡无奇却能叫人百看不厌的美。

你看或不看、爱或不爱、恋或不恋，乡村万物都不动声色从容不迫无法无天地美着。从春到冬。又从春到冬。仿佛从来没有美累过。

你随意伫立于乡村一角，都会有或远或近或浓或淡的风景映入你的眼帘。一切都是那么自然。比如，老屋旁一棵开花的树，山脚下一丛拔节的竹，小河边一群纷飞的白鹭，稻田里一位捡穗的老妇……当然，这时你也是别人眼里的风景。乡村风景，总能让你在不经意间遇见奇妙。

谁能走得出乡村风景的诱惑？

但是很多的谁都走出了乡村，走出了乡村风景，渐行渐远。直到有一天，终于发现自己其实从不曾真正走出乡村风景的诱惑，或者说终于发现自己怎么也走出乡村风景的诱惑。哪怕你看见了再多的有名的风景，乡村风景却都会更加清晰更加丰盈地在你的头脑里出色地美着。说不出为什么。不需要知道为什么。有这样的感觉就很好。

这样的感觉是时间和空间隐约传递给你的关于乡村风景的无可比拟的魅力。

对我来说，乡村风景是我记忆里一杯陈香的酒，轻轻一碰就醉了。多少次对着群山之巅升起的太阳心潮荡漾，多少次望着旷野之上燃烧的晚霞遐思飞扬，多少次看着农房之间绽放的花朵流连忘返……每当想起这些乡村里平常又不平常的风景，我都仿佛回到那些远去的熟悉又陌生的时光。

这个时候，仿佛有一种看不见的东西清洁了混浊的呼吸，拂去了心里的蒙尘。

这个时候，就会跟一个久违的新鲜的自己撞个满怀。

这个时候，就会感叹自己究竟被什么迷住了才来到这高楼林立的城市？为什么当初离开乡村时竟没有应该有的留恋？

这个时候，就会特别想立刻回到乡村，静静地看一片玉米在微风中摇曳，一缕炊烟在田野飘散，一只燕子在屋前呢喃……

乡村风景，轻抚我微笑的风景。

乡村风景，陪伴我行走的风景。

2

年少时,总以为更美的风景在远方。

印象最深的是读小学学到《桂林山水》一课,那可真的把我给美傻了。一遍一遍地读着课文中优美的句子,那山那水便在我眼前心头清晰又模糊地晃动、流淌。我仿佛不是坐在那间地上大坑小坑遍布、墙上泥巴石头裸露、屋顶破瓦漏洞无数的教室里,而是在那梦幻般的桂林山水间游荡,自由自在,神清气爽,心旷神怡。

当时对桂林人那是狠狠地羡慕(也许说嫉妒更合适),同时心里还夹杂着几分恨,恨自己咋不生在那么美丽的山水间。还好意识到自己恨得没道理,也就只单纯地羡慕了,一边羡慕一边向往有朝一日亲眼去看看这至美的风景。

只是直到今天,我也没去桂林看山看水。

也许,有些风景,在想象中已是最美的样子。

美过了就行,去或不去,并不是最重要。再说,想要抵达想象中的所有风景的确不是一件容易的事。

但人生需要这样的想象,在想象中体验风景也是一次愉悦畅快的旅行。一次心灵被神秘又绚丽的光照亮的旅行。

远方的风景,美在远方,美在心间。

远方的风景,是否更美?没有答案。

只是,你想着远方有风景,你觉得远方有更美的风景,你就会莫名地有想走的冲动。

如果你伸出脚,开始行走,就会接近、看见远方的风景。这的确很美好。追寻风景的过程本身也是一道明丽的风景。

有多少人是被远方的风景带到了远方呢？

有多少人看远方总是会看到风景呢？

我想是那些心里本就有风景的人吧。

3

今年初夏的一天，我再一次登上了石柱观。

石柱观，建始古八景之一。住于高坪镇望坪村。

十多年前，我曾在望坪初中教书。望坪初中就在石柱观脚下。

上课之余，我常一个人看石柱观，登石柱观。

那是一段难忘的日子。很简单很充实也很快乐。尤其是现在看来。

我在石柱观下的小池塘边散着悠然自得的步，做着虚无缥缈的梦。池塘里的水一年四季无声无息地平静着，倒映着蓝天白云，倒映着石柱孤峰，倒映着池塘边的幢幢楼房……没有喧闹，没有拥挤，没有繁华，只有宁静，只有简约，只有淡雅。这风景叫人说不出到底好在哪里，却叫人感到无比的轻松惬意。

沿着小池塘一边的小径走向石柱观，它那陡峭险峻的崖壁、郁郁葱葱的古木、形态各异大小不一的山洞便越来越生动地呈现在眼前。

此时，你是看不见峰顶的宝塔的。但眼前的风景仿佛有一种魔力，你仿佛会听到耳边有一个声音：去峰顶吧。

此时跟在远处看到它时完全是另外一种感受。在远处看石柱观，它小巧玲珑地矗立在望坪平坦的坝子里。不过，仅凭它那独特的外形就足以吸引你迫不及待地走近它。

迷人的风景从来都是从远到近、由近及远都迷人的。距离的变化只是美感的变换而已。

如此迷人的风景确实值得一步一步地走近，细细打量。

那就去峰顶吧。蜿蜒的石阶古道盘旋而上，脚踩着一级一级印满岁月痕迹的石阶踩着管不住的怦怦心跳前行向上。一路上，松软的落叶在脚下铺展着，不知名的小花在路边绽放着，若有若无的清风在树丛里吹拂着，你走着看着听着，尘世一点一点远去，纯净一点一点聚来，安宁一点一点飞扬……

忽地，宝塔就出现在你眼前。

你仰望它。近距离地仰视它——这建于明嘉靖年间的宝塔。它雄伟壮观里不乏精巧，它沧桑静穆中透着孤傲。

拾级而上，进入塔中。大殿内斑驳的墙壁、破损的木窗、静默的尘土像一串神秘的钥匙，将你头脑中的想象之门一一打开：真的是一樵夫上山打柴，拾到有峨眉二字的残钟半截，疑是四川峨眉山神仙降灵，然后四方百姓相邀在山顶修建了宝塔？都有谁看破了红尘，远离了世俗来到这绝妙的峰顶看云舒云卷、花开花落？它又曾历经了怎样的劫难，伤痕累累，却还能保存至今？……

远去的、眼前的、虚幻的、真实的、厚重的、清新的石柱观风景层层叠叠、若隐若现、如梦如幻。头脑中时而一片空白，时而缤纷闪耀。

伫立于宝塔的任何一个角落，你都不要指望你可以无动于衷。总有一缕缕缥缈又强烈的东西让你的情感迸发。经得起品味的风景，总是有这种本领。

来到石柱观，没有哪个不想登临宝塔最高处。那是一种无法言说的诱惑。

宝塔最高处不宽广，但它足够让你找到无比宽广的感觉。透过镂空的窗，一种新视野下的望坪风景尽收眼底：连绵起伏的群山是一道天然屏障，大小不一的农田、或疏或密的农房错落有致地分布在平坦的望坪坝子里，如此人间美境，叫人如此惊喜。不论你从哪扇窗户望出去，都能叫你眼睛轻而易举地捕捉到清丽的风景，都能叫你的心灵清楚明白地感受到俯视大地的震撼。

在塔顶，你静默，或是呼喊，也是石柱观风景中的风景。

我记不清自己究竟登了多少次石柱观。我只记得每一次登石柱观，眼里的风景似是相同，又似是不同……

很有一些不明白。

很有一些恍若明白。

4

有的地方，看起来甚至不是很概念的风景，但可能是某个人心中最别样最难忘最珍贵的风景。

比如，一条林荫路。一条看起来很普通的、缺少诗情画意的颜值和意境的林荫路。

如果你曾和你爱的人牵手漫步于这一条林荫路，在草长莺飞的春天也好，在百花争艳的夏天也好，在天高云淡的秋天也好，在白雪纷飞的冬天也好，走过一次也好，走过四季也好，一前一后地走过也好，并肩走过也好，你那么微笑着，不说话地、轻轻地和最爱的人一起走过。那么，这条路的风景就是那么与众不同——仿佛世界上就只有两种风景，一种是这条路的风景，一种不是这条路的风景。

当你有一天再次经过，就算是独自一人，你心中也会浮现格外美丽的风景。或者,你孤独的时候,想起这条路,心中也会浮现无法言说的风景。

承载过你特别美好的情感的地方,会让你看到人生中被温暖浸透被幸福弹奏的风景。

不管它是一条路,一条小巷,还是一片森林,一条街道的转角……

5

几年前,我曾去过一次凤凰古城。

我承认,只一眼,我就被它迷住了。若要用个词来形容,只能是一见钟情。

我在古城里不知疲倦地转悠,恨不得赖在那里,用一生的时间把它看个够。

那幢幢木楼,那座座小桥,那潺潺流水,那丛丛绿树,那叶叶小舟,那架架水车……从任何角度看,都是一幅独特的风景画。

不论是在阳光下,还是在风雨中,凤凰古城那古朴婉约、舒缓优雅、似梦似醒的气质总能叫人流连忘返。仿佛在不经意间邂逅了一种奇妙得叫人沉醉的东西,心甘情愿地就醉倒了。一醉难醒。

直到现在,每每回忆起凤凰古城之行,许多画面都清晰如昨日——

一个唱歌的女子,一个撑着油纸伞扎着长辫子的唱歌的女子,她立于一条缓缓行驶的小船上,不知从哪里来,不知要到哪里去,她的歌声如梦如幻、若即若离,小船载着她的歌声,不由分说就划进我的心里。这是一道多么诗意的风景。

一个一个卖花环的苗族老妇。她们身穿着苗族服饰，头戴着苗族头饰，提着花香四溢的花篮，或坐在水边，或徘徊桥头，或行走商铺前。她们的眼神是那般安静。她们的皱纹里写满故事。只是，眼前这个热闹的世界好像与她们无关。她们在卖花环。她们根本不像在卖花环。她们没有一丝卖的姿态，她们仿佛只是提着花来街上晒晒太阳，看看世界。她们是凤凰古城里一道特别的风景，让人瞬间看到时间静止、时间也在老去的风景。

三五个学生，支着画板，拿着画笔，在空旷的地方静静地描绘他们眼里的凤凰古城。我不由得驻足观看——实景，画作，景在画中，画在景中。这是青春飞扬的风景，这是艺术灵动的风景。

……

凤凰古城，我记忆里散发芬芳的风景。

如果有一天，我再去凤凰古城，我会去那个有意思的"悠悠慢递"，给明天的自己写一封信。信里就写：

人，一生都在追逐风景，一生都在风景中追逐。

唯美的、浪漫的、沧桑的、厚重的、昨天的、今天的、暖色的、冷色的、眼里的、心里的……风景无处不在，风景无时不有。风景在我们的生命中来来去去，来来去去，让人喜悦，也会让人忧伤，让人看清，也会让人迷惘。

学着淡定，学着从容，你会领略到人生最曼妙的风景。

寂寂大沙河

我承认我是怀着一种无所谓的心态走近大沙河的。

在我走近大沙河之前,我并没有喜欢上它——这跟我一走近它就立即喜欢上它一样真实。

今年深秋的一个午后,我来到了久闻其名终得初见的大沙河畔,透过车窗,大沙河忽地映入我的眼帘,刹那间,我感到,我的眼睛很愉快。这种感觉可不是常常有。我得让我的眼睛继续愉快。我下了车,一步一步走近它。像走近一见钟情的恋人。急切,忐忑,暗喜,傻气。

大沙河,流经建始境内的一条小河。像这样的小河,在武陵山区多得不可计数。它的确很普通。不过我喜欢普通。我喜欢在普通的事物中去寻找那些不动声色的迷人之处。

站在山腰,俯视大沙河,只见河水沿连绵起伏的山谷蜿蜒流淌,勾勒出一个大气磅礴的字母C,线条流畅,碧如翡翠,波光粼粼。时间,在这里慢下来。宁静,在这里升起来。

这只是大沙河很短的一段而已。在我未到的河段,还有多少C或者S、U、Z等什么的呢?我的想象随着河水缓缓流动……神秘的风景,总在未知的地方。

很多东西，一个人都无法看见其全部，而遇见其中的部分美丽，也算是一种缘分。那么，此刻，记住眼前的美，就很好。

对我来说，看见大沙河的这一段已足够。这一段足够动人。足够让我在以后的岁月里，只要提到大沙河，我就能想起大沙河这一段的样子。这一段的样子，也可以说就是大沙河全部的样子，这一段的河水是从大沙河的上游流淌至此，然后从这一段流淌到远方。流动，是河水的呼吸。流动的河水，是一场盛大的生命呼吸。我屏住呼吸，只为聆听天地间这无比深沉悠远的呼吸。

不知不觉，走到河边。

小船，两只小船，两只空空荡荡的小船，两只似乎并不空空荡荡的小船，寂然停泊在河边——这不就是"野渡无人舟自横"！两条缆绳拴住的，不，牵住的，不只是两条小船，更像是千年的漂泊或等待……

两只小船又像是停泊在天空里——清透的河水里倒映着蓝天白云，这分明就是天空里的小船嘛！恍若梦境，即是如此吧。

我甚至觉得，在这个梦境里，我是多余的，我是侵入者，我的靠近也许会惊扰了这个梦境。不安和羞愧让我一下子失去了语言表达能力。我立在河边，惶恐又虔诚地打量这个梦境——我的傻笑，河水知道。两只小船载着什么摄人心魄的东西呢？我看不清，我抓不住，我想不明白，但我无力抗拒，也不想抗拒，我就那样忘我地无限沉醉……

微微的风拂过，河面漾起圈圈涟漪，小船轻轻摇动，天空轻轻晃动，一切仿佛要醒来的样子；可很快，风停了，河面又静如一面镜子，小船也一动不动，天空又明朗了，一切仿佛始终未曾变过的样子。上一秒是清新明亮的水彩画，下一秒是沉郁厚重的油画，下下一秒又是淡雅飘逸的水墨画。这美，这妙，这趣，简直无法描述。

举目四顾，河两岸树林葱郁，农家、农田掩映其间，乡村公路、乡间小路纵横交错，秋染层林，瓜果遍野，炊烟袅袅。不是世外，胜似世外。生活在此，岂不快哉？

对岸有人，两个人，一男一女，五六十岁，我看不清他们的表情。两人行至岸边，不言不语，蹲下，看着我所在的河岸。

他们要过河？

是。因为渡他们过河的人来了——老万来了。万其珍老人来了。

老万从那间低矮古旧的石屋里走出来了，沿着杂草丛生的土路走到河边来了。他的步子有些蹒跚，他毕竟已经七十六岁了。但他还是来了，来到了他的渡口，来渡对岸两个人过河。

他伸出布满老茧的双手，熟练地解开缆绳，弯腰踏上小船，撑长长的竹篙，船离岸，漂向对岸。老万挥动双桨，在大沙河的水面上划出一抹抹新鲜的光亮。

到达对岸，两人上船，无言。老万调转船头，往回划。老万的身影在逆光里变得模糊不清，如一道嵌在山水之中的剪影，透出谜一样的诗意。

恍惚间，船已靠岸。两人下船，依旧无言，匆匆离去。我唯一能记住的是，两人漠然又空洞的眼神——他们对老万的感谢之情藏在我看不见的地方？也许吧。老万更是平静如水，他慢慢地从船上走下来，重新拴好缆绳，然后背着双手，向他的小石屋走去。

这是一次"渡"。老万千万次"渡"中一次平常的"渡"。

风里雨里，冰天雪地里，晨曦里，夕阳下，老万和他的渡船，穿梭在大沙河上。在岁月的长河里悠然书写他清寂而丰盈的一生。

大沙河。老万。渡船。

这是一个故事。是一种人生。情节简单又丰富。色彩清冷又温暖。

万家人"百年义渡",电影《我的渡口》,很多人都知道,不须我做多余的解读。今天,我只想做个很概念的陌生"路人",用好奇而诚恳的目光去认识大沙河,认识摆渡人老万。

回到小石屋的老万,坐在门口的旧木椅上,静静地晒太阳。这是他的闲暇时光。阳光照在老万身上,老万笑得很慈祥。老万似乎看着大沙河,又似乎什么也没看。他看或不看,大沙河都是他丢不开的牵绊。大沙河,流淌在老万眼前,也流淌在老万心底。

石屋外墙上,挂着一件颜色黯淡的蓑衣和一顶做工精巧的竹斗笠,这是老万在风雪里摆渡的行头。小舟蓑笠翁,往来风雪中。是扑面而来的古意,是真切空灵的禅意。

老万,老了。总有一天,老万再也没有力气走向渡口。这一天越来越近。看着老万晒太阳时安详的样子,我忽然生出一种想法:在老万的余生里,让他多拥有一些晒太阳的时间吧。而且,不被打扰。

我离开时,夕阳洒下最后一缕余晖,大沙河波光潋滟,愈加妩媚。老万独自划着小船——没有谁要过河,老万要把自己"渡"到哪里去呢?……

披着一身残阳的老万,在河面上定格成一个我不认识的摆渡人……

老房子

如果你问我乡村有什么特别吸引我的东西，那只有一个答案：老房子。

在乡村，那种土墙或木板的盖瓦的老房子现在已经很难见到了。它们就像乡村里风烛残年的留守老人，孤独又苍凉地待在世界的角落里，无所归依，无声无息，尘埃一般毫不起眼，轻烟一般弱不禁风。

那天，我本来是兴冲冲地去摘野生猕猴桃的，可到目的地后，却被一座老房子给深深地吸引住了，结果一个猕猴桃也没摘。毕竟，猕猴桃只能吸引我的嘴我的胃，老房子却如有魔力般地吸引我的心灵。而且我分明看见我的心是如此饥渴地想要被润泽、被点亮。我估计与我同行的幺姐也有相近或相似的感觉，因为她也跟我一样，选择走近并走进了老房子。要知道摘猕猴桃本是她的主意，她临时变卦，我这么猜她才合理，嘿嘿。

见到那座老房子的感觉真的特别奇妙。尤其是像这样不期而遇。猝不及防地，仿佛从前的慢时光正一点一点朝自己走来，或是自己正一点一点走回从前的慢时光。这是一次有味道的邂逅。无关灿烂，只为心底尘封的黯淡却也美丽的色调。

那座老房子也可以说是两座老房子。是一座土墙瓦房紧连着一座木板瓦房。

迎接我和幺姐的，是一条善良的老狗。看样子是老房子的主人养的狗。它正趴在老房子旁懒洋洋地边晒太阳边做着白日梦。我和幺姐一人举个手机边拍照边走向它时，它先是愣了一下，也许是对我们的行为实在无法理解，站起来不屑一顾、摇头摆尾地走开了。

土墙瓦房共两层，斑驳的墙壁上，依稀可见暗红色的"为人民服务""伟大的马克思列宁主义思想""伟大的毛泽东思想"等字样。我不由得在想，那些至今仍令人感到庄严的字曾红得耀眼的时候，这家主人应当也还年纪轻轻、意气风发吧。作为80后，我不曾经历那个把"伟大思想"写在百姓房屋墙上的时代，我只能想象，几十年前，路人或是这房子的主人有意或是无意看到墙上这些标语时，究竟是一种怎样的情感体验？我一时有些困惑。但我相信，在那个时代，人们若是有信仰，绝对要比现在很多口头上说有信仰的人真诚得多。陈旧厚实的木大门紧闭，像是在拒绝我对一个时代的猜想。走近一看，门其实并没有锁。幺姐试着轻轻地扣了几下大门，无人应。我和幺姐同时笑了："'小扣柴扉久不开'差不多就是这意思吧！"

木板瓦房只一层。木大门敞开着，门板上满是陈旧的印痕，还有几个形状怪异的小洞，就像一张残留着泪痕的茫然的脸。门外堆放着斗笠、扫帚、竹筐等杂物，无言地提示着琐碎里藏着小情趣的乡居日常生活片段。门边的木墙上，挂着几提金黄的苞谷，无声地诉说着主人勤劳里透着寂寞的平淡日子。门里堂屋一角的一根木杆上倒挂着一排大小不一锄头，静静地勾勒出日出而作日落而息的充斥着汗水与五谷香的田间劳作画面。这房子的主人跟连着的土墙屋的主人是同一人吗？主人许是下田去了？许是砍柴去了？许是串门去了？我们都不得而知。这房子里也空无一人。

按理说，主人不在，我们是不应该进去的。但我自问只带着一颗绝无坏意的心，且这颗心被强烈的好奇和一些莫名的情绪所驱使，所以就看似不轨实则清白地进屋看了一小会儿，拍了几张照片。走出那扇年纪比我可能要大许多的木门，我在心里默默地给主人说了一句：对不起，打扰了。

这老房子有着谜一样的安静。站在这老房子前，或是走进这老房子里，我也是静的。身心合一的静。忘却烦忧的静。微微荡漾的静。

我想真正打动我的，应该就是这一种静吧。这种来自记忆深处的一去不复返的静。

童年时的乡村，这样的房子哪能令我做出弃美味于不顾的举动？哪能勾起我绵延不绝的遐思迷恋？

那真是一段清浅浅慢悠悠的美好时光。那时的土墙屋木板屋是一座挨着一座的，是疏密相间地分布在山间田野里的。那时的它们当然也不能称之为"老"房子，它们是"新"的或"半新"的房子，朴朴素素，却也落落大方。

谁家的炊烟袅袅地从起起伏伏的瓦片里升起来？谁家的串串辣椒随意地挂在向阳的土墙上？谁家的石水缸里倒映着木橼角优美的线条？谁家的老汉坐在板壁前悠闲地吸着水烟？谁家的孩子在屋檐下等待一只燕子飞回屋檐下的燕窝里？谁家的新媳妇在雕花木窗里对镜绾起高高的发髻？……

是画。是诗。是歌。

悦目。醉心。怡神。

只是，当年的我并没有感到这些慢时光里慢生活的珍贵，相反地，甚至有点不以为然。当它们一点点离我远去，我才蓦然发现，我对它们有多留恋。只是，再也回不去了……很多东西，不会因为你开始珍惜，就不离你远去。

看着眼前这老房子，这与周围那些钢筋水泥构筑的崭新的气派的房子格格不入的老房子，我心里是有叹息的——每一座老房子，都有它不为人知的故事，不管它有名也好，无名也罢，也不论它年代久远还是不很久远，它们在大地上的存在，是许多人安放乡愁的依托，是许多人医治痛楚的灵药，是许多人追寻过去的线索。可那又如何？它们正在加速离我们远去，许多的回忆正在从清晰走向朦胧……

而我，在老房子前发呆的我，又能抓住些什么呢？没有答案。也许，答案在风中飘散了。我只能说，我有失去感，也没有失去感——于我来说，老房子是一个躲不开的情感符号，无形也有形，无声也有声，若即若离，时隐时现，但只需轻轻触碰，便能浮在眼前的时光之上，在心底熠熠生辉。

起风了，老房子智者一般岿然不动。

而我，感到身体里有一些东西被风吹乱了……

白云深处有梨花

没错,白云深处有梨花。

白云,建始县长梁镇白云村。梨花,不必我废话,地球人都知道。

白云村,一个很天上的名字。而且,在这春天里,开满人间的梨花,对我来说,是个巨大的诱惑。我得去看看。去看看这个天上人间。

一天午后,我就去了。

驾车从县城出发,一路上,倒也是桃红柳绿,满目春色。我一心向往着白云村的梨花,路上的所有遇见都无法留住我的视线,但它们一闪而过,跳跃成一串欢快的音符,伴我前往。

约莫半小时后,在天云公路(长梁至天生465省道)的一个拐弯处,我忽地看见,成片的梨花就在前方,在群山环绕的大片平地上热烈地铺陈开来。那是千万棵梨树站成的浩瀚,一瞬间让人感到一种类似进攻的气势,我无力抵挡,于是,恍惚而愉悦地被攻击。

深呼吸,我需要清心静神,以天真烂漫的崭新感动,走近这些全新的花朵。

走近花朵,有两个方式:可以继续开车顺着天云公路穿过白云大桥，然后沿田间路行驶到梨花前；也可以就此下车，直接走过天云公路边的河，梨花就在河对岸。但见清清小河绕梨树林缓缓流过，像温柔而深情的陪伴。我选择了走过河去看梨花，因为我无可救药地喜欢上了河中那大大小小的石头搭成的漫水桥。我岂能错过如此有情趣的过河方式?！我的双脚需要走点不寻常或者说有意思的路。踩着搭石过河，的确是一件特别过瘾的事。每一步都像是踩在天然的琴键上，没有既定的韵律与节奏，或急或徐的脚步踩着潺潺的流水声，踩着自己的心跳声，充满好奇与试探的美妙。妙不可言。

过了河，走小路上岸，我就把自己丢进梨花之中了——我就是要在这里，毫不客气地把那个我不喜欢的我弄丢。

梨花，这就是白云村的梨花。是一种叫作"六月雪梨"的梨花。一朵朵，一簇簇，一枝枝，一树树。作为蔷薇科的梨花，每朵生五片花瓣，丝丝花蕊自花心舒展开来，纤巧，精致。瞧，没有哪一朵梨花不是谨慎而专注地开着。仿佛这是梨花们的第一个春天，又或是最后一个春天。从容而努力地活在当下——这是生命散发的耀眼光亮。人啊，在一朵花前，终归是惭愧的。所以，我从来都不能忍受一个人在花前做出比花还美的样子。当然，我也愿意相信，也有一些人，当他（她）立于花前，他（她）本身就是一朵花的姿态，只是，这样的人，现在已成稀有动物。

白，梨花的白，是洁白无瑕的白。细细打量，每一片匀称、丰腴的花瓣上闪烁着生命光彩的白，映衬着带点粉色的花蕊，在阳光的照耀下，又弥散着一种不可描述的迷离色泽。如此清新又梦幻的白，如此纯洁而高贵的白，是触手可及的白，也是遥不可及的白，更是大地向着天空抒情的白。天空懂了，心就晴了，露出蓝颜，与地上的梨花遥遥相望。听，梨花们不时窃窃私语，无数的思绪隐隐地向蓝天上飞扬，慢慢地，在天边聚成一朵轻盈盈的云。梨花，白云村里最勾魂的白、最浪漫的云。

香，梨花的香，是清香袅袅的香。梨花之香，本不浓郁，不张扬，丝丝缕缕，轻轻柔柔。白云村这一片阔大的梨花，则是一支梨花香的队伍，香得浓烈，香得奔放，香得霸道，香得叫人忘了身在何处。反正不管你走到哪个角落，浑身每一个细胞似乎都被梨花香充盈着，你只能乖乖地被梨花香挟裹着，成为一个至少是暂时有香气的人。

风起，梨花落。白蝴蝶般的花瓣，在空中飘呀飘，飘在我的衣襟上长发上，飘在梨树下的青青小草上，飘在潮润的泥土上。飘落之间，无限的风华在流动，无尽的神秘在更新。花落的声音，被风吹远又吹近。如果说，这一片梨花是一本自然之书，那么，是风在将它一页一页翻动，每一个置身其中的人，静下来，就能读到别样的美丽与感动……

风止，梨花似静还动。我闭上眼睛，任想象在花海里驰骋：春雨中的这片梨花，该是怎样的娇羞又妩媚呢？星光下的这片梨花，该是怎样的静默又璀璨呢？朝霞里的这片梨花，该是怎样的清丽又蓬勃呢？如果我变成一朵梨花，我会不会希望不被众人欣赏而只为自己开放呢？一只蜜蜂飞过来，停在一朵梨花上，梨花轻颤，像是给我一个谜一般的回应……

我承认，我奔着这片梨花来，其实也是奔着自己内心深处痴迷的梨花之诗意而来。"梨花一枝春带雨""梨花枝上层层雪""梨花落后清明""见梨花初带夜月""落尽梨花月又西""梨花风静鸟栖枝""山溪野径有梨花""梨花最晚又凋零""雨打梨花深闭门"……古诗中之梨花，至美。带点愁绪的至美。看着眼前这片梨花，想着古人的至情至性，我的心，澎湃又安静。我永远也写不出那般惊艳的诗句，但我愿意做一个向诗意靠近的人。这片梨花，可能无法完全契合以上任何一句古诗的意境，但却又能让我真切地感到，无数种诗意在这里交织、融合，我抓不住，也说不清。但我在其中，该是幸福。幸福的我，要感谢这片梨花，她们不费吹灰之力就消除了一个花下人的愁。无愁不必强说愁。谁不想忘了愁？一醉解千愁。这片梨花，醉人没商量。

徘徊在梨树林中，我总觉得，可能在某个角落，遇见一个人。一个老人。也就是这片梨树的主人——潘贤成。十年前，是他在白云村种下最初的梨树，并带动周边农户跟着种，从几十亩到几百亩。当然，农民用双手用汗水侍弄梨树的初衷不是为了营造风景，而是为了卖六月雪梨以增收致富。我想说的是，这样的劳动与心愿本身就是风景。厚重而深远的风景。大地上最朴实的风景。我没有遇着任何一个果农，但我知道，他们在，一直都在这片土地上。他们的气息无处不在。我向梨树林外那些远远近近错落有致的农房投向一瞥——梨树的主人们，看到房前屋后梨花似海，应该会眼含笑意吧。当六月来临，雪梨挂满枝头，又该是怎样的美呢？……

无论是梨花盛开，还是雪梨满园，都是白云村独特的田园美。美在恬淡，美在不刻意，美在满溢乡村生活的原滋味。这样的美，永远都有打动人心的力量。

可以说，这片梨树正处于"少年"时期。我在想，许多年后，当这片梨树长得更高大茂盛，枝干粗粝、苍老，依然在一个一个春天认真地开出洁白芬芳的花朵，多美好……那时的我，是否已然白发苍苍？是否依然会为一片梨花而心动不已？……一切皆是未知。一切皆有可能。用心享受此刻，就很好。

黄昏时分，我恋恋不舍地离开。梨花，在我身后渐远，在我心底一再盛开……

樱桃红了

樱桃红了。在春末夏初的暖风悄悄开始吹拂之时。

我从来都不能无视地经过一棵樱桃红了的樱桃树；我可以无视地经过一盆或一篮被摘下的樱桃——允许有人用嘴喜欢樱桃，也应该允许有人用眼睛喜欢樱桃。

樱桃红了，这四个字有一种魔力，总能在我的脑海里勾勒出一幅幅美丽的图画。"点火樱桃""四月樱桃红满市""一树樱桃带雨红"……一抹樱桃红，美了几多景；一抹樱桃红，燃了几多情；一抹樱桃红，醉了几多人。不过，我最喜欢的还是蒋捷那句"红了樱桃，绿了芭蕉"，极致的清新中夹着深深的惆怅，绚丽的色彩里藏着淡淡的忧伤。

小时候，母亲栽了一棵樱桃树在屋旁。是那种叫"海樱桃"的樱桃树。母亲说那樱桃树叫"海樱桃"，我至今也不知道它的书面名字究竟是什么。管它呢，母亲怎么说我就怎么记，记得舒服，记得亲切，记得温暖。它是一棵樱桃树没错就行。我记忆中关于樱桃红了的最初图画就是这棵樱桃树留下的。

这是一种长不大的樱桃树——与那些高大的樱桃树相比——至少我是从没见过这种樱桃树长成一棵大树的样子。但你却不能小瞧它，一两尺高的海樱桃树便可热烈地开花结果。那潇洒到奔放的姿态，不输给任何一棵傲然挺立的其他果树。

海樱桃开花的时候，就美得不像话。那些纤细的小枝上密密麻麻地缀满了白色的小花。一朵挨着一朵，一簇挨着一簇，一枝挨着一枝。远看，如一团轻盈的白云飘落地上。近看，似一只只娇小的白蝶展翅欲飞。白，雪白；媚，娇媚；纯，清纯。朵朵小巧精致，朵朵可爱至极。那么简约，又那么繁华。那么叫人安静，又那么叫人激动。每年春天看到海樱桃开花，我总是惊讶于它灿然绽放的美。

海樱桃比其他樱桃熟得迟。待到农历五月初，那些白白的海樱桃花变成的红红的海樱桃便挂满枝头了。一颗一颗的海樱桃饱满圆润，晶莹剔透，鲜嫩欲滴，红得彻底，红得耀眼，红得诱人。弯着腰的海樱桃树枝像虔诚又另类的艺术家，从容不迫地在自个儿身上展示着一年的得意之作，在风中轻舞，在雨中浅吟，在阳光下闪着红玛瑙般的光。

记得有一次，我和妹妹蹲在一棵小小的海樱桃树边比吃海樱桃，很快，一棵红绿相间的海樱桃树被我们变成一棵绿绿的海樱桃树。我看着凌乱又孤独的绿叶，我看着失去红颜的樱桃树，我看着地上东倒西歪的樱桃核，忽然感到自己像个破坏者。是的，是个破坏者，对樱桃树来说，就是个破坏者。

也许有人会觉得我脑子有问题，樱桃不就是专给人吃的吗？有什么破坏不破坏的。我不反对吃樱桃，我只是觉得当我用嘴把这些红了的樱桃吃了之后，有一种得到了美好又失去了美好的说不清的奇怪感受。

谁说大自然生长的果子一定是给我们吃的？！

每一棵果树努力地生长，努力地开花，努力地结果，其实只是它对自己的生命负责而已。这是一个无比美丽的过程，跟一个人一生努力地绽放一样美丽。人，无时无刻不在享受这种美丽，很多时候麻木地享受着这种美丽。

万物有灵。我对每一棵植物心生敬畏、满怀感恩，大致就是从那时开始的。也是从那时起，一棵樱桃红了的樱桃树在我眼里不再是一棵让我流口水的樱桃树，而是一棵让我更愿意静静欣赏的樱桃树。这人世间有许多东西，隔着一定的距离，你就会看到不一样的美。你看到了这样的美，你就不忍去破坏。

在我印象中，还有一个地方的樱桃红了也叫我特别喜欢。那就是从我居住的小城建始到老家高坪之间一个叫马坡的地方。

马坡樱桃红了的时候，别有一番韵味。道路弯弯曲曲，樱桃树出出没没，红红的樱桃时隐时现，似神秘的红唇，如初夏的媚眼，把个马坡装点得分外妖娆。

路边，三三两两的当地果农摆着一盆一盆或一篓一篓刚摘的樱桃，时不时有路过的车辆被诱惑，停下，买樱桃。卖樱桃的不紧不慢——要不要随你，物美价也廉。买樱桃的欲擒故纵——哪里买不到樱桃，便宜点就成交（其实眼睛早已把自己出卖：想要想要想要）。这种景象比在有条不紊的超市或街头闹市的水果摊上的买卖要有趣得多。在樱桃树边买樱桃，买的是一种新鲜的大自然的味道。在樱桃树边卖樱桃，卖的是一种悠闲散漫的乡野的味道。有味道的买卖，谁不喜欢？

每年马坡樱桃红了的时节，我都特别愿意从那里经过。并且希望车子走慢一点，再慢一点。仿佛车子不是行驶在我无比熟悉的路上，而是穿行在我略感陌生的画中。这种画意对我来说是一种极大的诱惑。毕竟，人的一生，只能经历数十个樱桃红了的时节。穿行在樱桃红了的画卷中，我总是会情不自禁地微笑。

替一颗红了的樱桃微笑，只是在寻找一种久违的淡泊与清净。

云南行记

追一片云

那是一片诱人的云。彩云之南的云。

说不清为什么，一直以来，我对云南总怀有近乎偏执的好感，总是感到自己被莫名地吸引，想去看看。这一想，想了很多年。直到今年 8 月初，我终于踏上了追云之旅。

从恩施许家坪机场直飞云南，我是那样的激动又急切——啊，我这就去见你了，云南！我的心早已飞过去了，我的身体随后将赶过去。

晴空万里。透过飞机的玻璃窗，映入我眼帘的是一片云海的奇观。无边无际的云。浩浩荡荡的云。一动不动的云。飘浮不定的云。堆积如山的云。丝丝缕缕的云。云。云。云。云云云。只有云。这是一个完完全全的云的世界。碧蓝的天幕里，云，是当仁不让的主角，是温柔又霸道的占领者。云，映着初秋的阳光，闪烁着无与伦比的璀璨。

感谢老天赐我如此盛景，令我在层云之上，一再沉迷。沉迷而慌乱。我既生怕错过这浩瀚云海每一秒的美妙，又忍不住突发奇想：我真想到那云上去躺一会儿，或者用双手把云海拨开一条缝，看一看流云之下那片山河的模样。

云南，我飞越一片云海，只为抵达你的怀抱。你是我心中那片无可替代的美丽云朵。

傍晚时分，飞机降落在昆明长水国际机场。我走出机舱，夕阳正把天空染得五彩斑斓。

我披着一身晚霞，看见自己心中布满七彩的光……

石的传奇

是的，那是传奇。

一片石林历经 2.7 亿年的传奇。从神秘莫测的静谧海底跃升到喧嚣陆地之上的传奇。

大小石林，绵延起伏。林间小径，曲折蜿蜒。幽草素花，暗送清香。

那是一片石头的纵情绽放。比一片花的绽放更热烈更疯狂。在苍茫的大地上书写奇特。在时间的长河里挥洒禅意。巍巍石林，穿越了漫漫时空，历经了数不清的风雨沧桑，宛如一群来自远古的智者，虽神态各异，却全都显出摄人心魂的神秘与安详。

在这里，不要企图看懂石头，哪怕只是某块石头。所谓的懂，在这里只不过是一个人一厢情愿地自作聪明。每一块石头都太古老，古老得让人心生敬畏，古老得令人发呆发傻。那就只虔诚地观赏吧。

绕过一段弯弯的林间路，我看见两个遒劲有力又优雅俊秀的红色大字赫然刻在一面高高耸立的石屏岩峰上——"石林"二字，果然不凡。"石林胜境"，名不虚传。一见倾心，再顾沦陷。

登上望峰亭，举目四望，我才真正感受到什么是"群峰壁立，千嶂叠翠"。看着看着，我仿佛变成一条小鱼，游弋在亿万年前的海底，我随着涌动的水流，把一块块石头打量，亲吻，时而伫立，时而徘徊，时而前行；我的记忆只有三秒，我不必记得回去的路，往哪里游都会看见熟悉又陌生的风景，那些疏疏密密的石头是我游来游去的迷宫……我又仿佛变成一株水草，静静地生长在某块石头的旁边，累了就靠在石头上打个盹儿；我总是依偎着石头，不时轻轻摇曳，我无来无去，无愁无忧；我在没有阳光的海底一次次死而复生，不知疲劳……

石林中的许多石头都被当地人取了这样那样的名字。导游一路上兴致勃勃地介绍了一串石头之名，我没怎么去听。没办法，有种若隐若现的感觉在我心里窜：这些石头或许都有各自不同的名字，只有它们自己知道。它们不会告诉你。

走过一段石板小径，我看到了被唤作"阿诗玛"的石头——"前面就是阿诗玛！"很奇怪，当我听到这句话时，一下子来了精神——一块被称作"阿诗玛"的石头，该是怎样的别有风采?!快步向前。"阿诗玛"果然生得美丽——她立于玉鸟池畔，面容清秀，身姿绰约；她戴着飘逸的头巾，背着小巧的背篓——她是一位彝族撒尼少女呀！她巧笑倩兮。她美目盼兮。她的传说，荡漾在我心底……

告别"阿诗玛"，继续前行，继续放任眼睛掠美、心灵沉醉……

走出石林，恍若一梦。

这个梦境，长若永远，又短若一瞬。

人生一世，刹那芳华。人，终究化为尘埃。而这石林，在尘埃里默然屹立成一个传奇。

回望，石林在我眼眸里化为一抹淡淡的微笑。

千秋水墨

当我看见苍山洱海的第一眼时,心头便不由得一震:这分明就是一幅巨大的天然水墨画。

是谁的神来之笔,在大理的土地上绘出如此恢宏杰作?磅礴又雅致的布局,奔放又流畅的线条,浑厚又空灵的色调。每一笔既透着不动声色的清丽、淡雅、温婉。每一笔又显出从容不迫的雄浑、苍劲、大气。

漫步苍山下、洱海畔,目光落到哪里都是惊艳与赞叹。思绪飞向任何一个角落都是喜悦与美好。

我很幸运,在一天之中见到了苍山洱海的两种样子:烟雨蒙蒙中的样子;雨后初晴时的样子。

我尤其喜欢的是初见时烟雨蒙蒙中的苍山洱海那无比飘逸灵动的样子。秋雨不紧不慢地下着,流云在苍山的峰峦之间萦绕,薄雾在洱海的水面上漂浮。画意瞬息万变,不可捉摸。环海的白族民居,错落有致,在烟雨里吐纳一方闲适与自在。点缀在海边浅水区域内的棵棵绿树与丛丛荷花,像是从莫奈笔下的画中款款走来,演绎万千恬静与浪漫。

雨停了,一切都明丽起来。先前丝丝缕缕的云雾变成一团一团的云朵,飘浮在苍山之上,仿佛一个多愁善感的女子渐渐喜笑颜开。崭新的阳光洒下来,洱海的海面亮了起来,如明镜,似绸缎。天空、苍山、民居等的倒影在海里似静似动,忽明忽暗。人在画中,画在心中,妙不可言。

只恨我终究只是个过客,不能在这里长长久久地停留下来。但有那么一瞬间,我还是如此想象了一下:我在这里生活着,不慌不忙地看苍山洱海的许多种样子，把自己也活成一道风景，还生命安然，享岁月静好。

这一袭水墨画卷，我将珍藏于心——如此，心将充盈着无边的寂静欢喜。

神在那里

神在那里。

神是什么？我不知道。这并没有关系，就像你说不出什么是爱情，但你心里一定相信它存在。

那里是哪里？那里是玉龙雪山。

我一步一步走近这座纳西族人心中的神山，心里反复闪现的字眼就是：神。传说，玉龙雪山为纳西族保护神"三多"的化身。

神了，十三座雪峰连绵不断，恰似一条巨龙凌空飞舞，弥散着一种神性之美。玉龙雪山，在纳西语中被称为"欧鲁"，意为"天山"。其岩性主要为石灰岩与玄武岩，黑白分明，所以又称为"黑白雪山"。

雪山脚下，郁郁葱葱的树林绵延铺展。林间草地上，许多不知名的花儿竞相绽放，紫的、黄的、白的，一丛丛，一簇簇，一片片，像一个一个轻柔又绚烂的梦。健硕的牦牛、俊逸的马儿、肥壮的黑山羊三三两两，走走停停，悠闲地吃着草吹着风，似一曲一曲细腻又粗犷的歌。几对新人在草地上拍婚纱照，洁白的婚纱衬着云端的雪山，衬着新娘子娇羞的面容，如一首一首清新又深情的诗。哦，这里根本就是一个春天。一个秋天里的春天。一个温柔缱绻的春天。一个淘气任性的春天。

乘坐索道缆车，10 分钟左右就到达雪山之顶。4506 米，这是一个高度。这个高度本身就是强烈的诱惑。这也是在人世间晃荡三十几年的我抵达的地理意义上的最高处。

　　我像个孩子似的，奔走，驻足，傻笑。我失去了思考的能力。尽管失去吧，我一个凡人的笨脑袋瓜子在神面前的所谓思考终究是苍白无力的。我唯一能记录的，只有我的真实感受。

　　仰望那雪山之巅，但见皑皑冰川直插云霄，银光闪耀。初秋，无雪。有雪无雪，玉龙雪山都是横在天际的夺目玉龙，都是傲立于我心的雪白圣山。

　　高处不胜寒，这是真的。山下是春天，山顶是冬天。从春到冬，十来分钟，华丽切换，真个刺激。缕缕寒气，直逼全身。考虑到女儿身体不太舒服，我放弃了沿着栈道走向玉龙雪山更高处（4680 米）的想法。人生本就是一场旅行，不是每遇见一个高处，都必须抵达。玉龙雪山之主峰扇子陡，海拔 5596 米，迄今仍无人登顶。量力而行，适可而止，知足常乐。这或许是神一般的雪山在冥冥之中传给我的醒或悟。

　　下山。上了山，总得下来。玉龙雪山没有等谁，也没有留谁。一条索道的出现，让雪山再也回不到过去的宁静……雪山承载了太多红尘内外的痴恋与寄托，如今，只能在夜晚，拂去一切杂音，回归片刻自在。

　　别了，玉龙雪山。我知道，神在那里，我无须再多言语。
　　我记住你那般惊艳绝伦的样子就好。

那一抹蓝

　　蓝月谷，一抹超凡脱俗的蓝。

清清雪水，顺着高高的玉龙雪山巍巍峭壁奔泻而下，流淌于弯弯的月牙形山谷。从冰雪到湖水，从天上到人间，从雪白到幽蓝，从凌厉到温顺。一路豪情万丈，一路无所畏惧，一路深情缠绵，一路邂逅新奇。冰雪之水，冰雪聪明，流进万丈红尘，自带一缕清雅。它曾经凝冻冰冷的心，渐渐变得柔软温暖，焕发全新色彩。但它毕竟是冰雪之水，就算来到这个它曾在雪山之上日夜俯视的尘世，它也要做一滴别样之水，择一方清雅之地，化为一轮蓝色的"月亮"镶嵌在雪山脚下。它一回眸，就能望见自己曾经待过的雪山，它有些恍惚，像是望见自己的前世，又像是望见自己从未去过的远方。它分不清自己是怀念还是向往，又或是什么想法也没有……它沉思的样子，它迷茫的样子，妩媚了悠悠山谷，惊艳了浅浅时光。

玉液湖，镜潭湖，蓝月湖，听涛湖——蓝月谷中的四大湖泊，光听这般唯美的名字，已让人心动不已。更何况身临其境，怎不叫人如痴如醉？但见湖水轻轻荡漾，湖水飞流成瀑，湖水欲语还休，湖水浅吟低唱。最摄人心魂的，还是湖水的颜色，说不清是孔雀蓝、粉蓝、天蓝、深蓝还是碧绿、浅绿，如翡翠，似水晶，若玉石，像玛瑙。奇异。太奇异！没有哪一双眼睛能够拒绝这奇异的色泽。

白水河，是蓝月谷曾经的名字。顾名思义，湖水呈白色。下雨时湖水会变成白色，因河床为白色石灰岩。时蓝时白，莫非这湖水是个妖精？真个是变幻莫测，匪夷所思。

相传，蓝月谷的湖水来自玉龙雪山的玉龙之口，是灵性之水，非凡间所有。如此之水，只能观赏，不能饮用。那又何妨？虽不能饮上一口，但只需看上一眼，便恍然觉得全身上下已然被这灵水充盈着，仿佛与一个陌生的自己不期而遇——多好，生命需要这样的遇见。这是另外一种"饮"，一饮清心，一饮即醉，一饮难忘。

湖边，苍翠的云杉林像一条碧绿的玉带，绕湖静立；又像一个温柔的怀抱，拥湖入怀。湖水倒映着云杉林的倩影和玉龙雪山的雄姿，影影绰绰，如梦如幻。

湖边还立着一块大石头，石上刻了字："我是一片雪，轻盈地落在了玉龙雪山顶上……"——节选自作家阿来的《一滴水经过丽江》。这是我特别喜欢的一篇散文，以前只在书里读到，此刻在一块石头上读到，倒也别有一番情趣。致敬阿来。他的文字，一如这片山水，灵动至极。

行走在湖边的栈道上，宛如行走在一个童话里。如果可以，且容我一直走在这个童话里，直到白发苍苍……

烟火人间

不到十天的云南之行，留在我记忆里的，除了绝美的自然风光，还有那多姿多彩的烟火气。

云南这片广袤而灵秀的土地上，生活着五十二个民族的人们，注定充满神奇与诱惑。我只是一个行色匆匆的游人，无法一一领略分布在云南的各个民族的别样风情。我只能说，在云南，总是会在不经意间被一些东西所打动。尽管只是一些零碎的片段。

从昆明到大理，再到丽江，乘坐旅游大巴的时间里，我一直靠着车窗，看原野与群峰如画卷般徐徐展开。我不知疲倦地看着，我不想错过在路上可能遇见的美。在我头脑中，从来没有景点与非景点之分。我一直相信，有些风景美得无声无息却也惊天动地，只能在路上遇见。

民居，是我在路上的纯美遇见。

那些一闪而过的民居，像一道道光，照进我的心底。

我看见彝族人的居所。或三三两两，相依相偎；或七八户十多户不等，聚居一处。墙面一律是土黄色，屋顶盖灰色瓦片。黄与灰，渲染出厚重的沉郁与古朴。家家户户的屋檐下，黄墙上，都绘有一个醒目的红色恐龙图案。那是彝族人的图腾。而图腾，总是让人心底瞬间生出好奇，以及宗教般的艺术感。

我还看见白族人的居所。统一的白墙灰瓦，飞檐翘角，墙上绘有白莲花图案。白族人尤爱白色，莲花是他们心里的圣花。较之彝族人的居所，白族人的居所则显得清秀一些。一幢幢白族民居，依山傍水而建，勾勒出一幅幅飘逸空灵的水彩画，也勾勒出一个民族的审美、情感与信仰。

我承认，我有点贪心，我恨不得把这块土地上所有少数民族的民居都看一遍。我愿意走近那些散落在宁静乡间的民居，去追寻岁月的印记，发现尘封的色彩，聆听原始的声音，触摸悠远的心跳……也许将来有一天，我有了大把的时间，我会再来云南，了却这个心愿。

卖瓷哨的白族金花，刻在我心里的静美油画。

那天午后，她坐在一幢古老而精美的白族大宅内院一角，身穿白族绣花服装。她是那么安静，她的面前，摆着一竹筐瓷哨。熙熙攘攘的游人似乎与她无关，她更不关心游人是否会注意到她，停下来买几个瓷哨。她更像是坐在只有她一个人的院子里，晒晒太阳，听听清风，想想往事……

她真的有九十多岁了吗？岁月似乎没在她身上留下太多的痕迹，她那依旧光洁的面容，提示着她年轻时的美貌。她的双手戴着翡翠手镯，时而灵活地摆放筐中的瓷哨，时而拿起瓷哨放到嘴边，吹出清脆的鸟鸣般的哨声……我看着她，头脑里不由得浮现这样的画面：许多年前，她是怎样用这一双纤纤玉手绾起一头秀发，披上一袭嫁衣，等待她的阿鹏向她走来……她走过长长的岁月,看尽了人世的繁华沧桑,她已波澜不惊。她的平和,足以让那些浮躁与叫嚣羞愧难当,掩面而逃。

卖瓷哨的白族金花,掩身在低处,素心在高处。这是一种境界。不必刻意去学。不要急,时间,会慢慢送一个人抵达这样的境界。

丽江古城,萦绕在我心里梦里的炫美情诗。

它是珍贵的世界文化遗产。它有着极致梦幻的烟火气息。

这座始建于宋末元初(公元13世纪后期)、拥有八百多年历史的古城,谁走进去,谁就沉迷了。没有例外。

纵横交错的石板街,古色古香的木屋,随性简约的小桥,清澈蜿蜒的流水,秀丽芬芳的花朵,歌声飞扬的酒吧,独具风情的客栈,琳琅满目的店铺,随风飘摇的许愿风铃……这里有太多诱人的元素,无法一一列举。各种元素碰撞、交融,汇成一种散漫又魅惑的气息,流动着,翻卷着,无时不有,无处不在,直逼人的身与心。不要做无谓的抵抗。抵抗无效。那就索性融入其中,成为这气息的一部分,跟着感觉走走停停,半梦半醒……

不来丽江古城,你就不会发现,生活可以很慢很慢。不来丽江古城,你就不会相信,红尘原来很美很美。

来到这里,你无法不由衷地赞叹民族文化遗产如此丰富而瑰丽!来到这里,你无法不激动地承认烟火人间那么热烈又绚烂!

云南,在遍布的各色烟火之间,且歌且舞,若即若离,又仿佛幻化成一个不食人间烟火的仙子,让人神魂颠倒。

一个朝霞满天的清晨,我静静地离开云南。归途中,有一句话一直在我耳边轻轻回响:"我在这里等你回来……"那是张艺谋主导的《印象丽江》演出结束时,参加演出的纳西族村民们的深情呼唤。

"我会回来的。"我听见自己说。

深秋的样子

深秋是什么样子的？

这可能有千万种答案。

在我心中，有一个答案是这样的：层林尽染，五彩斑斓。

这个答案，安放在建始茅田耍操门至龙坪长岭岗之间。

当我第一眼触到那样的色彩时，我是失望的——对自己失望。我慌乱欣喜。我走走停停。我无所适从。我就像一个饥饿许久的人，突然看到一大桌美食，却不知道从哪里开始吃。

深秋，还真是偏心，它狠狠地把各种颜色狂野地泼洒在这一片大地之上。它似乎要把这色彩融进这片大地深处才尽兴。它才不管冬天最终要无情地抹杀它所有的色彩。它不管不顾地渲染着，一刻不停，全力以赴。鲜艳而浓烈，凝练而谨慎，沉郁又洒脱，粗犷又细腻。深秋在这一带用得最多的是各种红和黄。那就是红的千变万化，是黄的千娇百媚。红黄之间，夹杂着深绿、暗褐、淡紫等，各种色彩在阳光下铺陈，流淌，闪耀，跳跃。满山满山的秋色啊，衬着蓝蓝的天，从容不迫地显出一种奇怪的丰满来，叫人如何能拒绝？

这就是深秋的样子啊。我对自己说。

在一些地方，这般深秋的样子，总要等到初冬时节才不紧不慢地显现出来。像一种迟到的觉醒。这一片地方，却恰好在深秋时节，深秋得淋漓尽致。而我，恰好在这里，这简直像一种幸运降临。

我在深秋，我被深秋包围。我真切地感到，深秋不再只是一段时间，而宛若一段秋的舞蹈——秋，身着霓裳，没有既定的舞姿，更具不可捉摸的曼妙。她选择在哪里翩翩起舞，哪里就叫人为之向往。那是秋之将尽的告别之舞。伤感之中，带点疯狂——这，正是深秋的动人之处。

车子沿着209国道蜿蜒前行，可真是人在画中游。山回路转，每一个拐角都像一处伏笔——过去，说不定就有你期待的，甚至超越你期待的美，落落大方地在前方等你。穿行在这样的路上，傻一点，疯一点，才痛快。那就想停多久就停多久，想走多慢就走多慢，想行多远就行多远。给身心一次真正的自由，用最虔诚最干净的目光将这片秋色深深打量，生命，将收获恒久的芬芳和无尽的力量。

且让我醉在这一片秋色里吧。所谓尘世的一切烦忧，交给这秋色去打败，去掩埋。

在这连绵起伏的画卷之中，不时点缀着错落有致的盖着红屋顶或蓝屋顶的农房，若有若无的炊烟在屋顶飘摇，像一个一个轻柔的梦，又像一首一首即兴的小诗。有的农房旁，立着三两棵黄叶飘飘的银杏树或是一两棵硕果累累的柿子树，不慌不忙地惊艳着悠悠路人，惊艳着浅浅时光。农田一块块，一片片，一坡坡，散落其间，有的仿佛在打盹儿，有的依然在无怨无悔地生长庄稼，透出谜一样的安详。

远远望去，这一抹一抹真实到缥缈的人间烟火，着实有种勾魂的魔力，它们不动声色之间就把一个平日里被城市的喧嚣淹没的人救了出来。不知不觉，呼吸顺畅了，内心宁静了，微笑绽开了。在深秋里，忽然就感到，春天似乎来了。比春天还要清冽还要丰盈的情愫在深秋的山峦上流动，在灵魂深处流动。一个人的苏醒或者复活，就这样在深秋里发生。

老实说，我对生活在那些房子里的人心生羡慕——坐拥深秋，安享闲适，多好。我还不由得想象，春到这里时，是怎样的清新与妩媚？冬雪覆盖这里时，是怎样的洁白与壮阔？……不过，后来我发现，这或许只是我一厢情愿的想法。比如，我在一处农房附近停下来问路，一位热心的大伯在给我指路之后，不以为然地说："这有什么好看的，这一带到处都一样，无非是落叶松多，叶子黄了。"果然是熟悉的地方没有风景。我冲他一笑，只说了一句"谢谢"，然后继续我的旅程了。我不必告诉他：他的家园，是许多人梦寐以求的远方。

我要承认，大伯说得对——这里无非是落叶松多，叶子黄了。

这个"多"，是名副其实的多。长岭岗是中国南方最大的日本落叶松基地，有数万亩。在这个深秋，以及从前的许多个深秋，数万亩落叶松齐刷刷地变成黄金般的黄色。那是一粒粒落叶松种子长出的放肆美丽。是一支浩浩荡荡的落叶松"秀"秋的大部队，毫不客气地占领一双双眼睛与心灵。这支部队以磅礴恢宏的气势，以摄人心魄的姿态，诱惑着甘愿被"美死"的人，前来乖乖地成为俘虏。

在林间路上，我还遇到了一对年轻男女，他们开着车，慢慢悠悠地行进着，眼神里有掩饰不住的兴奋与好奇。交谈中得知，他们是重庆人，不远千里来到长岭岗，就为了走进他们之前在网络上所见的图画中。长岭岗的美，的确是一种无法抵挡的诱惑。长岭岗林场毕竟不是营业性景区，也就是说，这片风景是无价的,你可以随意看。但他们找不到导游。去哪一片落叶松林好呢？对他们来说,这是个问题。得知我是本地人后,他们提出要跟我结伴游。我乐意地接受了邀请,跟这两个慕名而来的人一道走了一段路。

他们希望我带他们去观赏这片风景的最佳位置。讲真,当时我真想说：飞到空中看这片风景可能是最佳位置。长岭岗的美,更适合俯视。行走林间,眼睛就得接受一些枯枝败叶,接受一些杂物对视线的阻挡。而若置身林场上空,映入眼帘的,则是一望无际的干净明亮的色彩,以及流畅优美的线条。我敢肯定,很多来到长岭岗的人,是被无人机航拍或摄影师在高处俯拍的照片吸引来的。那样的角度隐去了美丽之下难免存在的"不太美丽",或者说,那些"不太美丽"被缩小了,几乎以"无"的状态呈现在照片中。当然,我没这么说。我理解他们的期待。我真诚地希望他们感受到期待中的大美,不虚此行。

跟他们分别后,我在一片落叶松前停了下来。我要让我的眼睛好好记住那些林间黯淡的落叶、枯萎的草儿,它们也是这美的一部分。或者说,它们是另一种美。尤其是那些落叶,也曾风华无限地挂在枝头。谁又能说,它们落下来,用沧桑的面容亲吻大地,就不美了？我也要让我的眼睛飞到高空,我要把这辽阔悠远的缤纷尽收眼底,珍藏于心。在这个世间,我愿意记住的东西已不多。眼前的长岭岗,我不费吹灰之力就记住了。我的生命,需要留白。我的生命,也需要色彩。

午后,离开。我用微笑告别,告别我在这里所有的看见。

很好,我没有回头,任身后的秋色渐远,渐远……渐远了。

啊,我是不是受了这一片深秋的轻抚,也有了一点儿深秋的样子呢？

一座城的倒影

谁知道我为什么在河边呆立不动？我知道。

我只是在看水中的倒影。

蓝天、白云、山峰、高楼、绿树、花朵，以及岸边的行人、天空里的飞鸟……河岸边、河上空的一切事物，都以一种飘逸到梦幻的姿态映在水里。多看几眼，便觉得更像是融在水里。

一河的倒影，是一场盛大的梦境。是一片真实的虚幻。

河水似乎对这些不请自来的倒影漠不关心，不因一个倒影迷失方向，不为一个倒影稍做停留。河水就像个深沉的男子，不动声色地静静流淌……

河水似乎很喜欢这些倒影。河水与倒影相视一笑，相依相伴，倒影活在河水里，河水醉在倒影里。河水就像个活泼的女子，蹦蹦跳跳地，奔向远方……

没有河水，就没有倒影。没有倒影，河水依然是河水。但只要有清清的河水，又怎会无倒影？

河水与倒影，是个默契、有趣的组合。

呆呆地看着河水里的倒影，是一种享受。很美的享受。

我现在就很享受。

若有若无的风，把水面吹起层层涟漪，把所有的倒影都给弄乱了。它们在水里摇摇晃晃的，挨挨挤挤的，东倒西歪的，手舞足蹈的，柔软得不像样子，妖媚得不可一世。

线条、色彩、光泽瞬息万变，可以是清新脱俗的水彩画，可以是酣畅淋漓的水墨画，也可以是凝练厚重的油画。流动的画意，温柔又深刻地打动留意它的人的内心。

灵动。每一秒都是灵动的绝妙表达。

神秘。每一笔都是神秘的恣意挥洒。

抬头，世界仿佛刚刚从河水里站立起来。

低头，世界仿佛一直慵懒地躺在河水里。

倒影，让现实与梦境失去界限。

倒影无声，让一切陷入迷离。

迷离的我，因为栏杆的遮挡，并不能看见我的倒影。但我猜，我的倒影也不会很丑吧——说不定还是一个倩影呢——嗯，我够迷离的。

河，是广润河——还好，这点我不迷离。

广润河水多少次映出了我的倒影呢？我记不清了。

我只记得，只要来到流经建始县城的广润河畔，我常常会不由自主地呆立河边——河水中呈现的，或许是我失神的倒影，或许是我愉悦的倒影，或许是我平静的倒影……

有时，我喜欢我的倒影，像喜欢倒影的主人一样喜欢。

有时，我讨厌我的倒影，像讨厌倒影的主人一样讨厌。

但这并不妨碍我喜欢伫立河边看倒影。对我来说，倒影是一个巨大的诱惑。

广润河水映出了多少人的倒影呢？无数人吧。

从古到今，广润河水里，人的倒影不断变换着，时而冷清，

211

时而热闹,时而清晰,时而模糊。匆匆路过的人的倒影,临河沉思的人的倒影,凭河远眺的人的倒影,对河发呆的人的倒影;着旗袍的女子的倒影,梳辫子的男子的倒影,打太极的老者的倒影,放风筝的孩童的倒影……每一个曾来到广润河边的人,都在河水里投下了自己人生某个时刻的容颜、姿态以及思绪——或许,一个人自己并不会觉得有什么东西落在河水里了,但毫无疑问的是,一个临河的人,不管你愿意不愿意,你的一切其实都以倒影的形式投在河水中,投在时光深处……

在远去的时光里,河水里的倒影多得盛不下,一缕一缕倒影,一丛一丛倒影,一片一片倒影,沉入河底或是溢出水面,慢慢地,变得了无痕迹。似乎了无痕迹。

某一年某一天某一刻的倒影,或者说,任何一刻的倒影,都是时光的标本。它们真的了无痕迹了吗?未必。它们无声无息地融在一条河里,融在一座城的气息里,融在一城人的血液里,只需一个恍惚的瞬间,那些倒影便会在一个人的眼前、心底隐隐浮现,色彩斑斓……

天空的倒影,可能是广润河中最变幻莫测又似乎一成不变的倒影。

这方千年古县的天空,空得让人敬畏。千万年来,天空高高在上地空着,它俯瞰一座小城的烟火、悲喜、兴衰、沉浮……小城的前生今世,天空尽收眼底。但天空毕竟是天空,人间的事儿,它也就看看,想放晴就放晴,愿下雨就下雨,爱蓝色就泛着蓝,喜白云就飘白云……天空,从来不矫情。天空,其实也多情,天空就那么天真烂漫地在广润河里投下自己的倒影——也只有天空,就连倒影都几乎没有"倒"的感觉——天空映在水里,宛若天空长在水里,甚至是水的一部分。天空的倒影,把河水也弄出"空"的感觉,而这个"空",是可以让一个人空了凡尘的"空"。

天空,与广润河中天空的倒影遥遥相望。这个叫"建始"的小城,在天空之下气象万千,在天空的倒影之上恍若梦境。

房屋的倒影,是广润河中最"人间"的影像。

河水年复一年地流着,流走了一座座茅屋的倒影、一幢幢吊脚楼的倒影、一间间土墙瓦房的倒影……那些远去的房屋的倒影,在尘封的岁月里韵味悠长,想一想就让人醉。如今,在广润河水里荡漾的,多是现代化的高楼大厦的倒影,它们气势磅礴、色彩明丽、风采翩然。夜晚,那些房屋的倒影就更加美妙了,沿河的楼房灯火辉煌,倒影的轮廓变得简练了,还显出几分璀璨来,十分悦目、舒心。建始这座小城沿广润河的房屋的倒影,就这样日日夜夜古灵精怪地在河水里跃动,跃动,跃动成一座城市最闲适最妩媚的样子。

广润河边的每一座房屋,都曾带着或正带着属于自己的故事,与广润河纠缠不休。房屋在水里玩倒立,故事从房屋里倒出来——小城处处有故事,幸福的、不幸的、平凡的、不凡的、复杂的、简单的、美好的、丑陋的——许多故事倒入水中,变得真假难辨,模糊不清,时远时近,若有若无……

房屋的倒影,于广润河水里从容地勾勒出一座城市的气息和心跳,以及落寞与繁华。

山的倒影,是广润河中一抹低调淡然却也分外迷人的所在。

广润河流经逶迤绵延的群山,水在山脚,山映水中,山水相依。春之山的姹紫嫣红、夏之山的绿意盎然、秋之山的五彩斑斓、冬之山的白雪皑皑,一年又一年,山的千般美好万种风情,在广润河水中自由自在地变换,朦胧又灿然。山的倒影,是山格外温柔多情的样子,是山仿佛在行走或是隐世的样子。

今年三月的一天,我徘徊于广润河边。一河的倒影流光溢彩,美得令人惊叹。我笑了。邂逅如此诗情画意,于生命而言,是幸运的,更是幸福的。我停住脚步——我无法不停住脚步,眼前的风景,霎时叫我忘了世间诸多破事,我感到丰富的安静和奔泻的欢喜。我不管,我反正就要停在这里,停在一河的倒影边上。

我看见,凤冠山的倒影,诗一般的浪漫,谜一般的庄严。恍惚间,凤冠山在眼前,凤冠山在远方……

我还看见,河边有几个垂钓的老者,他们的倒影是那么纤巧。他们一动不动,他们的倒影不停晃动。他们手中的钓线恰好垂在凤冠山的倒影之上,他们仿佛在钓一座山……

那一刻,时光慢下来……

那一刻,一座城的倒影沉默不言,风华无限……

村居日记

1

2020年1月23日。农历腊月二十九。

傍晚时分,我回到了村里。回老家过年。

就在这一天,武汉封城了。

作为一个湖北人,我心里只有无边无际的难过。有那么一刻,我宁愿自己是做了一个梦,梦醒之后发现那是个假消息。但我知道,那是千真万确的事。

这一天,湖北省建始县暂无确诊病例。这个离武汉千里之遥的县,多项疫情防控工作正陆续开展。街头巷尾,随处可见戴口罩的人,露出一双双悲喜不明的眼睛。

我是一名网媒编辑,就在今天,我编发了多条关于疫情的稿件。我感到,映入眼帘的每一个字,似乎都变得格外沉重。我深知,文字背后,是许多人的生命不得不面临的一次挑战,是中华民族遇到的一次难关……渐渐逼近的夜色淹没了村庄最后的轮廓,也淹没了我澎湃的思绪。

火塘屋里,柴火烧得很旺,一簇簇红黄蓝相间、瞬息万变的火苗卖力地跳动着，闪烁着，像是谁无助的慌乱。火之舞，木柴化为灰烬之前魔幻般的极致绚烂之舞，甚至带点壮烈的色彩。

我夹了一块木柴添进火中。火更大了，闪烁的火光里，飞溅的火星里，窗外的夜色变得更浓了。

三十多年来，每个年，我都是在村里过的。说句实话，我一直不太喜欢过年，我从来都像个"年"外的人。我再怎么努力，也不能完全忘我地进入那种氛围。时光在流逝，我在老去，这种感觉越来越强烈。也许我生来就只善于与孤独为伍。但我喜欢乡村生活。怎么也喜欢不够。尤其是离开乡村到县城去工作以后，回村过年，重点是回村，不是过年。

而这一次，"回村过年"只是四个空洞的字。很多人，在这个年里，已然奔赴战疫一线，如何过年？只能过关！一些人已感染，躺在隔离病区里，不知何时能回家，不知还能不能回家。我的回村，无关喜欢，无关文艺，灾难面前，只剩苍凉。不是只有自己或亲人进隔离病区了才是灾难。

夜深了，村里的灯光一点一点熄灭了。偶尔的狗吠，划破黑暗，尖厉又迷惘……

村庄，似乎一如往常。

2

1月24日。大年三十。天阴沉沉的。

贴上春联吧，多少弄出点仪式感。

想起从前的许多个年，也像今天一样，在大门上贴上红红的春联。一副春联一个年，不尽情怀在其中。可今天，这个传统节日依然如期而至。虽贴上了春联，但没了气氛。那些不断上升的数据、不停奔忙的身影、万分焦灼的眼神，始终在眼前浮现。

村里村外，家家户户都在做团年饭，各种饭菜香在空气里飘荡，但却没了从前的年味。唯有孩子们清脆欢快的笑声，在心头激起一抹亮色的涟漪。

周边没有人串门。这大概是村里人过的第一个不串门的年。也许很多村民并不清楚那个忽地窜出来的病毒叫什么名字，但知道病毒会人传人，暂时没有特效药，一旦被传染，有可能威胁到生命安全。出门在外打工也好，一辈子在村里挖泥拌土也罢，不就是为了让自己活着，更好地活着；玩命的事，可不干。这个朴素的道理，村民们明白得很哩。

吃过团年饭，我站在院子里，眺望远方，但见暮色苍茫，群山静默，屋舍俨然。烟火人间，又一个年走向尾声。村居生活，总是让人感到莫名的安慰。

3

1月28日。正月初四。太阳出来一小会儿赶紧又躲到云层里去了。

建始县已有确诊病例5例。

我感冒了，一边恶狠狠地烤火、吃药，一边乱想：莫不是感染了那个花朵一样形状的邪恶病毒？老天就要带走我了吗？要说一点都不害怕，那是在吹牛。我倒不是怕死，谁又不是向死而生呢？关键是谁一旦沾上这个病毒，很可能就把身边的人传染了。身边都有谁呢？无非就是家人、同事以及朋友了。连累到任何人，都是罪过，尽管不是有意的。

且在房前屋后走一走。

一团黄色的花朵让我眼前一亮——梦花开了！这丛梦花在屋后长了十多年了。

梦花，梦花，如梦一般的花。一朵花长成梦的样子，而且是个美梦，它有着圆润的姿态，有着金黄的色泽，有着馥郁的香气，不慌不忙地缀满了枝条。一朵小花一个梦，有的梦正在盛开，有的梦还在酝酿，有的梦像要醒来。一丛花，一簇梦，一眼惊艳，再顾沉迷。梦花，跟彼岸花一样，先开花，花谢后，再长叶子，仿佛是梦醒了，花已凋零；又仿佛是花谢了，梦就醒来。

记得小时候，听大人说，用梦花树的枝条打个结，晚上就会做个梦。我试了好几回，也没能做出个梦来。只有用梦花树打结的那份虔诚，一直深藏于我的记忆里。其实，很多事情，虔诚地做过就行了。结果并不重要。

这丛梦花树的枝条都是舒展的，显然没有人向它们透露做梦的心意。

对不起啊，我那些年在你们身上打结，不仅弄疼了你们，还扰了你们的清梦，真是冒犯。我对记忆中屋旁那丛早已枯死多年的梦花树说。

看吧，我的思绪已开启犯傻模式，不过我觉得梦花是不会嫌我傻的——朵朵梦花正迎着风，向我点头微笑呢！

告别梦花，我继续徘徊。脚边，一抹绿意着实惹人喜爱。那是几根从石头缝里冒出来的小草，就像一丛提前来临的春天。是的，春将至，万物生。万物皆逾越了寒冬，欣欣然走向春天。我似乎听见，屋旁那片竹林深处竹笋在黑暗的地下生长的声音，没有什么能阻挡它们冲破泥土，冲破黑暗，冲向阳光雨露。我不用看也知道，四周的树林里，无数的新芽已然在枝头萌发，没有谁能让一场盛大得无边无际的萌芽停下，让一个芽停止萌发都不可能。人，在大自然面前，从来都是渺小的。有的人常常忘了这一点，有的人一生都不愿意面对这个事实，所以这个世间才有了不少目空一切的狂人，以及一些道貌岸然的正义、虚假污浊的谦卑。

我再一次把梦花、小草、竹林、树林细细打量，就像一个求爱的人一样，我的目光，除了爱，只有爱。我热烈又忐忑地爱着，谁也不知道在这一场肆虐的病毒传播中，感染和明天，哪个先到来。

我感激似的看着村庄里的一切，我多想让这一刻停住。每个人，终要离开这个世界，只有早和晚的区别。身边的草木告诉我：活着，就是一种幸福。

下一刻起，我就不是原来的我了。不需要新冠病毒来帮忙，我的一部分已死去。也不需要任何神灵来拯救，我的另一部分已复活。

村居着，读天地万物，让时间在时间里遇见些许光亮，足矣。

4

2月8日。正月十五。

元宵节，只剩一个名称。

疫情仍在蔓延，春节假期延长，各地封路封村。我，继续村居。

年前怎么也没想到，不，从前从来不敢奢望在村里连续待这么长时间，我以为我要等到退休了才有可能回到日光乡间，一待就待个十天半月。但我真真切切地村居了半月。这是个意外。让人心头无比沉重的意外。

想起城里那个家，竟忽然生出遥远又陌生的感觉。阳台上的花和草，该是渴坏了吧？当初我把它们从老家或花市上带回家，现在却无法把它们从我家阳台上搬出来，让它们重回大地，活回一棵植物生机勃发的样子。又有哪一株植物愿意被人以"爱"的名义困在高楼大厦里呢？人类，总是太自私，总是不满足。

还好村里通了网络，父亲也置办了电脑，这些天，我可以顺利地完成编辑工作。这也是我第一次在村里搞工作。低头看屏幕，抬头看青山，分不清自己是在上班还是在休假。

好几次，我编着编着关于战疫前线的稿子，忍不住泪流满面。没有语言可以表达我的心疼与感动。语言，在很多时候都是苍白的。活着，就该珍惜活着，就应该活出一个人的样子。我珍惜过吗？从现在起，我懂得了珍惜。我不想装。我得承认，我活了半辈子，如今才真正懂得珍惜。

这个人间，有太多的不值得，但只要心有所爱，一切都是值得的。更是珍贵的。阳光、空气、水是珍贵的，森林、庄稼、云是珍贵的，风声、鸟叫、虫鸣是珍贵的，山歌、牧笛、炊烟是珍贵的，汗水、微笑、眼泪是珍贵的，文化、良知、诚信是珍贵的……谁的眼里心里装着这些，谁就是一个珍贵的存在。

编稿子的间隙，我喜欢走到屋旁的菜园以及小树林里独自待上一小会儿。我好像是要去寻找什么，又好像是要去丢掉什么，又好像什么都不想要。我只能说，有一种细微又浩大的力量在菜园里在树林里，生生不息，召唤着我，走进去。我只要走进去，我就能获得某种悠远的宁静，以及莫名的舒坦。

一些枯黄的松针掉落在我的头发上，我并不急于摘掉，我顶着它们，就像顶着一个世界……

5

2月14日。正月二十一。

朝霞满天,晨曦微露。站在院子里,深呼吸,真好,我在朝霞的光辉里,在晨曦的拥抱中。我笑了——我两手空空,我十分富有。

静。前所未有的静。我所居的这个村庄,暂无确诊病例,它是幸运的,它静得叫人感恩,静得叫人揪心。建始已有确诊病例45例,湖北省51986例,全国55748例……每一天,看着那些变化的数字,心里的疼痛就阵阵袭来……

村庄里的人都还在睡呢。真睡,装睡,醒着睡,半醒半睡,似醒似睡,谁还不会?反正起床了,也顶多像我一样,在自家院子里转悠。这段时间,别人家的院子,已经变成了远方。远方不欢迎你,你也不必枉自多情,毕竟性命攸关。而自家院子,天天都在转,每一寸地方,都太熟悉,很难构成诱惑。若是某天成了一种诱惑,说明一个人早就失去了自家院子。失去的时候,不知不觉。

记得年少时,我在院子里转悠,心却在院子之外群山之外的远方神游。那时总有做不完的梦,只是没有半个梦是关于自家院子的。

有梦无思亦无忧,只管努力向前行。我的双脚就那样毫不留恋地往院子外走,往村子外走。我的脚步急促而笨拙,我把院子里新开的百合花碰得花枝乱颤,我把小路上好几丛小草踩得低下了头,花草的芬芳沾在我身上。我从巍巍青山前走过,我沿幽幽清溪畔走过,山水就那样无声无息地刻在我心里。我以为我经过了身边的一切，其实是身边的一切经过了我。

我的身影渐渐从村头那条公路上消失了。村庄不动声色，它知道，那个大步往村外走的我，最后会走回来的。村庄有的是时间。村庄好像一直在等谁回来，安详又执着。村庄好像从来没有等谁回来，无思也无虑。

院子因为少了我的转悠而空了不少，院子里的尘土也少了几回的飞扬，院子里的小草也多了几分生长的空间。院子里，不差我。村庄里，更不差我。村庄里少了一个成天胡思乱想的人，村庄里的风都吹得流畅些。

总有一场风，将一个离村庄远去的人刮回来。回来了，就不想再离开。但还得离开。于是，但凡有时间回到村庄，回到自家院子里，总是那么幸福又伤怀。

太阳渐渐升起了，暖。我也不能老在院子里发呆了，我得回到电脑前编稿子。抬头望一眼天空，阳光似乎过于强烈，显得惨白而刺眼。

午后，阳光说没就没了，很快，黑云压村，伴随着三两声闷雷响起，下起了倾盆大雨。老天爷，还真是说翻脸就翻脸。

更猛烈更狂野的来了！忽地，站在阳台上的我，被眼前的景象着实给吓住了。漫天的冰雹砸下来了，风也发了疯了乱吹，天地间，只剩白茫茫的一片，以及沉闷又急促的响声。几分钟过去，地上、屋顶上已遍布一层冰雹。早上那个静美的村庄，哪里还有半点影子，现在只剩一个在冰雹突袭中默默承受的村庄。村庄在冰雹中失去了面容，但村庄的风骨还在。

冰雹终于停了。村庄的样子也重新变得清晰了。那是受伤的样子，一块块油菜、白菜、豌豆已经面目全非，砸伤它们的冰雹却是一副不以为然的样子，躺在它们身边，以融化逃离作案现场。

母亲走到她的菜园里，没有说话。我跟在母亲身后，也没有说话。

我知道，村庄，还是那个村庄。给那些受伤的庄稼一点时间，只要它们的根在土里没有受伤，它们就一定会再昂起头，挺起腰，长出新的叶子。

希望，常常在疼痛里萌生，不是吗？

疫情，终将过去。春暖花开，定会到来！

小城醒来

1

在离开建始这座小城五十二天之后,我回来了。

那是一个傍晚,我从乡下老家回来。夕阳的余晖融成漫天绯红的霞光,映照着辽阔大地,勾勒出小城梦幻般的轮廓。一切都是那么静好,那么安详。

近了,小城依偎在朝阳观下,如诗如画。进了,车窗外一闪而过的街景,似真似幻。我与小城对视的每一眼,如初见,如重逢,似抚慰,似懂得。

我从未如此认真地端详过这座小城的模样。我还是爱这个小城的。尽管在从前的许多个日子里,我的心一再出走,常常飘荡在小城之外。但我很确定,这一次回归,是身与心的同时回归。也许是离别得太久。也许不需要原因。我眼里泛起的泪光,隐在小城低沉的呼吸里。

五十二天,不只是一段时间,更是一段刻骨铭心的过往。封。按下暂停键。这样的字眼,沉重而悲壮。2020年初,受新冠肺炎疫情影响,小城建始,跟中国的许多城市一样,历经了一场关于生死的考验。

如今，小城依然是我离开前的那个小城。小城再也不是我离开前的那个小城。

而我，还是离开这座小城前的那个我。我也不是那个离开这座小城前的我。

这座鄂西大山深处的小城，走过了千百年的漫长岁月，经过了无数风浪，自有飒飒英气。

这座普通也美丽的小城，穿越了一个格外寒冷的冬末以及初春，正在春风里慢慢醒来。

那么，就让我在接下来的日子里，虔诚地读小城吧。

2

眼睛。眼睛。眼睛。

一双双眼睛，在口罩之上，变得格外突出。每一个人的脸上，似乎都只剩下一双眼睛。

这些天，走在建始小城的任何一条街道上，都是一双眼睛与许多双眼睛的相遇。懵懂的眼睛，明亮的眼睛，平静的眼睛，喜悦的眼睛，忧愁的眼睛，失神的眼睛……遇见熟人，相视一笑，笑意全在眼里。

口罩，提示每一个人，疫情并未彻底散去，但能戴着口罩随意地来去，已属不易。在这个"人"自认为是主人的地球村上，很多人的生命正在接受严峻的威胁。感染，死亡，每天都在发生。数据不断上升。灾难正在扩大。人，比一根草都要脆弱。

口罩，罩住了一张张爱说话或不爱说话的嘴，让所有人看起来都很沉默。

口罩，让所有的眼睛都变得更会说话或更不会说话。

每一双眼睛里，都有不同的故事。也有相似的记忆——一双双眼睛在疫情期间的所见，都是这场没有硝烟的战场上的一个点或一个面，难免有疼痛与哀伤，但总有感动和温暖。一个眼神就可以相互明白，疫情期间，我们经历的一切，改写了许多过往，了却了一些执念，也澄澈了许多心灵，激荡了一些情怀，点点滴滴，永远无法忘却，唯有深深铭记。以后的以后，我们的双眼，将带着那些看见，去接受所有新的看见。勇敢而坚韧。率真而坦荡。

一双双眼睛里，装满了建始这座小城的全貌或者片段映像。街道还是那些街道，楼房还是那些楼房，它们都在原来的地方一一铺展着，沐阳浴霞，披星戴月，迎风接雨，不躲不闪，不言不语，不慌不忙。它们在一双双眼睛里，演绎过不尽的热闹以及喧嚣，也在疫情期间，演绎了前所未有的冷清与空寂。它们不知道，它们的冷清与空寂，就是一双双眼睛里浓浓淡淡的冷清与空寂，是一颗颗心灵所触碰到的焦急、期盼以及思考。

读小城建始，得从小城里的人开始读起，而一双双眼睛，则是读的"入口"，也是读的重点。我们相互读着，就是一种无言的陪伴，更是一种无穷的力量！

一双双眼睛，见证着建始这座小城的醒来。各行业，复工复产，只争朝夕，欣欣向荣，奏响催人奋进的乐章。那些我们曾经感到倦了的上班生活，原来是多么充实而美好的小日子！每一个人认真工作的样子，都是劳动美的朴素诠释。街道上，人来人往，车水马龙，熙熙攘攘，原来是多么平凡而难得的幸福！那些我们走过无数次的大街小巷，再用双脚轻轻地踏上去，竟是如此的惬意又伤怀！

谁都曾在这场突如其来的疫情面前有过或多或少的不安、害怕、慌乱甚至惶恐。谁也不知道自己是否会在将来的某一刻被新冠病毒"光顾"——在疾病面前，所有人都是平等的。谁都只有一条命。所以，活着的人，都只是这场灾难中的幸存者。致哀，为那些逝去的生命！致敬，为那些奋不顾身坚守在战疫一线的人们！

既然活着，每一步路，都值得走好。

在小城的某个角落，我低下头，又抬起头——我需要擦亮自己的眼睛，去重新看见太阳强烈、水波温柔，去走好自己的路。人间，依然珍贵。

3

一个周末的午后。阳光很好。

我独自在小城里散步。

没有预定的目的地。走着走着，我就来到了广润河边。一河春水，自西向东穿城而过。在阳光的照耀下，波光潋滟，脉脉含情，像流淌的翡翠，如顾盼的媚眼。只一眼，我又沦陷了。我记不清自己多少次这般如痴如醉地沦陷了。悠悠河水，倒映着蓝天白云，倒映着巍巍青山，倒映着两岸民居……所有的倒影在水中荡漾，交织，时而清晰，时而模糊，宛若一场盛大又缥缈的梦。我在其中，我就是梦中人。我笑了——我很久没有笑了，总算还会笑。我的笑容也倒映在河水里，形状散漫，流向远方……

沿着去年新建的亲水走廊，我走走停停。

在一个拐弯处，我看见，一位老者靠着走廊的栏杆在钓鱼。他面向河水，戴着草帽，我看不清他的表情。他身边，不时有人经过,他不理会。这就是"旁若无人",他在教科书般的示范。当然,示范不是他的本意。他一动不动地握着钓鱼竿,长长的钓鱼线垂进河水里,也垂进老者的心里。老者的心早已顺着细细的钓鱼线滑进在河水里,他在用心寻找、等待一条或几条上他的钩的鱼。不过,也许老者的心并不在河水里,而是在别人不知道的地方。钓鱼只是表象。钓鱼,为鱼,还是为钓,只有钓的人自己知道。或许他自己也说不清。

老者像一个谜,静静地定格在广润河上。他又不是谜,他直接明了地告诉我们:单纯、专注地做一件事,就是一种平淡却也有趣的生活。谢谢这个素不相识的老者,他雕塑般地立在那里,让我更加坚定自己内心的声音:我要珍惜每一个"今日"、每一个"此刻"的生活,保持赤诚善良,做自己喜欢的事,见自己喜欢的人。做自己,是我余生的修行。这大概就是我的"醒来"。我相信,小城里,许多个"我",都有属于自己的"醒来"。每一种"醒来",都是一种重生,一种希望。而万物之中,希望最美。

继续往前走。忽然,我被前方一片"紫云"给狠狠地惊艳了。是的,那就像是从天空中落下来的一片紫云,轻柔飘逸地挂在河岸边。不,再看,又好像是一帘紫色的瀑布,气势磅礴地顺着河岸奔流而下。

三步并作两步飞奔到花下。但见串串紫盈盈的花朵灿然盛放,随风轻颤,清香弥漫。深紫,浅紫,深浅渐变的紫,深浅相间的紫;静默的紫,跳跃的紫,凝练的紫,清新的紫。这是一片紫的千姿百态,这是一片紫的万般变幻,是一片紫的激情燃烧,是一片紫的浪漫表白。

这些紫,迅疾填满我的身心,化作我生命里缕缕芬芳的欢喜。

这些紫，有一个好听的名字，叫紫藤花。那是人给它们取的名字。它们并不知道，它们心里有自个儿的名字。但这并不影响它们一年一年地美给人看。

这一片紫，是建始小城里一抹清新明丽的风景。三三两两的闲人，经过花时，不由得驻足欣赏、流连忘返。赏花的人，也是风景。是小城醒来的一种样子。

在紫藤花下，我再一次把小城建始深情地打量。我知道，在小城的各个角落里，花正次第绽放，草木日渐葱郁。

小城建始，在一朵一朵的花上醒来，在一片一片绿叶上醒来，在一层一层的水波间醒来，在一缕一缕的春风里醒来；在云雾缭绕的晨曦里醒来，在流光溢彩的夜景里醒来，在蜂飞蝶舞的曼妙里醒来，在星月交辉的清婉里醒来；在赏花人的沉醉中醒来，在卖菜人的守候中醒来，在上班族的脚步声中醒来，在孩子们的琅琅读书声中醒来……

醒来，是一件美好的事。小城，美好着。

往前走吧，我迈开轻快的步伐。一个梳着长辫子、穿着蓝裙子的小女孩从我对面走来。她四五岁吧，一路蹦蹦跳跳的，好像前方有无穷无尽的美好在召唤她。她那双清澈如水的眼睛啊，让我再次想到一个词：希望。

是的，"要学孩子们，他们从不怀疑未来的希望。"泰戈尔的话在我心间久久回荡……

在水一方

水。一河清亮亮的水。

丛丛芦苇临水而立。

清风掠过。河面泛起层层涟漪，芦苇轻轻摇曳。

午后，或是黄昏？不明。

一个人，隐在芦苇丛中，飘然行进，没有一丝声响。像拥有绝世轻功一样，只见迅疾闪过的身影，看不清任何面部表情。这个人，差不多只有一个影子的形象。

这个人，在寻着什么。

芦苇被这个来历不明的人打破了平静，战栗般地一再弯腰。河水可不怕这个人的到来。河水知道，它什么都不用做，就能把一个人阻隔。把人与其心里所追寻的东西阻隔。河水是从人的心里流过的。人的心思，被河水窥得清清楚楚。河水带走了人的一部分心思。而有些心思，是深植在内心深处的，再汹涌的河水也带不走。水有水的能耐。人有人的倔强。

恍惚的人，一不小心，一脚踏进河水里。这是河水没有料到的。河水浅吟一声，溅起一簇凌乱的水花。人依然不声不响，只是连忙缩回脚，但已经迟了。冷，河水的冷，从脚底蔓延，很快袭遍全身。

人，可能一辈子也越不过那条河。刹那间，人，打了个激灵，如梦初醒。不，不是如梦，而是从梦中醒来。刚才那些断断续续的画面，都是一个人在梦里所见的幻象。

这个人，就是我。

原来，在水一方，是个梦。

我在黑夜里睁开眼睛，试图寻找一条秘密途径，重新进入梦中的情境，但没有用。一点用也没有。我根本就是在黑夜里做白日梦。我为什么要醒来？醒来了，再怎么努力，也回不到从前的任何一个梦中——那种怅惘，正在把我眼里残存的光毫不留情地抽走，令我的嘴巴不由自主地闭得更紧，使我的额头无可奈何地添了几条皱纹。我一点反抗的能力都没有。但这并不妨碍我继续痴迷做梦。允许有人时时刻刻都清醒得像要把世间一切看透似的，也应该允许有人无可救药地喜欢做梦。不然，人间多无趣。

人，总有很多种无能。发现一次，就衰老一点。直到接受所有的无能，人反而不衰也不老了。你一定看见过那些在夕阳的余晖里靠着墙根晒太阳的老人，目光呆滞，一动不动，看起来脆弱得像一根枯草，实际上坚韧得如一块石头。在他们面前，无能的是时间、活力以及希望。

有点荒凉。人活一世，谁也逃不过最后的荒凉。早点看清，倒也不是件坏事。

那么，在被荒凉吞没之前，索性坦然地让所有的在水一方经过自己。毕竟，那是一种无与伦比的奇妙体验，或神秘诱惑。也是一个生命的旅程里无法言说的纯粹欢喜，或极致忧伤。

所谓伊人，在水一方。

陪这人间

　　一个人，孤独地来到这个世界，走着，走着，总会遇到一个注定要为之痴狂的伊人。是的，就仿佛有一片茫茫的水，无情地隔在你和伊人之间。那伊人啊，在水一方，在水之湄，在水之涘。你一再溯洄从之，可是，道阻且长、道阻且跻、道阻且右。伊人呢，宛在水中央、宛在水中坻、宛在水中沚。你的脚步急促又慌张，你的眼神温柔又苦痛，你的心里坚定又迷惘。你甚至有些气恼了。可气恼过后，陷得更深了。你要怎么办呢？你无法停止找寻，你也可能永远无法走近伊人。

　　水，隔着你切切的爱恋与相思。隔不断你无尽的爱恋与相思。水，倒映着你浅浅的笑、微皱的眉、飘忽的身影。你，望极天涯，望尽流云，望穿秋水。水波荡漾，你随波荡漾。你飞跃，下沉。你明亮，黯淡。你的心呀，乱得天翻地覆。你的情丝，散成粼粼波光。你就这样忘了时空，忘了自己。你唯一忘不掉的，是在水一方的伊人。

　　你这一生，仿佛就是为伊人而来。可那些水从不消失，也许一直到你白发苍苍。你轻轻地叹一口气。时光又有什么用。时光才不管你的情一日一日地堆积成高山峡谷，流淌成江河湖海。时光负责带你来到人世，也会负责地带你离开。你的白发，时光不会买单。你的深情，时光不会保管。时光不会放过任何一个活到老的人。

　　只是，你的双眸，可曾发现，你对伊人的追寻，本身也是一种梦一般的存在。你在漫漫时光里书写一首无字的情诗。诗绪纷飞，每一缕都是惊艳的片段。你在天地之间活成一道绝美的风景。情，是这片风景里永不凋零的花朵，开在红尘之中，开在生命深处。

　　谁是谁的伊人？莫问。

所谓故乡，在水一方。

每一个远离了故乡的人，走出故乡的第一步，也就被故乡远离了。故乡，是一个人离不起的地方——通常，一个人发现这一点的时候，早已回不去了。时光，总是跟人开玩笑。

时光也没有跟人开玩笑。时光自顾自地流淌着，人活在时光里。时光不过是带着人过完时光里的一小段而已。可以说，小到只有一瞬。谁也没有本事把时光怎样。

好吧，不怪时光，只怪自己曾经年少轻狂，一不留神就弄丢了故乡。我不由得苦笑了一下。苦笑，其实是不见眼泪的流泪。泪水全部流在心里。

像我这样的人，多半是被一个魔咒困住了。生活在故乡的时候，从来不曾好好地把故乡打量一眼。总以为外面的世界更精彩，于是，头也不回地奔向远方，日夜兼程，风尘仆仆，追逐着所谓的追逐，梦想着所谓的梦想。渐渐地，在一些孤独的瞬间，才猛然发现，自己与故乡，渐行渐远。那是一种叫人不想承认又不得不承认的远。那是一种使人害怕的远。这些年，我穿行于高楼林立的城市里，双脚走在坚硬的街道上，我似一条离开了水的鱼，像一株找不到泥土的草。记不清从何时起，我开始慌了。

但还是得与现实妥协，与自己妥协。没有谁天生就擅长妥协。活着的代价之一，就是妥协。你妥协一万次，就鄙视自己一万次。但一万零一次，你还是会妥协。

我反正不记得自己妥协过多少次了。在城市里，我日复一日地重复着一个"假市民"的生活。我很清楚，无论再在城市里过多少年，我本质上还是一个从乡下来的村姑。我融不进城市，也回不去乡村。我都快麻木了。有时，我真想狠狠地打自己两巴掌。不过，我总能在动手之前，给自己一个台阶下——我在心里，静静地回到故乡。我跟一个笑话的距离，可能只有一毫米。

我深深知道，我在心里一遍一遍地回望故乡，也是徒劳的。身在喧嚣无尽的城市里，用尽洪荒之力，也无法再真正地回一次故乡。那个小小的村庄，那个伴我长大的山窝窝，母亲一般地把所有的本真、美好和力量都无声无息地镌刻在我的生命里。我没心没肺地离它而去，它也不计较。

还好，我终于发现，我的根，我的魂，始终都在故乡。从此，故乡，在水一方。

是的，我与故乡之间，已然隔着一湾流水——只有我自己能看见。这水，由逝去的时光、过往的真实、现实的虚空交融幻化而成。它静默。它流淌。它忽深忽浅。它时明时暗。

故乡的模样，在水边变幻莫测。时而是明丽的水彩画，时而是凝重的油画，时而是写意的水墨画……线条，或流畅或粗犷或飘逸；色彩，或明丽或沉郁或素雅；意境，或浪漫或浑厚或空灵……

挺好的，故乡的人哪，就在那画里出没。每一个，都在。你看，那在田间弯着腰割麦子的，是大伯娘、二伯娘、幺婶；那在地里挥舞锄头的，是明哥哥、寿二叔、三伯伯；那在溪边洗衣的，是莉姐姐、敏嫂子、四舅妈；那些在山上砍柴的，是友三叔、军哥哥、权爷爷；那让炊烟袅袅升起的，是秀婆婆、翠姑姑、英姐姐；那赶着牛羊走走停停的，是狗娃子、卓娃子、成娃子；那在院子里追逐打闹的，是华娃子、兴娃子、庆娃子……他们，是这画上的点睛之笔。他们，是一个村庄的魂。

一村人，依山傍水而生，挖泥拌土而活。一年一年，把个村庄渲染成一抹抹原始而温暖的人间烟火，描绘成一幅幅活色生香的岁月画卷。

我也曾拥有这样的烟火气。我也曾是这画中人。我在某条乡间小路上徘徊，在某片山花前驻足，在某座山林里采野果，在某棵大树下发呆，在某丛秀竹旁哼歌，在某块农田里劳作……那个我，是嵌在村庄里的我，是跟村庄一同呼吸的我，是不知忧愁为何物的我。

那个我，同故乡一样，如今，也在水一方。我隔着水把远去的我看了又看，那么熟悉，又那么陌生。

就这么静静地看着吧。别问我为什么。

村语村色

喜鹊叫了一早上

这些天，我在村里，差不多跟两只喜鹊混熟了。当然，这只是我单方面厚脸皮地以为。

早晨，我来到院子里，总是不由得被两只喜鹊吸了睛，它俩一会儿双双依偎在某棵树上兴致勃勃地玩二重唱，一会儿又分开停在两棵树上优雅深情地来一段对唱。这一对精灵，忽停忽飞，忽分忽合，忽远忽近，高一声，低一声，紧一声，慢一声，硬是不知忧愁为何物。偶尔掠过一群小麻雀，翅膀扇动空气的声音，衬着喜鹊的大嗓门，倏忽间，叩开我身体里的一扇门，奏响乡村里的一首晨曲。

阳光很好的早晨，我披一身光影，仿佛自己瞬间变新鲜了，又仿佛自己也是一道光，轻盈盈的，莫名地想把什么点亮。两只喜鹊呢，总是如约在院子附近出没，发出似昨日又不似昨日的叫声，那清亮亮的声音，回荡在山谷里，回荡在我心里……

我的眼睛总是忍不住追随两只喜鹊的身影。它们在空中掠过的一道道优美的弧线，轻轻松松点燃了我身体里那些潜藏的飞翔因子。我一动不动。我翱翔天际。

　　此刻，我看见两只喜鹊飞回家了。它们的家在我家附近一棵高大挺拔的花栎树上。起初，它们在那棵树上只做了一个窝。后来，它们在原先那个窝上面的树杈上搭建了一个新窝。自从有了这个发现，我有意无意间总会朝那棵花栎树看一眼，就像在看一项重大的工程，每一点进展都令人充满希望。只见它们衔来树枝，根根相扣，层层堆叠，十来天过去，一座"小木屋"就落成了。

　　谁知道两只喜鹊干吗要在一棵树上做两个窝呢？鸟的世界，人不懂。毕竟鸟玩的是整个天空，人在地上仰望天空，不过是望望。

　　这不，两只喜鹊又叫了一早上。

　　我听着，啥也弄不明白，却又像傻子一样快活。

白雪白了青山头

　　村里，下了一场春雪。

　　好些年了，村里下了很多场雪，我都不在场。

　　这次，在。真好。

　　我暗暗希望雪下得大一点，再大一点。我多想再看一眼这个叫作家乡的村庄变成银装素裹的样子。那是我记忆深处的美好——有一个儿时的我，喜欢在村庄的某个角落里看雪——雪落村庄，我视野里我生命里最初的雪，是怎样把村庄变成一个超凡脱俗的世界，令我痴迷。越远去，越痴迷。

　　雪，就是雪，它才不管我怎么想的呢，它只管按自己的意思来。想下多少就下多少，想下多久就下多久。就是因为这样，雪才迷死人没商量。也只有雪，总能叫我妥协。

　　雪下一会儿，停一会儿。屋顶上，树梢上，落了一层稀稀疏疏的雪，我还没来得及一一打量呢，就融化了。正遗憾着，雪又下起来了，重新给村庄描上了淡淡的妆。于是微笑又回到脸上，欢欣又荡漾心间。

　　在若浓若淡的雪色里，夜色徐徐来临。夜里，雪将继续下吗？我不知道。若下，那来自天际的至冷至洁至白至美之花，将穿过海一样浩渺的黑暗，不会迷路，更不会彷徨，每一片都会分毫不差地落在注定要落的地方。那是一场白与黑的碰撞，是一场静悄悄又光芒万丈的绽放。

　　第二天清晨，阳光透过窗，叫醒了我。

　　披衣起床，心想，不知何时才能再见到雪了。

　　习惯性地站在院子里，举目四望，惊喜就出现了——环绕村庄的群山之巅，覆盖着一层薄薄的白雪！在天边，在眼前。像一个若即若离的梦，如一幅似真似幻的画。

　　初春，白雪白了青山头。

　　净。一瞬间，全世界纯净了。

野花香了七里远

　　午后，我向着我家屋后的山林出发了。

　　我想去看看我曾经砍过柴捡过松果采过野花的那片山林。我在家里每遥望一次山林，置身其中的诱惑就强烈一分。

　　穿过屋后一坡含苞欲放的油菜花，我很快走到山林边沿。停下脚步，我不想匆忙地走进去。这就像去见一个深爱的人，越走近，越不安。我的目光急切又慎重地望向山林，不错，每一棵树每一根草每一片落叶似乎都是我记忆中的模样。林间小路依然蜿蜒其中,像一种明晰又亲切的等待和指引。

双脚踏上满是落叶的林间小路,呼吸里全是草木的味道,实在妙不可言。幸福里带点伤感,欢快中夹着慌乱。

许多画面,一一浮现在眼前。年少的我,背个背篓,提把镰刀,与几个小伙伴一起穿梭在山林里砍柴。没有哪个角落我们没去过,哪里松树密,哪里杂树多,哪里刺成堆,哪里有个天坑,哪里有块大石头,我们都再清楚不过了。那时候,村里谁家的孩子还没上山砍过柴呢?哪像现在的小孩,偶尔进次山林,跟探险似的。我们小时候进山林,是再正常不过的事了,砍柴就跟玩游戏一样。划个口子摔个跟头,眉头都不会皱一下。

我记得,我们上山常常不带绳子,而是在山林中寻找一种葛藤用来捆柴。用葛藤捆柴可是个技术活,得两人相对,用脚蹬着柴,用手拉紧葛藤打好结。有时用力过猛,葛藤断了,柴散开了,两人四脚朝天,哈哈大笑,只得又去寻找更结实的葛藤。

把柴捆好后,就顺着陡峭的林间路往下拖,拖到山脚平坦处再背,这样省力一些。

不过今天,我不打算带走一根柴。在这片山林里,我能带走的,早已带走;我带不走的,永远都带不走。

春风轻拂,一缕清香沁入心脾,环顾四周,原来,一株掩映在丛树之中的野梦花灿然盛开。

快步走近,左看右看上看下看,每一朵都楚楚动人,我忍不住用手机拍了几张照片。当然,更多的美定格在我心里。

晚上,我把野梦花的照片发在了微信朋友圈,一个朋友评论:香。

想想,这个朋友离我大约七里远。

嗯，野花香了七里远。

春雨下了一整夜

春雨，一直下。

好几天了，没个停的意思。村庄烟雨蒙蒙的，像一幅变幻莫测的水墨画。已是农历二月初，环绕村庄的座座青山似乎还在沉睡，非要雨打湿它们的心，才能醒来吗？

白天，趁着雨歇的间隙，我在屋旁的空地上洒了一些一串红、十样景、满天星、勿忘我等花种，另外给一盆百合花换上了松软肥沃的土。干这些的时候，我心里已然盛开一片绚烂的花朵……

乡村的夜，浸在淅淅沥沥的春雨里，显得暧昧又深沉。

乡村的人，隐在春雨浸透的暗夜里，变得安静又迷惘。

沙——沙——沙，沙沙，沙沙沙，春雨在窗外，春雨在野外，像谁谁谁的诉说。一个人听或不听，其实也是春雨洗礼万物之中的一类。这和春雨洗礼一朵花一根草是一样的事。不过花草比人经得起洗礼些，它们一生一世仰面朝天接受雨的洗礼，越洗礼越意气风发。人躲在屋里，看见自己蒙尘的心，很可能连试着接受洗礼的勇气都没有。所以，大自然中，只有人在春天常常没个春天的样子。不，很多人也有过春天的样子，那是在当孩子的时候。

今夜，我不关心任何人。我想让我的耳朵去到雨中，掀开层层雨帘，捕捉那些稍纵即逝的除人之外的别的声音。

我听见了，我播下的花种在泥土里窃窃私语，预谋一场风华无限的盛放；我换过土的百合花在互相打气，要把根扎到深处去；我没有打理的那几盆多肉在暗暗发笑，它们打算将一个新的四季又全都活成春季……

我听见了，一块块庄稼交头接耳，比劲似的在夜雨中疯长；一根根竹笋吮吸着雨水，抖擞抖擞精神，一秒不停地向上，向上，泥土松动的微响，复活了一千个春天；一溪溪春水泛起无数涟漪，沉寂了一冬后，条条清溪积攒了太多的情话，悠悠地说与天地听……

已是深夜，雨下得更急了。

我还在听雨吗？是的，我还在听雨。我的身体里全是雨声，我是一个春雨纷飞的人哪！

一些雨滴不按套路出牌，从我的眼睛里溢出来了。有些事，刻意不去想，一不留神，还是会浮现出来。比如，一个孩子的身影，我每想一次，心里就像被什么扎了一下。那是在湖北十堰，一个六岁小男孩在他的爷爷死后，独自守护着爷爷。他怕有病毒，不敢出门，直到志愿者到来……

下吧，让春雨荡涤一切，抚慰一切，温柔一切。杏花春雨江南，依然值得期待。

春雨下了一整夜。

迟　到

是的，我迟到了。

迟到了好一会儿。

我一路着急忙慌地来到你的面前，甚至忘了把眉毛描得跟你相配一点。

而你，在三月的阳光里一言不发。啊，我远远地看见你，只一眼，心就乱了。叫我如何不走近你？

其实我也知道，你就在那里，不会走远，更不会躲起来。

原谅我的目光有些羞怯，我不知道该怎样看向你，从哪个地方开始看你。

明媚。太明媚。你落落大方地挺立在旷野之中。你就是三月的初绽。

你——樱桃花，又一次成功地把我迷得神魂颠倒。每一次，我都以为是最后一次。

今天午后，阳光很好，我独自漫步，只为把你寻找。

我不确定是否能找到你。我没有方向，也不想打听你在哪里。我要的是邂逅。我就不信了，我一直走，会一无所获。

这些天，我在这个村庄里待着，像村里人一样，啥时饿啥时做饭，天晴时就在自家田里转几趟，下雨了就在屋里烤柴火，好几回"日晚倦梳头",头发蓬乱得跟那路边的野草一样放肆。但我其实还是个外人。村里人见我就说,你还不回城?我一笑。我无言以对。就像一株含羞草被什么碰了一下,全身都不由自主地闭合起来。

唯一能让我有底气的,是我总算还有个老家在村庄里。那是我曾经不是"外人"的证据。老家是个多么重要的存在。我甚至不敢想,总有一天,我连老家也没了,我要怎么在村庄里毫无距离感地待上一时半会儿呢。我忽然想哭。

我明白,村庄里早已没有我什么事了。那些山啊、水啊、田啊、路啊……全都以一种不声不响的方式疏离着我。不怪它们,是我在时光里背向它们,一步一步地走远了。它们可能已经不太记得我了,所以无法敞开胸怀认领我了。

我像个失恋的家伙一样,无数次抬眼把村庄一望再望。我明明知道,那些我走过的乡间土路,几年前就所剩无几了;那些我看过的花树,很多早已不知所踪;那些唤我"采娃子"的老人,接连长眠地下了……但我就是阻止不了自己没完没了地凝望。村庄就这样被我望得不情不愿,不语不笑。

我以前怎么也没想到,有一天,我会再也找不到我走过的路,寻不着我看过的花,见不到我牵挂的人。一条条水泥路毫不留情地覆盖了我的一部分过去,一棵棵消失的花树尘封了我的许多回忆,一座座没了主人的老房子空洞了我的缕缕思绪。那么真实的生活痕迹呀,正在一点一点消失殆尽。没有什么可以证明我脑子里翻腾的画面是真的。我也找不到一个缺口或者一丝缝隙,让我可以看清一些我努力想要留住的东西。

恍惚间,走到一个转角处,一树樱桃花就出现在我的视野里了——对面山脚下的你,像一团耀眼的白光,瞬间清除了我一身的阴霾。你衬着一座土墙瓦房和一片青青竹林，万般妩媚又极致清新。这个惊艳的邂逅，着实来得令我措手不及，我差点就直接踩着别人家的洋芋田冲到花树边了。

当然，我没有踩任何一块别人的田。我不能让村东头几个育辣椒苗的乡亲抬头远远地看见我，以为村庄里来了个脑子有毛病的人，居然随便踩别人的田。万一踩到已钻出泥土的洋芋苗，岂不是罪过大了。就算没有踩到洋芽苗，出现在别人田里，还是有种如同做贼的感觉。没有哪个农人乐意自己辛辛苦苦耕种的田被胡乱地踩上几脚。毕竟那是用汗水浇灌的田，长满了虔诚的期待，孕育着浩瀚的生机。这个世间，不是每一寸土地，任何一个人都有资格用双脚踩上去。

我从原路返回。我得回到家附近，那里有一条小路通向那树樱桃花。

花了十多分钟，我终于来到花前。虽然花并没有等我，但我还是觉得自己迟到了。

我确实迟到了。此刻，我看到的花，已经不是十几分钟前在远处看到的那树花了。在我赶来的路上，一些欲放未放的花朵已快舒展开每一片花瓣，一些绽放的花朵开始走向怒放了，一些香气被风带走了，一些花瓣悠然飘飞了……

而我，也不是十几分钟前在远处眺望花树的我了。在我奔向一树花的路上，我又老去了那么一点点，我的惊喜竟然转化成慌乱，一些茫然随风而逝了，一些清欢不期而至了……

我且与花缠绵。怎么个缠绵？天知地知花知我知，就行了，我不必向谁交代。

离开花树的时候，我不孤单。我的眼眸里，满是花影；我的呼吸里，全是花香。我迟到了，但花树依旧赠予我所有它的美好。

这让我有点迷惑。究竟是我迟到了，还是我与花树的相遇是刚刚好？

无所谓了，我反正总是在迟到。这一次，算不算，又有什么关系呢！

这个村庄里多少次的花开花谢，多少次的日升日落，多少次的云蒸霞蔚，多少次的鸟飞蝶舞，我都没赶上。我总是在那个百里之外的县城里，做着永远都做不完的事。这些数不清的迟到，最后都化为一声别人听不见的叹息……

今年春天，我算是很奢侈地过了一把村居生活。我暗暗告诉自己，我得珍惜着过。我想，等我回到城里，至少在一段时间内，我可以靠着这些天留存在我内心深处的村庄的容颜以及声音等，屏蔽许多喧嚣，守住寂静欢喜。

这就是我在叹息过后对自己所做的拯救。或者，算是一种迟到的觉醒。我不要在以后的日子里，为自己更多的迟到而怅惘。

每一天，每一刻，过去了就永远过去了。所以，每一次迟到都是永远的迟到。一次次的迟到堆叠起来，就把人埋住了，人好不容易挣扎着跳出来，也是一身疲惫，满心沧桑。

如果只有迟到，没有觉醒，倒也可以优哉乐哉地过一生。但一个人总有觉醒的时候，觉醒也常常迟到，于是，才有那么多的错过，那么多的遗憾，以及一些不敢相信的惊喜。

不知怎的，我想起了席慕蓉的《一棵开花的树》。年轻时读，心里闪现的是唯美的画意；如今再品，却恍若隔世，心里只剩荒凉。一棵开花的树，是在佛前求了五百年的"我"，也是无视地走过的"你"。你和我，穿越漫漫红尘，早已没有所谓的你我之分。你就是我，我就是你，你要相信，我正在懂。我们都隐姓埋名。我们终于见到那个最真的自己。

我们相视一笑，只轻轻地对着空气说一句：对不起，我迟到了。

挖春天的人

1

翠弯着腰,在一片翠色的田里慢慢地挥动锄头。

锄头扎进田里那一瞬产生的闷响,似乎把一个新的春天挖得蓬松了一点点,缕缕春的气息扑腾着,从泥土里冒出来。田野里,有一种近乎神圣的氛围正在翠手中那把又老又旧的锄头的扬落之间弥漫开来。翠不关心这些。就是因为不关心,让翠看起来那么简单又神秘。

田是翠的洋芋田。洋芋苗已噌噌噌地长了一两寸高了,一个两个扬着个胖乎乎的头,分分秒秒呼唤着翠去锄它们四周的草。洋芋们心里清楚得很,不必自己动手,那些抢了它们风头的草,迟早会被带它们在田里安家的那双手弄断根须,蔫蔫的,失去草色,随后成为猪的美食,或者迅速枯萎,渐渐化为尘土。那双手对待洋芋苗有多温柔,对待草就有多坚决。无论草怎样卖萌,那双手都不会手下留情。那双手不是故意的,那双手只是在为生活而不停忙碌。那双手习惯了挖掘春天,乡村的春天习惯了被许多双农人的手挖掘。

过些日子,田里又会散布新萌生的草。新生的草,是那些被锄去的草的"儿孙",它们没有见过"家族的长辈"。它们柔弱又倔强地生存着,才不管自己随时都可能面临被锄掉的命运,时时刻刻都是一副不计死生、满不在乎、没心没肺到天真烂漫的样子,叫农人也是无可奈何。也不知怎的,农人看到田里的草儿,就是没法生个真正的气。不仅不生气,反而倒是锄草锄出乐趣来了。土家族人不就创作了《薅草锣鼓》的谣曲吗?

"玉米叶儿像把刀,三月点来四月薅。花儿开在尖尖上,苞苞结在半中腰。薅草要薅散子花,十人见了十人夸。切莫薅些吊喉草,白雨一过往起爬。"

你听,随便来几句,愣是满满的快活呀!农人豁达又浪漫的情怀,天地可鉴。

农人和草的"爱恨情仇",千万年来,都没个说法。究竟是农人锄了一季一季的草,还是草锄了一季一季的农人?一个农人再也锄不动一根草的时候,农人的内心甚至羡慕起草来。草一生一世总是显得那么有生命力,好像打算要活到地老天荒似的。农人死死地盯着他(她)锄了一季又一季的草,依旧在田头招摇,农人不说话。农人生怕自己奇怪的想法从满脸深深的皱纹里掉出来。农人在漫长的岁月里浮浮沉沉,在无数个悲喜交集处,缄默无言。

别看翠一天闷声不响的,好几天前,翠就听到了洋芋苗的呼唤,而且也看到了草的疯长。尽管她的耳朵已经越来越不管事了,村里人见到她,把嗓门提得高高的,跟她打招呼,她听不清,有时回以尴尬的浅笑,有时答非所问,令对方开怀大笑,但她绝对能听见田间洋芋苗发出的所有细微声响。哪怕她的眼早已花了,常常把几个漂亮的孙女叫错名字,但她就是夜晚坐在黑漆漆的屋里，也能看见田里的草在疯长。只是连日阴雨，翠没法下田。翠在心里已经把草锄了好几遍了。

这天一清早，翠就下田了。翠种了一辈子田，她眼里哪容得下一田的草。她要草消失，她要一行一行茁壮的洋芋苗荡漾在田间。她亲亲的田块，她亲亲的洋芋苗啊！想到这些，翠浑身就充满了力量。从青丝到白发，翠靠着这种力量让她的田一直保持着"年轻"的模样。锄草，锄草，锄锄锄，翠头也不抬地锄草。只有在这种时候，翠依稀想起自己年轻时挥锄的样子。那是一个远去的梦，梦里那个女子的动作干净利落，甚至说得上潇洒；一头乌黑的秀发随着身体的晃动而飘动；汗水滑进嘴里，那样咸；风儿吹过脸颊，那样甜。就在刚才，翠用力地挖了一锄，不知是要把更多的过去从泥土深处挖出来，还是要把一些若隐若现的思绪埋进土里……每一个农人，最后被埋进泥土，埋的只是一个仪式，农人早已一锄一锄地把自己埋进了泥土里……

翠在那块田里种了多少季洋芋了，翠记不清了。翠也没有专门去记过。这个春天里，洋芋苗还是像往年一样，洋溢着蓬勃生机。多少年了，翠在田里，常常劳累得忘了自己的年龄。但年龄一点也不含糊，该跳出来时一定会跳出来，在翠的脸上刻下一道道皱纹，在翠的手上留下一层层老茧，从翠的身上抽走一丝丝力气，从翠的心上拿走一抹抹激情。

翠不管这些。翠只要还能动，就没法丢下自己的田不管。那种"没法"，只有跟泥土打过交道的人才能懂。

翠的老腰弯得太厉害。面朝黄土背朝天，很久以前，翠就认了这个命。她把一生中无数的表情给她的田看了，田记住了，田就是她的一部分。她把一生中无数的叹息丢给头顶的老天了，老天收起来，变成雨，再下到她田里。她叉开的双脚沾满新翻的泥土，泥土像是在给她轻抚。她身后那一行行精神焕发的洋芋苗，似一首深长又淳朴的无字诗，让人想笑，又想落泪。

许是太累了，翠慢慢地直起腰，粗糙的手搭在锄把上，一动不动。十里春风吹过她消瘦的身子，她依然一动不动，春风颤了那么一下。春风知道，是翠这样的农人，以这样的姿势挖开了千万个人间的春天：那漫山遍野的油菜花呀，那接天连地的麦苗呀，那姹紫嫣红的片片果园呀……哪一样不是农人用一个个秋去春来挖出的杰作。如果没有这些，人间的春天将是怎样的荒芜？

春风十里，不如有你——翠。

2

如果不是亲眼所见，我也很难相信，胜把一块地挖得比牛耕过的还狂野。

大块的泥土东倒西歪，横七竖八，手法之粗犷，下锄之用劲，就是一条耕地极为出色的牛路过，也会忍不住点个头或发出一声响亮的"哞"作为赞叹。

这哪里是在挖田。这根本就像是跟田有仇，不把田挖个底朝天不罢休。

胜挖了一上午，取得了阶段性胜利：约莫有一分挖过的田愣是教科书般地铺展着，村里人看一眼，不得不服——挖成这样的田，还愁长不出好庄稼？

这会儿，胜正一屁股坐在未挖的田块上，他的锄头陪他依偎在田块上，像一对孤独沉默的兄弟。胜坐着，他的视线是投向田的，不，他的视线是向内的，他在看自己内心里的一些东西。他总是看不清，他总是不能选择放弃。他的眼神空洞得像寒气逼人的深渊。他身旁，一丛牡丹含苞待放，一树雪白的梨花已然盛放，他懒得看一眼。牡丹和梨花都小心翼翼的，不敢去招惹这个不声不响的挖田人。

胜挖的这块田，是他以前的老屋旁的田。那些牡丹、那棵梨树曾是一个农家小院的朴素点缀，也是农家小院的一抹动人表情。几年前，胜就随他的兄长搬到新家去了，此处的土墙瓦屋也拆了。只有那几丛娇艳的牡丹花和那棵挺拔的梨树，依然在每一个新的春天里热烈地绽放新鲜的花朵，像一种执着又迷惘的坚守。

胜挖到牡丹跟前的时候，动作轻柔了些，他给几丛牡丹添了几锄土，像在给一个情人添衣裳。"情人"的"身子"颤了颤，他的动作停了停。一些梨花飘落在他的头发上、衣襟上以及他刚挖过的田里。他一挥锄，抖落身上的花瓣，再一翻土，盖住花瓣。他不是有意要葬花，但他确实在葬花。在片片花瓣被胜埋住的那一刻，许多个春天都黯淡下去……

胜不记得他有说有笑地挖田的日子了。也不一定，或许他记得异常清楚。他就是不想理会现在的自己、现在的一切。那一年，胜刚二十出头呀，忽然间，胜就老了。因为一场失恋，提前老了。村庄的任何一个角落，再也听不到他的声音了。一个彻底将自己封闭起来的人，谁拿他也没有办法。毕竟，有些活法，也需要得到理解和尊重。

胜又开始挖田了。短暂的停歇过后，一些力量又回到胜的身上，但胜也快五十岁了，更多的力量正从他的身体里加速离开。胜其实不必那么用力地挖，可胜的心哪，永远地停留在了二十多年前，胜控制不住自己的双手不使出那般年轻气盛的挖法。就这样，时光在胜的心里失去威严，春天在胜的面前失去绚烂。

胜继续挖。他要在这块新挖的田里，种苞谷。可以想象，这块田里的苞谷未来有多么幸福，在那么松软的泥土里，它们可以比村庄其他田里的苞谷的根扎得更深更稳，长得更高更壮。到时候，胜也不会对他的苞谷笑一下。胜和一棵苞谷的幸福之间，隔着看不见的重重沟壑。但这并不影响胜在一个又一个春天里，恶狠狠地挖田为苞谷铺垫幸福。

胜就要挖完这块田了，胜利在望。只是，胜利不属于胜。

胜挖得越用力，春天就离他越远。

他的荒凉太巨大，我的目光感到冷。无边的冷。

还是看远方吧——望极春愁，黯黯生天际——胜，无处不在。每个胜的"锄头"不同而已。

一夏倾村

记忆中的那个村庄，一遇到夏天，就倾倒了。

这不，夏天又来了。

我且潜回村庄去看看，听听——

绿意漫漫

绿。漫山遍野的绿。

绿在一树一树的叶儿上闪耀，绿在一丛一丛的草尖上跳跃，绿在一座一座的山林里游走，绿在一湾一湾的溪水畔流连……夏天喝醉了酒，意乱情迷地把无穷无尽的绿泼向村庄。村庄不躲不闪，任夏天把自己绿透。

每年夏天，村庄都陷在翠绿、深绿、墨绿等各种绿交织荡漾的绿浪里，再也挪不动身子，日复一日地丰满起来。

村庄里的农人，也陷在绿浪里，迷迷糊糊，浮浮沉沉，莫名地生出一些奇怪的想法，如绿浪一般，在心头翻涌，热烈又温柔。但终归还是得抖擞抖擞精神，扛上锄头，背着背篓，提个筐筐，拖根打杵，握把镰刀，下田或是上山去忙活。那些披着一身朝晖或晚霞的身影,在村庄里出没,就像是执行一种神圣的使命,但其实只是逃不过自己的宿命。

在夏天,一个农人,只能迎着四面八方的绿浪,把自己扔进村庄的这里那里,意气风发地干活,没日没夜地干活,精疲力竭地干活,不紧不慢地干活。

有些活,是对在春天所干的一些活的递进;有些活,是给春天所干的活画上句号;有些活,是为秋天和冬天的一些活埋下伏笔;还有些活,与过去和未来无关,比如,去山上砍几捆柴,到河里摸几条鱼。该干啥就干啥,什么活什么时候干,所有这些常识以及道理,全都刻在农人的骨头中、血液里,再猛烈的夏阳也晒不变色。农人要干什么,通常是不会大声说出来的,农人习惯了沉默地干给头顶的天和脚踩的地看。

总有做不完的活在时间里等着农人去干。夏天,一年时间的四分之一。每个夏天,农人都不可能轻轻松松地迈过去。那一坡坡油菜扬起了密匝匝的种荚,需要农人去把有些压弯了腰的扶一扶;那一丛丛豌豆结满了鼓溜溜的豆荚,呼唤农人快快去摘取;那一块块洋芋已渐次成熟,只待农人去把它们从土里挖出来;那一片片稻苗在风中轻轻摇曳,等着农人去给它们追肥;那一行行苞谷茁壮生长,盼着农人去薅草……

农田、庄稼,是农人丢不开的牵绊,是农人一生一世的陪伴。农人如何能不理会?农人总是在村庄的某个角落里干着某件活。这是大地上生动了几千年的朴素风景,也是人世间绵延了几千年的虔诚守望。

夏天里,太阳那么火热,庄稼那么可人,汗水一再奔流,脚步急急缓缓,思绪飘在风里,叹息埋进泥土。除非再也干不动任何一件活,农人才会怅然地停住——在往后的日子里,农人不由

253

得在一些恍惚的瞬间，想着自己在从前的许多个夏天，是怎样浑身带劲地干活呀——那个年轻的干活不知疲累的自己，大概就是属于一个人一生之中的夏天吧！夏天终将过去，谁也无力阻挡。

一个村庄，如果没了农人，没了庄稼，村庄就死了。村庄是农人的村庄。就像夜空是星星的夜空。

村庄，一夏一夏，在农人的忙活里，舒展筋骨，放飞希望，挥洒豪情，收获丰盈。农人一个不经意的浅笑，就是整个村庄的笑。心甘情愿被夏天倾倒的笑。

笑了，就好。这个世界，缺的就是如此干净淳朴的笑。它来自生命的深处，它带着大地的脉动，它充满原始蓬勃的力量。它是真，是美，也是爱。

夏去夏又归。农人，微微笑，浅浅醉。

绿意漫漫。村庄不老。

蝉鸣声声

听，蝉在鸣。

好像是从村庄的东头传来的。

吱呀，吱呀，吱呀，吱呀呀。长一声，短一声，高一声，低一声。刚停，又起。明亮，悠长。散漫，辽阔。

家乡的夏天，是在蝉的鸣叫中到来的。某个清晨或是午后，村庄里，猛然间，一声清脆的蝉鸣悠悠然响起——哦，夏天来了！

蝉鸣着，在蓝天下，在绿林中，在翠竹间，在灰瓦上，在断墙头，在篱笆外……

蝉鸣着，伴着一重一重的麦浪，迎着一缕一缕的稻花香，携着一漾一漾的水波，随着一丝一丝的炊烟，牵着一抹一抹的晚霞，沐着一闪一闪的星光……

蝉鸣着，在农人匆匆奔赴一块田的铿锵脚步声里，在农人举起锄头挖开泥土的细微松动声里，在农人挥舞锋利镰刀收割夏粮的浑厚断裂声里，在农人静静地立于田野中央的澎湃心跳声里，在农人赶着牛羊归家的轻柔呵斥声里，在农人背负一筐洋芋艰难前行的粗重呼吸声里……

蝉鸣着，和着谁家小儿的牧笛，衬着哪个幺妹的山歌，追着对对燕儿的絮语，伴着几个纺织娘的轻吟，陪着一只老狗的低吠，挽着三两只青蛙的浅唱……

蝉鸣着，隐约了谁的愁绪，朦胧了谁的相思，模糊了谁的过往，清晰了谁的期待，抚慰了谁的伤痕，点燃了谁的清梦……

村庄里的一切，在蝉鸣中度过整个夏天。

村庄里的一切，在夏天里都染上蝉鸣那莫可名状的气息。

蝉鸣声声，穿透缥缈的空气，穿过尘封的岁月，把村庄鸣开一道口子，一个个远去的夏天里村庄的声响重新被唤醒，倾泻而出。

我记得，那些夏天里，村庄里的孩子们都喜欢捕蝉。

捕蝉的重点是捕。捕，只为求一个"乐"字。童真的乐。

捕主要有两种方式：一是徒手捕蝉；二是用工具捕蝉。

徒手捕蝉，得练就一手好本领。手的动作要快过蝉意识到危险后的飞。这可不是个容易活。而且，蝉多数时候都待在树上，这就要求捕蝉者还得擅长爬树，不然绝无捕到的可能。我的几个小伙伴都曾徒手捕到过蝉。双眼盯紧，屏息凝神，慢慢靠近蝉，轻轻地伸出手，迅疾一扫，蝉就在手心了。无辜的蝉，根本没弄清是咋回事，只能发出惊慌失措的鸣叫。这个时候，捕者别提多得意了,就像是拥有绝世武功一样,引得别的孩子连连欢呼,羡慕,又嫉妒。

用工具捕蝉,就轻松多了。找一根长长的竹竿,再用竹篾编一个直径20厘米左右的圆圈固定在竹竿一端,接着就可以举着竹竿的另一端到屋檐下墙角里搜寻蜘蛛网了。待竹圈中糊满一层密密的蜘蛛网,便可以循着蝉鸣去捕蝉了。一旦锁定猎物,得轻手轻脚地靠近,然后选好角度,忽地一下将竹圈扑过去。蝉那双透明柔软的翅膀一挨蜘蛛网,立即粘住,于是拼命挣扎,但无奈越挣扎粘得越紧,怎么也挣不脱,只能任由捕者处置了。

孩子们捕到蝉后,常常把玩一会儿又把蝉放飞了。捕,放飞,又捕,又放飞。村庄里到处回荡着孩子们的欢声笑语。那时,多好,整个村庄都是孩子们的乐园,整个夏天都是孩子们的缤纷时光。

此刻,我在村庄的一个僻静的角落里,听此起彼伏的蝉鸣在风里飘荡。我多想再回到从前,回到那些远去的熟悉又陌生的时光里,做个无忧无虑的孩子,看蝉是蝉,听蝉鸣即蝉鸣。

蝉,依旧在鸣,好像跟记忆里的蝉鸣也没什么区别。只是我,再也回不去了。永远也回不去了。

我忽然想做一只蝉,在每个夏天里复活。在一个村庄里安家,在一片叶子下生活,自由自在,像个神话。

夏花朵朵

村庄,在一朵一朵夏花的盛开里,走向绚烂与辉煌。

那一蓬一蓬的白,是野刺花;那一束一束的白,是野百合;那一点一点的白,是火棘花……

那一片一片的红，是映山红；那一簇一簇的红，是端阳花；那一闪一闪的红，是石榴花……

那一块一块的黄，是向日葵；那一行一行的黄，是忘忧草；那一团一团的黄，是南瓜花……

白，红，黄，蓝，紫，橙……夏天在村庄里放肆泼千色，飞笔绘村颜。

各种白，各种红，各种黄，各种蓝，各种紫，各种橙……村庄在夏天里沦陷花色间，陶然醉新妆。

绽放。绽放。绽放。各种夏花在绽放。花开的声音，古老又新鲜，在村庄里弥漫，在时光里回响。夏花朵朵，声音交错。人听或不听，花不关心。花关心的，是自己绽放的事。

绽放的那一瞬，是一朵夏花最热烈的抒情，是一个生命最璀璨的表达。那一瞬，宛若流星划过天际，短暂，也永恒。花也好，人也好，在所谓的一生一世里，都不过是活几个瞬间。似水流年，刹那芳华。无痕亦有痕，无情也有情。

夏花无处不在。她们总是一副任凭炎炎烈日照射，任凭狂风暴雨肆虐的样子。她们路过夏天，只为奋不顾身地绽放。尽管终要走向枯萎，但那又有什么关系，用尽全力地绽放过了，就够了。绽放是必然，枯萎是结局。枯萎了，离下一次绽放又近了一点点。

走近一朵盛开或枯萎的夏花，就是走近一个浩瀚又空蒙的世界，唯有放空自己，才能触碰到无法言说的美妙。每一片枯萎的花瓣里，都藏着一朵花的前世今生，藏着大自然的许多密码——临花的人，不必奢求一一弄懂，似懂非懂间，诗意禅意便澄澈了内心，丰盈了灵魂。

最可人的，是那些绽放在山林深处、小路边、田坎上、墙角下的不知名的小花。她们生来平凡，没有妖娆的身姿，没有夺目的容颜，没有馥郁的芬芳。

她们从来都是静悄悄的，像被尘世遗忘的佳人，孤独地穿过潇潇风雨，越过漫漫黑暗，在某个夏日的一瞬光阴里，灿然绽放。

我的脚步，总是常常为那些偶遇的不知名的夏花停留。一再停留。世间千万花，各花自风华。一个人更喜欢哪种花，皆是注定。就像在茫茫人海中，在你眼里心里，总有一个人与其他人区别开来，让你更喜欢。

跟那些毫不起眼的不知名的夏花待在一起，不知不觉地，我便从喧嚣与困惑的层层包围中逃出来了，获得短暂的轻松与宁静。也许，我的前世就是一株不知名的夏花吧。不然，为什么我每每看到她们，就觉得格外亲切。我向她们笑，她们回我以笑。我无言地向她们倾诉我纷纷的思绪，她们也一言不发，只朝我微微地点头。我起身离开，她们假装被风吹乱了心，用花枝牵扯我的衣襟，或是赠四五片花瓣于我手心里、发丝上。啊，我就受不了她们这样温柔多情地对我，于是，我一次次地回头，留下来，跟她们相守相伴……

若有来世，亦愿为夏花。隐身于村野，摇曳在风中。我不记得这一世在人间的一切。我有时又恍然觉得，我似乎来过这个村庄，可寻不到任何线索，找不到半点证据。我无思无念，无我无相。我热热闹闹，冷冷清清。我不费吹灰之力，就让那些靠近我的人乱了心神。我明明没有一丝招人喜欢的企图，人却越看我越觉得可爱。我与人之间的缘和障，很薄，也很厚。

在夏天，迈开脚步，回到村庄吧。去邂逅一朵夏花，让自己神魂颠倒，而后获得恍若隔世般的觉醒——前世已远，来世未来，当生如夏花，不负此生。

野有蔓草

车轴草

春末夏初，车轴草在村庄里不紧不慢地开着花。

你看，田坎边，小路旁，篱笆外，农房前，清溪畔，悬崖下……哪里都有车轴草美丽的身影。粉红的花朵，洁白的花朵，一簇簇，一丛丛，一片片，衬着绿莹莹的叶子，朝迎旭日，暮接晚霞，沐雨浅吟，随风轻舞。

莫名地，每一次看到车轴草，我都忍不住怦然心动。如初见。似重逢。说不清。恋不够。

那天，我独自在村庄里游荡，一不小心又被一片车轴草给迷住了。

是午后，阳光心事重重的，出来晃了几下，干脆躲到乌云背后去了。我沿着一条弯弯的小路，慢慢悠悠地走。没有目的，没有方向，反正也走不出自己，何必走得那么快呢？只是我凌乱的思绪，似乎嫌弃我的脚步太慢，恍恍惚惚地飘到远方去了。那就随它去吧，我也懒得管。

忽然，我眼前一亮。一座空房子前的院坝里，一片车轴草蓬勃生长，朵朵白花如从天而降的雪花，散落在翡翠般的绿叶上。绿与白。只有绿与白。极简，极丰。清新，也绚烂。

一瞬间，尘世退远，喧嚣湮灭。

一笑间，空灵归来，美妙生发。

唯有静默地看。

我甚至感到一丝慌乱和羞愧。我愁苦的面容、蒙尘的心灵，赤裸裸地暴露在一片似乎正在做着一场美梦的车轴草面前，也不知是否把它们吓了一跳。

我唯一能做的，就是让自己的目光清澈一点，再清澈一点。我不希望任何一根车轴草在我的视线里触到一个人沉甸甸的烦忧。

继续静默地看。

我没有走进车轴草之中。它们长得密密匝匝，没有我立足的地方。更重要的是，我若走进去，就破坏了这一片车轴草原本纯粹而完整的世界。一片草，就是一个独立的王国。没有哪一个草的王国需要人挤进去。人给草又帮不上什么忙，人只会把草踩得满身伤痕。人恋草，得温柔而仁慈。不然，草是不乐意的。草冷漠起来，人是哄不好的。不信你试试。

车轴草是那样安静，安静得让人听得见自己的心跳声。一片草，像一些超然的隐士，什么都与它们无关，什么也惊扰不了它们，什么也不能令它们失了仪态。

车轴草是那样热烈，热烈得叫人看得见燃烧的激情。一片草，如一群勇敢的行者，什么都了然于心，什么也影响不了它们，什么也无法使它们丢了神采。

仍然静默地看。

这片车轴草是何时在这里安家的呢？空房子不空的时候，草定然不可能如此霸道地占领整个院坝。草安身立命的地方，尘封了曾经在那座石墙灰瓦的旧房子里住过的人的多少足迹、多少欢笑、多少叹息……人去,房空。草生,院失。尘埃,花朵。衰败,希望。过往,现在。虚无,真实。碰撞,交织。平淡,神奇。

空房子,无声无息地空寂着;车轴草,无忧无虑地鲜活着。是空寂喂养了鲜活,还是鲜活抚慰了空寂?车轴草抬头看一眼空房子,是否会掠到某种细微又沉重的苍凉?空房子低头瞥一眼车轴草,是否会洞见一种原始而蓬勃的力量?……无数个无形无色的秘密,在空气中轻轻飘浮……

更加静默地看。

我看见,一个小姑娘,提着一个小竹筐,握着一把小镰刀,在村庄的某个角落里割车轴草。当年,小姑娘并不知道她割的草究竟叫什么名字,只觉得很美。就算不开花也很美,那叶子本身就如花朵般精致。那时的日子过得慢,一整个上午或下午,可以只用来割一筐车轴草。那时小姑娘的世界很小,把车轴草当作猪草,没心没肺地割掉。

我看见,从前那个小姑娘割车轴草的好些地方,都被厚厚的水泥严严实实地覆盖了,那些车轴草无处可逃,没来得及发出一声叫喊,就沉入了永久的黑暗。小姑娘走远了,又走回来了。在出走与回来之间,小姑娘已到中年,现在正伫立在一片陌生的车轴草前,怅然若失。

起风了,我转身离去。我如何能不离去?

车轴草在我身后,摇曳成无边宁静、一世牵怀……

狗尾草

狗尾草,这个名字够形象。

想不记住都难。

一年一年，狗尾草在村庄里活着。活成村庄的一部分。

狗尾草之所以叫狗尾草，是人的意思。人还真是有意思。

不知道一条狗眼中的狗尾草是否特别亲切；也不知一根狗尾草看见一条狗摇着尾巴走过，有没有一丝恍若熟悉的奇怪感觉。

狗尾草若是知晓自己被叫作狗尾草，会不会脸色愈发地青呢？你看狗尾草那个架势，愣是满溢的傲娇与无限的绰约呀！不过，怎么看，还是像一条狗尾。人不能改变草的想法，草也不能改变人的想法。好在，人听不懂草语，草也听不懂人语。人与草，相依相伴。人与草，各自孤独。

只要有坨土，狗尾草就能活得风生水起。夏秋两季，狗尾草最是活力四射了。长在田间的狗尾草，农人锄了一遍又一遍，可总是锄之不尽，一不留神，狗尾草又在田头放肆招摇，农人也是无可奈何。更多的狗尾草，长在路边、墙头、荒坡、林间，静悄悄地，热热闹闹地，生长，生长，生长！直到把自己长成一片风景。

狗尾草的确是村庄里别有韵味的风景。三两株勾勒出清新明丽的画风，七八丛荡漾着自由自在的神韵，千百根渲染成浩大辽阔的意境。人，看着，看着，心里的荒芜或者死寂就不知不觉地被消融了，某些珍贵的感觉便一点一点地复活了。

夏渐深，狗尾草迎着风雨，顶着烈日，欣欣然抽出新鲜的穗。刚抽出的穗，一袭浅绿，仰天而立，懵懵懂懂，天真烂漫。待到长得更高更壮了，便低下了头，弯下了腰，在空气里划出条条流畅的弧线，千般妖娆，万分妩媚。晴天里，狗尾草的穗在阳光里闪耀着丝丝光芒，热情奔放；雨天里，狗尾草的穗挂满颗颗水珠，温柔婉转。狗尾草，就这样在大地上不由分说地铺展成野性十足的诱惑，也在人的心田里铺陈出无边无际的生机。

今年，村庄里那些狗尾草，似乎跟去年、跟许多年前的狗尾草也没什么不同。是的，狗尾草，如时间一样老，如村庄里的少年一样年轻，把个村庄填充得朴素又美好、率真又丰盈。只有在村庄里跟狗尾草一起生活过的人，才会明白，狗尾草是怎样叫人难以忘怀。越是离开村庄久了，远了，内心深处那一抹关于狗尾草的情愫就越是挥之不去。

记得小时候，我一看到狗尾草，就停下脚步，看了又看。尽管也不知道自己究竟被狗尾草的什么所吸引了，更没看出个什么名堂来。有时，我还采一把狗尾草拿回家，用空瓶子装水，把狗尾草插进去，摆放在堂屋的大方桌上，整个屋子都变得活色生香了。日子也似乎也明亮了许多。我已经许多年没有这么干过了，但这些情景却常常浮现在我眼前，清晰如昨。

啊，狗尾草根本就是有魔力的草，它分明就是长在我心里了——只是，我用了几十年的时间才发现。这个发现，让我瞬间老去了好几岁。这就像一生之中，总有一个人的名字，是刻在你心里的，时间会慢慢地告诉你，你无处逃避。它让你幸福，也让你疼痛。人来世间匆匆地走一遭，很多真相，都在远远近近的时间里一一等候，人一步一步地走过去，它们就会真实而残忍地从一个人的心底陆续冒出来。人接受一次，就老去那么一点点。到一定的时候，人就不老了，只不动声色地任时间把自己收割。人如草，时间如刀。人不会比狗尾草活得更逍遥，但可能比狗尾草活得更苟且。

此刻，我正在村庄里一条僻静的小路上，对着一株狗尾草发呆。我需要借一株草内心的声音，喊住我自己。我急促而慌乱的脚步，停下来吧——终究要停下来，在属于自己这一生的深秋

263

里，坦然枯萎，安静凋零，再等一场雪，把所有留在人间的痕迹深深掩埋……

也许，在雪化了变成的崭新春天里，我将化为一株狗尾草，破土而出，叶儿青嫩，零露溥兮……

丝茅草

你吃过草吗？反正我吃过。吃的丝茅草。

更准确地说，是茅针。也就是丝茅草在阳春三月里新长的嫩穗。它们细细长长的，白白净净的，外面包裹着一两片浅绿的叶子。

茅针，是初春的一种味道，是村庄的一抹色彩，是大自然的一份馈赠。

三月三，抽茅针。那些年的三月里，村庄里的孩子们，有谁没抽过茅针呢？连茅针都没抽过，哪好意思说自己是在大山深处的农村里长大的呢？

"走，去抽茅针啰！"

"要得！""走嘛！"……

一个孩子吆喝一声，很快便撺出三五个好吃佬连连应声，接着就一起蹦蹦跳跳地到村庄的某个角落里寻找茅针去了。

发现目标，疾步上前，伸手一抽，剥开叶子，取出白穗，放进嘴里，嚼上一嚼，分外清甜，心醉神迷，笑声飞扬。也许，这跟一只羊或一头牛吃到一口鲜嫩的草是相同或相似的感觉。只不过，羊吃到可口的草，可能会发出"咩咩"的叫声；牛呢，管它好吃不好吃，一向都是闷声不响地吃。牛，就是牛，吃草都能吃出个哲学家的姿态。

孩子们通常不会边抽茅针边吃，而是会比赛似的抽，看谁抽得又快又多。抽了也不一定都吃掉。抽茅针，重点在抽，乐趣在抽。比如，我就喜欢不紧不慢地抽茅针，抽满满的一把，拿在手里，像拿着整个春天。就算半根也不吃，无法言说的美妙滋味也会充盈于心。用心尝到的味，如何能忘？

也有不少人家的孩子，一边放牛放羊，一边抽茅针吃。牛、羊、人，同吃一片草，是常有的事。

人嘴里叼着一根茅针，牛羊不理会——对牛羊来说，各种草就是各种美味，牛羊的眼里只有草，哪顾得上留意人呢？牛羊吃草，人也不理会——人看起来是在放牛放羊，其实也在放自己，能放多远就放多远，哪怕是把自己放丢了，也不要紧，反正也不怕被谁看穿。村庄里那些放牛放羊的人都彼此彼此。

牛羊吃着吃着，就吃饱了，心满意足在草地里撒着欢儿。人光吃草还是不行，还是得回家吃饭。

那些个在暮色里赶着牛羊回家的孩子，多年以后，再也没有力气更没有心思在一个新的三月里迈开脚步到村庄里走一走，抽一根茅针，但一定记得那些远去的青青茅针、蓝蓝天空、柔柔微风……岁月，将一切推远又拉近。是清欢，还是荒凉，分不分得清，又有什么关系呢。都是一个人的点滴经过，是向着最后的行进路途中的些许拥有。

抽茅针的日子，就那么短短几天。丝茅草日夜不停地疯长。一天一个样。十天半月大变样。村庄，在丝茅草的野蛮生长里，好像控制不住某种来历不明若隐若现的冲动，时时刻刻都打算要起飞似的……

很快，村庄就陷在漫山遍野的丝茅草的重重包围之中。这个时候，村庄反而平静了，沉稳了。村庄本来就是一蓬草。村庄里的人，自然就是草民了。

丝茅草三下两下便褪去了初春时那个娇柔的样子，毫不客气地把潜藏的锋芒尽情地挥洒出来。那利剑一般的叶片，齐刷刷地直指天空，像豪迈的进行曲，从远古传来，悠远，嘹亮。那羽翼一般的白穗，轻盈盈地斜向大地，如随性的散文诗，于风中摇曳，缥缈，神秘。

草民们穿行在丝茅草间，半梦半醒地干着这活那活，身上时不时地被丝茅草割几道口子。草民们一点也不生气。待到空闲时，草民拿把明晃晃的刀去割几捆丝茅草扔到牛圈羊圈里，丝茅草也不生气，深谙作为草的浅薄命运。草民与丝茅草，相爱相伤，难舍难离。

春去秋来，草荣草枯。丝茅草跟其他的草一样，曾怎样繁荣，就将怎样沉寂。但总有那么几丛丝茅草，明明已经枯得没个草形了，却倔强地保持着挺拔的站姿，烈烈寒风刮不倒，皑皑白雪覆不住。这就是丝茅草的风骨吧。

跟丝茅草打了一辈子交道的草民，无暇看一眼那些偏偏不倒伏的丝茅草，只默默地顶着风雪干着属于自己一生中剩下的一件又一件活，哪怕双手像枯草一样粗糙，双眼如枯草一般干涸。草民的坚韧，镌刻在条条皱纹里，沉淀在悠悠岁月中。

草枯了，根未死，春风吹又生。人枯了，再多的春风也无能为力，待到某一天，人终将彻底枯死，在村庄的某处背着一抔土，丝茅草又从那些土里噌噌噌地蹿出来。所以，草民也好，非草民也罢，在枯之前，该干啥干啥，倒也是个不错的选择。

好吧，就此打住。我将如草在野，无问西东。

采采蓼花

秋渐深，蓼花次第开放了。

山野里，到处都有她们的身影。一串串，一丛丛，一片片，红艳艳，轻盈盈，娇媚媚。于我而言，低头看见蓼花，是一种什么感觉呢？还真是说不清，我只能说，就像抬头遇见彩虹一般美妙。

蓼花是花，也不是花。蓼花也称荭草、水荭、红蓼。"山有乔松，隰有游龙。"蓼花，即那根被古人叫作"游龙"的草，自《诗经》中走来，婷婷袅袅，缤纷了几千年的时光。

秋天里，蓼花仿佛再也按捺不住一颗热烈激荡的心，倾尽所有的灵气，乘风破浪般冲入红尘之中，化为朵朵红花，在秋风里摇曳，在秋雨里静默。花朵是那样小巧那样可爱，像羞答答的眼波，如恍恍惚惚的幽梦。任你心似寒冰，也顿生缕缕温情。

多少次，我在村庄里一边胡思乱想，一边四处闲逛。若是停下来了，可能就是看见了蓼花。那是一种甘心情愿的停。没办法，谁叫我无可救药地迷恋蓼花呢？不过，我估计蓼花一点也不喜欢我。因为我一陷入迷恋，就会做出伤害蓼花的事——我采蓼花，采了又采，采上一大束，拿回家，泡在玻璃瓶中。一抹红颜，满屋清雅。我微笑地做着这一切，我简直陶醉了！蓼花呢，无可奈何地住进人的家，不情不愿地美给一家人看，当真是"我见犹怜"，楚楚动人。

我采蓼花，是为赏而采。还有一种采，是为吃而采。采些蓼花用来泡柿子。那些年，乡村里许多人家都做过泡柿子。迎着暖暖的秋阳，爬上高高的柿树，摘下一筐青黄青黄的半熟的柿子，再采些蓼花，分别洗净，然后一起装入坛子里，加清水泡着，密封。过二十天左右，蓼花就完成了人交给她的秘密"使命"——暗中施展"功夫"令一个个青涩的柿子成为农家人舌尖特有的美味。开坛，拨开蓼花，取出柿子，刮去表皮，咬上一口，柿子的涩味消失得无影无踪，只有满口的清脆与甘甜。仿佛平淡的日子一下子都跟着变得甜滋滋。那甜呀，是物资匮乏的年代里一丝甜彻心扉的甜，一尝永难忘。

如今，家乡那些老品种柿子树已所剩无几。也没有几户农家依然在秋天做一坛泡柿子了。当然，也就没有什么人在秋天里采蓼花了。蓼花呢，早已忘记了前尘往事，一年一年，从春天启程，蓬蓬勃勃地生长，抵达秋天，便一丝不苟地开花。有人采，蓼花不会躲闪。没人采，是蓼花的福气。

我也好多年不采蓼花了。离开了乡村，久居城市，看见蓼花的日子，越来越难得了。如今，不论在哪里看见蓼花，我都只安安静静地看着那些跟记忆中似乎一模一样的花朵。

看着看着，我就看见从前那个采蓼花的我。我采呀采，在老家的屋后；我采呀采，在村头的小路边；我采呀采，在山脚下的清溪畔……我的长裙在阳光里映着蓼花的倩影，我的头发和着蓼花一起在风中轻舞，我的思绪散落在蓼花丛中，我的欢欣随着蓼花一同绽放……我采了一束又一束，花影在我眼眸里闪烁，清香在我呼吸里流淌。我举着一束蓼花在田野里如风一般地奔跑，花瓣纷飞，诗语飘洒。我仿佛就这样采了好些个秋天的蓼花，童年就过完了。仿佛只有一瞬，就过完了。我忽然感到，天地之间，苍远辽阔得近乎虚无，我孤独的影子被一阵大风刮得很瘦，很瘦。

我想回去，就算是在梦里回去一次，也好。去把那些亲亲的蓼花再采一遍，把那些简单的快乐一一拾起来，密封，冻住，保鲜。就像把一部分自己保鲜。

我还看见，村里的玉姐、萍姐、敏姐、七婶、六婶、大婶以及侯婆婆、康婆婆、杨婆婆也在采蓼花。她们在乡村的各个角落采呀采，表情很模糊，动作快狠准。她们采蓼花时在想些什么呢？她们的脚步踩在了谁的心上？她们的身影温柔了谁的苍凉？她们都不知道自己如蓼花一样美，美得朴素又高贵，美得低调又神秘。她们只是低着头弯着腰不停地采呀采，采了一束束蓼花，放在竹筐里，或是拿在手里，慢慢悠悠地往家走——她们就要大显身手，让蓼花去遇见柿子，酿造生活的甜味。她们，各采各花，各做各的泡柿子，各甜各家人。这甜，穿越时空，在一村一村人的唇齿间久久留着清甜。

远去的蓼花，眼前的蓼花，重叠，交织，如梦，如幻。蓼花不语，我不语。有些东西，一出声就碎裂了。有时，静默是最虔诚最质朴也最深刻的交流。

那个在蓼花间发呆的我，不知从何时起，对蓼花生出了羡慕之情。每一秋，蓼花都绽放，好像从来不曾枯萎，好像始终是活力满满的样子。而我，在人间行走，一晃三十多年过去了，啥作为也没有，徒留一纸空文。

是的，我常常感到空。曾经的理想，如云一般下落不明；曾经的爱恋，如风一样不知所踪。像我这样的人，走遍了万水千山，历经了千辛万苦，终于把自己走空。有点可笑。那就一笑而过。

空也不是件坏事。空了，或许就懂得了慈悲。目之所见，万物生长，或是凋敝，皆是风景。一朵蓼花，在我眼里，不再只是一朵花，而是一个世界。敬畏之心，油然而生。我的双手，临花轻颤。我的欢喜，更胜从前。

蓼花，遍地蓼花，一再枯荣，一秋又一秋，风姿不改，从容自如。蓼花明明是一副不问世事、无忧无虑的样子，却也拥有叫人心潮荡漾、情丝飞扬的本领。不信你看——

"蔌蔌复悠悠，年年拂漫流。差池伴黄菊，冷淡过清秋。"蓼花的雅致，化为郑谷眼里一抹淡淡的清愁。

"淡烟枫叶落，细雨蓼花时。"蓼花带雨，在文天祥的心里晕染出万千风情。

"曾向江湖久钓游，极怜红蓼满汀洲。"一个怜字，道尽了舒岳祥对蓼花的深情以及藏不住的丝丝惆怅。

"花穗迎秋结晚红，园林清淡更西风。织条尽日差差影，时落钓璜溪水中。"蓼花那参参影子呀，不由分说地勾了宋祁的魂。

"晶晶红染累垂糁，袅袅凉摇软弱枝。"蓼花一摇，就摇软了董嗣杲的心。

"秋到梧桐我未宜，蓼花何事已先知。朝来数点西风雨，喜见深红四五枝。"蓼花，在宋伯仁的心中，开成四五枝喜悦。

"老作渔翁犹喜事，数枝红蓼醉清秋。"蓼花数枝，如醇浓的酒，醉了陆游的清秋。

"红蓼花繁，黄芦叶乱，夜深玉露初零。"繁茂的蓼花，温柔了秦观的失意。

"红蓼花香夹岸稠。绿波春水向东流。小船轻舫好追游。"蓼花的芬芳，终究没能化开晏殊的两眉愁。

蓼花，在时光深处的扉页里，在唐诗宋词的笔墨里，摇曳生姿，风采翩然。于诗词中"采"蓼花，每一"朵"都别有韵味，惊心动魄。

那就继续采。"露华凄冷蓼花愁。""梧桐落，蓼花秋。""数枝蓼蕊吐芳丛。""秋色在何许，蓼花含浅红。""莲花雨，蓼花风。秋恨几枝红。""蓼花枫叶万重滩。""蓼花枫叶忘西东。""蓼花枫叶雨霏霏。""蓼花迎路舞西风。"……花影绰绰，忽远忽近，时浓时淡；诗意漫漫，纵横时空，起伏跌宕。花，乱了人的情丝；人，摄了花的魂魄。花也是人，人也是花。

忽地，我笑了。如秋风里的蓼花一样，笑得了无烦忧。浮生一梦，谁都逃不开命定的羁绊，所有的悲喜，都是生命的底色。正是这些底色的交融、碰撞、沉浮，才于漫漫无尽的时空里，于最纯的欢喜里和最深的孤寂里，悄然绽放出一种真实而绝美的"花朵"——它可能是一首诗、一阕词、一幅画，也可能只是一抹微笑、一滴眼泪、一声叹息……是它们，组成了完整的生命。是它们，灵动了平淡的生活。你采或不采，它们都在那里，闪耀着人间某些情怀与思想的光辉。你懂得了，你就释然了。

闭上眼，有一个我回到那个生我养我的村庄，那里四野开满蓼花，秋风起，花轻摇，香飘远……

采采蓼花，悠悠我心。

听听那虫鸣

夏末秋初,故乡的那些村庄里,随处可听见虫儿们的浅吟低唱。

尤其是在静夜,尘世的喧嚣暂时退去,虫鸣声便那般清晰明亮地从村庄的各个角落里一波一波地透出来,随风飘远又飘近。虫在鸣,人在听。一声虫鸣起,万千思绪飞。听听那虫鸣,仿佛这个世间瞬间切换到魔幻模式,人再也控制不住某种尘封又新鲜的感觉,半梦半醒地进入一个妙不可言的世界。

就在前些日子,我回乡下休假,白天里,就寻个花追个云;夜晚呢,则看看星空听听虫鸣。没办法,我就是这么无用。比起那个在城市里日复一日地干着所谓有用之事的我,我更喜欢在乡下虚度光阴的无用的我。于我而言,那是一种近乎奢侈的享受。

夜又降临,且听虫鸣。久居城市,身边充斥着各种非自然界的声音,两只耳朵差不多已经麻木了,常常什么也听不进去。虫鸣,是一个地方变成城市之后必然失去的珍贵。任何繁华的背后,都不可避免地付出了相应的代价。偶尔,公园的绿树上草坪中传出几声梦呓般的虫鸣,也只能淹没在无尽的喧嚣里。就像那些远离了乡村、漂在城市里的人回望故乡时无处安放的叹息。

听吧,听!唧唧吱、嘎吱、嘶嘶嘶、吱吱……蟋蟀、纺织娘、蝈蝈、蚱蜢、蝉、土狗儿(蝼蛄)以及一些不知名的虫儿,藏身静默的草木间，隐入无边的夜色里，你一声，我一声，他一声，各不相让，争相鸣叫，时急时缓，忽高忽低，嘈嘈切切，缠缠绵绵，此起彼伏，高潮迭起，即兴演奏乡村之夜的交响乐。是的，这就是音乐。天籁之音。每一只虫子都是天生的艺术家。每一个音符都充满原始淳朴的情感以及无限蓬勃的生命张力。每一个片段都散发出神入化的空灵魅力。每一秒都浑然天成却又变幻莫测。每一夜都是没有彩排却又无比协调的全新演绎，且是带有一抹爱情色彩的深情演绎。要知道，那一声声不知疲倦到声嘶力竭的鸣叫，大多是雄性虫儿向雌性虫儿传递渴求与思慕的炽烈方式，也是向情敌吹响示威与防范的嘹亮号角。啊，虫儿们就是活得率性。它们才不管什么结果，也不搞什么暗恋，更不惧什么情路艰辛，反正想爱就大声唱出来就是，连爱都不敢，活着多没劲。生而为虫，不鸣则已，一鸣为情，难舍难休，草木为证，天地可鉴。谁又能说，一只虫的爱情不如一个人的爱情？也许，一只虫的爱情比一个人的爱情更简单更圣洁更接近神性。万物有灵亦有情，任何一个物种所特有的情感表达法，都值得尊重。

继续听。刚刚，纺织娘默不作声了——多半是某个雄纺织娘的歌声打动了某个雌纺织娘，雌纺织娘已然飞到雄纺织娘的身边，将自己的身体藏在雄纺织娘的翅膀下——两只相爱的虫儿，紧紧地依偎在一起，跟两个深爱的人儿又有什么两样，一切语言都是多余，此时无声胜有声，空气里散发淡淡的甜蜜气息。这美好，纯粹而浪漫，微小又宏大，是这个茫茫尘世里真实的爱与希望。我微笑——祝福两只幸福的虫。它们的心语，就是许多人的心语——有些话，可能一辈子都无法清楚而流畅地讲出来，其实，也不必讲出来，懂你的人自然懂。

不要打扰一个听虫鸣的人。这人间，大概只有两种耳朵：要么从来就不听虫鸣,因为这样的耳朵总是忙着听别的声音,比如,鼓掌的声音、数钱的声音、权威的声音;要么就偏爱听虫鸣,越听越入迷,因为这样的耳朵好像是为听虫鸣而生。不,也不是专为听虫鸣,还是为听阳光的声音、清风的声音、流水的声音、花开的声音等而生的。可以说,一个人的耳朵更爱听哪种声音,决定了一个人一生的走向以及在时光里留下的痕迹。

既然拥有一双与虫鸣纠缠不清的耳朵,那就索性忘我地听下去。不必奢求听懂,平心静气地听着就好。任四野的虫鸣把一部分自己安慰或者唤醒。不知不觉地,好像有一股神奇的力量,把心底里潜藏的音符一一弹响。身在凡尘,心有梵音,你细细聆听,你寂静欢喜。这个过程,差不多就如一个信徒虔诚地朝圣。在一条看不见的路上,你听着,听着一场一场的虫鸣,听着一缕一缕自己的心声,你的眸子变得如此澄澈,你的身子变得那么轻盈,你仿佛长出了一双晶莹剔透的翅膀,飞往从未想象过的辽阔世界……

夜渐深,村庄里的人家陆续熄了灯睡觉了,就像一颗一颗小星星闭上眼睛藏了起来。虫儿们鸣得更欢了,把个村庄鸣得像坠入某种神秘的掩护里,不动声色地筹划着要干点什么。静穆仿佛是一场假象。

我不由得想起多年前,也是这样的夜晚,明月高挂,星星闪烁,母亲点一盏煤油灯放在堂屋的大桌上,灯火明明灭灭,像一个微醺的女子,脸蛋红扑扑的,摇摇晃晃。一家人坐在院子里的大梧桐树下乘凉,树叶沙沙作响,虫鸣声在四周回荡,时不时地穿插一两声老狗的低吼、五六声青蛙的高唱、七八声野猫的长吟,撕破夜的帷幕,撞乱风的路线。我们谁也不说话,所有声音都仿佛是幻觉,时光仿佛静止。猫呀狗呀蛙呀都不叫了,虫依然在鸣。我们的表情在虫鸣声里很写意，月光抚过后还很安详。我们一动也不动，黑乎乎的影子散在地上，被虫鸣声击得东倒西歪，我们也懒得管。我们把很多个这样的夜晚坐成一个夜晚，虫鸣是打开这个夜晚的关键密码。

那时的我，没有像现在这样刻意地去听任何一种虫鸣。是那些虫鸣一丝一丝地侵入了我的身心我的灵魂深处，我竟然毫无察觉。或许，每个人身体里都有一道无形的门，它静悄悄地打开，把许多美好而珍贵的东西迎进一个人的生命里，当这扇门很久没有遇见那些东西了，它就会提醒一个人曾经拥有什么，正在失去什么。而我，发现自己喜听虫鸣，竟然用了几十年的时间。有些东西，本来就是刻进一个人生命里的，注定要一生一世为之牵绊，只是发现总是迟到。迟发现比不发现要好，不然怎么回归天真？我这个想法倒是天真。天真是个稀有物，不是谁想回归就能回归的。

正怅惘着，一只青色的蚂蚱翩翩然飞到我旁边的木椅上。我心一颤。在我的家乡，有一个传说，青蚂蚱可能是去世的亲人转世而来。如果一只青蚂蚱飞到家里来，总是会让人恍然想起某个永远离开却又似从未离开的亲人。谁谁谁深切的思念，因一只蚂蚱而泛滥。就像我，明明知道蚂蚱就是蚂蚱，目光却还是会被这一袭青衣的神秘来者给牢牢牵住，它飞飞停停，我的猜想飞飞停停，它是逝去多年的奶奶还是生前常在这个院子里转悠的爷爷？就这么看着就好，真假虚实并不重要，只求蚂蚱你不要太快飞走。不要飞走。它还是飞走了。就像每一个离开了我们的亲人一样，消失在无边的黑暗里。

听听，那虫鸣。继续听。寂夜不寂。虫鸣着鸣着，就把村庄里的草呀木呀花呀庄稼呀石头呀房子呀都感染了，也纷纷忍不住窃窃私语起来，它们交头接耳，眉来眼去，情愫暗生，好不妖娆！村庄里，劳累了一天的乡亲们，伴着虫鸣沉沉睡去。他们的梦里，是否也有一片虫鸣？但他们做梦的时候，虫鸣真真切切地萦绕在一个一个梦境周围。虫不知道，它们装饰了人的梦。人不知道，他们衬托了虫的鸣。一夜一夜，一村人不作声了，一只一只虫仿佛在替人发声。有的婉转，有的粗犷，有的温柔，有的尖锐，有的忧愁，有的欢快……人也如虫。虫也如人。活着，总是有些声音的。声音就是活着的证据之一。只是，不是所有声音都能被听见。当然，也不是所有的声音都是为了被听见而发出。多少人，一生仿佛没有发出一点声音就过去了，但其实不然，他们的声音全都在，在风里，在梦里，在大地深处，在天空尽头，时而清晰，时而模糊。你听，所有人的声音汇聚成命运的交响乐，在时光里悠悠回响，跟虫鸣一样，真实也缥缈……

我记不清自己听了多少次虫鸣。反正就是对虫鸣没有半点抵抗力。也许，我上辈子就是一只虫，活在山野之间，简单又幸福，孤独而自由，鸣或不鸣，全凭我的心情。我几乎都不看人一眼。人也听不懂我的鸣。这一世，我活得还不如一只虫。很多时候，需要我发出一点声音，偏偏所有的话语都在我面前集体自杀，我也是无可奈何。我正在加速失鸣。而我正在写的这些文字，是我试着治疗自己失鸣的偏方。我很清楚，根治，是不可能的。我只能躲在文字后面换取片刻的宁静。我需要把那些一闪即逝的莫名的感受一下一下地从键盘上敲出来。恶狠狠地敲出来。不然，它们就像一条狗，老是追着我不放。或许，这算是另一种鸣吧。悄无声息的鸣。阴冷无助的鸣。就像那些在黑夜里从不发出一点声音的虫儿，你不能说它是哑巴。

人生苦短，一笑而过。听听那虫鸣。

村庄是一片庄稼

苞谷

孟夏。故乡的那些村庄，全都是苞谷的天下。

谁家还没几块苞谷。许多个谁家的苞谷，热烈地铺展开来，毫不客气地演绎一种顶天立地的豪迈。村庄，硬是被满坡满野的苞谷给整出个全新的模样。好像苞谷原来是潜伏在村庄里的主角似的，终于逮到时机占领了大片土地。那气势，如奔腾的骏马，似飞翔的雄鹰，不由分说，就征服了走近苞谷的人。我严重怀疑，苞谷拥有读心术，分分钟就把人读透。人，不知不觉地就被苞谷吸了睛勾了魂，心甘情愿跟苞谷待在一起，任时光慢慢地流走……

谁知道那些苞谷苗到底是怎么想的，一入夏，便没日没夜地疯长，三下两下就高过人了。几天不见，又高出人好大一截子了。长长长，苞谷攒着一股猛劲，向着天空野蛮生长，扎根泥土散发芬芳。

农人眼看着自家的苞谷就要长出天花了，不由得钻进苞谷林里去转悠转悠。那种暗藏喜悦与希望的心情，只有跟庄稼天天打交道的农人才懂得。一进苞谷林，农人就不见了——农人被自己亲手种下的苞谷给淹没了，淹没在苞谷林构建的重重绿浪里，农人也懒得挣扎，任一浪一浪的绿袭遍身心；或者说，风华正茂的苞谷们给了农人一个大大的拥抱，农人恍恍惚惚地"被拥入怀"，莫名的幸福感在心底悠悠荡漾，农人与苞谷就这样紧紧地融在一起，好像永远都不会分开似的。

每一棵苞谷都是农人用汗水与希望浇灌长大的。就跟自个儿养大的孩子一样，怎么看怎么舒服，怎么看都看不够。农人看着看着，就忘了给苞谷施肥锄草的劳累，忘了风里雨里奔忙在苞谷地里的艰辛。风轻拂，农人在一棵苞谷的摇晃里，朦胧地忆起苞谷苗刚出土的清丽、长出三四片嫩叶的娇俏——那场景，似乎发生在昨天，点点滴滴都历历在目，那些苞谷苗，天生丽质难自弃；又似乎是去年、前年、好几年前的事，那些苞谷苗，穿过尘封的岁月，变得缥缈神秘。农人的脸上，有些许迷茫，些许欢喜。既然做了农人，昨天今天明天，去年今年明年，又有什么区别呢？反正总是得种了收，收了种，种种收收，收收种种。一天长如一生，一生短如一天。哪一天，农人种不动了，离自己被"种"到土里就不远了，或者说，意味着时间就要来"收"农人了。

苞谷一刻不歇地在生长，农人一刻不停地在衰老。苞谷与农人，亲密无间。但或许，苞谷不解农人的悲喜，农人不解苞谷的风情。

眨眼间，苞谷的天花已经齐刷刷地长出来了！浓郁的香气在村庄四处弥漫，放肆地袭人、撩人、醉人。村庄陷在漫天卷地的香气里，意乱情迷，神魂颠倒，好像在谈一场轰轰烈烈的恋爱，甜蜜得不像话。

再过几天，一个个饱满圆润的苞谷棒子便挂在苞谷梗子上了。这是苞谷们一生一世的巅峰时期。它们骄傲地挺立着，用火一样的激情把所有精华都输往苞谷棒子。暗红或浅黄的苞谷须像缕缕火焰，燃烧着生命的炽热，燃烧着村庄的澎湃。

那火焰在农人的心头窜。农人不会表现出来。农人习惯了把一些心绪丢在风里，比如，盼风调雨顺，苞谷丰收。当然，风是个深情也无情的家伙，指不定什么时候不高兴了，恶狠狠地乱刮一通，苞谷就接二连三地倒地了。农人的希望也跟着倒地了，碎成千万片，沾满泥与水。不过，苞谷只要还有一口气，哪怕身子贴着地，也会努力地昂起头，倔强地活下去。这像极了历经风雨磨难依旧笑对生活的农人。

此刻，我正在村庄的一条小路上行走。路的两边，长满茂密的苞谷。我走得很慢很慢。我多想，就这么慢慢悠悠地往前走，一直走到苞谷成熟了，一村庄的金黄……

洋芋

洋芋在村庄里，从来都是一副很低调的样子。

你看它们，头年冬天被种进地里，不声不响的，任雨水淋透，任白雪覆盖，任寒冷侵袭，任黑暗包围。它们知道，安静地蛰伏，是为了热烈地重生。而重生，是一场惊心动魄的冒险，充满无法抵挡的诱惑。

初春时节，乍暖还寒，在地下积蓄了磅礴之力的洋芋，迎着阳光雨露，和着鸟语花香，化为一棵棵幼苗，以离弦之势，破土而出。村庄里的空气颤了颤，很快恢复平静。村庄明白，洋芋看起来那么不起眼，其实心思大得很呢，管它风调不调、雨顺不顺，洋芋苗只要一冒出来，就将全力以赴地去释放生命的巨大能量。村庄，在一场洋芋苗的萌生里，涌动着原始而蓬勃的无限生机。

很快，洋芋苗遍布在村庄的各个角落。村庄呢，不长这种庄稼，就要长那种庄稼，横竖都得被庄稼长遍。村庄自己也不知道跟哪种庄稼的关系更密切一些，于是，村庄对所有庄稼都摆出貌似一视同仁的态度。洋芋苗也懒得揣摩村庄的心思，自顾自地长着，反正也不是长给村庄看的。

青青嫩嫩的洋芋苗，还是忍不住睁大眼睛把村庄好奇地打量——一切都那么熟悉呀，好像来过这里——可是想了又想，怎么想不出任何线索。也许是前世来过吧——洋芋似懂非懂地点点头，又摇摇头。洋芋也好，人也好，有时候，本来已经找到某个问题的答案，却偏偏没有办法确认。对人来说，它们的前世并不远——去年。对洋芋来说，它们的前世，是深渊般的远。人就是大声地告诉洋芋真相，也没用，因为洋芋听不懂人话。

洋芋就是洋芋，注定每一世都无法过完一整年，在洋芋的世界里，可能没有"去年"这个词。又或者说，洋芋才不管时间究竟如何无尽地流失呢，时间让我死了，我且休息休息，什么都不用管，农人自然会在时间里让我再生。生来，死去。生生死死。生死轮回，本是常事。无所谓生，无所谓死。洋芋在时间里浮浮沉沉，半梦半醒，演绎平淡从容，书写旷达奔放。

啊，洋芋开花了。雪白的、淡紫的、浅红的，一朵朵，一簇簇，一片片，星星点点的，轻盈盈的，静悄悄的，点缀在茂密的墨绿的洋芋叶上。这世间，千万种花，每一种花都有各自的初心与使命。兰花、梅花等，风姿绰约，不论在哪里，都是众人瞩目的焦点。而洋芋花，没有惊艳的形态，没有绚丽的色彩，只有那娇羞的模样，好像生怕打扰了谁似的，然而，谁都没有办法抗拒如此朴素又如此高贵的美。那美，可以让一个人的眼神瞬间温和下来，内心慢慢宁静下来。

洋芋花默然地开着，农人默然地看着，村庄默然地醒着。似在共同遵循一种宗教般的信仰，彼此心照不宣，无比默契。神圣，就在烟火人间，触手可及，并不遥远。

花谢了，地里的新洋芋正在争分夺秒地吮吸大地的养分，忘我地生长。长大，长大，再长大，除了长大，无事可做。只有长得足够大了，才能盼来久违的脚步声，由远及近，停下，再由一双双粗糙的手扬起磨得锃亮的锄头，将它们从泥土里挖出来。泥土飞溅，汗水洒落，新鲜的洋芋，终于从地下来到地上。

出土的那一刻，洋芋被阳光刺得有些兴奋，也有些恍惚。但并不后悔，所有隐在地下黑暗中的努力，不就是为了奔向最后的光明。哪怕一见光，也就意味着这一世的结束。是的，这算是一种壮烈，天地可鉴。

农人不说话，弓着腰，挖了一行又一行，捡了一筐又一筐。在农人的眼里，洋芋是实实在在的粮食，是延续接下来生活的重要支撑，丰收也好，没能丰收也罢，都要接受。农人没有工夫去倾听新洋芋们的窃窃私语。

夏末，村庄里的洋芋差不多都被挖回各家各户了。那些被挖得松软而凌乱的田地，像刚刚生产了孩子的母亲，透着藏不住的疲累，又显出说不出的喜悦与安定。

我知道，明年春天，洋芋苗又将在村庄的各处摇曳，跟今年春天时也没什么不同。可那仍然像一个五彩斑斓的梦，牵住我纷纷的思绪，飞向村庄的深处……

麦子

哪个村庄里种着麦子，哪个村庄就拥有一种别样的韵味。

麦子，是农人写在村庄里的一首首散文诗。气质清奇，韵律雅致，情感饱满，意境悠远。你读或不读，它们都在那里，魅力无限。

麦子绝对是个迷人的高手，让人总是感觉读不够。而读不够是因为没读懂。没读懂是因为什么呢？既不能怪麦子太深奥，又不能怪人太愚蠢。问题就卡在这里了。凡是没有答案的问题，通常都格外迷人。人就是一种奇怪的动物，一生一世都在为几个无法确定的答案想破脑袋费尽心思。比如，像我这样的人，读了几十年麦子，也是白读了，硬是感觉越来越不懂麦子。哪怕此刻，我壮着胆子厚着脸皮写下几行关于麦子的文字，也不过是在一条通往失败的路上跌跌撞撞地行走。啊，麦子，你叫我拿你有什么办法。我的胡言乱语，还请麦子你不要见笑。

从头年冬天到来年夏天，从一粒粒深埋在地下的麦种到一串串摇曳于地上的麦穗，是麦子的一生。短暂。也不短暂。每一刻，麦子都从容不迫，意气风发。

那义无反顾冲破黑暗终见光亮的麦苗，自山坡上田野里争先恐后地冒出来。青嫩而蓬勃。欣欣然又恍恍惚惚。一行行，一片片，整齐，温柔。整齐地温柔着。温柔地整齐着。这样的麦苗，一春一春在大地上萌生，也在人的心底一次一次地萌生，萌生成崭新的希望与美好。人立于一地麦苗间，不知不觉地，一些烦闷消失了，一些苦痛减轻了……

麦苗静静生长，村庄仿佛终于从一场迷蒙的梦中醒来，日复一日地清新明媚起来。农人有意无意地望一眼接天连地的麦苗，浅浅的微笑就浮上脸颊。这个时候，农人就是在跟麦苗共同写一首散文诗，没有刻意的修辞，只有本义的动词、名词以及真挚干净的情愫，缕缕飘散在风中……

麦苗长着长着，就褪去了刚萌芽时那个无比娇柔的样子，麦苗才不关心自己在人心目中到底是个啥形象，不由分说地把内心奔涌的狂野尽情地释放出来，干脆利落地把个村庄弄得差点招架不住。但村庄毕竟是村庄，千百年来，见惯了各种庄稼的独特个性，稍微定了定神，便任麦苗疯个够。

麦苗其实也不疯。麦苗不过是生就一副倔脾气。站直，是麦苗顶天立地的姿态。不管风怎样地吹雨怎样地下太阳怎样地火辣，麦苗总是倔强地站直。它们从不会弯弯绕绕。谁知道空心的麦秆究竟从何处获取那般巨大的力量保持一种直？也许，就是因为空了心，麦秆才如此直。就像那些空了心的人，总是挺直了脊梁行走于天地间。

麦苗直直地长到半人高的样子，麦芒便迫不及待地绽出来了。那是一季麦子最青春的时候，完全称得上风华绝代。麦芒那样精巧别致那样神采飞扬，村庄那样端庄优雅那样心神荡漾。阳光在麦芒上跳舞，露珠在麦芒上荡秋千，谁的欢喜在麦芒上流连，谁的期待在麦芒上闪耀……

转眼间，村庄就陷在一片金黄的麦穗中了。麦子，倾尽全力在村庄里铺陈一种惊心动魄的丰饶美。色彩绚烂到辉煌，线条流畅到飘然，气韵质朴到出尘。麦秆依然直直地挺立，神情变得庄重而神秘。麦穗起初也是仰头向天直立，等到完全成熟了，才轻轻地弯一弯，那模样，几分娇羞，几分优雅。风起，麦浪起伏，金光荡漾，若即若离，如梦如幻。

农人磨刀霍霍，麦穗纷纷掉落。无论多美，麦子也逃不掉被收割的命运。麦穗与麦秆，在雪亮的刀锋闪过后，一一断开。失去了麦穗的麦秆，死一般地直立着，好像一点也不痛，又好像看破了生死似的，一言不发。麦穗来到一个个农家小院里，丰满了一种原始的安定。

不知怎的，我忽然想起米勒的油画作品《拾穗者》。那画面，极简单极丰富，极自然极深刻，蕴藏着无法用语言形容的美与力量。

我还仿佛看见，在某个午后或是黄昏，我回到故乡那个小小的村庄，独自在一块收割后的麦田里，不声不响地拾穗……

油菜

又到收割油菜的时节了。

村庄里的农人又忙碌起来。得抢抓晴好的天气，割下一束束油菜荚，用大竹筐背回家，晒干，再铺在院子里用连枷轻轻拍打，这样，一粒粒小小的油菜籽便破荚而出。农人便可以用新鲜的油菜籽榨油了。

每次遇到农人收割油菜的场景，我都忍不住多看几眼。说不太清为什么。但有一点是可以肯定的，那样的场景会勾起我关于油菜的种种回忆……

二十多年前，故乡的那些村庄里，几乎家家户户都种油菜。种油菜是为了一年四季有菜油吃。自家种的油菜籽榨出的菜油，格外香。农人深谙生活的真谛，真正的踏实与幸福，得靠自己用双手去创造去争取。

油菜懵懵懂懂地萌芽、长高，热烈地开花。农人一丝不苟地除草、施肥，尽心尽力地呵护。农人在油菜田里一再出没，油菜在农人眼里恬静美好。

春天里,油菜花开,村庄便隐在黄灿灿的花海里,千种绰约,万般妩媚。瞧,谁家的灰瓦土墙屋,掩映在油菜花中,造一个触手可及的梦;谁家的桃花盛放,与油菜花相互映衬,绘一幅浓墨重彩的画;谁家的炊烟袅袅升起,和着油菜花的摇曳,炫一支缥缈空灵的舞;谁家的老人白发苍苍,静默于油菜花前,慢了谁的时光;谁家的姑娘辫子长长,徘徊在油菜花间,乱了谁的心怀;谁家的小子放牧三五只牛羊,慢悠悠地经过一块一块油菜花,勾了谁的思绪……

多少个春天里,油菜花好像从来不知忧愁为何物,悠然地开在村庄的各个角落。那一望无际的菜花黄,闪着耀眼的光芒,吐露浓郁的芬芳,激情四溢地铺陈一种绚烂,诠释一种热恋。农人穿行于油菜花间,满眼花影,满心迷乱。农人从不擅长对自己在天地间创作的任何一件带有泥土气息的"作品"表现出一丝半毫的赞美之意,正是因为这样,农人的"作品"总是带有一种与生俱来的原始而淳朴的美,它足够令一切自以为是的华丽堆砌黯然失色。你不要说话,静静地立于一块油菜花前,看花枝轻舞,听花语呢喃,就会被这样的美所浸透所震撼。

花,陆续谢了。油菜变得沉稳了。开花本来就不是油菜的目的,但这个过程不能省。花开得越好,荚就结得越多越饱满。这个世间,每一种过程,都有它存在的意义。

春末夏初,漫山遍野的油菜,一改花枝招展的做派,一本正经地向着成熟迈进。绿。浓浓淡淡的绿,远远近近的绿,一动不动的绿,随风起伏的绿……各种绿在油菜的枝叶间流淌,在串串油菜荚上游走。油菜绿,村庄秀,农人喜。农人又不敢喜形于色,毕竟,所有庄稼最终能不能有个好收成,还得仰仗老天爷的大慈大悲。农人在完成好每一个环节的劳作之外,就只能暗暗地祈求天遂人愿了。

油菜荚一天天地鼓棱起来。一些已经直不起腰了,挨挨挤挤的,像一群微醺的汉子,使人发笑;一些依然保持亭亭玉立,清清爽爽的,如一个个超凡脱俗的仙子,令人沉迷;还有一些呢,也不知是被风闪了腰还是看破了红尘,一副摇摇欲倒的样子,似千百个林黛玉,惹人怜爱……"汉子""仙子""黛玉"在村庄里演绎一种与凄凉无关的老去。你瞧,他们的皮肤渐渐变成淡淡的黄色了,但却更见风致了;他们的腰全都弯得更厉害了,但却更显端庄了;他们的青春一分一秒地悄然远去,但青春也留在一村人的心里,留在了村庄深处;他们的苍老正在赶来,但苍老其实也并不可怕,他们将所有的过往深埋于灵魂深处,深埋在村庄的各个角落,不慌不忙走向生命的终点……

一块一块的油菜成熟了。村庄一天一天地丰满了。农人,终于安然一笑,忘了脸上又添了几条皱纹。

油菜成熟的时节,去村庄吧。用感觉做一把镰刀,去收割无尽丰盈……

水稻

水稻。村庄。

种有水稻的村庄,就像拥有某种特殊气质的可人儿,瞬间就能打动心扉,拨动心弦。

故乡的那些村庄里,许多人家一年之中都会种一季水稻。

春水悠悠,春光融融,春风柔柔。农人抖擞抖擞精神,牵着水牛,扛上犁铧,走向水田——他们要去犁水田了!只有把田犁得松软平整,并除去杂草,然后等一场雨,给田赶水(方言,蓄水的意思),浸泡了一些日子,泥土变得足够细滑,才能栽种水稻。说干就干,那就挽起裤角,脱下鞋子,人赶着牛,牛拉着犁,来来去去,快快慢慢,犁起犁落,水清水浊,泥浆飞溅,汗水滴落。农人披晨曦浴晚霞沐风雨,在春天里,在大地上,犁田,犁田,犁出灵动的诗行,犁出浩瀚的画卷,犁出无垠的希望。

犁田的同时,还有一件重要的事要做,那就是育稻秧。这事多半都是村庄里的女人来做。男人犁田,女人育秧,合理得很,老天爷把两个农人用姻缘拴在一起,就是要他们天亮了一起下田,天黑了一起回家,不然,漫长的一生多无趣。男人和女人各做各活,不需要什么语言去安慰对方的劳累,一个不经意的眼神就彼此明了。所有这些,田地都一一帮他们收藏、掩埋,再变成一种有魔力的养分,随着庄稼从地里长出来。

稻秧冒出来六七寸高了,水田也静候多时了。该插秧了。

一丛丛青青的稻秧,被一双双布满老茧与伤痕的手放进松松软软的水田里。秧苗还没弄清是咋回事呢,就住进了农人为它们打造的另一个新家,不由自主地颤了颤,探探头,又伸伸脚,有点害怕,又有点好奇。那些经验丰富的双手,又快又准;那些糊满泥浆的双脚,进退自如。农人仿佛看都没看一眼,就把秧苗随意地丢到水田里了,可回头一看,却又是那样整齐。只能说,农人心里有尺有度,但凡一用,就显出非同一般的精准以及凌厉。

各家各户,都闷声不响地插秧,谁也不甘在这个时节落后。一落后,稻秧是不会给主人留面子的,多半都会长出个落后的样子,惹主人暗暗叹息。插秧插秧插秧,四处都是插秧的农人,秧苗哗啦啦地在村庄里蔓延开来。村庄舒展舒展筋骨,眉开眼笑,仿佛什么愁情烦事也没有了。

水田纵横交错，铺陈出一种无与伦比的厚重与灵秀。水静水清，泥柔泥软，秧嫩秧绿。天光云影，倒映水中，秧苗仿佛不是长在地上，而是飘浮在天空中，天真烂漫又捉摸不定。微风轻拂，秧苗轻舞，水纹轻漾，一切都揉进无法言喻的美妙里。忍不住来察看秧苗长势的农人，沿着田埂走走停停，他们的身影，映在水中，时而模糊，时而清晰。他们，早已与水田融为一体，所有的秧苗，都从他们的身体里长出来，带着坚韧的心跳和炽烈的温度。

秧苗放肆生长，好像攒着一股子使不完的狠劲儿，一刻不停地仰头向天而长。时光倏忽而过，秧苗不再是苗，而是挺拔潇洒的水稻。接天连地的水稻，接天连地的绿浪，接天连地的纯粹。村庄，弥散着可触可碰的灵秀之美。

稻花，开了。那样小巧细密的花，一点也不起眼，但却以群体之力，轰轰烈烈地开出不容抗拒的稻花香。香，浓郁的香，把村庄彻底包围，村庄有些晕眩。幸福的晕眩。稻花香里说丰年，听取蛙声一片。夏夜里，于一村庄细嗅稻花香，静听蛙声起，逍遥人世间，物我忽两忘，岂不快哉！

串串稻谷在风里招摇，哦，水稻正在完成它们一生一世之中最后的冲刺，稻谷是它们向天与地展示的丰硕成果。稻谷黄了。黄得璀璨，黄得恢宏。村庄，在一波一波金黄的稻浪里，变成一个真实的童话世界。农人，仿佛只有丰收的喜悦。农人，一点也不觉得是自己创造出了一幅极致朴素又无限华贵的田园画卷。农人，都没有顾得上抬起头望一望满村的稻谷黄，就匆匆地低着头去奔赴一声新的收割了。瞧，农人弯下腰的样子，和成熟的稻谷是那么相像……

稻谷熟了，村庄醉了。

第三辑

我在月光下晒秘密

人一生会路过许多地方,但绝不会对每一个地方都心生爱恋。

无

天蓝得出奇的虚幻，像只有蓝、没有天一样。

大地呢，大地上安放着个人间。这着实要比天复杂。不过，人间的样子，也就是那样——无非是万物在天地间生长，人在天地间折腾。

现在是人间三月。

我站在阳台上，俯瞰一座城市的融融春色。尽管这个小小的山城没有什么特别迷人的春色，但春意还是扑面而来。有丝丝愉悦在心底荡漾。

城边连绵起伏的山峦上，一树树灿然绽放的野樱桃花，宛如一朵朵贪玩的白云飘落在绿树丛中，有种无可比拟的清新与可爱，更有种若有若无的梦幻与神秘。

我知道，那些山上，以及更远处的山上，还有许多别的花儿也在绽放，但我看不见，就仿佛是无——事实上，我闭上眼睛都能看见她们可人的小模样。是的，那些山林里的小花，粉红的，淡紫的，浅黄的，纯白的，深蓝的，我曾无数次走到她们身边，向她们微笑啊，看她们对我点头啊——我不知道她们的名字，也没打算知道她们的名字——无名，一点也不妨碍我对她们无以复加的喜欢。当然，她们也不知道我的名字，对她们来说，我也是无名的。至于她们喜不喜欢我，那只能是一个永远的谜。

成天埋在一堆事里的我，看似过得无比充实，实则苟且并茫然着。很多时候，我不想跟任何人说话，也不想继续往前走。于是，在越来越少的闲暇时光里，我更愿意选择跟那些山间田野里的小花待在一起，我与花儿相视一笑，无须客气，自然而然地"无话不说"。心灵，于浅浅光阴里感受到一丝一丝抚慰与安宁。

此刻，我的目光依然停留远方的山上。收不回来的目光，就随它去吧。那些无名的花呀，她们是否也像从前一样，在春天的某个角落悄然绽放？不用怀疑，她们在，在绽放，或者说，在盛放。她们中的一些，看起来那般柔弱，却在刚刚过去的寒冬里傲然生长，现在更是生机勃勃；而另一些，在寒冬里枯萎，在春天里醒来，给全世界一个全然没有沧桑感的崭新笑颜。她们，从来都比我活得自在、洒脱、快乐。

我一笑。

我一笑，那些花朵似乎更清晰了。

我一笑，那些花朵似乎变模糊了。

可笑。也不可笑。

我只能说，我感到了我跟一朵花的距离，无法渐近无奈渐远的距离，随之而来的，是无处安放的巨大的虚无。这让我还是有点难过的。甚至有点恐惧。不过，恐惧之后就没什么可恐惧的了。

有时遇见一棵开花的树，或是一片嫩绿的草，我总有种错觉：眼前的花或草恍若是许多年前的。我停下脚步，呆呆地看，呆呆地离开。花是花，草是草，我是我吗？自己都不能确定，其实答案就是否是的。就像你问自己：他（她）喜欢我吗？连问三遍，答案都不应声出现，其实就是一个大写的不。

曾经的、眼前的花和草，似乎都跟我玩起了捉迷藏，她们根本就是些精灵，躲得隐秘得很，而我越来越傻，我经常性地找不到她们了。我分明看见我找得很狼狈。这种狼狈告诉我：找不到就不找了呗。若有若无的感觉，也是一种享受——我干吗要着急忙慌地找到她们呢，总会有那样一个未知的时刻，她们会重新出现在我的眼前心底。

那一刻，我期待。

像我这样一个俗人，在人世间跌跌跄跄地走着，清醒着也好，糊涂着也罢，追求着也好，放弃着也罢，得到着也好，失去着也罢，难免时不时地感到"无"：碌碌无为，一事无成，一无是处，无能为力，无可奈何，无所适从……甚至，一些自己拼尽全力获得的"有"，反而造成了更大的"无"。而无忧无虑，几乎就是一个神话。

很多东西，正在被一分一秒的时间拉远褪色，被一场一场的风刮得支离破碎，被一粒一粒的尘埃静静掩埋。有时，我是一个在旷野中试图发出呼喊的人，但我的喉咙却被一只看不见的大手温柔又无情地掐住了，我的声音，无法被一些耳朵听见。这只手一直都在，只是我活了些年头才发现，但我并不害怕，我知道，将来的某个时刻，我再也不想或者不能发出任何一点声音了，它终将对我无可奈何。旷野无声，我无声。

我一无所有地来到这个世界，终将一无所有地离去。来去之间，心底难免会有各种各样的渴望，当一个一个渴望变成现实，我也一点一点老去。最先老去的，是我的渴望——某一天，我忽然发现，我不再那么深切地渴望什么了，于是，我看见自己一动不动的落满尘土的老态——就这样了，我对自己一点办法也没有——接受一个颓废的自己，似乎比接受一个不颓废的自己要容易得多。

生活，冷不丁就给你一个"无"的体验，那索性就还生命一个"无"状态。

好吧，那就无风花雪月、无过去将来、无成功失败，无思无想、无悲无喜、无为无我，如一粒尘埃，似一缕空气……说在，也在；说不在，也恍若不在。

无，并不荒芜。

无，非无。

落叶缤纷

1

很奇怪。

那天，我路过一个广场，看见一地金黄的银杏叶，瞬间想起玛格丽特·杜拉斯的《情人》开头的句子：大家都说您年轻的时候很漂亮，而我是想告诉您，依我看来，您现在比年轻的时候更漂亮，您从前那张少女的面孔远不如今天这副被毁坏的容颜更使我喜欢。

也不奇怪——牵动一个人的情感，有时仅需一片落叶而已。

我凝视着脚边老了的却并无老态的银杏叶，我想对它说：你现在比春夏时的你更漂亮，你从前那张青春洋溢的面孔远不如今天这副凋零的容颜更使我喜欢。

绿与黄，本无美或更美之差别，但在一株银杏树上，我总觉得，深秋或初冬时那黄叶飘摇的银杏树比春夏之时绿意融融的银杏树更美。银杏叶的黄是那种叫眼睛无法不喜欢的黄，叫心灵无法不愉悦的黄。一树黄叶，似一树黄花，比一树黄花更美，美得更纯粹，美得更热烈，美得那般惹人怜惜，美得那般令人沉醉。

我总是很矛盾，我既希望那黄黄的银杏叶不要落下来，又希望那黄黄的银杏叶落下来。它们不落下来或落下来都叫人迷恋。但它们都得落下来。

落，多么动人的姿态。

落，多么迷离的情怀。

它们一片一片地落下来，轻盈地在地面铺陈出一层诗情画意，干干净净、重重叠叠、疏疏密密，简约又丰富，清新又凝练，精致又写意。

遇见一地金黄的银杏叶，请停下来吧，与静美飘逸的银杏落叶相视一笑，让看得见的缤纷、看不见的缤纷，芬芳生命……

2

蓝天。暖阳。

我坐在街边一棵香樟树下的长椅上，脚边躺着几片不知何时被风吹落的红色香樟树叶。这是一抹让人眼前一亮的红，我差点就动手捡了起来。不过，我觉得它们就那样躺在地上已然很美很好，伸出的手就缩了回来——有的美，本就是不忍触碰的。

此时正值初秋，红色的落叶并不多见。

这几片红叶在阳光下显得无比绚丽，宛如几只迷路的红蜻蜓，熠熠生辉，翩翩欲飞。只是，它们为何在簇簇绿叶中悄悄地变成耀眼的深红？它们被风吹落时是否有着丝丝无奈的伤感，抑或是只有潇洒离去的释然？它们那精巧神秘的叶脉间藏着多少阳光风雨掠过的痕迹，藏着多少执着生长的倔强，藏着多少在这喧嚣的人世间寻觅某种情愫的澄澈或迷茫的眼神？……

我总是格外喜欢红色的落叶。我不知道为什么。反正就是喜欢。一见就喜欢。越见越喜欢。不管在哪里,看见红色的落叶,我总是无可救药地心甘情愿地被吸引。比如此刻,若是有人叫我做其他事,我一定不客气地回答:请不要打扰我看红叶。

红叶,尤其是那红红的落叶,一片也好,三四片七八片也好,成百上千片也好,多像一首首即兴的小诗。如果你愿意读,你的内心总会在不经意间遇见缤纷……

3

我喜欢那些颜色明丽的落叶,也喜欢那些颜色黯淡的落叶。

颜色只是落叶的不同面容或者说不同表情而已。谁又能说忧伤的表情没有欢欣的表情美?

我喜欢落叶,只因为它是落叶,不是别的。

我喜欢落叶,就像喜欢它们都曾生机勃勃地在某一株植物上做"非落叶"时一样喜欢。

记得小时候,我家院子一角有一棵柳树。不高大。也婀娜。

春天,嫩嫩的柳叶从细长纤柔的柳枝上钻出来,浅绿里透着生机,清丽中带着妩媚,水墨画一般灵秀。看着满是新叶的柳树,或者在树边站着,说不出有多惬意、舒服。

柳树的落叶比其他树的落叶似乎来得更早一些。夏末时,就有少数柳叶落下来了。秋风一吹,更是柳叶纷飞。

柳树的落叶怎么看都是一副历经沧桑的模样,褐色里弥漫着阴郁,卷曲里散发着落寞,素描一般耐人品味。但那时看着落下的柳叶,我心里是没有多少伤感的。落了就落了,曾经很美丽,落了依然提示着曾经的美丽,落了也不能说就不美丽了。落了就落了,明年还会有一树新的柳叶。

现在的我,特别怀念那时的我对落叶的感觉——简单,看淡。

是的,特别怀念。因为再也回不去了……

那些枯萎又缤纷的柳叶,落在我那么多平凡的时光里,落在我怅惘又恍若清晰的思绪里,每每回忆,便能感受到自己最真实顺畅的呼吸……

4

如果说一棵树的落叶可以令我瞬间露出微笑,那么,一片森林的落叶给我的就是无边的喜悦和安宁。

森林里的落叶是一幅幅连绵起伏、五彩斑斓的画卷,四季常在,四季变换,美得朴素,美得婉约,美得有声有色,美得无法无天。

森林里的落叶是一首首没有开头也没有结尾的纯音乐,落叶或厚或浅,或疏或密,随意触碰都是荡涤心灵的美妙音符。

森林里的落叶是一篇篇浑然天成、大气凝练的散文,不论从哪里开始读,不论读到哪里结束,都自然,优美,淡雅,馨香。

走进一片森林,走在一层落叶上,细看落叶片片堆积,知道名儿的,不知名儿的,鲜艳的,不鲜艳的,舒展的,不舒展的,完整的,不完整的,刚落的,不是刚落的……那么丰富,那么和谐,那么平淡,那么热烈。仿佛每一片落叶都有一种奇怪的魔力,让你想要从它的色泽或者外形里看见某种你想看见的东西……

走进一片森林,走在一层落叶上,聆听一片片落叶飘落的声音,聆听一片片落叶融入泥土的声音,聆听自己灵魂里最干净的声音。一片叶子，生长着也好，落下了也罢，顺其自然，在四季的轮回里从容地真诚地活过，就好。一个人，得意又如何？失意又如何？生又如何？死又如何？有爱便有念。无恋则无惧。做自己，就好。

走进一片森林，走在一层落叶上，感受森林强劲鲜活的脉动，感受森林沉稳内敛的气质。如果你不曾低头认真看过森林里的落叶，又怎能昂首看见森林谜一般的深远海一般的浩瀚？如果你不曾看着落叶而陷入沉思，又怎能看见森林的生生不息、气象万千？

为一层落叶而走进森林，只是在寻找生命里一缕简约而生动的缤纷……

等一场雪

于我而言,等待一个冬天,其实只是等待一场雪白了世界的雪。

"忽如一夜春风来,千树万树梨花开。"千万句描写雪的诗句中,我尤爱岑参这一句。磅礴大气,浪漫写意,极致壮丽。某一个冬日(或非冬日)的清晨,沉寂的大地以一种至纯至净的容颜映入你的眼帘,美。就是美。特别美。不是花开,胜似花开。不是仙境,堪比仙境。不管你邂逅过多少次"千树万树梨花开",还是会有一种沁入骨髓的震撼,一种瞬间失语的惊叹。一时间,天地失去界线,悲喜没有空间。下雪了,多好。世界一片雪白,多好。心底一片洁白,多好。

遥想岑参当年望着萧索无垠的白雪皑皑的胡天之地,鞍马风尘、边塞苦寒、孤寂悲凉在飞雪里交融,他心里的惨淡愁云何止万里……"雪上空留马行处",一切的一切,都将成空……雪,一个冷美人,冷冷地把将军的心思凝在时光深处,穿越千年湿润了也深邃了一双双看雪的眼眸。等一场雪,听雪讲述那些千百年来雪见证的兴与衰,成与败,荣耀与沧桑,美丽与无奈……等一场雪,穿越百年、千年,去寻找那留存在雪中的恍若昨日的笑与泪，喜与悲，醉与梦……

等一场雪，倚在窗前，看这个喧嚣的尘世一点一点被雪覆盖，从远处的山巅到窗外的小院。树白了。屋顶白了。大地白了。白一点，再白一点。厚一点，再厚一点。雪慢慢悠悠地下着，人安安静静地看着。眼里心里只有雪，眼里心里似乎连雪也没有。就这么无所事事的样子，就这么呆呆傻傻的样子。这事那事，关我何事，我不闻不问，不想不管——我就爱一心一意地看个雪，看这纯纯的雪，看这可爱的雪，看这迷人的雪。谁说看雪不是事儿？此事碍谁什么事儿？我想看多久就看多久——任性如雪，想飘多久就飘好久。等一场雪，倚在窗前，等雪把那个简单的自己唤醒，等待一个放空了的自己，等待一个扔掉负累轻盈如雪的自己。

等一场雪，伫立雪中，任一片一片雪花从天际慢慢悠悠地飘落于发丝、眉间、唇上、手心……那么晶莹剔透精巧柔弱的雪花，落在任何部位都像是神秘的依恋。你越温暖，它便越快融化——短暂的相遇，雪花就失去自己。飞舞的雪花，雪最空灵唯美的样子，它们自由自在从天而降，它们无须阳光冷冷绽放，它们无声无息却也有色有味。雪花，是精灵，生动了多少荒芜的心灵；雪花，是天使，洁净了多少浑浊的心灵。等一场雪，伫立雪中，感受一朵雪花匆匆一现的短暂，感受一缕美丽转瞬即逝的从容，感受一丝丝柔情在身边飞扬，感受一曲曲梵音在心间流淌。

等一场雪，行走雪中，独自一人，任脚步随心在雪中移动。雪中的世界总有一种说不清道不明的诱惑让你有前行的冲动。山林、田野、街道、一棵棵树、一座座房子、一块块农田……抹着或浓或浅白妆的世间万物似乎都变得格外陌生，神秘又沉静，仿佛时光停住，仿佛尘埃全无。你静静地在雪中行走，或许会遇见一丛顶着雪花的花儿，娇羞得如同披着白纱的新娘；或许会遇见一树落满雪花的柿子，白与红简约地勾勒出清新脱俗的视界；或许遇见一只冒雪觅食的鸟儿，不慌不忙地掠过一道悠然优美的弧线……等一场雪，行走雪中，让眼睛与心灵舒缓地在别样的诗行里画卷里穿行。如果你愿意，也可以和心爱的人一起雪中漫步，在洁白的雪地里留下写着地老天荒的两行脚印……

等一场雪，于万籁俱寂的深夜，让新鲜的雪和自己记忆里尘封的雪在无言的夜色里相遇，总会有许多闪亮的片段跃出远去的时光，在眼前熠熠生辉。记忆里的雪，仿佛美得更纯粹更温暖。只是再也回不去了。儿时用雪花一般无邪的眼睛打量着雪打量着雪中的一切，多是强烈的好奇与简单的快乐。你渐渐长大，雪每年都下，雪还是雪，你不再是你，你眼里的雪就似雪非雪。试着接受与曾经的自己渐行渐远的自己——如果你已经无法找回曾经的自己。等一场雪，等一个陌生的自己走进从前的雪地里，等一个熟悉的自己走回似旧雪的冬天里……

等一场雪。我总是想等一场雪。雪不老，我不老。

近黄昏

我忽然发现，我每天都在等待近黄昏时分。

这个发现把我自己吓了一跳。

我就那么希望一个一个白天结束吗？

我就那么期待一个一个黑夜到来吗？

我不知道。

我只知道，对这个白天与黑夜交界处的时分，我心底确实产生了别样的情感——像终于从某种困顿中逃出来，长舒一口气，颓丧暂时隐退，欢喜点滴归来。

春天，某周日，近黄昏时分，我在赶路。

从乡下老家赶回县城。第二天要上班，能不回吗？在回城路上的，只有我的躯壳。我的心在乡下老家恋着赖着，躯壳一时没有本事带走。

近黄昏了，我又一次离开了我曾经毫不犹豫就离开、如今我却不得不离开的乡村。难得的轻松和惬意正在一点一点被终结。近黄昏了，不知来自何处的力量正在把我推向明天以及明天以后的许多个忙忙碌碌的日子。

人啊，无论你有多大能耐，对于流逝的时光，都是无能为力的。美好的时光，你一分一秒都留不住。难过的时光，你一分一秒都躲不掉。

我靠在车窗边，看田野里萌生的点点新绿，看山林里绽放的枝枝野花，看天空里飘浮的朵朵云儿……我看起来像是多么闲适的样子。但那仅仅是像。假象。

春天就在车窗外。也可以说，我穿行在春天里。可我却感到，自己离春天很远。很远很远。

车子拐过一个急弯，忽地，落日跳入我的眼帘。那一刻，时光似乎静止了。

那是一轮正在慢慢坠入连绵远山的落日。

这落日显得有些大——在天空里转悠了一天，咋就不累呢，还长大了些——怎么看，都似乎是比昨天的、前天的太阳要大一些——如果我的眼睛在跟我的感觉开玩笑的话，我也没办法。

这落日很圆。这个极其简约又无比丰盈的熠熠生辉的圆，正把大地万物的形状镀上了一抹近乎神圣的轮廓线。

更醉人的是，徐徐下滑的落日一脸绯红，娇羞又从容地散发着那般绚丽温暖的光。就是这光，点亮了整个西边的天空。萦绕在落日周围的疏疏密密的云儿，幻化出谜一般的诱人色彩。

落日，继续下坠。每一秒都是无与伦比的璀璨。每一秒都是动人心魄的壮阔。

不知为什么，在落日的余晖里，我感到一种来自天空以及大地的默默安慰。这安慰叫人安静。安静中带点激动。再看车窗外，一切都重新在我眼里在我心里焕发了生机。

不留恋过去，不拒绝未来。享受这一刻，就很好。

落日，完全坠入山下。天空渐渐灰暗。夜，正从四面八方袭来。

我的视线，消失在落日消失的地方。它将在明天，在某个山巅，随着崭新的朝阳一同升起……

阳台。两盆兰花盛开。

我站在兰花前，任缕缕幽香沁入心扉。

天阴沉着个脸。阴沉了大半个白天还不够，近黄昏了，变本加厉地阴沉。没有云朵。没有飞鸟。连风也没有。这样的天，不宜久看，不然会把那无边无际的阴沉看进心里去。

看看脚下这座小小的山城，近黄昏了，大街小巷早已被灯光点亮。小城的夜色，没有纯粹的夜，只有缤纷的色。阴沉的天空似乎被小城热烈的灯光驱散了一些。但其实没有。天空的事，不是地上的灯光就能改变的。

大街上依旧人来人往，有向着家的方向归去的；有朝着远方出发的；有既不归去也不出发的，只是在路上随意走走的；还有愚钝的我看不懂的各种行走。这些行走，在这暮色沉郁的天空之下，在这灯火阑珊的小城之中，一再出入我的视线，时而清晰，时而模糊。真实又混乱。迷离又虚无。

看着大街上的人，也是看着我自己。那个白天或是夜晚穿行于小城中的我，步履匆匆，满脸疲惫，像一粒跌跌撞撞的尘埃……

一次一次，于近黄昏时分，我站在花香弥漫的阳台，用看着这个城市的样子，看着记忆里的乡村。

我看见那些近黄昏时分行走在乡间小路上的农人。或牵着水牛扛着犁，人和牛都迈着缓缓的步伐，踩碎一地余晖；或背着一筐苞谷什么的，走几步打一杵，不紧不慢；或放着三五只羊，走走停停，羊儿似乎要把黄昏和着青草一口一口吃掉……

我看见那些近黄昏时分的农家小院，安详又妩媚。谁家做晚饭的农妇点燃了灶膛里的柴火，袅袅的炊烟从灰青色的瓦片间升起来；谁家屋前的花朵姹紫嫣红，在暮色里摇曳成一幅抽象的油画；谁家的老婆婆或是老大爷一动不动地靠着墙根晒快落山的太阳——近黄昏这个时分已经拿他们没有任何办法——属于他们一生的近黄昏或黄昏时分已侵入他们身心，他们的呼吸里都透着近黄昏的气息——他们就是近黄昏的一部分。

我还总是看见一个中年女子，在近黄昏时分，或提着一个小竹筐去菜园里割菜，蔬菜那么新鲜，她弯下腰，熟练地弄起一棵棵菜，轻轻地抖落泥土，放进竹筐；或背着满满一背篓麦穗走在田间小路上，她的影子投在田地上，拉得很长，像一个零散的故事片段；或什么也没干，她总在村子的某个无人的角落没完没了的发呆……我常常看见她，我并不急于认识她。有一次近黄昏时分，她向我一回头，我看清了——她跟我长得太像了，简直就是另一个我……

恍惚之间，一个近黄昏时分又翩然离我而去。

去吧，时光。每一个当下，都将成为过去。干吗要跟自己过不去呢？

深呼吸，兰花的馨香在我脸上开出一朵微笑……

呼吸，不语

1

一个人走在小路上。

小路边，蒲公英一两朵、三四朵、七八朵，开得黄灿灿，像一个一个璀璨又神秘的梦。间或有不知名的小花从草丛里调皮地跃出来，淡紫的，洁白的，粉红的，星星点点，轻轻柔柔，自自在在。

天空中，几只鸟儿飞翔着，时高时低，灵巧的身子划过一道道优美的弧线，一只鸟儿落在电线上，另几只鸟儿也落在电线上——天空里的五线谱，谱写着天籁吧。鸟儿不见了，像没出现过一样。晚霞出现了，像以前出现过的一样迷人。晚霞，变幻莫测的云，美轮美奂的云。晚霞，就在那似远似近的天边，似乎比往日的更惊艳，又似乎往日的更惊艳——啊，只能说，我每一次邂逅晚霞，都被惊艳。

小路的拐弯处，一个老伯在放羊。羊是白羊，两只大羊，五只小羊，不紧不慢地啃着青草、树叶。老伯，戴一顶草帽，两眼望着远方，好像这群羊根本就不是他放的……

不远处，一块块绿得发亮的麦子已抽出饱满的麦穗，起风了，风漫过麦田，麦浪起伏。风吹起我的发丝，像吹过一株麦苗一样温柔。

山脚下，谁家的炊烟升起了。炊烟是那样的漫不经心，在风中飘摇着，飘散着，如一个红尘之外的女子，淡到神秘，素到超然。

我模糊地感到，我身体里有一些若隐若现的东西，一些忽明忽暗的东西，一些让我时醒时惑的东西，随着炊烟飘散了……

呼吸，不语。

2

夜深了。

城市睡着了。

至少看起来是睡着了。

这个城市里，有多少人没睡着呢？

至少有一个：我。

我不是没睡着，我是还没睡。

我站在阳台上，看月光抚摸着大地，看月光落在这个城市的大街小巷，看月光落在阳台的地上，如绢，如水，流淌，流淌出一种深邃又澄澈的安宁。

我伸出手，月光在我手心流淌。

我闭上眼，月光在我心间流淌。

整个人似乎都融化在这月光里了。似乎变得如这月光一般轻盈。

我在吗？我在。我不在吗？我不在。

没有回忆,也没有期待,只有安宁。

没有从前,也没有以后,只有此刻。

此刻,我在微笑——月光知道。

呼吸,不语。

3

清晨,步行于熟悉的街道。

一个老妇,挑着一缕缕沁人心脾的幽香走过来了。

我其实闭上眼睛也知道,那是栀子花。两竹篓新鲜的栀子花。

当然,我不会闭上眼睛,我的目光完全被栀子花吸走了。

那样洁白的花,有盛开的,有半开的,有未开的,一束一束,整齐地躺在竹篓里。

它们来自一棵树吗?它们在枝头该有多美?当它们被主人折断、离开枝头的时候,会不会有一丝丝疼痛和不愿?……

它们会被一个一个陌生的路人买走,插进花瓶,了此"余生"……这显然不是任何一朵栀子花努力绽放的初心。

身不由己——这些花其实也身不由己。

这一次,我遇见栀子花,失去了买的冲动。

呼吸,不语。

4

断墙。大块的条石砌成的墙。

石头表面,依稀能看出凿子雕刻过的痕迹。这些痕迹在风霜雨雪里早已变得模糊不清,像一个沉默的老人,无声地讲述着岁月的沧桑。

墙缝里,长出了一些倔强的小草。小草青青,断墙愈显苍老。

六岁以前,我就生活在这里呀。

这里是我们家的老屋所在地,现在只剩几壁断墙——曾经是一幢石墙瓦房。

我在这里出生。

我在这里蹒跚学步。

我在这里开始识字。

老屋旁边有一个小池塘。大人们常在小池塘里淘(洗)猪草,我和隔壁的姐妹们曾一起在小池塘里捉蝌蚪。

老屋后面有一片苍翠的竹林。竹林依然苍翠。在我们一家搬离老屋以后,竹林又苍翠了三十年。

三十年了。恍若一梦。

那些关于老屋的记忆,跟这老屋一样,正在一点一点地被岁月侵蚀,走向荒芜。

站在断墙下,我似乎回到小时候,又似乎觉得小时候的一切都那么的不真实。

呼吸,不语。

5

雪,终于飘起来了。

盼望已久的雪,从天空中纷纷扬扬地飘下来了。

几个小女孩在雪中奔跑着,欢笑着。雪花落在她们头发上、衣服上。她们伸出小手接雪花,她们的眼睛比雪花更晶莹。

做个孩子,真好——雪就是雪,美美的,又神奇,我喜欢雪我就在雪中疯玩,我喜欢雪我就把雪接在手里,我喜欢雪我就把雪吃进嘴里。

我不由得想起年少时看雪、玩雪的情景。我也曾经这样疯啊。终是遥远了。就算我在雪中做同样的事,也找不回那个远去的我,以及那份简单纯粹的快乐。

雪还是雪,我不再是年少的我了。

我依然爱雪。还好,这一点没变。

呼吸,不语。

像早晨一样清白

一个新的早晨，来临。

你喜不喜欢，每个早晨都会来临，不容拒绝。每个早晨也都会离开，同样不容拒绝。

我忽然发现，我竟然对早晨满怀依恋。

如果说时间是一本厚到不可丈量的巨书，那么，每天则是其中一页。而早晨，属于一页的开头部分。

这个开头，在被写上什么之前，不能说是空白，但却有一种淡淡的清白之感。它真实又缥缈，辽阔又细微，古老又新鲜。

你看吧，它就在那里。

在天色微明、霞光未染的天空里，在晨曦初露、薄雾缭绕的田野里，在树影婆娑、野花泛香的山林里，在悠悠流淌、涟漪微漾的河水里……

在一株庄稼恬静匀称的呼吸里，在一根野草不慌不忙的摇曳里，在一只蝴蝶轻盈散漫的飞舞里，在一头老牛沉静安然的凝视里……

它在游走，在蔓延；它在停留，在彷徨。它离我很远，好像隔着千山万水的距离；它离我很近，仿佛一伸手就能把它抓住。

我企图将它细细打量，它就毫不留情地变模糊了；我一动不动，不那么执着地搜寻它，它却又重新变清晰了。真是个捉摸不定的存在。

这样的清白，是我记忆中关于早晨的清白。只与村庄有关。与这个我日日厮守的小城无关。再小的城，早晨的清白，也早已无可避免地蒙难。城市的早晨也因此不像个早晨。城市的早晨，热烈到疲惫不堪，五光十色到渺茫慌乱。

在城市的早晨里，我常常陷入深深的迷惘。我想逃，双脚却踩在虚空之上。我试着去接受，试一次，败一次。我的叹息，淹没在城市无休无止的喧嚣里。

所幸，那些关于村庄的早晨的清白，宛若一道皎洁轻柔的光，无声无息地，不偏不倚地，穿过漫漫岁月，掀开层层迷雾，终于，在某个宁静的时刻，轻轻地照在我的心上。我的身子颤了一颤，尘土跌落一地。原来，真正属于一个人的东西，从来都不会走丢。那种迷路了的东西，你不必等，一等就成执念。有时，执念是个可怕的东西。

扯远了。停。

那些清白，是村庄里很多个早晨的清白沉淀在岁月深处的缕缕痕迹。最后，所有清白的早晨都汇成一个清白的早晨，就像条条清溪汇成一条清澈的河流，浩荡，神秘，奔流在我的血液里，隐约在我的旧梦里，成为我生命的一部分。

在城市的早晨里，我无师自通地掌握了一项本领，那就是在感到喘不过气来的时候，我便从那些与清白有关的旧梦里取出几个片段，一看再看，一言不发，一再沦陷。

此刻，我正在这么干。这甚至带点逃离现实的快意感觉。只是，明明是真实的存在，却偏偏虚幻得叫人忍不住伤怀。

算了，不管这些，我得心无旁骛地回望那些早晨的清白。不然，那些清白一旦被凡俗的杂念打扰，说不定顷刻之间，就会头也不回地弃我而去。我可不敢冒这个险。

那就虔诚地回望吧——

村庄的早晨，静。村庄的静，是城市不懂的静。清白，从可触可碰的静里悠悠扬扬地透出来。

一切都经历了一个夜晚，昨天永远地向着过去撤退并远去了。黑夜是一袭神秘莫测的隐身衣，一切隐在其中，万物以及人都学会了隐忍不语。早晨在黑夜前方招手，不知是不是与黑夜对视了一眼，霎时心领神会。显然，早晨的静是继承夜之静而来。尽管总有五六只鸟儿耐不住寂寞，清亮亮地喊几嗓；总有一阵阵清凉的风掠过，惹得草木沙沙作响；总有三两只猫在谁家屋顶的灰瓦上练习奔跑，脚底飘忽出一串急促低沉的音符……就是因为听得见这些声响，才敢说山野是静的。就是因为山野静得如此纯粹，才能说清白就藏在静中。

早晨，许多东西还未醒来，许多东西一直醒着，许多东西似醒未醒，许多东西就要醒来。一切都在静里相依相伴。静，让村庄散发无处不在的清白气息。早晨，是多么珍贵的清白时光。人在其中，就被清白浸透——清白的人，在天地之间挺立，在山野之间呼吸，像一株带着露珠的植物，自己都能爱上自己。

村庄的早晨，净。村庄的净，是城市失去的净。清白，于轻轻盈盈的净里不动声色地漫出来。

净在一丛一丛草尖的露珠里，净在一朵一朵山花的芬芳里，净在一缕一缕晨风的轻抚里，净在一片一片白云的微笑里，净在一声一声草虫的低鸣里，净在一条一条小溪的歌唱里……天然的净，从容的净，流动的净，跳跃的净，凝练的净，烂漫的净，辽阔的净，微小的净。每一个早晨，各种净，在村庄的各处停驻、穿行。各种净，交融成村庄特有的深邃之净。

净着，也就清白着。村庄好像从不沾尘埃似的，村庄好像从未凌乱似的，村庄好像始终没人动过似的，村庄好像忘记了昨天似的，村庄好像不期待明天似的，村庄好像只是什么也没想似的……当然，都只是好像。但不等同于假象。清白，就在这似真似幻之间。

更重要的是，村庄的早晨，神奇般地纯净了村庄以及一村人的许多过往，清白了缕缕纷飞的思绪。这样的清白，让村庄始终保持着一份年轻和率真，让一村人拥有一种闲适与力量。日出而作日落而息的村里人，眼眸里盛满这样的清白，呼吸里潜伏着这样的清白，用一生的时光，耕耘大地……

静而净的清白，在一村人开始奔赴各自农田的零乱脚步声里散乱了，在一些经过村庄的车辆的喇叭声里破碎了，在一群被赶到村东头吃草的牛羊的咀嚼声里缥缈了……匆匆地，早晨就过去了。清白，仿佛被一只看不见的大手拿走，给藏了起来。

这一藏，村庄里也没谁在意。一村人都在忙着这活那活。不要说早晨的清白，就是正午的烈日、如注的暴雨、呼啸的北风，也不能让一村人放下手中的活，享受一时半刻的清闲，体验一望无际的清白。再说，今天早晨的清白没了，明天早晨还有。一村人也没什么贵重的东西，这早晨的清白，可算一个。但一村人还是不会在意。他们不是故意的。其实，他们本身就是村庄每一个早晨的清白里的一部分。一村人懵懂地清白着，始终不向自己投一丝欣赏的目光。

只有像我这种远离了村庄背叛了泥土的家伙，终于发现自己怎么也走不出村庄的时候，无奈地苦笑一下，悄悄地把那些村庄的早晨的清白打捞出来，试着救一救自己日渐荒芜的心。

这像一种惩罚。

不，这就是惩罚，一次一次地击打在我的心上。疼痛。略带幸福的疼痛。生命，本来就充满疼痛。连疼痛感都没有了，活着也是活死了。接受惩罚，让心疼痛，我就寻回了更多早晨的清白。

有一种早晨的清白，最是难忘。那就是下了一夜雪后的早晨的清白。雪，洁白了村庄，惊艳了时光。

早晨，推开门，霎时，天地雪白，万籁俱寂。人呆立，人欢喜。雪，摸黑创造了一个真实的梦幻世界，在早晨，把一村人的目光点亮。

一些愁绪被雪掩埋了，一些困惑随雪融化了，一些颓丧让雪没收了……

一些清欢跟雪回归了，一些希望由雪唤醒了，一些力量经雪复活了……

雪，白。雪白雪白雪白雪白雪白雪白雪白雪白雪白雪白……村庄的早晨，在一场雪里，清扬婉兮。清，白。铺天盖地的清白，千姿百态的清白，无思无虑的清白，有情有趣的清白，古朴自然的清白，崭新优雅的清白……满眼都是清白。满心皆为空灵。清白，素兮，绚兮。

世有清白，似雪纷飞……

多少年了，我的脑海里，总下着一场雪，在村庄的早晨。我微笑，我流泪。那些雪，总有一天会将我的黑发染白，我一点也不害怕——我甚至很期待，那些早晨的清白，写进我的身体里、灵魂里，那样的我，宛如初生……

活着，当像早晨一样清白。

漏掉的时光

清晨,我站在窗前。窗外有雾。浓雾。

远山不见了。天空不见了。高楼不见了。街道不见了。

楼下老伯种的各种花草,都静得小心翼翼,好像害怕这铺天盖地的雾会把它们压弯似的。

雾在向我逼近——不,雾早已包围了我。从远处看,我所在的小城一角,不也在雾中?

世界一下子灰暗了。

我自然也是灰暗的。但我不介意。我本身就是灰头土脸的样子,和这雾以及雾中的一切特别般配。而且,我也不想念无雾时的一切。

此刻的时光,于我而言,是漏掉的时光。

此刻的我,于时光而言,是颓废的生命。

我不知道此刻的我究竟在想些什么。我不知道此刻的我跟一具行尸走肉有什么区别。

我伸出手,时光从我指缝里漏掉了。

我闭上眼,时光从我眼前漏掉了。

雾,越来越浓。更浓些吧,淹没我吧,让我消失吧。

就在雾在我心底乱窜的时候，我忽然想，把那些漏掉的时光用文字作点粗浅记录，我甚至笑了一下我自己——我只是试图在正在漏掉的时光里做一点可怜而无谓的挣扎。

但，人生，何处不挣扎？

把一些挣扎记录下来，算是对自己有所交代。

雾，终会散去。

我，继续呼吸。以貌似坦然的姿态呼吸。

我记不清是从何时起，我分明感到，漏掉的时光在我心里产生了愈来愈清晰的惶恐。不是别的，就是惶恐。我不想面对但无法逃避的惶恐。

近几年，那种惶恐常常会突然从我心底冒出来，一瞬间将那个看似逍遥自在的我击得节节败退。

我一次一次发出无声的叹息，然后默默接受下一次漏掉的时光。

我还记得，今年深秋的一个午后，我路过一个广场。我看到广场上几棵银杏树黄叶飘飘。起风了，黄叶飞舞，在蓝天下、阳光里飞舞，飞舞成一片绚烂的梦。

我想停下来。很想。

可我没有停下来。我没有停下来的时间。还有许多事等着我去做。

当然，我可以选择停下来，待到树下，什么也不想，什么也不管，只静静地待在树下就好。可我偏偏就没有做出这个奢侈的选择。无用如我，无可救药。

那些在树下坐着晒太阳的人，让我心生羡慕。尽管我不清楚他们坐在我想停下来的地方，内心是否获得宁静或绚烂。

当我离去，身后依旧黄叶纷飞。我的脚步，却踩在虚空之上。

也没什么，我差不多都习惯如此不断地失去自我了。

我早就成了个匆匆赶路、无暇顾及路边风景的人。

去年、前年，以及更远的秋天，我也多次路过这个广场。一到深秋，那几棵银杏树便美得落落大方又风情万种，可我却没有一次可以悠闲地停下来，停下来好好地看一看。谁知道我在瞎忙些什么呢？

几棵银杏树在时光里越长越高大了。而我的惶恐在时光里也渐渐长大了。

我不只是很久没有为任何一棵银杏树停留了，我还很久没有抬起头悠然地看看星空了，没有低下头傻傻地向草儿上的露珠微笑了，没有认真地聆听某只小虫的鸣叫了……

时光不会等我。时光什么也没做，就把我曾经拥有的许多东西带走了，只留下无边无际的空。

或许，有一天，我有了大把的时光可以挥霍，我终于可以在黄叶纷飞的银杏树下停下来，拾落叶、晒太阳、发呆……只是，我还会有我渴望的那种心境吗？不会有。曾经的每一次不停留、每一次漏掉的时光都将成为一种永远的缺失。这样的缺失就像一阵一阵寒冷的风，吹进我的身体和灵魂里，一点一点把我弄冷，渐渐失去知觉。

属于一个人一生的时光，不是从呱呱坠地到停止呼吸的时光总和。

减去那些漏掉的时光，才是一个人真正活着的时光。

这可能是短到只有几个瞬间。

归

1

我走在街上。

但我觉得街上没有我。我像个纸片人一样,在人群里飘呀,飘。我没有呼吸。没有思想。没有情感。

我飘过一座桥,飘到一个公园前。进口处,安放着一把陈旧的木制长椅,色泽黯淡,布满裂纹——好,反正我也不知道自己要飘到哪里去,不妨暂时不飘了——而且长椅上空空荡荡,那我就去坐坐呗。

很随意地坐下。

长椅旁,一树白玉兰花正在不慌不忙地凋谢,地上落了一层失去光泽与质感的花瓣,像一个淡定又迷惘的接受。看看树上,又看看地上,花开,花落,花开了,总得走向花落。我残存的清醒,不幸在这花间走失了——树上的欲落之花,地上的已落之花,合起伙来捉弄我,让我分不清自己是欢喜还是忧愁,或者是既欢喜又忧愁,或者是不欢喜也不忧愁。

正午的阳光透过玉兰树,变成斑驳迷离的光影落下来。我伸出手,小心翼翼地接住,看光影在我手里跳跃、闪烁。我有多久没有如此奢侈地感受光与影的美妙了?很久了。久到我有点恐惧。忽然觉得自己很失败。常常连一束光影都无法悠闲地享受,我终究还是活成了我不喜欢的样子。

此刻的我,眼神多么空洞。我曾经以为,这样的眼神不会这么快找上我,但现在看来,我的以为并不靠谱。

这时,有两个老婆婆从我面前经过。她们看起来七十多岁的样子,穿着素朴的衣服,迈着缓慢的步子,边走边聊着天。许是聊到什么开心的事了,两个老婆婆不约而同地笑了。笑声很低,与其说我听见了,还不如说是我看见了这笑声——她们脸上写着那样平和又慈祥的笑——眼睛弯成了月牙,深深浅浅的皱纹宛如淡淡的岁月之花,灿然绽放开来。就是这般充满阳光味道的笑容,温婉了整个春天。

看着她们,我隐隐地感到,我空洞的眼神似乎得到突如其来的安慰。

她们在离我一丈左右的地方站了一会儿,甚至还朝我看了几眼——我很没用,当她们的目光落在我身上时,一丝丝的慌乱在我目光里游离。说不清为什么,我一向不太适应被看,我早已习惯做个别人视线之外的人;更重要的是,这个坐在长椅上两眼呆滞、神情恍惚的我,根本就没有可看性,看了只会叫人郁闷。我自己都没眼睛看自己。也许,在她们眼里,我是个呆子或者闲人吧;又或许,她们看着我,想起了她们像我这个年龄时的自己。啊,每个人,在陌生人眼里,都带点谜语的色彩。

她们又慢慢地往前走了。我目送她们的背影渐渐远去,最后消失在公园的一条小径深处……

我似乎看见,一个老了的我,也随她们一起走了……

将目光收回来,我恍然觉得自己仿佛获得了重生。人活一世,谁不曾历经风雨沧桑,谁不曾难过绝望。阴晴圆缺,得失成败,本是常态。放下执着,顺其自然,方得安宁。

一笑。风轻云淡,我已归来。

2

是黄昏。

乡村,适合发呆,尤其是在黄昏。

那个坐在田边土路上的呆子,就是我。我在这里呆坐了一两个小时了吧。或者更久。我实在是记不清楚了。请原谅一个发呆的人对时间的漠不关心。

是路边一丛丛蒲公英召唤我来到这里的。我本来是在村子里散步,不经意间,瞧见这里有盛开的蒲公英,我的脚步就不由自主地停下了。

一直以来,我对这种黄灿灿的花朵总怀有一种特别的情感。不论在任何时候、任何地方,只要有蒲公英出现在我的视线里,我总是一瞬间就被其牢牢吸引。或许,这就叫情有独钟吧。

蒲公英根本就是从大地上冒出来的另类。一根茎上一朵花,不蔓不枝,亭亭傲立。春天里,许多花还在做梦呢,蒲公英冷不丁就一本正经地开放了,在田埂边,在小路上,在墙角,一两朵,四五朵,八九朵,大大方方,自在,热烈。在乡间行走,若没有蒲公英可以遇见,那将会少了许多风情。

我曾经在清晨,蹲在一丛蒲公英旁,看紧闭成小球状的花朵怎样一点一点打开。那是个特别美好的过程。每一秒都是期待与喜悦。每一秒都是优雅与绚烂。阳光是一个诱惑,阳光越好,蒲公英开得越奋不顾身。当所有花瓣都舒展开来，我仿佛觉得身体里某个地方也打开了，沐浴着阳光，无比畅快……

而今天傍晚，我待在蒲公英旁，则主要是为了看蒲公英的花朵怎样一点一点合上。这跟蒲公英开放是一个相反的过程，但同样充满生命的魅力。它们怎样努力地打开，就将怎样认真地合上。当最后一片花瓣沉静庄重地合上，就像一个人完全闭上了眼睛。这是属于蒲公英这种植物的神奇与幸福。你看吧，不论白天历经了什么，时辰一到，所有蒲公英像得到了某种神秘的指令或是遵守某种集体约定，齐刷刷地睡了。真的没有哪一朵是不睡的。不像我们人类，活着活着，白天黑夜就失去了界限。有多少人，在白天，似醒未醒；在夜里，完完全全地醒着呢。睡吧，蒲公英。好好睡吧。你们在星空下会做多么美丽的梦呢？

今天不是我第一次看蒲公英的花朵慢慢合上。以前我看过好几次，但我还想看。没办法，在有些事上，我就是这么放任自我。再一次看，我的认真，更胜从前。我越来越珍惜可以独自看花的时光。因为越来越难得。

蒲公英安然入眠的样子，我总是看不够。如果有来世，就让我做一朵蒲公英吧。在璀璨绽放之后，变成一朵精致轻盈的小白伞，随风去赴一场没有目的地的旅行……

我知道，我不过是在蒲公英旁傻傻地做个白日梦。但做梦比做事有趣多了。姑且让我多做会儿梦。

夜色，从四面八方袭来，蒲公英渐渐隐入黑暗。

我坐在蒲公英旁，一动不动，我在黑暗里等待，等待一个新鲜的我，披着蒲公英的光亮，静静归来……

虚度光阴

1

  我坐在一棵桐籽树下。或者说，我坐在一棵桐籽树投射在地面的斑驳光影之上——我其实是坐在一幅阳光与桐籽树共同创造的写意画之上——我不由得笑了。

  这棵桐籽树不大。

  它长在一堆乱石之中，能长这么大，谁知道它拼了多大劲儿？

  它那弯曲的主干，长出错落有致的枝条，倔强地向四周伸展。可想而知，它的根在地下是多么艰难地寻求立足之地。

  正值盛夏，桐籽叶一片挨一片，绿得发亮。每一片桐籽叶都是一把绿扇子。

  枝叶之间，点缀着一簇一簇饱满的桐籽，正值盛夏，桐籽呈现出纯纯的绿色，悦目得很。

  我忽然想，这棵桐籽树如此努力地生长，是为了什么？

  为了一年一次的开花结果？

  为了邂逅一场一场的风、一季一季的雨、一次一次的雪？

或许是；也不是——树的心思，只有树自己知道。人哪，你可以把一棵树放倒，但你没法了解一棵树的心思。完全没法。你最多只能对着一棵树想想心思。

我就喜欢对着一棵树想心思。就像现在这样，静静地坐在树下，漫无目的地想着若有若无的心思，总也想不明白。关于这一点，我已经跟自己妥协了——反正我从来就没在哪棵树下真正想明白过什么事。或许我摆出了一种貌似思考的架势，事实上，我只是在虚度光阴。

是的，这样的时候，这样的我，就是在虚度光阴。这是相对没有虚度光阴时的状态而言——事，事，事，总有许多的事在光阴里等着我去做，于是，做事，做事，做事，怎么看都是一副很充实的样子。只是，在一些闲下来的间隙，说不清的茫然和无趣便会像雨后的小草，蓬蓬勃勃地在心底生长。

我有多坚强，就有多脆弱。我能学会顺其自然，但学不会对自己说谎。

可以虚度片刻光阴，是多么珍贵。

树或许洞察了我的心思，但它不会告诉我，尽管它可能会扔几片叶子在我身上，或者在风里发出"沙沙"的声响，但我又怎么知道树是故意的还是无意的？更不知道树的一举一动究竟是什么意思。

散步的时候，尤其是在乡村的小路上散步，遇见树，我常常会停下来——被一种清晰又模糊的来自心灵深处的类似希冀的东西指引着，停下来。跟着脚步停下来的，是一些负累和困惑。暂时的轻松感，也是难得的。光阴，在这一刻，变得温柔。

我一直觉得，跟一棵交流，或者说，在一棵树下虚度光阴，真的挺好，不用担心树会拒绝我或喜或悲的情绪，不用担心树会问我不想说的问题,不用理会时间一分一秒地过去。放空自己,才有可能真正地丰盈自己。

2

我在一条小路上走着。

路边,雪白的刺花开成一首素雅清香的无字诗。

二十多年前,刺花盛开时,村里的许多人家都会炒苞谷泡儿。我家也不例外。母亲将苞谷子煮熟后晒干,再用一口铁锅先把细细的河沙炒热,然后把苞谷子放进河沙中翻炒,只需几分钟,黄灿灿香喷喷的苞谷泡儿便做好了。

母亲说,刺花开时,炒的苞谷泡儿格外香,每一粒苞谷泡儿似乎都弥漫着刺花的香味。

现在想来,分不清是刺花里飘荡着苞谷泡儿的香味,还是苞谷泡儿弥漫着刺花的香味。

香味不在,渐渐远去。然后变成一种缥缈又真实的吸引,走近你——在某一个慵懒的午后或婉约的清晨,在某一丛或某一朵洁白的刺花前,那样美妙的香味,回到我的呼吸里。

香味还在,一直都在——生命中,很多的香味,与我相伴而行,在日复一日的琐事里缓缓隐去,当我抛开这事那事后,那些香味便会回到我的呼吸里,回到我的心里。这其实也是一件事,一件很重要的事,只是,我常常因为一些所谓重要的事,忘了这件很重要的事。

光阴啊,总会在某个时候冷不丁地告诉你:很多时候,你都在瞎忙活。

小路的尽头,是一片森林。

森林还是记忆中的样子。

森林一角的三棵高大的柏树依然高大得很突出。松树依然是这片森林的绝对主角。其他的知名的不知名的树依然生长得郁郁葱葱。落叶，松松的，软软的，松果掉落其间；小花小草，清清爽爽，虫鸣其间。

我有多久没来这片森林了？

很久了。十几年，应该算是很久了吧。

几个十来岁的孩子，在这片森林里砍柴。他们手持镰刀，轻巧地穿行于密林中，手起刀落，倒下一棵棵花栎树、马桑青等。他们也砍松树上已经枯死的枝条。他们用棕绳或野生藤条将柴捆好，放在竹背篓上背回家——这不是想象，也不是听说，这是我小时候和小伙伴一起经历的事情，在这片森林里经历的事情。现在，当我回到这片森林，脑子里一瞬间便闪现这尘封的影像……

我最喜欢砍的是一种被我们唤作"炸拉子树"的四季常青小树，那叶子细长细长的，翠绿翠绿的，看起来很漂亮，烧起来会发出清脆的炸裂声。

那时候，我们上山砍柴并不是因为家里没柴烧了。我们只是喜欢上山砍柴。这个"喜欢"大人不会阻止，我们也就乐此不疲。

在森林里，可能会遇见从未见过的花或草，也可能会遇见一只松鼠或是一只叫不出名字的小动物，这都是特别美妙的事。有时就算什么也没遇见，躺在落叶上听风拂过森林，也感到无比舒畅。

那时的光阴啊，似乎特别慢，特别慢，森林有砍不完的柴，我心里有数不清的遐想。简单。快乐。简单的快乐，多好。

我在那样的慢时光里度过了整个童年。

那是一段素描式的光阴，也是一段绚烂无比的光阴。在我长大以后，远离了这样的光阴之后，我才发现，哦，我曾经度过了多么澄澈的一段光阴。而且，那么真实，并不虚幻。

有点困惑：当我没有虚度光阴时，认为自己在虚度光阴；当我虚度光阴时，却认为自己没有虚度光阴。此刻，我这么费劲地想这么古怪的问题，是虚度光阴呢，还是没有虚度光阴呢？

一纠结，一瞬光阴即逝……

清 欢

1

一条路。一个人。

路是林间小路。弯弯的小路上,大的小的红的黄的落叶随意地铺陈在泥土上,高的矮的纤柔的粗犷的野草点缀其间,那般素朴,那般安详。在我记忆里,这条小路似乎一直是这个模样。这条小路,我走过许多次,小路上,有我和小伙伴一起玩耍的足迹,有我跟着母亲一起外出、回家的足迹,有我独自一人悠然漫步的足迹。

走在这条小路上,就像是走进了一个远离红尘的世界。

路边,松树依旧绿得不知疲倦,也有少许松树上可见枯死的松枝,枝条在空中划出苍劲有力的线条,暗红色的松针还未掉落,显出一种奇怪的倔强。松树是这片林子的主角。松树之间,花栎树、马桑青,还有不知名的树、草长得蓬蓬勃勃。

初冬,已在这片林子里绘出了五彩斑斓的颜色。深红、火红、浅红、暗黄、土黄、金黄、墨绿、翠绿……各种各样的颜色,以叶子的形状挂于枝头或落于地面。每一种颜色都是一份淡然、一缕芬芳、一抹禅意，在林间流淌、交汇，也在我的眼里心里交融、飞扬……

最惹人喜爱是那一树树红果果。这些红果果有名字，叫木瓜子或火棘。不过，我就爱叫它们"红果果"，这就算是我对它们的昵称吧。不是所有的事物我都会想给它一个昵称——再说，我看红果果那个可爱的样子，也不会拒绝我这么叫。这些红果果红得那么纯粹那么热烈，一点红紧挨着一点红，点点红形成一簇红、一枝红、一树红，如晚霞一般灿烂，似玫瑰一样娇艳。这些红果果，是冬天淡淡的笑颜吧，有些娇羞脸红的笑颜。

偶尔，在树下或草丛里，会邂逅三两朵淡紫色的或雪白的小花，那也是邂逅一首无字的诗或一曲无词的纯音乐。小花怒放或含苞欲放的姿态，是冬天柔柔的舞姿吧，飘逸灵动的舞姿。

冬风拂过，叶子飘落，一片两片、四五片、七八片，轻轻盈盈；松果掉落，一个两个、三四个、六七个，清清爽爽。我听见叶子飘落的声音，我听见松果掉落的声音，我听见自己呼吸的声音。风里带着些草木的气息，拂过我的脸庞，拂在我的心上。心里忽然有种空空如也的感觉。真好，就让那些烦忧都随风而去吧……

林间小路，通向林子深处。我要走到哪里去？不知。无须知。本就没有目的。不是每一段路都要带着目的走。没有目的也是一种目的。听从自己内心的声音，走到哪算哪——这是一件说简单也简单、说奢侈也奢侈的事。简单一点多舒坦！奢侈一次又何妨？

我笑了，继续往前走。

对我来说，林间小路，是一个诱惑。大多数时间，都穿行在县城的大街小巷，偶尔回到乡下，去林间小路上走一走，就像是去见一位多年的老朋友，又像是去寻找一个久违的自己。

于冬天或非冬天的某个时刻，去林间小路上走一走，清欢自来。

2

一共五十二朵——我正儿八经地数了的，阳台上这盆菊花一共五十二朵。我的心理年龄忽而八十岁忽而八岁，从一数到五十二这几秒钟，就是八岁的我。

五十二朵红菊，没有一朵偷懒不开的。朵朵都开得很卖力，朵朵都是小妖精，迷死人没商量。

这是我的花，我养的花。我爱花，我爱养花。

就拿这盆菊花来说吧。今年春天，我本以为它不会再美给我看了。它的邻居，也就是阳台上其他的花，都恶狠狠地生长着，只有这菊花，一点动静都没有，叶萎茎枯，可怜巴巴。春天快完了的时候，终于冒出几片嫩芽，嗨，真是叫我又惊又喜。还好我之前一直没放弃它，常常给它浇水，偶尔也松松土。

我细心呵护菊花的嫩芽，生怕一不小心就把它给得罪了，生气了，不长了。暑假期间，嫩芽早已长得郁郁葱葱了。看着菊花生机盎然的样子，我仿佛也变成一株茁壮生长的小菊。呵呵，我真傻。我犯傻，我高兴。

呀，有小花苞了！10月初，我给菊花浇水时发现好几个枝头都顶着小花苞呢，或者说，我的菊花打啊好多"花宝宝"呢！记得小时候，老家那地方的乡亲把小花苞叫成"花宝宝"，看到一丛花苞，通常会说：这花打啊"花宝宝"哒呢！花宝宝这个名字自然是极好的，简单明了地显出了花苞的可爱。可爱死了的可爱。

一朵一朵花蕾一天一天长大。我期待花蕾快点长大，我又不期待花蕾快点长大。万事万物，处于被期待的思绪之中，总是有着格外动人的美。但花蕾不会有丝毫犹豫，停止生长——绽放，是它们的使命，是它们的快乐。至于枯萎，那是后面的事，先绽放了再说后面的事。

那就绽放。那天午后，一朵红菊绽放了，不声不响地绽放了，落落大方地绽放了。花蕊金黄金黄的，花瓣以粉红为主、边缘为白色，修长的花瓣一片挨着一片，说不上十分娇媚，倒也清新淡雅。自己用心呵护的花儿，怎么看怎么舒服。

两三朵，六七朵，八九朵，越开越多，越开越艳。每次去看，每一朵似乎都焕发出一种新的神采，就那么低调地傲娇着，就那么放肆地美丽着。看看这一朵，看看那一朵，微笑就在脸上绽开，安宁就在心底存在。

每天在这个纷纷扰扰的尘世里忙忙碌碌，也曾经意气风发，也曾经迷茫浮躁，终是凡人一枚，无力超脱。有个花开阳台，对我来说，无比重要。我在阳台上养了好些花花草草。跟这些花花草草在一起的时候，可以让我卸下负累，享受轻松。花草不声不响，却能抚平心底很多的波澜，欢喜，在不知不觉中溢满心底——不是一定要有花开，才有欢喜；欢喜，产生于养花的过程。看着花儿草儿发芽，长出新叶，渐渐长高长得葱郁，抽出花蕾，灿然绽放，坦然萎谢，是一个单纯而美妙的体验。一花一世界，一草一菩提。生命，如此美好。活着，努力地活过，就好。花开花谢，本是平常。

养花，养的是一种心境，这种心境，名曰清欢。

3

早晨，走到单位走廊时，往天空一看：月亮还在天上呢，太阳也在天上呢。这不就是"暨"！

天空似乎很开心，蓝得那么认真，还摆了一丛洁白的云朵在月亮旁边。

太阳似乎更开心，散发万丈光芒，好像要给月亮一个暖暖的拥抱。

阳光、蓝天、白云、月亮，好美。我看着，我要多看一会儿，说不定下一秒月亮就不见了。

这是一种遇见。感谢自己刚才抬个头，并望向天空，才遇见一个忘记"下班"的月亮，让一个上班的我忽然之间有种不在人间的错觉，重点是，这错觉，我挺享受。

我喜欢看天空。有事没事就喜欢看个天空。我甚至觉得，看天空也是一件事，一件轻如空气的事，一件与累无关的事，叫人怎能不喜欢？这事我喜欢了几十年，继续喜欢个几十年，也不嫌麻烦哩。有些喜欢，说不出为什么，但就是喜欢，而且一直喜欢——跟不喜欢一件事物是一个道理，不喜欢，怎么着都喜欢不起来。

这个世界，每个人都生活在天空之下，可能一段时间生活在这一片天空之下，一段时间又生活在那一片天空之下。

我最怀念的，是乡下的天空。那些远去的日子里，我曾无数次那么随性地看乡下的天空。坐在小院里，或是站在庄稼边，或是躺在草地上，看天空蓝到虚幻，看天空灰到疯狂；看天空里一无所有，看天空里气象万千；看天空里朝霞点点，看天空里晚霞绯红；看天空里白云朵朵，看天空里乌云翻涌；看天空里雄鹰展翅，看天空里雏鸟慢飞；看天空里落下雨滴，看天空中飘下雪花……看着天空，不知不觉地，很多思绪就不知去向，我想它们可能是在天空里走失了，许是被一朵云儿带走了，许是被一只鸟儿吃掉了，许是被一缕阳光融化了……

有时候吧，我一副看天空的样子，其实没有看天空。我究竟在看什么？我不想说，天空也不会问。天空很空，可以接受我专注地看，也可以接受我失神地看。看天空久了，我发现，天空仿佛是一味药，可以镇痛，可以消愁——什么都没有了，还有天空。天空，安慰过多少茫然忧伤的心灵？

现在住在小县城里，看天空，总是有些不习惯。城市的天空，被林立的高楼遮挡得所剩无几，跟乡村辽阔的天空自然是不能比的。每天在城市里忙忙碌碌，我也无法再像从前一样，动不动就找个安静的地方，独自一人，呆呆地看天空，想怎么看就怎么看，想看多久就看多久。但只要有闲暇时间，我总是会有意无意地看看天空，哪怕映入眼帘里的，可能只是一片很小的天空。天空，辽阔也好，狭小也罢，并不是最重要的，重要的是，看天空的心情。

在街头，在广场，在楼顶，在阳台，不经意间看一眼天空，喧嚣远去，清欢归来。

乞丐与春天

立春了——我听说。

立春了就立春了。春天又不是为我而来。

也许，我在此前已奢侈地享受了属于我一生之中的所有春天，从此，再也没有一个春天与我有关了。

我试图回忆某一个春天的温暖来治疗不知来自何处的冰冷，然而，我想起的，只是一个乞丐与春天相遇的故事。

那个清晨的情形，恍如昨日一般清晰。我推开二楼卧室的窗户，看见屋旁那树盛开的枯枝梅，真好看。我一笑——咦，那梅花树下是什么？定睛一看，是一个人——没错，就是头天在我家附近徘徊的女乞丐，她竟然在我家屋旁的那棵枯枝梅下睡了一夜。

天为被，地为床，就是如此。只是，在此处让人感到的不是豪放，而是心酸。

她是坐着睡的。坐在枯枝梅下的一块小石板上，双腿盘起，双手抱着腿，头放在膝盖上，一动不动。像一尊雕塑一样一动不动，又隐约呈现出一种莫名又奇怪的自在。

有一瞬间，我甚至怀疑她是不是还有呼吸。

那棵枯枝梅被春风吹落的花瓣,似乎在抚摸空气里淡淡的哀伤,又似乎是在埋葬一切美好与希望……

她究竟是谁?

她来自哪里?

她遭遇了怎样的过去,因而过上了流浪的生活?

……

无数个疑问在我脑子里飘过,没有答案。但它们足够让我觉出一种春天忽然黯然失色的悲凉。

我没有走近她的身边。更无法走进她的心里。这是属于我的渺小与无能,但我还是希望她能拥有一点温暖,一点属于"人"的温暖——这说明我不是一个纯粹的好人,也不是一个彻底的坏人。

鄙视自己一分钟。

就在前一天,我跟她说过话。只是,她说出一连串的疯话,让我对她生出几分害怕——她是个精神失常的乞丐。

"喂,你们这么大个屋,让我也来住哟,呵……呵……呵呵……"在院子里晒太阳的我猛地听到这么一句话,不由得一惊,我四下张望,一个乞丐出现在我视野里:她顶着乱蓬蓬的头发,披着一身失去原色的衣服,不,只能算是布条,站在我家屋旁的小路上。

"呃……"我一时语塞。

"有没有吃的?给我搞点吃的!"她边说边向我走来。

我看清楚了,她有一双让人一见难忘的眼睛——很难想象那双称得上灵动的大眼睛是属于一个乞丐的,这是一双会说话的眼睛啊,没有大多数乞丐眼里那种明显的呆滞神情。

刚好手边有袋面包,我递给她。

我以为她拿了面包就会离开。然而并没有。

她撕开包装袋，以不可思议的速度把面包吃完了，然后就走到院子下的田里，蹲下来，并自言自语起来。她的话语断断续续，时而激动，时而温柔。

"你是哪里人？"我忍不住问她。

"我年轻时不懂事，二十岁不到就结婚哒……我带些苞谷泡儿和冷洋芋上学，嘿嘿……我有一个儿子，他好机灵的，他到哪去了？到哪去了呀？……有种糖糖蛮好吃，好……吃……"她沉浸在属于她的世界里，眼前的世界，在她眼里，或许才是虚幻的。她的思绪和现实之间有着一层她走不出的结界。

听口音，她可能就是恩施州某个地方的人。但我无法根据她的话拼凑出更多有价值的信息。

在这个世界上，属于她的家，或者说曾经属于她的家在哪个角落呢？又或许，她从来就没有家？她从前的人生，有过怎样的悲欢离合呢？她是从何时走上流浪之路呢？……

我叹了一口气，没有再问她什么。

下午，没听见她的声音，我猜想，她可能离开了，一看，果然不见了。我以为不会再看见她了。

我永远也无法知道她离开之后又返回的原因。于她而言，行走并无目的，哪里都是开始，哪里都是结束；哪里都是陌生的，哪里都是不陌生的；哪里都是可以停留的，哪里都是可以不停留的。

她可能失去了无数种感觉，但一定没有失去本能的饥饿感。她终于醒了，摆摆头，揉揉眼睛，站起来径直走向我家屋旁——那里放着几个洗净的红苕，她拿起一个，就吃了起来。我不由得苦笑了一下。她好像是吃着世上绝无仅有的美味,她脸上露出那般满足安逸的微笑。吃了一个后,她好像不饿了,舒服了,开心了,半个也没有带上就走了——我倒是希望她能带上几个,好歹能充个饥。

我看着她沿着村头的公路慢慢悠悠地走远了,变成一个小黑点。很快,小黑点消失了,消失在春天深处……

如今,那棵枯枝梅长得更高大茂盛了,每年春天都会开出满树玫红的花朵,俏丽多姿,芬芳可人。伫立花下或是漫步花前,跃入眼帘的是一树盛开的春天,是一朵一朵盛开的春天,是一缕一缕生长的喜悦,是一丝一丝新鲜的希望。春天,盛放在心中有春天的人心里。如此而已。不是每一个春天到来,每一个人、每一个春天里的自己心中都有春天。

那个远去的春天,那个乞丐留在花间的冰凉气息似乎早已被风吹散,了无痕迹……

春去春又回,花谢花再开。

人间春天,有时是一颗甜蜜的巧克力,有时是一杯苦涩的咖啡。

在一个一个春天里流浪的,有乞丐,他们主要是身体在流浪;也有很多的非乞丐,他们是心灵在流浪……

流　浪

"流浪!"

她是在一瞬间感到这个词的可怕的。她第一次觉得，一个词简直像一个不期而至的怪兽，不由分说就窜进了她的心底。不愧是个杀伤力很出色的词。

她几乎要喊出来，但她终究没有喊出来。是什么扼住了她的喉咙呢？似乎是一种无形又巨大的力量压迫着她，她拼命抵挡，忘了叫喊。又似乎是她全身所有的力量忽然神秘地消失殆尽了，怎么也喊不出声。

她唯一能确定的是，就在那个瞬间，她悲哀地发现，自己其实一直在流浪。

她怔住了。她那双茫然无措的眸子里，正映着那个她偶遇的流浪女的小小身影。

那天，大约是午后吧，秋风有一阵没一阵地吹着，也没能吹干一个村庄在雨里淋了好些天之后散发的深重潮湿。村庄像是患上了抑郁症，孤独又决绝地隐在自己的世界里，显出一副淡漠至极的样子。谁家老瓦房屋顶上冒出了缕缕炊烟，仿佛是村庄在对着天空抽烟消愁。

她沿着穿过村庄的那条公路，走走停停。没有目的地，她只是为走而走。这似乎是个悠然的状态，但事实正好相反，属于她的悠然早已不知所踪。她知道，无论她在哪条路上走着，也无论她再走多久，也找不回从前那个悠然的自己了。如果说她心里还残存着那么一点儿若隐若现的可怜的想法的话，那就是，她希望把那个郁郁寡欢的自己走丢。这个丢，就是她想要的解脱吧。只要能忘了自己，不，哪怕只是忘了一些烦忧，也是很好的。但这不过是妄想——忘，是一件很难的事。她试了很多次了，结果是越想忘，越难忘。

她甚至笑了一下。不是村庄抑郁了，分明是自己抑郁了。对不起啊，村庄，是一双失了清澈的眼睛看错了你的心思。

继续走。无所谓向前，也无所谓退后。

走到一丛翠绿的芭蕉树旁，她的脚步不由自主地停下了——不是芭蕉树让她眼前一亮，而是迎面走来一个乞丐。

是个女乞丐。

只见散乱枯黄的头发遮掩着一张没有半点生气也没有一丝表情的脸。积满污垢的衣服（其实叫破布条更合适，哪里还有半点衣服的形状）勉强遮住一个瘦削的身体。一双黑乎乎的塑料拖鞋差不多就要彻底四分五裂，随时都可能从那双不知走了多少路的满是尘土的脚上脱落。

女乞丐两手空空，却又仿佛带着很多东西，把村庄里的一些东西挤走了。

村庄似乎对这个陌生的出现也有点措手不及，在风里狠狠地颤了一下。

她也颤了一下。她感到，一种寒冰般的尖锐的冷，浇在她的心上。

这个世界，从来都没有绝对的闲适与安详。困苦、迷惘、痛楚、绝望等从未消失，它们以各种形式潜伏在生活的缝隙里，无处不在，无时不有，冷不丁就冒了出来，让一些微笑蒙难，让一些飞翔中断……

这个不知从何方来到村庄的人，就像一笔灰暗的油彩洒落在一幅清新飘逸的水墨画上，毫不客气地打破了原来的意境。但，这并不是意外，而是生活这幅大图画的真实与残酷。每一幅看似美好的画面里，或许都藏着看不见的伤痛、听不见的叹息以及摸不着的泪滴。

女乞丐游魂一样地走着，一声不响，似乎是走在一个虚空的世界里，天地万物都化为乌有。既是虚空，所以也不必用眼睛看什么了。所谓目光，也可以是个不以"看见"为用途的存在。

只是，说是乞丐，这个女人却没行乞。说不是乞丐，却符合一个乞丐的所有表象。

那就不称其为"乞丐"，而称其为"流浪女"吧。不知怎的，她莫名地觉得，"流浪女"三个字好像更贴近眼前这个人的人生境况。

她再一次将流浪女细细打量。当然，流浪女依旧没有看她。流浪女对她周围的一切都视而不见。流浪女早已习惯了对投向她的各种目光无动于衷。一个流浪的人，是没有什么可畏惧的。从开始流浪的那一刻起，什么风霜雪雨，什么饥饿寒冷，什么冷眼鄙弃，都不是流浪人在意的了，也阻挡不了流浪人的脚步了。但凡一个人死了心失了魂，至于身体会遭受什么样的苦，已经不重要了。

生命，以流浪的方式流逝着，还是让看见的人心里不由得生出深切的悲悯。她皱了皱眉，把目光从流浪女身上收了回来。

流浪女为何而流浪？她无从知晓。
流浪女流浪了多久？她无从知晓。
流浪女将流浪到哪里去？她无从知晓。
……
谜。流浪女的世界，对她来说，是个凌乱而沉重的谜。
所有谜底，都在风中飘荡。她抓不住。
抓住了又能怎样呢？她能改变流浪女的人生轨迹吗？不能。她心里涌起的伤感、同情又有什么用呢？不过是苍白无力的单向表达。流浪女早已不会注意这些了，更不会因此感到一丝半毫的温暖和希望。

流浪女的心，或许早已冰封起来，无所谓思与想，也无所谓冷和暖了。流浪的，主要是她的身体。

而她，和这个流浪女有什么不一样呢？

她的身体在这个喧嚣的人间呈现着一种"非流浪"的状态。可她的心，不就一直在流浪吗？她常常不知道自己心里究竟在想些什么，不知道自己的心历经了多少苦痛挣扎，不知道自己的心该去往何方……她那颗敏感而脆弱的心啊，看了太多的繁华与苍凉，已不识悲欢。她的心，需要的是宁静。但宁静只是短暂地停留在她心底。她没有办法获得永久的宁静。

好吧，那就继续流浪，直到失去最后一点感觉……

是的，她也不过是一个流浪的人。

望着流浪女渐渐走远渐渐模糊的背影，她感到，一部分自己也随之远去了。生而平凡，生来彷徨，流浪，倒也挺适合自己的。

一笑。

无以言表之时

今年八月的一天,我从武汉乘坐高铁去北京。

这一趟,是为旅行。本来,我向往的期待的风景,在目的地——北京。

但我没有想到的是,令我最难忘的风景,是在这一趟列车上的遇见。

那是一场关于田野的遇见。

一望无际的田野,在我不经意间,跃入我的眼帘。

列车进入河南。我靠着车窗,正在恍恍惚惚地想事情,忽然,我被窗外的景色迷住了。那辽阔的田野让我一下子坐直了身子,瞪大了眼睛。我甚至觉得自己已然张开双手飞出了列车,投入这片田野的怀抱。

直到现在,我都无法准确描述我当时的感受。就是明明有很多东西想要表达,脑子里却又仿佛是一片空白。

哪怕我此刻正在试图写下那一日的遇见。但我依然感到无以言表。正是因为无以言表,我才决定写一写。没办法,我就是不想放过自己。

我记得,我贪婪又惶恐地看着窗外,生怕一不小心就会从这片田野里走掉。

那接天连地的玉米，铺陈成一片绿色的海洋。丰饶，大地多丰饶。丰饶，总是叫人心安。心安，多好。

那一排排整齐得如士兵的白杨树掩映着一条条路。风起，路一动不动，一排一排白杨树，以及一片一片的玉米都齐刷刷地朝一个方向倾斜，显出一种近乎庄严的秩序美。

似乎每条路都是一个样子。这里的路几乎不蜿蜒不起伏，也不卖关子不虚张声势。它们直来直去，大大方方，淳朴率真。

似乎每条路都通向遥远的远方。薄雾忽隐忽现，列车飞驰而过，它们先后快速地消失在我的视线里，然后重新出现在我心底，在我心底里无限延伸……

似乎每条路都空空荡荡。路上咋就不见三两个当地的农人呢？我始终在寻找他们的身影，但一无所获。当然，他们在，在我看不见的地方，或在耕耘，或在收获，或是在做短暂的休息。是他们，生动了这片田野。是他们，守护了这片大美。

在这里，每条路上，每一寸田野里，都布满了农人的足迹。他们中有许多人，可能一生都徘徊在这片一望无际的田野上，不紧不慢，从双眸清澈到满眼沧桑，从步伐轻快到步履蹒跚，从生到死。大地深处，回荡着他们的浅笑与叹息、光荣与梦想……

我甚至生出狂想——在就近的某个小站下车，奔向这田野，仰面朝天，静静地躺在这绿海之中，看天空里流云朵朵，看白杨树下牛羊悠闲地吃草，听一场风掠过田野时所有植物的悄悄话，听一只飞鸟停在树上婉转清越的鸣叫……

就在我陷入迷离之际，一簇红色唤醒了我。哦，我不属于这里——我看到这片田野的主人居所的色彩。

那是一片红屋顶组成的一簇红。是点缀在万绿之中的一簇红。是叫人眼前一亮的一簇红。

一簇红，一抹安宁的人间烟火。

蓝天。绿地。红屋顶。简约。素朴。和谐。

我无法弄清那些住在红房子里（姑且叫它们红房子，尽管仅仅屋顶是红色）的人对这片田野是一种怎样的情感。要是我再疯一点，将狂想付诸行动，那么，在他们眼里，我是不是一个傻子或者疯子呢？我的贸然闯入是不是算一种入侵呢？所以，我还是做一个匆匆过客比较妥当。不打扰，也是一种虔诚的喜欢。虔诚而干净的喜欢。

心忽地安静了。

大约有三个多小时吧，我的眼睛一刻也不曾倦怠地望着窗外。真希望列车一直开下去，没有终点。这样的"在路上"，太美妙。尤其是偶尔还可见大片盛开的荷花。荷花是这片田野里极为灵秀的点缀。那些粉红的、雪白的花朵，亭亭玉立，和着风，在绿野里跳着轻快的舞。天宽地阔，舞影绰约。

终究还是被列车带出了这片田野。

终究还是出了出了出了这片田野。

就在列车快驶进北京西站的时候，我竟然想起十年前，我经历的一次无以言表。我永难忘记的一次无以言表。

我为什么会在一种无以言表的思绪里想起另一种无以言表？这我也说不清楚。

那是2008年5月12日，汶川大地震发生后，我在一个孩子面前的无以言表。

当时我在建始县高坪镇一所初中教英语，所带班级中有一个叫苏小兰（请读者允许我在此不用真名）的女孩，秀外慧中，很讨人喜欢。

汶川大地震发生时,建始很多地方都有震感,我所在的学校也不例外。屋子轻微晃动、杯子里的水溅出来等状况让人生出无边的恐惧。

下午,学生们吃完饭,大多在操场里打篮球、打乒乓球或休息。我也像往常一样,坐在校园一角的长椅上晒太阳。举目四望,我发现,一向活泼的苏小兰像变了个人似的,蜷缩在一棵香樟树下,一动不动。

我向她走去——我以为她生病了。

"苏小兰,你怎么了?"

刚开始,她似乎没有听见我说的话。

"你是不是身体不舒服?"

"没有。"她抬起头来,说话的声音很小。她的眼睛里写满我从未见过的忧郁。无穷无尽的忧郁。她没有看我。眼前的一切,她都没看。

我摸摸她的额头,有点凉。

"我没生病,蔡老师。我回教室去了。"小兰站起来,慢慢地走向教室。

看着小兰的背影,我打定主意,暗中观察,弄清小兰陡生忧郁的原因,再寻找合适的时机开导她。

晚上有英语课,我上课时,她依然是失魂落魄的样子。

上完最后一节晚自习,我把她叫到我的办公室。

"小兰,你是不是遇上什么事了?"

小兰坐在我对面,嘴角微微动了下,但没有说话。

"有心事不要一个人憋着,你给我说一说,我也可以给你出出主意啊。"

小兰依旧不说话,两眼含泪,身体在轻轻颤动。

"你莫哭，莫哭啊……"

小兰很听话，没有放声大哭。终于，她咬了咬嘴唇，轻声说："我……我担心我爸爸……我不知道他在地震中的情况……我怕他不在了……"

那一刻，我听得心里生疼。真的，一时间，我竟然找不到任何词汇来安慰这个女孩。我猛然想起，小兰的父亲是四川人，其老家就在震区，但小兰的父母离婚了，基本上没什么联系。小兰跟随母亲生活，几年没有见过父亲了。

血脉亲情，在一场灾难面前变得异常强烈。也异常残酷。

我感到无能。在我的一再追问下，小兰向我吐露心扉，而我却没有办法给她一个明晰的答案。我既没有办法打听到她父亲的情况，也无法消除她脑海里各种可怕的猜测。

我紧紧地拉住这个内心备受煎熬的孩子的手——如果可以，我愿意把我所有的温暖都给她。

尽管后来我说了一些安慰她的话，可我知道，在一个孩子巨大的担忧面前，任何话语终究是苍白无力的。这个孩子已经失去过一次父亲。可她面临的可能是再一次失去。是生死两茫茫的失去。

之后很多天，小兰都很沉默。我知道，小兰很多时候都在哭，但她的哭是静音模式。老师们的关怀也只能是静音模式，我和其他老师也不向她说起她父亲的事。有些路，只能一个人走。走过去了，也就强大了。唯一让人放心的是，小兰的成绩越来越好。

十年后，我已不知道小兰去了何方，是否找到她健在的父亲，或是接受了她的父亲早已不在的事实。

十年后，我在异乡想起这段故事，心里的怅惘仍旧久久挥之不去。

　　语言从未走失，文字也不曾隐身，可是总有一些时候，一个人会失去语言表达能力，失去对所有文字的调遣能力。比如，在一树落满雪花的蜡梅前，在如水如练的月光里，在一朵幽兰的香味里，在一条清溪的歌唱里，在恋人温柔的注视里，在对至爱的思念里，在濒临死亡的眼眸里，在停止呼吸的亲人旁……或许，在这样的时刻，无声无息无言无语算是另一种语言。或许，无以言表，表达的是最真实最深刻的喜悦、幸福、忧愁、哀伤，以及种种情感。

　　活在人间，谁都有无以言表之时。否则，又怎能说"我活过"？

天青色等烟雨

车子正开往春天深处。

也不是,车子出发的地方也是春天深处。我不过是从一个村庄乘车去百里外的另一个村庄。春天与每个村庄都正在倾情缠绵,物我两忘。不信,你随便闯入任何一个村庄,都能逮到村庄被春天"颠覆"的证据,比如,随处可见的新绿,随风摇曳的春花……

只是,人总是以为远方有更美好的东西。走到远方,出发地就成了新的远方。知道这一点也没有用,车里的我还是有种远走高飞的快意感觉,好像已然摆脱了种种束缚,变成一片轻飘飘的云,悠悠然飘向方向不明的所谓远方。

车窗外,不时闪过一树树灿然盛放的桃花或梨花。它们以一种与生俱来的野性十足且孤傲决绝的姿势,出没在山脚下、农房旁、小路边、田中央,勾勒出一幅幅或清新明媚或绚烂妖娆的乡村春景图,不动声色又极其放肆地诱惑像我这种嗜花成性的家伙。我是不会抵挡这种诱惑的。我享受这种诱惑。如果有一天,这些都不能诱惑我了,那我也就只剩下一口气,苟延残喘。我希望那一天来得晚一点,再晚一点。

这些花树,不像高楼林立的城市街道边和公园里的花树,它们不是作为观赏植物为众人而开,也没有被人刻意修剪或造型。

它们离人远一点，离自己近一点。它们按内心的意思自由生长，它们的花只开给自己看。它们的主人也多半是为了得到桃子梨子，才给它们一席之地。至于它们开花的样子，主人们可能没有闲情逸致去看那么一眼，主人们总是在奔忙，就像那个在城市里日复一日低头匆匆赶路的我一样，身边的很多东西，我看不见，或者说，来不及看。而正是由于被忽视、被冷落，成就了那些花树翩若惊鸿的美。

很多次，我一不留神就被车窗外这般稍纵即逝的美给击中了。我根本没有还击之力。我只想立刻停车，像个臣服的呆子一样，奔到花下，待那么一时半会儿。不需要太长时间，几分钟就好。我要细细打量它们的样子，静静呼吸它们的芬芳，让它们更清晰更猛烈更深刻地漫过我的身心，漫过我生命中片刻宁静的时光。那就是一场惊心动魄的热恋，定然充满无法言说的美妙。人花恋，挺好。人在花间，笑得跟一朵花似的；花在人间，开得像一个人特别开心似的。而且，人恋花，不必担心失恋，因为花恋不恋人，谁也不知道，谁也搞不清楚花的心思，谁都可以假装被花喜欢着。所以，这个世间，人人都可以放肆恋花。

幸有花，生动了片片风景，抚慰了颗颗人心。

是的，我就是个偏执又可笑的人，我恨不得把每一片漾动我心的美赏个够。我简直不像话。不过终究只是想想，我没有在任何一辆车上因为沿途遇见的美而大声喊过一次停，然后理直气壮地下车，不管不顾地做一回真正的自己。那些没喊出来的声音，最后都化为我双眼里日渐浓郁的愁，没完没了的愁。说走就走，想停就停，于我而言，早已是太奢侈的活法。更可怕的是，我试着做一下的勇气也已蒙难。

我也知道，阻隔我与那些美靠近的，不是一扇薄薄的车窗，不是我的喜欢不够疯狂，不是我的勇气消失殆尽。全都不是。这就像一个人，在一生中，可能会遇到另一个人，暗暗计划了千万次的相见，可还是迈不出第一步。阻隔两个人相见的，从来都不是千山万水。山水之间，每一条路，似乎都通向心心念念的那个人，却又没有一条路可以去走。只有慌乱的心，在无数个恍惚的瞬间，以光的速度，向另一个人飞去。或许，这样的抵达，就是最好的抵达。

或许，就是因为没走近，才觉得格外美吧——除了这样安慰一下自己，我还能怎样呢？

有些美，一个人始终都是抓不住的；或者说，有些美，本来就是一种处于游离状态的美。游离是这种美的魂。你一走近，魂就丢了。所以，不管你做了怎样的努力或者挣扎，就是抓不住。永远都抓不住。有时你也劝自己放弃。但放弃也是一样的难。于是，在追寻与放弃之间，一个人慢慢地从盛开走向枯萎。

我现在就很枯萎。

我甚至担心，窗外的花朵若是无意间瞥了我一眼，很快也会枯萎。枯萎也是会传染的。这个世上，没有任何一朵花的枯萎比我的枯萎更无可救药。花枯萎了，明年还会再开。我的枯萎，时光是治不好的。再多的时光，也治不好了。很久以前，我就已经不期待任何一个明天、明年。

车子经过一条喧闹的街道，我只好把目光投向远处连绵起伏的青山，只一秒，我就为自己视线里的美而欢欣了。但见群山齐青，是崭新的青，是生长的青，是跳跃的青，是翻卷的青，是妩媚的青，是可人的青。青得叫人想做一座青青的山。

春天里，越过茫茫风雪的山，穿过漫漫岁月的山，气象万千地醒来，轰轰烈烈地醒来。青，就是它们醒来的样子。苍茫大地之上，只有所有的山都醒来了，春天才更像个春天。

山的每一次醒来，也是人的醒来。人有意无意地看看陪着自己熬过数九寒冬的山开始泛青了，越来越青了，青得无法无天了，人仿佛也在不知不觉中褪去了浑身的寒意，打开了满心的期盼，跟着山青的节奏，慢慢"复苏"，重新"萌芽"，抖落萧瑟，笑迎春风。在这个过程中，一个人也更像一个人。

只是，山青了亿万年，还将一年一年地青下去。人"青"不了几年，就将隐入青山，了无痕迹。最后，化为尘土，和青山融为一体，青到永远。

清明前后，山青得婉约。清明青半山，一个"半"字，渲染出"青"的万种风情。半，是一种智慧。半，也是一种弥漫游离气息的美。这些半青的山，让人感觉一切都处在等待之中，一切处在希望之中，一切都在向着春的极致奔跑，一切也在向着春的结束靠近。人看一眼，就似乎获得某种全新又古老的力量，抖擞抖擞精神想干点什么，可究竟要干点什么呢，又陷入时浓时淡的茫然。时光带来一切，时光也会带走一切。一切都无可避免。一个人，在捉摸不定的"青"色中清醒过来，或者荒芜下去，没有定数。

靠着车窗的我，分不清自己是茫然的，还是清醒的。但我的荒芜依旧在延续。就像那些青山的青一样，不可逆转地延续着，铺天盖地。这样的我，裂成两半，一半在尘世之中，一半在尘世之外。

就任自己分裂吧。谁又不是分裂的？还是继续看车窗外一闪而过的绵绵青山。看山也是看自己。没有阳光。山青色，天青色。山色天色皆空蒙，人间天上共一梦。薄雾在山间萦绕，怕还要下雨——这不就是，天青色等烟雨。可我在等什么呢？等一半尘世之外的我归来？还是等一半尘世之中的我出走？

我什么也没等。

这一刻，只寂然地感受"天青色等烟雨"的美妙就好。

忽然，怕了秋

那天午后，我在一大片紫色的马鞭草间徘徊。

阳光灿烂，天空碧蓝，云朵洁白。马鞭草正在盛放。盛放成汹涌澎湃的紫海，铺展在高山之巅，掩映在丛林之间，荡漾在夏风之中。紫，只有紫，亿万朵紫色的小花挨挨挤挤，携手共建了一片紫海。我想，也许梦就是紫色的吧，一如这紫盈盈的花海。

我正是经不住这如梦一般的紫的诱惑，再一次来到花海。我分不清那个流连紫花丛中的自己是梦着还是醒着。我能肯定的是，我喜欢如此单一纯粹的紫胜过任何形式的五彩缤纷。

我的身与心，需要这样的紫去占满、去冲撞、去涤荡。如果可以的话，我愿意做一朵小小的紫花，不慌不忙，绽放于天地之间，不来不去，摇曳成一世静美，哪怕一世很短。再过几天，秋天就要来临，所有的马鞭草都将不可避免地走向凋零以及枯萎。但那又怎样，纵情绽放过，也算是无憾了。

忽然，我怕了秋。

毕竟，我不是一朵紫色的马鞭草，我没有在这个夏天绽放花朵，但却仍然要在秋天毫无悬念地凋零并枯萎。比任何一朵花的枯萎都无可救药。

是的，我怕了。来自内心深处的怕。我一瞬间被击打得节节败退。什么淡定，什么释然，全是表象。这突如其来的怕，着实令我措手不及，我甚至不敢把失神的目光投向那些紫，我担心自己的慌乱和无力，有可能令她们花容失色。

好在，漫山的紫呀，不会因一个失魂落魄的家伙而失了翩翩风采。她们随风摇曳，风华无限，本色不改。没错，花开花谢，是马鞭草自己的事，没有任何一株草一朵花是为人而生，她们自始至终都与我无关。而我的凋零、枯萎，也是我自己的事，从来都与马鞭草无关。我终于看见了我与马鞭草之间无比遥远的距离。我在花海之中。我在花海之外。

我一笑，所有的紫，恍然消失，眼前浮现秋深花落的无边萧瑟与荒凉……啊，秋未至，我已入秋。我踉跄的脚步，踩碎一地花影。

那么，来吧，干脆让我跟时间打个商量，提前走进一个新的秋天。这算是一个怕了秋的人在试着勇敢面对还是在做最后的挣扎呢？答案在风中飘荡。无所谓了，反正我也没指望自己清醒地过完余生。

立秋，多美。"云天收夏色，木叶动秋声。"天上的云，从夏时的积雨云变成悠悠荡荡的卷云。人，立于一朵轻云之下，迎接物候的更迭。梧桐树叶，开始微微泛黄到跌跌撞撞落入了人间。人，站在一片秋叶之上，感知秋天的到来。秋的仪式感，澄澈了多少心灵，摇动了多少思绪。当然，这一切只属于真正融入秋天的人。我要承认，我早就无法走进秋天。就好像有一层肉眼看不见的结界，隔在了我与秋天之间。这个结界，是我曾拥有但已消失的一部分情怀变成的，我无话可说。就算是一朵秋云砸到我头上，一片秋叶落在我手上，我的心湖也不会泛起一丝涟漪。秋云

353

有多清秀，落叶有多缤纷，我就有多黯淡。

秋，一点一点褪去了春的浪漫、夏的热烈，从容不迫地在大地上写满丰收的喜悦。你瞧，田野里，苞谷黄了，水稻黄了，橘子也黄了；黄粱红了，辣椒红了，苹果也红了；葡萄甜了，梨子甜了，猕猴桃也甜了；石榴笑了，板栗笑了，莲子也笑了……秋阳暖暖地照，秋风徐徐地吹，秋雨绵绵地飘，庄稼、水果次第成熟，到处都是一派丰饶的景象。我曾经无数次醉在秋之丰收的图景里，忘了愁情烦事。仿佛每一片庄稼的成熟都是我的成熟，每一种水果的香甜都是我的香甜。不过，仿佛永远只是仿佛，不知从何时起，我开始觉得，我在那些庄稼、水果面前，显得那么尴尬又无能。多少个秋天里，我没有结出任何果实。哪怕是"歪瓜裂枣"，也没有半个。我两手空空，一无所有。秋实有多丰盈，我就有多空洞。

如果说春花给人初恋般的温柔甜蜜感觉，那么秋花则使人感到深爱的隐忍与炽烈。你看，菊花、桂花、十样景、一串红、灯笼花、紫薇花、木槿花等，在大地之上泼洒五彩斑斓，演绎万种风情。很奇怪，秋花仿佛受到了某种神秘的指引，愣是散发着无处不在的凝练又沉静的气质。多看几眼，却又不知不觉地会触到一朵朵秋花那满含爱意与激情的心。秋花不玩暧昧，也不擅长撒娇，秋花只顶着日渐寒冷的风，不动声色地把内心的缕缕情愫绽放成极致的优雅。尤其干得出色的，是那些野菊花、野桂花、野棉花、野茼蒿、绵枣儿、蓼花、败酱、窃衣、一年蓬、堇菜、紫花香薷、三脉紫菀、陀螺紫菀、千里光以及一些不知名的小花，她们总是那么柔弱又坚强，一秋一秋地，一丝不苟地绽放，点缀在山间和田野，点亮邂逅者的眼睛与心灵。而像我这样颓丧的人，早已在秋天里没有一朵花要开，没有一丝色彩要炫，没有一缕芬芳要发。只有我自己知道,我在一朵秋花前是怎样的惭愧忧伤。秋花有多绚烂,我就有多荒凉。

一场秋雨一场凉,一点芭蕉一点愁。秋雨仿佛是为凉与愁而生的。不过是下了几场秋雨,盛夏的繁华便已然落尽,草木的身子便瘦了一圈,江河湖海的眸子便明净了几分,山川田野的表情便日渐深沉……秋雨,袭遍寸寸大地,淋透人间万物,洗去重重浮躁,清除层层蒙尘,以决然的态度、凌厉的攻势,一阵紧一阵地释放出秋的气息与底色。凉意渐深,愁绪渐生。秋雨下着下着,时光走着走着。秋很短暂,秋很漫长。每一个人,刚来到这个尘世,看秋雨即是雨,是来自天际的美妙精灵;但在或远或近的后来,难免看秋雨不再只是雨,而是来自内心的隐秘波澜。多少人,看起来一副风轻云淡的样子,其实身体里总下着一场秋雨,偶尔还会失控,雨滴从眼睛里跑出来,打湿许多过往,冲毁一些向往,也滴落点点迷惘,遣散丝丝执念。也不知是秋雨太喜欢我了,赖着我不放,还是我的眼睛已经麻木了,不懂得"开闸"放雨,我分明感到,秋雨在我身体里越积越多,冲撞我的七经八脉,淹没我的纯真可爱,我的脚步越来越沉重,我的眼神越来越困惑……秋雨有多难以捉摸,我就有多无所适从。

秋风秋雨步步为营,悲秋伤秋在所难免。秋也很无辜,季节本无悲喜。是人躲不过悲欢浮沉,逃不开生离死别。秋不过是一本正经地做秋,哪知道人非要用"有色"的眼镜看待自己。但秋毕竟是秋,几千年来,任人借其把情抒个够。"秋日凄凄,百卉具腓""袅袅兮秋风,洞庭波兮木叶下""萧瑟兮草木摇落而变衰""寂寞梧桐深院,锁清秋""万里悲秋常作客,百年多病独登台""夜深风竹敲秋韵,万叶千声皆是恨""梧桐更兼细雨,到黄昏、点点滴滴。这次第,怎一个愁字了得!"……秋如果知道自己不费吹灰之力就把一茬一茬人的内心弄得兵荒马乱，也许会轻蔑一笑——人，实在奇怪，非要一遇秋就把自个儿愁死悲死伤死才痛快吗？世事不过大梦一场，人生几度秋凉。看清，看不清，都不过在世间折腾几十个秋。都是秋的过客。秋有多浩瀚，我就有多渺小。

算了，不说了。着实怕了秋。怕过了，或许以后就不怕了——我依旧痴心不死，期待自己在未来的某个秋天里重新活过来，像野外的秋花一样，静静绽放……

陌生时光

"啪!""啊!"

秋日,午后,我在老家屋旁的小路上徘徊,风一吹,一颗浑身是刺的板栗砸在我头上。

当时,我的目光正被天边几缕雪白的云朵牵着轻飘飘地游荡。尖锐的痛把那个失神的我拉了回来。瞧瞧这个暗算我的东西,从路边那棵高大的板栗树上掉落,不偏不倚地给我一击,又迅速滚落到地上,居然愣是一副无辜至极的样子,还咧开嘴笑呢。

我也不是好惹的。我三下两下除去它的外壳及内壳,把它给吃了。清香,爽脆,甘甜。头好像也不痛了。你砸我,我吃你。两清。我一点也不吃亏呐。

谁知道我干吗要复仇似的吃了这颗板栗呢?我反正横竖也说不清楚。板栗落下来,其实只是因为它成熟了,成熟带来的感觉有点晕眩,它一时没把持住,又被风逗了一下,恍恍惚惚就离开了树,偏偏我正好在树下,它便撞上我了。它可能也撞疼了,躺在地上直犯迷糊呢,却不知遇到了一个比它更迷糊的家伙。那家伙竟然借着头被刺了的痛意,恶狠狠地吃了它。多年来,我一直在想一个问题:人吃任何一种食物好像都是理所当然的,可任何一种食物如果知道自己被吃的命运,是否有一丝惆怅或害怕?它们活着的本意,人永远无法参透,哪怕人吃了它们。

话说回来,我得感谢这颗板栗,它不仅让我尝到了一抹新鲜的秋之味,还意外将我带进了那些远去的熟悉又陌生的时光里……

一群孩子,沐着秋阳,迎着秋风,提着竹筐,哼着山歌,在村庄的这片或那片树林里出没。他们相约一起捡板栗。

乡下的孩子,哪个不是在山野里钻进钻出,山野就是孩子的乐园。捡板栗不过是一件很小的事,跟放牛放羊一样平常。春天里一起抽过茅针,夏天里一起捉过小鱼,秋天里一起去捡板栗,那是再惬意不过了。到了冬天,还要一起打雪仗呢。一年一年,这么过着过着,孩子们就长大了。很慢,也很快。

村庄里没有哪个角落,是孩子们不敢去的。而且,比起在房前屋后捉迷藏、跳房子、踢毽子,进山捡板栗还带有些许的探险诱惑以及神秘色彩。"走,捡板栗去啰!"谁只要喊那么一嗓子,准能撩起好些个孩子的兴奋劲儿。

环绕村庄的几片山林里,都有野生的板栗树。孩子们特别喜欢去的是村西头那片山林。山腰处有五六棵板栗树挨在一起,一到仲秋,满树满树的板栗在枝头摇曳,甚是惹人喜欢。孩子们走在林间小路上,一点也不着急。遇见野花,采两朵插在头发上;邂逅蘑菇,停下来集体围观;碰到松鼠,追上去看个究竟……反正板栗就在那里,鸟儿也吃不完,树上地上多的是,晚到一会儿,照样满载而归。那时,孩子们捡板栗,图一个乐字,乐在捡前、捡、捡后整个过程中。那样纯真的乐,浸染着一段一段悠悠时光,浸染着一颗一颗澄澈心灵——当时只道是寻常,懂得已是中年人。

不知不觉，就行至那一片板栗树前。尽管脑子里早已无数次想象出果实累累的景象，但真正看到一簇一簇的板栗在枝头招摇，还是瞬间为之怦然心动。那枝叶间密密匝匝的板栗，像一支秋实的队伍在进行一场义无反顾的冲锋，冲向一年一次的终极丰盈；又像一种沉静而庄重的倾诉，诉说一生一世不变的使命。秋风轻拂，呲——呲呲，啪——啪，嚓嚓——嚓，嚓——嚓，不时有板栗从树上掉落，有的带着锋利的刺，有的则从带刺的壳中脱落。它们划破一团团轻颤的空气，划出一道道安然奔向大地怀抱的线条，划开一个个秋天的丰美。这是出发，也是回归。微微的响，是在宣告天地间一种与世无争的终结。

孩子们弯弯腰，将一颗颗板栗捡进竹筐；孩子们摇摇树，更多的板栗纷纷落下；孩子们边捡边吃，笑声在树林里回荡……

各个竹筐里都装不下了，孩子们仍舍不得离开。孩子们也不清楚自己到底被什么给迷住了，反正就是愿意在板栗树下待着。待多久都不腻。山外的世界，不去管。未来的事情，不去想。就这么简简单单轻轻松松地待着。仿佛自己就是一棵树一根草一朵花，或者也是一颗板栗。那是一种无法言喻的美妙。如果你也捡过板栗，那么一定秒懂。

当然，终究是要离开的，总不能在山林里过夜吧。天色一暗，孩子们的胆子就小了起来。要是猛然间想起大人们讲的某个鬼故事，刚好附近的草木间有点响动，定会头皮发麻，再也一分钟都待不下去了。那就回家。人一生，总是不停地从家里出走，但最后都得回家。不论折腾得多起劲，也不论走得有多远。不幸的是，有一些人，想回家时，已无家可回。

孩子们像打了胜仗一样，各自带着沉甸甸的"战利品"兴高采烈地回到家中。大人们看一眼孩子和板栗，继续干着这活那活。要知道,这一眼,着重看了的,还包括孩子的衣服——是否被林中神出鬼没的各种刺给挂破了——那个年代,缺吃少穿,衣服弄破了,大人可心疼得紧呢。对这事,孩子们心里也明白得很,要是一不留神让衣服被刺挂几道口子,指不定会挨上一顿责骂,所以孩子们都练就了一身躲开刺蓬的本领。只有躲开刺蓬,才能躲开责骂。其实大人也不是在骂孩子,而是在骂一种自己感到无可奈何的东西——生活的苦与难。衣服上刺破的口子,也是刺在挖泥拌土之人的心口上的。祖祖辈辈靠几块薄田过活的人,一针一线,都来得不容易。在起早摸黑的疲惫里,在柴米油盐的细碎里,他们的身子一再地弯下去,皱纹一再地冒出来,一些情怀渐渐地黯淡下去,一些茫然悄悄地明晰起来。一件被刺挂破的衣服,就可能点燃某种压抑太久的情绪。直到某一天,再也没有一点力气跟生活抗争了,便静静地消失于村庄的某个角落,坟堆是他们留在人间最后的妥协。

捡回来的野生板栗,可生吃,可炒着吃,也可放在火上烧了吃,还可剥了壳和着腊肉煮了吃。怎么吃,都是舌尖上的美味。更是那些在乡村长大后漂在城市里的人内心深处一缕难忘的乡愁。就拿我来说吧,许多个秋天,我穿行在城市的大街小巷,每每看到街头支起大铁锅卖炒板栗的场景,就会想起童年时在山里捡板栗的情景,点点滴滴,历历在目。我几乎不买那些香气四溢的板栗。我知道,我再也吃不出从前那个味。我不想破坏记忆中那一抹无比清甜的味。我就是个怪人。不过张爱玲早就说了:如果你认识过去的我,你就会原谅现在的我。人,后来总难免活在过去。或者说,有些过去,一辈子都过不去。不必难过,谁都有过去。人来人往,谁不是揣着满腹心事孤独地前行。谁也不必同情谁。

陌生。我常常感到陌生。时光陌生，自己也陌生，一切都陌生。这种感觉，令我慌乱。我赶不走，也化不开。我走在任何一条路上，都像走在一片茫茫荒原之上，目之所及，全是虚幻。比如，那天，我在街头遇见一个拿着一束野花的小姑娘，我一下子就从喧闹里跳出来了，满脑子都是多年前我在村庄里无忧无虑地采野花的画面。多么芬芳的时光啊，我曾拥有，我再也无法拥有。我停在那里，想抓住些什么。我又能抓住什么呢？我无声的叹息，飘散在风里。

此刻，我依然独自在小路上徘徊。我试图走回过去，走到村西头那片山林深处的板栗树下，再去捡一颗新鲜的板栗。我眼眸里泛起的微笑，定然跟板栗一样新鲜又真实——于是，整个世界都温柔了。

我在做梦吗？姑且做个梦。

只是，在梦里，我分不清究竟是过去的时光很陌生，还是现在的时光陌生。

人生，不过是一截时光。时光跟谁都不熟，时光终会把每个人从时光里推开，毫不留情地陌生一个人自以为拥有的所有时光。

跟时光讲和吧。我假装从梦中醒来。

我在月光下晒秘密

我走出门,是想把自己淹没在黑暗之中。

其实外面并不黑。暗,还是夜的那种无边无际的暗。

今夜的暗,似乎带点莫名的温柔。而我正好渴望被温柔以待。

我一抬头,就愣住了:一轮明月挂在树梢。明,那是只有月亮才有的明,那是恍若梦境的明,那是瞬间叫人失语的明。

月,就是这样,清清幽幽把人间照得明亮,把人心照亮。不耀眼,最耀眼。无颜色,最颜色。谁又能拒绝月之明呢?反正我是不能。

我一门心思追寻暗,却一不小心被明俘虏。

这并不表示我变心了。这只能说明我随心了。我的心里全是月光,我拿自己也没有办法。

我不由得走出了院子。院子里有灯光,院子里的月光不纯。我要把自己扔进灯光照不到的暗里,融入月光浸透的暗里。我隐隐地感到,那是一个缥缈又绚烂的世界。我的脚步正慢慢地向它迈近,我纷纷的思绪一路奔跑,不知去向。

就在这里吧。不必再向前向后向左向右了,这里,就很好。

不要问我这里是哪里，这里即这里。月光之中，哪个人不是像藏着满身秘密呢？这个人，不认识白天的那个自己。白天的那个自己，根本阻止不了自己在月光下成为一个散发秘密气息的人。

这本身就是个秘密。

秘密就是不可说。在秘密面前，说，是一种破坏。尤其是对于被月光轻抚过的秘密。

多少年了，我早已学会了在月光里一言不发。

今夜，也不例外。我要静坐在月光里，把一些秘密，轻轻悄悄地晒在月光下。从此，它们就是浸透月色的秘密。我回想一次，就会微笑一次。

首先晒的，是一些零星的画面的秘密。

远处有个人影，嗯，那是我又在村庄里一边闲逛一边遐想：三千年前的春风啊，是怎样吹开美得无与伦比的《诗经》："春日迟迟，卉木萋萋""燕燕于飞，下上其音""采采芣苢，薄言采之""桃之夭夭，灼灼其华"……字字句句，篇篇章章，穿越悠悠时空，惊艳颗颗凡心。

我站在村庄里的一块高地上，俯瞰山河锦绣，竟有种不知身在何处、不明今日何日兮的错觉。莫非，三千年前的春风与吹过我的一场一场春风并无差别？抑或，有一个我被一场春风吹到了三千年前，不禁意乱神迷？

算了，不去想这么费劲的问题了。

且仔细瞧瞧我身处的这个村庄，卉木漫山遍野，燕燕尚未归来，桃花已然绽放，不见采女身影，但那又有什么关系。重要的是，这个村庄能提示我想起那些诗句，以及诗句里蕴含的无限缤纷又素雅至极的美好意境。这就够了。就像当你触到"青青子衿，悠悠我心"这八个字时，总能于千万人之中想起某个人，有那么一瞬，你眼里的光足以温柔整个世界。

接下来，晒晒一些声音的秘密。

就在今天早上，我又当了一回村庄的倾听者。

我本来打算把自己关在房间里写点文字的，但那些鸟儿一个劲儿地在房前屋后撩拨我。偏偏我又经不起如此活色生香的撩拨。索性不写了，就把这鸟语听个够。我仔细观察了，害我心神荡漾、魂不守舍的，大约有三种鸟儿：十来只画眉；二十来只麻雀；五六只喜鹊。它们倒也是鸟以类聚，画眉、麻雀、喜鹊各自群飞。画眉停在哪丛树上，麻雀和喜鹊是不去凑热闹的；麻雀落在哪棵树上，画眉与喜鹊就算飞到树边，也不会停下。这像一种约定俗成的礼仪，又像一种古老神秘的规则。越是看不懂，我越想看——人，真是种奇怪的动物。

它们飞飞停停，我的眼神飞飞停停。只有我的耳朵，一刻不停地在聆听。我第一次觉得，两只耳朵不够用。鸟语啾啾，此起彼伏，或紧或慢，绵密悠扬，如丝如弦，似玉似绢……耳朵里装不下，向全身蔓延开来；全身也装不下，飘飞到山川田野。哦，不，鸟语本来就在山川田野。山川田野，每天清晨是被鸟儿叫醒的。我甚至有点嫉妒山川田野。我多么希望，我每天都被一两声、五六声或是八九声鸟儿的清唱叫醒。睁开眼睛，不算醒来。打开心灵，才是醒来。

在逝去如飞的日子里，我无数次浑浑噩噩地按时起床，那个穿衣、洗脸、刷牙的我，只有一个躯壳在机械地做动作，躯壳里那颗心没有醒来。我这么毫不客气地揭露自己的颓丧的时候，我是醒着的——这全靠我听见的鸟语，是它们，在我的身心里写满了真实：美与空灵，其实就在身边。我的头发丝都在鸟语里沉醉得飞舞起来。

恍惚间,我似乎顿悟(也许叫胡思乱想更合适)了一些事情。所谓的文字,不过是天地万物先在一个人的身体里心灵里写过了,再通过一个人以一种新的方式呈现出来。你让云写过你,你的文字就如云;你任风写过你,你的文字便像风;你让大海星辰写过你,你的文字就似大海星辰;你任时光写过你,你的文字便若定格的时光;你让花香写过你,你的文字就有淡淡的芬芳;你任鸟语写过你,你的文字便带一丝天籁的范儿……

我得承认,年轻时,我为村庄写过的有些文字,是为写而写。或许,村庄的许多秘密,我到现在都不曾谋面。那些仅仅依附于华丽修辞与巧妙构思而没有真正体悟的文字,不过是一袭镶满水晶的外衣。撕开外衣,里面是尴尬的虚空。然而,很多时候,我可能连自己都被自己骗了,我习惯了"我式"的表达。我喜欢村庄,这是真的,我笔端流出的部分文字,是我潜意识里那个"我喜欢的村庄",我没有问过村庄愿不愿意。我无知地沉迷于"我"的感受,这就是一种假喜欢。

我感激地停住。一个人,短短一生,最可怕的就是一直不曾醒来,却又不自知。这个早上,幸亏我没写一个字。我在月光下为自己捏了一把冷汗。

多么熟悉的村庄呀,却常常高深得令我深感惭愧又肃然起敬。村庄,是你一次一次在不经意间,让我做回自己,或者成为新的自己。也许,在别人看来,你普通得不值一提,但在我眼里心里,你是个不可替代的可爱存在。以后,我还会写你,我的文字可能断断续续,结结巴巴,那算是我在笨拙又真诚地与你对话。我也知道,我的文字永远都不可能像你写在我灵魂里的无字之书那般辽阔而深情。在村庄面前,做一个率真的孩子就好。

我相信,村庄能窥见我的心思。从我的眼睛里,从我的笑容里。此刻，我无字的表达，正在月光下盛开，盛开在村庄的每一个角落……

我想，最幸福的事，莫过于有一天，你忽然发现，你真真切切地被你喜欢的事物或人写过。

那就像看见一个纯净的梦，让人不忍去碰，或者，快要碰到时，又羞怯地缩回双手。究竟怎么办才好呢？这可能也是个秘密。只有月光知道答案。

好吧，我假装懂了，收起我所有的秘密，潜入月光更深处……

寻

寻在车里。车在行进。

夜雨，猛烈。雨刮器卖力地刮过去刮过来，像在跟雨玩一个枯燥的游戏，显然玩得很狼狈，但又还得继续玩。

寻睁大眼睛，从片刻清晰又瞬间朦胧的挡风玻璃上寻找被黑夜和大雨吞没的路。世界上所有的路，似乎都消失了。再也没有所谓的方向，所谓的来去。只有车灯照亮的前方，路冷冰冰地"现身"一小截。

寻的手机里播放着一首老歌。单曲循环。歌者那嘶哑又苍凉的嗓音，正在撕开漫无边际的沉郁和混乱，给寻一个隐秘的出口——有一个寻，并不在车里，而是在一条夜的黑和雨的狂也无法掩埋的路上，跌跌撞撞地前行。那是属于寻一个人的另一种寻。

寻，其实不叫寻。寻，是她今天一时兴起给自己取的名字。这件事，只有她自己知道。她总觉得，这一天，她在寻什么。可究竟在寻什么呢？又说不清楚。这一天，她不是昨天的自己，更不会是明天的自己。这一天，她只是一个为"寻"而存在的人。这一天，她就是"寻"本身。

今天早上，寻就是从这条路去了一个小镇。夜里，寻顺着原路返回。同一条路，去和归，白天与黑夜。短若一瞬。恍若一梦。近黄昏，天边最后一丝微光被夜色吞噬，寻的目光也黯淡了下去。她沮丧地发现，心里空落落的，比从前任何一个时刻都要空。空空空！空就空吧。空又不是一条恶狗，谁还怕了它不成？况且，世间种种，最后都会成空。

天全黑了。夜色愈浓。

夜色是大地的被子，大地睡在夜色里，安详又神秘。一夜一夜，一年一年。那架势，怕是要相依相偎到地老天荒才罢休。没有哪两夜的夜色是相同的。今夜之色，揉进了雨的无色，渲染出分外缥缈迷离的色。大地默不作声。大地在任何一种夜色里，都像一位睿智深沉的老者，跟时间一样老。人，有意无意瞥一眼夜色以及大地，说不定就止住了几欲冲出喉咙的猛虎或者江水。

一上车，寻就听起歌来。歌声是个奇妙的东西，可以让一个人的欢喜更欢喜，可以让一个人的伤悲更伤悲，也可以让一个人不喜不悲，还可以让一个人从某种深深的困惑里逃离似的淡出来。至少是暂时地淡出来。寻也搞不懂自己为啥要反复听那首歌。歌声在寻的耳朵里冲撞。又好像那些歌声根本就是寻喊出来的。

算了，听歌不宜多想。忘我地听着，就好。

雨更大了。夜更黑了。

寻的脑海里，电影般地闪过白天里这一路的风景，这算是寻的些许寻得吧。那些无比清晰又似乎并不真实的画面，不知是受了谁的指使，摸黑又来纠缠寻。寻一点办法都没有。谁叫自己偏偏就喜欢那些画面呢。那就只能纵容它们一再浮现。你看吧，它们实在是诱人。

连绵的山，青得风情万种，那是大地上蓬勃荡漾的诗行。不讲语法，没有修辞，时而清奇，时而凌厉。随便抽取一个片段，都是无与伦比的灵动又深邃；随意采撷一个词语，都是至真至纯的朴素与璀璨。寻知道，不必试图去读懂这些诗行。诗意自会留存在她生命的缝隙里或者说留白的地方，在时光中沉淀成一抹抹干净明丽的色彩，一缕缕清雅悠远的芬芳。寻，任诗意浸满。浸满。

　　暮春的雨，下着，下着，时大时小，绵绵密密，像是天给地的无尽温柔，像是天在向地说着亿万句情话。大地上的万物，就那样任雨一点一点淋透，任雨一声一声倾诉，任雨一遍一遍抚慰。天和地，在雨里失去界线。人间天上，一念之间。寻在听，用心倾听雨落的声音，在天地间回荡。回荡。

　　薄雾，在山间萦绕、飘摇、聚拢、散开，忽浓忽淡，忽远忽近，若三五成群的行走的梦。有的梦很轻，仿佛手一碰就会立即破碎；有的梦很古怪，好像生怕什么靠近它，损坏了它的一根毫毛；有的梦很随和，跟这个梦牵个手，跟那个梦微个笑，就像一个记忆中的邻家女孩。寻的视线，被一个一个的梦牵引着，在空中划过无数条长长短短的弧线。有那么一瞬间，寻甚至觉得，她也是一团薄雾，没有重量，形状魔幻，不慌不忙地等待一阵清风来将自己吹散。吹散。

　　春水，汇于山涧，带着山的耿直，本着水的浪漫，携着草木的味道，融着泥土的气息，奔向水的远方。这是奋不顾身的奔，是没有选择的奔。奔到哪算哪，汇入小河，流进农田，或是四分五裂，粉身碎骨。可每一条山涧水的奔，看起来总是那么天真，那么欢畅，那么痛快。寻看着看着，好像那些水已然奔流在她的身体里。寻被一条条山涧水挟裹着，在尘世里，抛开所有纷扰，将自己彻底流放。流放。

一路上，寻邂逅了好些阿红和阿紫——红色映山红和紫色映山红。它们不时从路边的山林里炫出来，天生丽质，婀娜多姿，把个寻勾引得恨不得一秒就飞到它们身边，纵情缠绵。尤其是有一个阿紫，从一面石壁后斜着身子探出来，婷婷袅袅，羞羞答答，披着颗颗晶莹的雨珠，迎着微风轻轻地颤动，真个是美得不动声色，美得超凡脱俗，美得匪夷所思，美得惊心动魄。寻没有下车跑到任何一个阿红和阿紫面前去打个招呼，抛个媚眼。寻却又停留在每一个阿红和阿紫身边，久久未曾离开。未曾离开。

令寻格外难忘的，是沿途遇见的那些疏疏密密的人家。它们点缀在青山绿水之间，任雨雾缭绕，生缕缕炊烟，是瞬息万变的水墨画，是朴素平和的人间烟火。快到小镇时，寻更是被前方那壮阔寥远的景象给惊艳到了——烟雨暗千家，一眼沉沦，满心喜悦。烟雨中，每一户人家，都像一个妥帖的归处。每一个人，都在这世间寻着，寻着，执着又迷惘，到最后，不就是为了寻一个归处。而这些烟雨中的人家，都是谁谁谁的归处呢？一个人，总是要走遍千山万水，历经无数悲欢，才会发现，那个多年前出发的地方，或许就是命定的归处。但却可能再也归不去了。归不去了。

白天里，寻是穿行在连绵不断的诗情画意里呀。且行且寻。寻着，活着。活着，寻着。猛然间，寻，这个字，就从她的心底里跳了出来，成为她给自己的新名字。一天的名字。

人一生，有多少个一天呢？没有唯一的答案。每一天，寻也好，不寻也好，时间都不会停留。一秒都不会停留。终有一天，人就不再那么执着地寻或不寻了，人学会了风轻云淡。

好些年了，寻看起来就是那样的风轻云淡。这似乎是个不错的状态。只是，有多少风轻云淡的背后，是旷日持久的兵荒马乱。风轻云淡不过是一层妥协的轻纱，是时光抛给寻的道具。寻无可奈何地接住，早已用得十分熟练。

雨，没有停的意思。夜，向深处蔓延。

寻感觉，整个世界仿佛变成一个浩瀚无垠的海洋。一切都轻盈盈的，清亮亮的，寻的身体如虚影一般，飘到一趟没有返程也没有终点的车上，在深深浅浅的海水里穿行，穿行。车窗外的世界缓缓后退，没有一丝声响，只有虚幻的影像……

很奇怪，寻竟然寻得了宫崎骏动画《千与千寻》中千寻坐海上火车去找钱婆婆那一段的意境。也不奇怪，这个世间，谁都是"千寻"。在时间的荒野里，谁的人生都是一场单程的旅行。不断遇见，不断道别。只能向前，向前。

寻一笑。上一秒，寻一百零八岁。这一秒，寻八岁。瞬间做回孩子，像一个奇迹。

雨小了些。路渐渐清晰起来。

寻知道，路边的所有风景，在夜里在雨中，不减半点风采。再黑的夜，也有花儿静静地绽放。再大的雨，也有草木倔强地生长。它们无惧黑暗，不畏风雨，从容超然。它们，让暗夜活色生香，令风雨为之癫狂。

路边的人家，渐次熄了灯。人，需要借着夜的黑，沉沉睡去，得以逃避风雨，逃避自己。也不一定能如愿睡着，但只要熄了灯，人就可以躲进黑里暗里，用入睡的假象掩盖醒着的荒芜。睡着或醒着，妥协或挣扎，都了无声息。像夜里花朵的绽放、草木的生长一样了无声息。人，总是难免被自己困住，渐渐地，失去了"绽放"和"生长"的能力。

忽然，寻发现，前方不远处，有光亮。近了，那是茫茫旷野里一座农房的一扇窗的光亮。它的四周，漆黑一片，它是那么微弱又孤独，它又是那么明亮又温暖。它像是黑夜的眼睛。它又是黑夜的一部分。它又像一个谜，散发光亮的谜。不必去弄清谜底。看见谜之光，就够了。

寻感到，她的心全亮了。寻，如千寻一样，始终没有忘记自己真正的名字——采。总有一束光，穿透黑暗，让一个人重新获得勇气与力量，做回自己。

寻，不，是采，带着一扇窗的光亮，继续前行，前行……

后　记

人活一世，终究是空。

结局已注定。还得接着活。越活越沉默。

不知从何时起，我发现，有些东西在我心里一再闪现。它们断断续续，忽远忽近，若即若离。我也说不清究竟是些什么，我能辨识出的，是那个我丢在身后的村庄，那里有我的老家，一切仿佛还是从前的模样，又仿佛陌生得令我害怕。是几缕风景几个故事，些许美丽，些许哀愁；是几点迟到的觉醒，以及浅陋的感悟——其实还不如说是无边无际的慌乱。

一不留神，我就陷入层层叠叠的片段之中，时而清醒，时而迷惘，时而清醒地迷惘着。于是，我动手了，我决定把它们写出来。我只能这么干，我无处可逃。文字，是我跟它们讲和的唯一途径。或者说，是一种不知向什么皈依的皈依，文字是仪式。我写一点，再写一点，我心里就空一点，再空一点。我要的就是空。

《路过人间》《歌声》《采采蓼花》《恋一只蝶》《萧瑟美》《一个人的冬天》《一夏倾村》《野有蔓草》《像早晨一样清白》等小文,都是我在寂静深夜写成。只有静夜,才能让我醒来或恍若醒来,写几个属于自己的字。每一个字,都是挣扎,是救赎,是我在人间认真又潦草地活着的痕迹。

回头一看,满纸荒凉。一笑,我终于踏上一条无比孤独的路。在孤独的尽头,我将完成我所有的失去,迎来空空如也。

余生,就这样路过人间吧。

黎 采

2020 年 10 月 16 日